T0017378

Contemporánea

Franz Kafka nació en 1883 en Praga, en el seno de una familia judía de habla alemana. En 1903 se licenció en Derecho, y a partir de 1908 trabajó en el Instituto de Seguros para Accidentes de Trabajo, un empleo que lo obligó a realizar numerosos viajes por el viejo Imperio austrohúngaro, entonces en proceso de desmoronamiento. Formó parte de los círculos literarios e intelectuales de su ciudad, pero en vida apenas publicó unos pocos escritos, la mayor parte en revistas. En 1922 obtuvo la jubilación anticipada por causa de la tuberculosis, enfermedad que empezó a padecer en 1917 y que le ocasionaría la muerte, ocurrida en 1924 en el sanatorio de Kierling, en las cercanías de Viena. El grueso de su obra, entre la que se cuentan tres novelas, varias decenas de narraciones, un extenso diario, numerosos borradores y aforismos y una copiosa correspondencia, se publicó póstumamente por iniciativa de su amigo y albacea Max Brod, quien desobedeció su deseo de que se destruyeran todos sus textos. Desde entonces, la importancia de Kafka y su condición de clásico no han hecho más que incrementarse, hasta el punto de que hoy está considerado el escritor que mejor expresó la esencia del siglo xx.

Franz Kafka

El castillo

Prólogo y notas de
Jordi Llovet

Traducción de
Miguel Sáenz

DEBOLS!LLO

El papel utilizado para la impresión de este libro ha sido fabricado a partir de madera
procedente de bosques y plantaciones gestionadas con los más altos estándares ambientales,
garantizando una explotación de los recursos sostenible con el medio ambiente y beneficiosa para las persona

El castillo

Edición al cuidado de Ignacio Echevarría
Título original: *Das Schloss*

Primera edición con esta cubierta en España: abril de 2023
Primera edición en México: julio de 2023

D. R. © 2004, 2007, 2023, Penguin Random House Grupo Editorial, S.A.U.
Travessera de Gràcia, 47-49, 08021, Barcelona

D. R. © 2023, derechos de edición mundiales en lengua castellana:
Penguin Random House Grupo Editorial, S. A. de C. V.
Blvd. Miguel de Cervantes Saavedra núm. 301, 1er piso,
colonia Granada, alcaldía Miguel Hidalgo, C. P. 11520,
Ciudad de México

penguinlibros.com

D. R. © 2002, Jordi Llovet, por el prólogo y las notas
D. R. © 1999, Miguel Sáenz, por la traducción
Diseño de la cubierta: Penguin Random House Grupo Editorial
basado en el diseño original de Peter Mendelsund
Fotografía del autor: © Akg-images / Archiv Klaus Wagenb

Penguin Random House Grupo Editorial apoya la protección del *copyright*.
El *copyright* estimula la creatividad, defiende la diversidad en el ámbito de las ideas y el conocimiento,
promueve la libre expresión y favorece una cultura viva. Gracias por comprar una edición autorizada
de este libro y por respetar las leyes del Derecho de Autor y *copyright*. Al hacerlo está respaldando a los autore
y permitiendo que PRHGE continúe publicando libros para todos los lectores.

Queda prohibido bajo las sanciones establecidas por las leyes escanear, reproducir total o parcialmente esta ob
por cualquier medio o procedimiento así como la distribución de ejemplares
mediante alquiler o préstamo público sin previa autorización.
Si necesita fotocopiar o escanear algún fragmento de esta obra diríjase a CemPro
(Centro Mexicano de Protección y Fomento de los Derechos de Autor, https://cempro.com.mx).

ISBN: 978-607-383-278-6

Impreso en México – *Printed in Mexico*

Prólogo

Una breve narración de Kafka resume el contenido entero de la presente novela, última de las tres que el autor dejó inacabadas y, por consiguiente, inéditas. Se titula *Renuncia*:

Era muy temprano por la mañana, las calles estaban limpias y vacías, yo iba a la estación. Al verificar la hora de mi reloj con el reloj de una torre vi que era mucho más tarde de lo que creía, tenía que darme mucha prisa. El susto que me produjo este descubrimiento me hizo perder la tranquilidad, no me orientaba todavía muy bien en aquella ciudad. Por suerte había un policía en las cercanías; fui hacia él y le pregunté, sin aliento, cuál era el camino. Sonrió y dijo: «¿Por mí quieres saber el camino?». «Sí», dije, «ya que no puedo hallarlo por mí mismo.» «Renuncia, renuncia», dijo, y se volvió con gran ímpetu, como las gentes que quieren quedarse a solas con su risa.

La historia que narra *El castillo* no es más que una dilatada hipérbole de este relato. El viajero K. –el protagonista de *El proceso* se llamaba todavía Josef K., ahora el personaje ya es solo una consonante, aunque esta letra sigue delatando al propio Kafka– llega, desde un mundo exterior no precisado y del que no se hablará para nada en el transcurso de la novela, a un lugar también impreciso, de vaga geografía. Se trata aproximadamente de una aldea, de la que lo primero que nos sorprende es el complicado entramado urbanístico que presenta. A medida que se avanza en la lectura, se cae en la cuenta de que este entramado es imagen simbólica de la enorme complicación de la máquina administrativa por la que se rige la aldea, fabulosa si se compara con la escasa población del lugar y sus pequeñas, aunque no del todo precisables, dimensiones. El personaje principal de la obra, ese K. que arrastrará su anonimato de cabo a cabo de la obra como un eco de la imprecisión y parquedad de su destino, ha llegado a la aldea, según confiesa él mismo al principio de la novela, porque las autoridades del lugar, ellas precisamente, han requerido sus servicios como agrimensor. Este es el nudo argumental de la obra, y todo lo demás –como es propio de la «poética narrativa» de Kafka, en general– son digresiones. Un hilo argumental conductor debería llevar al agrimensor, en buena lógica, hasta las autoridades del lugar, las que habitan el castillo, y esto debería permitirle, luego, cumplir con la tarea que le ha sido encomendada. Pero, como se ha dicho, una serie interminable de perturbaciones (no llegan a accidentes) hacen que ese hilo conductor no llegue a perfilar un camino practicable. Como dice el texto muy al principio: «La calle, aquella calle principal del pueblo, no llevaba al cerro del castillo; solo se acercaba, pero luego, como deliberadamente, se apartaba y, aunque no se alejaba del castillo, tampoco se acercaba más a él». La única figura geométrica que obedece a esa descripción de la ruta que habría que seguir para llegar hasta el castillo es la circunferencia; y aquí habría que añadir que nos hallamos, o el lector se hallará muy pronto, ante la imagen simbólica de algo más inquietante: un «círculo vicioso», una atmósfera política enrarecida, un poder invisible pero activo. Igual que ese camino, que ni se acerca ni se aleja del castillo, el argumento del libro, como sucede también en *El proceso* y en muchas narraciones del autor, no avanza decididamente hacia ninguna parte. Ni siquiera la topografía de la aldea resulta coherente, pues el castillo «no era un viejo castillo feudal ni una fastuosa construcción moderna sino una extensa estructura, compuesta de algunos edificios de dos pisos y de muchos edificios bajos muy juntos; si no hubiera sabido que era un castillo, K. lo habría podido tomar por una pequeña ciudad [...] Sin embargo, al acercarse, el castillo lo decepcionó: no era más que una pequeña ciudad francamente miserable, compuesta de casas de pueblo y apenas notable porque todo era de piedra, aunque la pintura se había caído hacía tiempo y la piedra parecía desmoronarse».

Muy al modo kafkiano, K. deambulará por la aldea durante meses –una eternidad, de hecho, según esta amplificación del tiempo y del espacio, que no llega a ser retórica, tan propia de nuestro autor– y, por mucho que lo intente, no llegará a entrevistarse con ninguna autoridad eficaz de la administración: su viaje ha sido en vano e inexistentes las posibilidades de que lleve a cabo el trabajo para el que fue llamado expresamente. En este sentido, como apuntó con mucho acierto Marthe Robert, una de las comentaristas más penetrantes de la obra de Kafka, los devaneos de K. por las tierras del castillo vuelven a parecerse a los vagos itinerarios que aparecen en las novelas medievales, a la *queste* de los héroes épicos, muchos de los cuales, siguiendo el modelo de Ulises en la *Odisea*, ni siquiera tienen nombre: van, sobre el terreno, a la búsqueda de una espada o de un grial –así K. erra a la búsqueda de un acceso al castillo, deseando entrevistarse con sus señores– movidos por una esperanza que si en el registro épico medieval no suele quedar defraudada, en el caso de Kafka cae en saco roto, tropieza constantemente con el corazón de las tinieblas, la impotencia y el absurdo.

A pesar de todos los escollos y contrariedades que, como un muro infranqueable, se levantan frente a K., este no ceja en su empeño de alcanzar las puertas del castillo y llegar al lugar del que emana toda forma de legitimidad y de poder en el lugar. Esta es posiblemente la cuestión que más inquietará a todo lector de la novela. Si uno se encontrara en una situación parecida, si alguien hubiera llegado a una aldea contratado precisamente por sus autoridades para ejercer una tarea perfectamente prevista y codificada por la ley –medir el terreno y levantar planos del mismo–, y si esas autoridades de pronto parecieran desinteresarse del todo por la persona y el trabajo de uno, ¿resistiríamos impasiblemente ante lo absurdo de la situación? Pues esto es exactamente lo que hace K. Provisto no solo de paciencia, sino también de una buena dosis de humor –algo que acaba de desorientar al más precavido de los lectores–, K. deambulará por ese territorio entre simbólico y real con la esperanza de alcanzar algún día, en algún momento, el lugar de una instancia que resulta incomprensiblemente inaccesible.

He aquí una muestra de literatura –como es el caso de todas las páginas de Kafka– que tiende con toda naturalidad a la interpretación; más aún, quizá no exista en los anales contemporáneos un ejemplo más diáfano de literatura que solo adquiere su plena eficacia cuando ha conseguido que el lector, casi necesariamente, se sumerja en una labor en cierto modo análoga a la del agrimensor en la aldea: peregrinar sin rumbo fijo –en este caso por las páginas del libro– a la búsqueda de algún sentido. *El castillo* se resiste a la interpretación, en especial a una interpretación cerrada y confortable, pero al mismo tiempo la exige: la satisfacción del lector –si es que puede hablarse en estos términos en el caso de una literatura ciertamente ardua– no quedará colmada si este no pasa la lectura por el múltiple tamiz del comentario.

En este sentido, muchos creen que *El castillo* es símbolo de una forma de autoridad muy propia de nuestros días: la instancia del poder se ha vuelto cada vez más indiscernible, la autoridad surge cada vez más de una perversa delegación, de modo que nadie acaba sintiéndose, en rigor, representado por sus autoridades, cuando, de hecho, estas han emanado de los ciudadanos mismos (recuérdese que, a diferencia de las otras dos novelas de Kafka, *El desaparecido* y *El proceso*, esta fue escrita ya en un periodo declaradamente democrático de la historia de Checoslovaquia). Otros han visto en esta novela una peculiar transposición literaria de un problema arraigado en la sociedad europea desde los inicios del siglo XIX: el individuo contemporáneo ve vulnerada su *singularidad* por los efectos de un fenómeno ya no emergente, sino desbordado en tiempos del autor: la callada, pero imparable construcción de la *masa*. A este respecto, K. sería un individuo que desea sinceramente congeniar con el cuerpo social de la aldea, pero que, a la vista de las costumbres y procedimientos que esta exhibe, se parapeta en su peculiaridad para no quedar contaminado por un anonimato que le parece insultante. Así, en el capítulo «El secreto de Amalia», K., refiriéndose a la familia de Olga, le dice a esta: «También para mí, no te lo he ocultado, vuestra familia tiene algo de especial; *pero no entiendo cómo ese algo podría dar motivo para el desprecio*» (subrayado nuestro). Así es, sin embargo: lo especial, lo singular, lo que se aparta de la sórdida hechura con que parecen estar moldeados todos los habitantes de la aldea, ese rasgo de distinción –que es el que, sin altivez alguna, conservan muy a menudo los personajes de Kafka en medio de todas sus tribulaciones– es algo que nadie parece poder permitirse en aquel difuso territorio.

Otros, por fin, han sugerido que *El castillo* narra una historia de cuño religioso; aunque en nuestro caso quizás se trate de una religión con un dios también invisible, siempre postergado, siempre inalcanzable. Como sucede en toda peregrinación en busca de lo que salva, es absurdo querer hallar una razón, ni siquiera una lógica, para ese tipo de esperanza: como un creyente se mueve a ciegas por los caminos inescrutables de la fe, así K. anhela alcanzar, aun a tientas, el lugar simbólico en el que la esperanza podría saciarse; solo que, en nuestro caso, si K. no llega al castillo, ello es debido, posiblemente, al hecho de que no es «kafkiano» que la esperanza se vacíe del todo de dinamismo y contenido. Como dijo el autor en una ocasión, «Hay mucha esperanza, pero no para nosotros». Por esto la afirmación de Thomas Mann, según el cual *El proceso* era una novela que giraba en torno a la Ley del mismo modo que *El castillo* gira en torno de la Gracia, es una afirmación que debe aceptarse con algunas reservas, pues la literatura de Kafka lo es más de las desgracias sin remedio que de la Gracia; más de la búsqueda profana y agobiada del Sentido o lo Sagrado que de cualquier relación satisfactoria con esas instancias.

Jordi Llovet

11

El castillo

El signo ᶜ remite a las notas de las páginas 343-364.

Llegada

Había caído la noche cuando K. llegó. El pueblo estaba sumido en la nieve. No se veía nada del cerro del castillo,^c lo rodeaban niebla y tinieblas, y ni la lucecita más débil sugería el gran castillo. K. permaneció largo rato en el puente de madera que llevaba de la carretera al pueblo, mirando al aparente vacío de allí en lo alto.

Luego buscó alojamiento para la noche; en la posada estaban aún despiertos, el posadero no tenía habitación para alquilar pero, sumamente sorprendido y confuso por aquel huésped tardío, se manifestó dispuesto a dejar dormir a K. en la sala, en un jergón de paja, y K. estuvo de acuerdo. Había allí aún algunos aldeanos con sus cervezas, pero él no quiso hablar con nadie, fue a buscar por sí mismo su jergón al desván y se echó cerca de la estufa. Hacía calor, los aldeanos guardaban silencio, él los examinó todavía un rato con sus ojos fatigados y se durmió.

Sin embargo, poco tiempo después lo despertaron. Un joven, vestido de ciudad y con rostro de actor,^c de ojos pequeños y cejas muy marcadas, estaba a su lado con el posadero. Los aldeanos seguían allí, y algunos habían dado vuelta a sus sillas para poder ver y oír mejor. El joven se disculpó muy cortésmente por haber despertado a K., se presentó como hijo del alcaide del castillo y dijo: «Este pueblo pertenece al castillo, y quien vive o pernocta aquí, vive o pernocta, por decirlo así, en el castillo. Nadie puede hacerlo sin la autorización del conde. Usted, sin embargo, no tiene esa autorización o, por lo menos, no la ha mostrado».

K., que se había incorporado a medias, alisándose el pelo, levantó la vista hacia aquella gente y dijo: «Pero ¿a qué pueblo he venido a parar? ¿Es que hay aquí algún castillo?».

«Desde luego», dijo el joven despacio, mientras, aquí o allá, alguno sacudía la cabeza ante lo dicho por K., «el castillo del señor conde de Westwest.»

«¿Y hay que tener autorización para pasar aquí la noche?», preguntó K. como si quisiera convencerse de no haber soñado quizá aquellas tempranas noticias.

«Hay que tener autorización», fue la respuesta, y hubo en ella un grosero desprecio hacia K. cuando el joven, abriendo los brazos, preguntó al posadero y a los huéspedes: «¿Acaso no hay que tener autorización?».

«Pues tendré que ir a buscarla», dijo K. bostezando, y apartó de sí la manta como si fuera a levantarse.

«¿Y de quién?», preguntó el joven.

«Del señor conde», dijo K., «no hay otro remedio.»

«¿Ir a buscar a medianoche la autorización del señor conde?», exclamó el joven, retrocediendo un paso.

«¿No es posible?», preguntó K. tranquilamente. «Entonces, ¿por qué me ha despertado?»

El joven se puso fuera de sí: «¡Vaya unos modales de vagabundo!», exclamó. «¡Exijo respeto hacia la administración condal! Lo he despertado para comunicarle que debe abandonar inmediatamente el condado.»

«Basta de farsa», dijo K. con voz sorprendentemente baja, se acostó y se tapó con la manta. «Joven, va usted un poco demasiado lejos y mañana tendré que ocuparme de su comportamiento. El posadero y estos señores serán mis testigos, si es que los necesito. Por lo demás, sepa usted que soy el agrimensor[c] que el conde ha hecho venir. Mis ayudantes llegarán mañana en coche con los instrumentos. No he querido renunciar a la caminata por la nieve, pero desgraciadamente me he perdido varias veces y por eso he llegado tan tarde. Que lo es demasiado para presentarme en el castillo lo sabía antes de que usted me informara. Por eso me he conformado también con este alojamiento para la noche, que usted –por decirlo suavemente– ha tenido la descortesía de perturbar. Y con eso acaban mis explicaciones. Buenas noches, señores.» Y K. se volvió hacia la estufa.

«¿Agrimensor?», oyó preguntar con vacilación a sus espaldas y luego hubo un silencio general. Pero el joven se rehízo pronto y dijo al posadero, en tono suficientemente bajo para que pareciera que lo hacía por consideración al sueño de K. y suficientemente alto para que este lo oyera: «Preguntaré por teléfono». ¿Cómo? ¿También un teléfono en aquella posada de pueblo? Estaba magníficamente equipada. El detalle sorprendía a K., pero al fin y al cabo lo había supuesto. Resultó que el teléfono estaba situado casi encima de su cabeza: en su somnolencia no lo había visto. Si el joven tenía que telefonear, no podría, ni con la mejor voluntad, respetar el sueño de K., y ahora se trataba solo de si K. lo dejaría telefonear; decidió dejar que lo hiciera. Sin embargo, tampoco tenía sentido seguir haciéndose el dormido, y por ello volvió a ponerse de espaldas. Vio a los aldeanos aproximarse tímidamente entre sí y conversar: la llegada de un agrimensor no era cosa baladí. La puerta de la cocina se había abierto y allí estaba, llenando el espacio, la imponente figura de la posadera; el posadero, de puntillas, se acercó a ella para informarla. Y entonces comenzó la conversación telefónica. El administrador dormía, pero un subalcaide, uno de los subadministradores, un tal señor Fritz, estaba allí. El joven, que se presentó como Schwarzer, dijo que había encontrado a K., un hombre de treinta y tantos años,[c] bastante mal vestido, durmiendo tranquilamente sobre un colchón de paja, con una diminuta mochila como almohada y un bastón nudoso al alcance de la mano. Como era natural, le había resultado sospechoso y como el posadero, evidentemente, había descuidado su deber, había sido el suyo, el de Schwarzer, llegar al fondo del asunto. El ser despertado, el interrogatorio y la obligada amenaza de ser expulsado del condado le habían sentado muy mal a K.; por lo demás tal vez con razón, como se había visto en definitiva, pues afirmaba ser un agrimensor llamado por el señor conde. Naturalmente, era deber al menos formal de

Schwarzer comprobar tal afirmación y por ello rogaba al señor Fritz que se informase en la secretaría central de si realmente se esperaba a un agrimensor de esa clase y telefonease enseguida la respuesta.

Luego se hizo el silencio, Fritz se estaba informando al otro lado y aquí aguardaban la respuesta; K. permaneció como estaba y ni siquiera se dio la vuelta, no parecía curioso en absoluto y miraba al vacío. El relato de Schwarzer, con su mezcla de malevolencia y cautela, le daba una idea de la formación por decirlo así diplomática de que disponían fácilmente en el castillo incluso personas de poca importancia como Schwarzer. Y tampoco escaseaba la diligencia: la secretaría central tenía un servicio nocturno. Y, al parecer, respondía con mucha rapidez, porque Fritz estaba llamando ya. De todas formas, a K. la comunicación le pareció muy breve, porque Schwarzer, inmediatamente, arrojó el auricular. «¡Ya lo había dicho yo!», gritó. «Ni rastro de agrimensor; un vulgar vagabundo mentiroso, y probablemente algo peor.» Por un momento K. pensó que todos, Schwarzer, los aldeanos, el posadero y la posadera, se iban a echar sobre él y, para esquivar al menos el primer ataque, se escondió totalmente bajo la manta, pero a continuación –volvió a asomar lentamente la cabeza– el teléfono sonó otra vez y, según le pareció a K., de forma especialmente insistente. Aunque era improbable que ello tuviera que ver otra vez con K., todos se quedaron quietos y Schwarzer volvió al aparato. Allí escuchó una explicación bastante larga y luego dijo en voz baja: «¿O sea que es un error? Me resulta muy desagradable. ¿Que ha telefoneado personalmente el jefe de la oficina? Muy extraño, muy extraño. ¿Cómo se lo voy a explicar ahora al señor agrimensor?».

K. escuchaba atentamente. Así pues, el castillo lo había llamado agrimensor. Por un lado, eso no lo favorecía, porque indicaba que el castillo sabía de él todo lo necesario, había sopesado la relación de fuerzas y había aceptado la lucha sonriendo. Por otra parte, era algo favorable, porque, en su opinión, demostraba que lo subestimaban y que tendría más libertad de la que había podido esperar de antemano. Y si creían poder mantenerlo asustado reconociéndole, con aquella indudable condescendencia, su condición de agrimensor, se equivocaban, porque aquello le producía un ligero estremecimiento, pero eso era todo.

K. rechazó con un gesto a Schwarzer, que se acercaba tímidamente; rehusó trasladarse a la habitación del propio posadero, como este le instaba a hacer; solo aceptó de él un trago para dormir bien, y de la posadera una palangana con jabón y toalla, y ni siquiera tuvo que pedir que desalojaran la sala, porque todos, apartando el rostro para no ser reconocidos por él al día siguiente, se apresuraron a salir; apagaron la lámpara y tuvo por fin tranquilidad. Durmió profundamente hasta la mañana, molestado apenas fugazmente, una o dos veces, por ratas que pasaban con rapidez.ᶜ

Después del desayuno, que, como todos los gastos de K., según el posadero, sería abonado por el castillo, quiso ir enseguida al pueblo. Sin embargo, como el posadero –con el que hasta entonces, recordando su comportamiento del día anterior, se había limitado a hablar lo indispensable– no hacía más que dar vueltas a su alrededor con súplica muda, se compadeció de él y le permitió sentarse a su lado un momento.

«Todavía no conozco al conde», dijo K.; «al parecer paga bien por un buen trabajo, ¿no? Cuando, como yo, se va uno tan lejos de mujer e hijo, quiere poder llevar algo a casa a la vuelta.»

«En ese sentido no necesita preocuparse el señor: no se ha oído a nadie quejarse de haber sido mal pagado.»

«Bueno», dijo K., «la verdad es que no soy una persona tímida y puedo decirle también a un conde lo que pienso, pero naturalmente es mucho mejor resolver las cosas con los señores pacíficamente.»

El posadero estaba sentado frente a K. al borde del banco de la ventana; no se atrevía a sentarse más cómodamente y no dejaba de mirar a K. con sus grandes ojos pardos y temerosos. Al principio se había acercado a él, pero ahora parecía como si hubiera preferido escapar. ¿Temía que K. lo interrogase sobre el conde? ¿Temía no poder confiar en aquel «señor», como consideraba a K.? K. tenía que desviar su atención. Miró el reloj y dijo: «Pronto llegarán mis ayudantes, ¿podrás alojarlos aquí?».

«Desde luego, señor», dijo él, «pero ¿no vivirán contigo en el castillo?»

¿Renunciaba tan fácilmente y de tan buena gana a sus huéspedes, especialmente a K., y los enviaba sin demora al castillo?

«Eso no es seguro aún», dijo K.; «primero tengo que saber qué clase de trabajo me reservan. Si, por ejemplo, tuviera que trabajar aquí abajo, sería también más razonable vivir aquí. Además, me temo que la vida en el castillo no me gustaría. Quiero sentirme libre siempre.»

«No conoces el castillo», dijo el posadero en voz baja.

«Evidentemente», dijo K., «no hay que hacer juicios prematuros. De momento solo sé del castillo que saben elegir al agrimensor apropiado. Quizá tenga otras ventajas.» Y se puso en pie, para librarse del posadero, que se mordía los labios inquieto. No era fácil ganarse la confianza de aquel hombre.

Al irse, K. observó en la pared un retrato oscuro en un marco oscuro. Lo había visto ya desde el lecho, pero no había podido distinguir a distancia los detalles y pensó que habían quitado del marco el verdadero cuadro y solo se veía el fondo negro. Sin embargo, se trataba de un cuadro, como podía ver ahora: el busto de un hombre de unos cincuenta años. Tenía la cabeza tan inclinada sobre el pecho que apenas se le veían los ojos, y parecían obligarlo a esa inclinación la frente alta y pesada y la nariz, muy curvada. La barba, aplastada contra la barbilla a consecuencia de la posición de la cabeza, se extendía por abajo. La mano izquierda se apoyaba abierta en los espesos cabellos, pero era incapaz de levantar la cabeza. «¿Quién es?», preguntó K. «¿El conde?» Estaba ante el retrato y no se volvió para mirar al posadero. «No», dijo el posadero, «el alcaide.» «Verdaderamente, qué alcaide más apuesto tienen en el castillo», dijo K., «lástima que tenga un hijo tan descastado.» «No», dijo el posadero, atrayendo un poco hacia sí a K. y susurrándole al oído: «Schwarzer exageró ayer; su padre no es más que un subalcaide e incluso uno de los menos importantes.» En ese momento, el posadero le pareció a K. un niño. «¡Qué granuja!», dijo K. riéndose, pero el posadero no se rió con él sino que dijo: «También su padre es poderoso». «¡Vamos!», dijo K. «Tú crees que todos son poderosos. ¿Yo también?» «A ti», dijo él tímida pero seriamente, «no te considero poderoso.» «Entonces eres muy buen observador», dijo K., «la verdad es que poderoso, dicho sea en confianza, no lo soy. Y, como consecuencia, probablemente no respeto menos a los poderosos que tú, aunque no soy tan sincero y no siempre quiero reconocerlo.» Y, para consolarlo y congraciarse más con él, le dio una palmadita en la mejilla. El posadero sonrió un poco. Era realmente un muchacho, con aquel rostro blando y casi imberbe. ¿Cómo había dado con aquella mujer ancha y de edad, a la que, detrás de una ventanilla, se veía trajinar por la cocina, allí al lado, con los codos muy separados del cuerpo? Pero K. no quiso insistir más con él para que no acabara por desaparecer su sonrisa, le hizo solo gesto de que le abriera la puerta y salió a la hermosa mañana de invierno.

Entonces vio arriba el castillo claramente dibujado en el aire limpio, y más claro aún por la delgada capa de nieve que había por todas partes y que imitaba todas las formas. Por lo demás, arriba en el cerro parecía haber mucha menos nieve que en el pueblo, en donde K. no avanzaba con menos esfuerzo que el día anterior por la carretera. Aquí la nieve llegaba hasta las ventanas de las cabañas y pesaba también sobre los bajos tejados, pero allí en el cerro todo se alzaba libre y ligero o, al menos, así parecía visto desde abajo.

En conjunto, el castillo, tal como se mostraba a lo lejos, correspondía a las expectativas de K. No era un viejo castillo feudal ni una fastuosa construcción moderna sino una extensa estructura, compuesta de algunos edificios de dos pisos y de muchos edificios bajos muy juntos; si no hubiera sabido que era un castillo, K. lo habría podido tomar por una pequeña ciudad. Vio solo una torre, y no pudo saber si pertenecía a un edificio destinado a habitación o a una iglesia. A su alrededor volaban bandadas de cornejas.

Con los ojos en el castillo, K. siguió adelante; nada más lo preocupaba. Sin embargo, al acercarse, el castillo lo decepcionó: no era más que una pequeña ciudad francamente miserable, compuesta de casas de pueblo y apenas notable porque todo era de piedra, aunque la pintura se había caído hacía tiempo y la piedra parecía desmoronarse. K. recordó fugazmente su pequeña ciudad natal, que apenas tenía que envidiar a aquel llamado castillo; si para él se hubiera tratado solo de una visita, la larga caminata habría sido una lástima y hubiera hecho mucho mejor en visitar de nuevo su vieja ciudad natal, que no había visto en mucho tiempo. Y comparó mentalmente la torre del campanario de su ciudad con la torre de allí arriba. Aquella torre que, decidida, sin titubear, se iba estrechando recta hacia lo alto, terminando en un amplio tejado de tejas rojas, era un edificio terrenal −¿qué otra cosa puede construir el hombre?−, pero con un objetivo más elevado que la multitud de casas bajas, y tenía un significado más claro que el de un triste día de trabajo. Aquella torre de arriba −la única visible−, la torre de un edificio destinado a vivienda, como ahora veía, tal vez parte del castillo principal, era una construcción redonda y uniforme, en parte cubierta piadosamente de hiedra, con ventanitas que relucían al sol −lo que tenía algo de demencial− y un remate en forma de azotea, cuyas almenas se recortaban inseguras, irregulares y quebradizas contra el cielo azul, como dibujadas por una mano de niño temerosa o descuidada. Era como si algún triste habitante de la casa, que hubiera debido encerrarse en la habitación más apartada, hubiese atravesado el techo y se hubiera alzado, mostrándose al mundo.

Otra vez se detuvo K., como si estando quieto tuviera más fuerzas para juzgar. Pero entonces algo lo distrajo. Detrás de la iglesia del pueblo junto a la cual se había detenido –en realidad era solo una capilla, ampliada como un granero para acoger a la comunidad– estaba la escuela, un edificio largo y bajo, que reunía curiosamente el carácter de lo provisional y de lo muy antiguo, se encontraba tras un jardín cercado, ahora campo de nieve. En aquel momento salían de él los niños con el maestro. Los niños rodeaban al maestro en apretado montón y todos los ojos lo miraron a él, mientras parloteaban incesantemente, pero K. no entendía nada de su rápida conversación. El maestro, un hombre joven, menudo y estrecho de hombros, pero sin llegar a resultar ridículo, muy erguido, había divisado a K. ya desde lejos, si bien es verdad que, salvo el grupo de niños, K. era el único ser humano a la vista. Como forastero, K. fue el primero en saludar, sobre todo tratándose de un hombrecito tan autoritario. «Buenos días, señor maestro», dijo. Los niños enmudecieron de golpe: aquel silencio súbito como preparación de sus palabras debía de agradar al maestro. «¿Está contemplando el castillo?», preguntó, más suavemente de lo que K. había esperado pero con tono de no aprobar lo que hacía K. «Sí», dijo K., «soy forastero, solo estoy en el pueblo desde anoche.» «¿No le gusta el castillo?», preguntó el maestro rápidamente. «¿Cómo?», preguntó K. a su vez, un tanto sorprendido, y repitió su pregunta de forma más amable: «¿Que si me gusta el castillo? ¿Por qué no me iba a gustar?». «A ningún forastero le gusta», dijo el maestro. Para no decir nada inoportuno, K. cambió de conversación y preguntó: «¿Sin duda conocerá usted al conde?». «No», dijo el maestro, y se dispuso a alejarse, pero K. no cejó y le preguntó de nuevo: «¿Cómo? ¿No conoce al conde?». «¿Por qué iba a conocerlo?», dijo el maestro en voz baja y añadió, en francés, en voz alta: «Dése cuenta de que hay niños inocentes». K. aprovechó la ocasión para preguntar: «¿Podría visitarlo alguna vez, señor maestro? Estaré aquí algún tiempo y me siento ya un tanto solo, no formo par-

te de los aldeanos, y del castillo, sin duda, tampoco».
«Entre los aldeanos y el castillo no hay ninguna diferencia», dijo el maestro. «Puede ser», dijo K., «pero eso no cambia en nada mi situación. ¿Podría visitarlo alguna vez?» «Vivo en la calle de los Cisnes, junto al carnicero.» Era más una indicación que una invitación, pero K. dijo: «Está bien, iré». El maestro asintió y siguió adelante con su montón de niños, que inmediatamente volvieron a gritar. Pronto desaparecieron en una callejuela que descendía bruscamente.

K., sin embargo, estaba descontento, irritado por la conversación. Por primera vez desde su llegada sentía verdadero cansancio. El largo viaje hasta allí no pareció al principio haberlo afectado en absoluto –¡cómo había andado todos aquellos días, paso a paso, tranquilamente!–, pero ahora, sin duda en un momento inoportuno, se manifestaban las consecuencias de aquel esfuerzo descomunal. Lo atraía irresistiblemente buscar nuevas relaciones,[c] pero cada nueva relación intensificaba su cansancio. Si, en el estado en que se encontraba, se obligaba a prolongar su paseo al menos hasta la entrada del castillo, habría hecho más que suficiente.

De manera que siguió adelante, pero el camino era largo. La calle, aquella calle principal del pueblo, no llevaba al cerro del castillo; solo se acercaba, pero luego, como deliberadamente, se apartaba y, aunque no se alejaba del castillo, tampoco se acercaba más a él. K. esperaba continuamente que la calle torciera por fin hacia el castillo, y solo porque lo esperaba seguía adelante; evidentemente como consecuencia de su cansancio vacilaba en dejar la calle, y lo asombraba también la longitud de aquel pueblo, que no terminaba nunca; continuamente las pequeñas casitas y los cristales helados y la nieve y la falta de gente... Por fin se desvió de aquella calle que lo retenía, tomó una calleja estrecha, en donde la nieve era aún más profunda y resultaba un trabajo pesado levantar los pies que se hundían, rompió a sudar y de pronto se detuvo sin poder seguir.

Sin embargo, no estaba abandonado: a derecha e izquierda había cabañas de aldeano; hizo una bola de nieve y la arrojó contra una ventana. Inmediatamente se abrió la puerta –la primera puerta que se abría durante todo su recorrido por el pueblo– y apareció un viejo campesino, de parda chaqueta de piel, con la cabeza echada a un lado, amable y débil. «¿Puedo entrar un momento en su casa?», dijo K. «Estoy muy cansado.» No escuchó lo que el viejo decía y aceptó agradecido la tabla que empujaban hacia él y que lo salvó inmediatamente de la nieve; dando unos pasos, se encontró en la habitación.

Una gran habitación en penumbra. Quien venía de fuera no veía nada al principio. K. tropezó con una pila de lavar, y una mano de mujer lo sostuvo. De un rincón llegaban gritos de niños. De otro surgían volutas de vapor que oscurecían la penumbra, y K. se sentía como entre nubes. «Está borracho», dijo alguien. «¿Quién es usted?», dijo una voz autoritaria y luego, sin duda dirigiéndose al viejo: «¿Por qué lo has dejado entrar? ¿Vamos a dejar entrar a cualquiera que ande por la calle?». «Soy el agrimensor del conde», dijo K., tratando de justificarse ante los que seguían invisibles. «Ah, es el agrimensor», dijo una voz de mujer, y entonces se produjo un silencio absoluto. «¿Me conocéis?», preguntó K. «Desde luego», dijo brevemente la misma voz. El que conocieran a K. no parecía ser ninguna recomendación.

Finalmente se disipó un tanto el vapor y K. pudo orientarse despacio. Parecía ser un día de colada general. Cerca de la puerta estaban lavando ropa. El vapor, sin embargo, venía del rincón de la izquierda, en donde, en una barrica de madera, mayor de lo que K. había visto nunca, porque tenía aproximadamente el tamaño de dos camas, dos hombres se estaban bañando en el agua humeante. Pero más sorprendente aún, sin que se supiera con exactitud en qué consistía lo sorprendente, era el rincón de la derecha. Por un gran tragaluz, el único en la pared del fondo de la habitación, entraba, indudablemente desde el patio, una pálida luz de nieve que daba un brillo como de seda al vestido de una mujer que, metida en ese rincón, casi estaba echada, reventada, en un alto sillón. La mujer mantenía a un niño contra su pecho. A su alrededor jugaban otros niños, hijos de aldeanos como era evidente, pero ella no parecía ser una de ellos: sin duda, la enfermedad y el cansancio refinan también a los aldeanos.

«¡Sentaos!», dijo uno de los hombres, un barbudo que tenía además un bigote bajo el que mantenía siempre abierta su boca resoplante; con la mano, cosa cómica de ver, le señaló por encima del borde de la cuba un arcón, salpicando al hacerlo de agua caliente el rostro de K. Sobre el arcón se sentaba ya, dormitando, el viejo que había dejado entrar a K. Este se sintió agradecido de poder sentarse por fin. Nadie se ocupaba ya de él. La mujer que había junto a la pila de lavar, rubia y en plena juventud, cantaba en voz baja mientras trabajaba; los hombres del baño pataleaban y se revolvían; los niños querían acercarse a ellos pero eran siempre rechazados con poderosas salpicaduras que tampoco perdonaban a K.; y la mujer del sillón estaba echada como sin vida, y ni siquiera miraba al niño que tenía al pecho, sino, de forma imprecisa, hacia lo alto.

K. había contemplado sin duda largo tiempo aquel cuadro hermoso y triste que no cambiaba, pero debió de quedarse dormido porque cuando, llamado por una voz fuerte, se sobresaltó, tenía la cabeza apoyada en el hombro del anciano que estaba a su lado. En el baño, en el que retozaban ahora los niños, vigilados por la mujer rubia, los hombres habían terminado y permanecían, vestidos, delante de K. Resultó que el barbudo gritón era el menos importante de los dos. El otro, en efecto, no más alto que el barbudo y con una barba mucho más pequeña, era un hombre callado y meditabundo, de ancha complexión y rostro también ancho, que mantenía la cabeza baja. «Señor agrimensor», dijo, «no puede quedarse aquí. Perdone la descortesía.» «No quería quedarme», dijo K., «solo descansar un poco. Ya lo he hecho y ahora me iré.» «Probablemente se asombrará de nuestra falta de hospitalidad», dijo el hombre, «pero la hospitalidad no es costumbre entre nosotros;

no necesitamos huéspedes.» Un tanto reanimado por el sueño, y un tanto más despejado que antes, K. se alegró de aquellas palabras francas. Se movía más libremente, apoyó su bastón aquí y allá y se acercó a la mujer del sillón; por lo demás, él era la persona más alta del cuarto. «Desde luego», dijo K., «¿para qué ibais a necesitar huéspedes? Sin embargo, de vez en cuando se necesita a alguno, por ejemplo a mí, el agrimensor.» «Eso no lo sé», dijo el hombre lentamente; «si os han llamado, probablemente os necesitarán, sin duda se trata de una excepción, pero nosotros, la gente poco importante, nos atenemos a la norma, y no nos lo puede tomar a mal.» «No, no», dijo K., «solo puedo daros las gracias, a vosotros y a todos los que están aquí.» Y, de forma inesperada para todos, K. se dio la vuelta de golpe, ceremoniosamente, hacia la mujer. Ella lo miró con sus ojos azules y cansados; un pañuelo de seda transparente le caía hasta la mitad de la frente y el niño dormía contra su pecho. «¿Quién eres?», preguntó K. Desdeñosamente, y no resultaba claro si el desprecio era hacia K. o hacia su propia respuesta, ella dijo: «Una muchacha del castillo».

Todo aquello había durado solo un momento, pero ya tenía K. a derecha e izquierda a los dos hombres que, como si no hubiera otra forma de entenderse, lo conducían en silencio pero a la fuerza hacia la puerta. El anciano se alegró de algo y aplaudió. También la lavandera se rió cuando los niños se pusieron de pronto a hacer ruido como locos.

K., sin embargo, se encontró de pronto en la calle; los hombres lo vigilaban desde el umbral, y otra vez caía la nieve, pese a que parecía haber más claridad. El barbudo exclamó impaciente: «¿Adónde queréis ir? Por ahí se va al castillo, por aquí al pueblo». K. no le respondió, pero al otro, que, a pesar de su posición superior, parecía más tratable, le dijo: «¿Quién sois? ¿A quién tengo que agradecer esta acogida?». «Soy el maestro curtidor Lasemann», fue la respuesta, «y no tenéis que agradecer nada a nadie.» «Está bien», dijo K., «quizá volvamos a encontrarnos.» «No lo creo», dijo el hombre. En ese momento el barbudo exclamó levantando la mano: «¡Buenos días, Artur, buenos días, Jeremias!». K. se volvió: ¡en aquel pueblo había gente en la calle! Por el lado del castillo venían dos jóvenes de estatura media, los dos muy esbeltos, con trajes estrechos, y muy parecidos también de cara; el color de su rostro era un pardo oscuro, con el que contrastaba sin embargo su barba puntiaguda, por su especial negrura. Andaban sorprendentemente deprisa teniendo en cuenta el estado de la calle, moviendo a compás sus delgadas piernas. «¿Qué tenéis?», gritó el barbudo. Solo se podía hablar con ellos gritando, por lo deprisa que iban, pero ellos no se detuvieron. «Asuntos», gritaron, riendo a su vez. «¿En dónde?» «En la posada.» «Allí voy yo también», chilló K. de repente más alto que todos los demás: tenía muchas ganas de que lo acompañaran aquellos dos; conocerlos no le parecía muy provechoso, pero evidentemente serían compañeros de camino buenos y estimulantes. Ellos, sin embargo, escucharon las palabras de K. pero se limitaron a bajar la cabeza y pronto hubieron pasado de largo.

K. seguía de pie en la nieve, y tenía pocas ganas de levantar el pie para volver a hundirlo algo más lejos; el maestro curtidor y su compañero, satisfechos de haberse desembarazado definitivamente de él, se deslizaron lentamente, sin dejar de volverse para mirarlo, por la puerta de la casa, solo entreabierta, y K. se encontró solo en medio de la nieve que lo envolvía. «Sería una oportunidad para desesperarse un tanto», se le ocurrió, «si estuviera aquí por casualidad y no intencionadamente.»

Entonces se abrió en la cabaña que había a mano izquierda una ventana diminuta; cerrada, había parecido azul oscuro, quizá como reflejo de la nieve, y era tan diminuta que ahora que estaba abierta no se podía ver entero el rostro de quien miraba afuera, sino solo sus ojos, unos ojos pardos y viejos. «Está ahí», oyó decir K. a una voz femenina temblorosa. «Es el agrimensor», dijo una voz masculina. Luego el hombre se acercó a la ventana y preguntó de forma no poco amistosa pero, sin embargo, como si le importara que reinara el orden en la calle que había ante su casa: «¿Qué estáis esperando?». «Algún trineo que me lleve», dijo K. «Por aquí no pasa ningún trineo», dijo el hombre, «no hay tráfico.» «Sin embargo, es la calle que lleva al castillo», objetó K. «Aun así, aun así», dijo el hombre con cierta inflexibilidad, «no hay tráfico.» Luego los dos se callaron. Sin embargo, el hombre pensaba evidentemente en algo, porque seguía manteniendo abierta la ventana, por la que escapaba el vapor. «Un mal camino», dijo K. para ayudarlo. Él se limitó a decir: «Sí, desde luego». Con todo, al cabo de un rato dijo: «Si queréis, os puedo llevar en mi trineo». «Hacedlo, por favor», dijo K. muy contento, «¿cuánto queréis por ello?» «Nada», dijo el hombre. K. se sorprendió mucho. «Vos sois el agrimensor», explicó el hombre, «y pertenecéis al castillo. ¿Adónde queréis ir?» «Al castillo», dijo K. rápidamente. «Entonces no os puedo llevar», dijo el hombre enseguida. «Pero si pertenezco al castillo», dijo K., repitiendo las palabras del hombre. «Puede ser», dijo el hombre rechazándolo. «Entonces llevadme a la posada», dijo K. «Está bien», dijo el hombre, «vuelvo enseguida con el trineo.» En conjunto, aquello no daba la impresión de una amabilidad especial sino más bien de un empeño muy egoísta, tímido y casi meticuloso, en apartar a K. de delante de la casa.

La puerta del patio se abrió y salió un pequeño trineo para cargas ligeras, muy plano y sin asientos, tirado por un caballito enclenque; detrás iba el hombre, no viejo pero sí débil, encorvado y cojeante, y con un rostro enjuto, rojo y resfriado, que parecía especialmente pequeño a causa de la bufanda de lana que le envolvía firmemente el cuello. Aquel hombre estaba visiblemente enfermo y solo había salido para poder alejar a K. Este dijo algo en ese sentido, pero el hombre lo desechó con un gesto. K. se enteró solo de que era el carretero Gerstäcker y de que había cogido aquel incómodo trineo porque estaba ya listo y sacar otro hubiera exigido demasiado tiempo. «Sentaos», dijo él, señalando con el látigo la parte de atrás del trineo. «Me sentaré a vuestro lado», dijo K. «Yo iré a pie», dijo Gerstäcker. «¿Por qué?», preguntó K. «Iré a pie», repitió Gerstäcker, y tuvo un ataque de tos que lo sacudió de tal forma que afianzó las piernas en la nieve y hubo de sujetarse con las manos al borde del trineo. K. no dijo nada más, se sentó atrás en el trineo, la tos se calmó lentamente y se fueron.

Allí arriba, el castillo, curiosamente oscuro ya, al que K. había esperado llegar aquel día, volvía a alejarse. Sin embargo, como para hacerle un signo de despedida provisional, sonaron en él alegremente unas campanadas, que, al menos por un momento, hicieron temblar el corazón de K., como si lo amenazase –porque el sonido era también doloroso– con el cumplimiento de lo que con inseguridad deseaba. Sin embargo, pronto enmudeció la gran campana y fue sustituida por una campanita débil y monótona, quizá todavía arriba pero quizá ya en el pueblo. Aquel campanilleo armonizaba mejor, sin duda, con el lento movimiento y el miserable pero inflexible carretero.

«Oye», exclamó de pronto K.; estaban ya cerca de la iglesia y no lejos del camino de la posada, y podía atreverse un tanto, «me asombra mucho que, bajo tu propia responsabilidad, te atrevas a llevarme. ¿Puedes hacerlo?» Gerstäcker no se preocupó y siguió caminando tranquilamente junto al caballito. «Eh», exclamó K., hizo una bola con un poco de nieve del trineo y acertó con ella a Gerstäcker en la oreja. Él se detuvo y se volvió; sin embargo, cuando K. lo vio tan cerca –el trineo se había deslizado todavía un poco–, aquella figura encorvada, en cierto modo maltratada, aquel rostro estrecho, cansado y rojo con mejillas por alguna razón diferentes, una plana, la otra hundida, y con la boca atenta y abierta, en la que solo quedaban algunos dientes aislados, tuvo que repetir por compasión lo que antes había dicho por maldad: si no podrían castigar a Gerstäcker por haber llevado a K. «¿Qué insinúas?», preguntó Gerstäcker sin comprender, pero tampoco aguardó más explicaciones, gritó al caballo y siguieron adelante.

Cuando estaban casi en la posada –K. se dio cuenta en una curva del camino– era ya, para asombro de K., completamente oscuro. ¿Había estado tanto tiempo en camino? Sin embargo solo había sido una hora, quizá dos, según sus cálculos. Y había salido de mañana. Y no había sentido ninguna necesidad de comer. Y hasta hacía poco había habido una claridad de día uniforme, y solo ahora oscuridad. «Días breves, días breves», se dijo, se bajó del trineo y se dirigió a la posada.

En la parte superior de la pequeña escalinata de la casa estaba, muy oportunamente para K., el posadero, que lo alumbró levantando su farol hacia él. Recordando fugazmente al carretero, K. se detuvo y en alguna parte en las tinieblas se oyó toser; era él. Bueno, no tardaría en volver a verlo. Solo cuando estuvo arriba junto al posadero, que lo saludó humildemente, vio que había un hombre a cada lado de la puerta. Cogió el farol de manos del posadero e iluminó a los dos; eran los hombres que había encontrado ya y a los que habían llamado Artur y Jeremías. Ahora lo saludaron militarmente. Recordando su época del servicio militar, aquellos tiempos felices, K. se rió. «¿Quiénes sois?», preguntó, mirándolos sucesivamente. «Vuestros ayudantes», respondieron. «Son los ayudantes», confirmó en voz baja el posadero. «¿Cómo?», preguntó K. «¿Sois mis antiguos ayudantes, a los que he hecho venir y a los que aguardo?» Respondieron afirmativamente. «Está bien», dijo K. al cabo de un momento, «es una suerte que hayáis venido. Por cierto», dijo al cabo de otro momento, «os habéis demorado mucho, sois muy negligentes.» «Era un largo viaje», dijo uno. «Un largo viaje», repitió K., «pero yo os he encontrado cuando veníais del castillo.» «Sí», dijeron ellos sin más explicaciones. «¿Dónde tenéis los instrumentos?», preguntó K. «No los tenemos», dijeron. «Los instrumentos que os confié», dijo K. «No los tenemos», repitieron. «¡Pero qué gente!», dijo K. «¿Sabéis algo de agrimensura?» «No», dijeron. «Sin embargo, si sois mis antiguos ayudantes, tendríais que saber», dijo K. Ellos guardaron silencio. «Venid», dijo K., y los hizo entrar en la casa delante de él.

2

Barnabas

Los tres se sentaron en la sala a una pequeña mesa, bastante silenciosos, con sendas cervezas. K. en medio, y a izquierda y derecha los ayudantes. Por lo demás, lo mismo que la noche anterior, solo otra de las mesas estaba ocupada por aldeanos. «No me resulta fácil tratar con vosotros», dijo K., comparando sus rostros como había hecho ya varias veces. «¿Cómo voy a distinguiros? Os diferenciáis solo en el nombre, pero en lo demás os parecéis como...», titubeó y siguió luego, involuntariamente: «En lo demás, la verdad es que os parecéis como serpientes». Ellos se sonrieron. «En general nos distinguen muy bien», dijeron para justificarse. «Lo creo», dijo K., «yo mismo he sido testigo, pero solo puedo ver con mis ojos, y con ellos no puedo distinguiros. Por eso os trataré como si fuerais un solo hombre y os llamaré a los dos Artur, porque así se llama uno de vosotros. ¿Tú quizá?», preguntó a uno de ellos. «No», dijo él, «yo soy Jeremias.» «Bueno, da igual», dijo K., «os llamaré Artur a los dos. Si envío a Artur a algún lado, iréis los dos; si encargo un trabajo a Artur, lo haréis los dos, lo que para mí tendrá el inconveniente de no poder utilizaros para trabajos distintos, pero la ventaja en cambio de que os corresponderá a los dos juntos y por igual la responsabilidad de todo lo que os encargue. Cómo os repartáis el trabajo entre vosotros me es indiferente, pero no podréis excusaros echando la culpa al otro: para mí seréis un solo hombre.» Reflexionaron y dijeron: «Eso nos resultaría francamente desagradable». «¿Cómo no?», dijo K. «Naturalmente que os resultará desagradable, pero así lo haremos.» Desde hacía ya un rato, K. había visto rondar la mesa a uno de los aldeanos, que finalmente se decidió y, dirigiéndose a uno de los ayudantes, quiso susurrarle algo. «Perdone», dijo K., dando con la mano en la mesa y poniéndose en pie, «son mis ayudantes y tenemos que hablar. Nadie tiene derecho a molestarnos.» «Lo siento, lo siento», dijo temerosamente el aldeano, retrocediendo de espaldas hasta donde estaban sus compañeros. «Eso debéis tenerlo en cuenta sobre todo», dijo K., volviendo a sentarse, «no hablaréis con nadie sin mi permiso. Aquí soy forastero y, si sois mis antiguos ayudantes, sois también forasteros. Los tres forasteros debemos mantenernos unidos, de manera que dadme la mano.» De muy buena gana, tendieron la mano hacia K. «Apartad esas manazas», dijo él, «pero la orden vale. Ahora me voy a dormir y os aconsejo que hagáis lo mismo. Hoy hemos perdido un día de trabajo y mañana habrá que comenzar muy temprano. Tendréis que conseguir un trineo para llevarme hasta el castillo y estar dispuestos con él a las seis de la mañana, delante de la casa.» «Está bien», dijo uno. El otro, sin embargo, lo interrumpió: «Dices que está bien y, sin embargo, sabes que no es posible».

«Silencio», dijo K., «ya queréis empezar a distinguiros uno del otro.» Sin embargo, el primero dijo también: «Tiene razón, es imposible: sin autorización, ningún forastero puede entrar en el castillo». «¿Dónde hay que solicitar esa autorización?» «No lo sé, quizá del alcaide.»

«Entonces la solicitaremos por teléfono: telefonead inmediatamente al alcaide, los dos.» Corrieron al aparato, obtuvieron la comunicación –¡cómo se apresuraban!, exteriormente eran de una docilidad ridícula– y preguntaron si K. podría ir con ellos al día siguiente al castillo. Incluso desde su mesa pudo K. oír el «No» de la respuesta, pero esta fue más explícita: «Ni mañana ni nunca». «Telefonearé yo», dijo K., poniéndose de pie. Mientras que, hasta entonces, K. y sus ayudantes habían despertado poco interés, salvo el incidente del campesino, su última observación provocó la atención general. Todos se levantaron al mismo tiempo que K. y, aunque el posadero trató de rechazarlos, se agruparon en torno al aparato en apretado semicírculo. Entre ellos predominaba la opinión de que K. no obtendría respuesta. K. tuvo que rogarles que guardaran silencio: no quería saber su opinión. Del auricular brotó un zumbido como K. no había oído nunca en un teléfono. Era como si, del zumbido de innumerables voces de niño –aunque no era tal zumbido, sino el canto de voces lejanas, lejanísimas–, como si de ese zumbido, de una forma francamente imposible, se formase una voz aguda pero resonante, que vibraba en el oído como si quisiera penetrar más allá de aquel miserable oído. K. guardaba silencio, había apoyado el brazo izquierdo en el mueble del teléfono y escuchaba.

No supo por cuánto tiempo, pero fue hasta que el posadero le tiró de la chaqueta, diciéndole que había llegado un mensajero para él. «¡Fuera!», gritó K. sin poderse dominar, y quizá gritó en el teléfono, porque en aquel momento alguien habló. Entonces se desarrolló la siguiente conversación: «Aquí Oswald, ¿quién está ahí?», se oyó; era una voz severa y arrogante, con un pequeño defecto de dicción que trataba de compensar, según le pareció a K., dominándose y acentuando su severidad. K. titubeó en dar su nombre, ante el teléfono estaba indefenso: el otro podía tronar contra él o dejar el auricular, y K. se habría cerrado quizá un camino no poco importante. Los titubeos de K. impacientaron al hombre. «¿Quién está ahí?», repitió, y añadió luego: «Agradecería mucho que no me telefonearan tanto, hace solo un momento que alguien me ha telefoneado». K. no hizo caso de la observación y dijo con decisión súbita: «Aquí el ayudante del señor agrimensor». «¿Qué ayudante? ¿Qué señor? ¿Y qué agrimensor?» K. recordó la conversación telefónica del día anterior: «Pregunte a Fritz», dijo lacónicamente. Para su propia sorpresa, surtió efecto. Pero más que el hecho de que surtiera efecto lo asombró la coordinación de los servicios del otro lado. La respuesta fue: «Ya lo sé. El eterno agrimensor. Sí, sí. ¿Qué más? ¿Qué ayudante?». «Josef», dijo K. Le molestaba un tanto el murmullo de los aldeanos a su espalda; evidentemente no estaban de acuerdo con que no se presentara como era debido. K., sin embargo, no tenía tiempo de ocuparse de ellos, porque la conversación lo absorbía por completo. «¿Josef?», preguntaron a su vez. «Los ayudantes se llaman» –hubo una pequeña pausa, evidentemente estaba preguntando los nombres a otro– «Artur y Jeremias.» «Esos son los nuevos ayudantes», dijo K. «No, son los antiguos.» «Son los nuevos; yo soy el antiguo, y he llegado hoy siguiendo al señor agrimensor.» «No», le gritaron entonces. «Entonces ¿quién soy yo?», preguntó K., tranquilo como hasta entonces. Y, tras una pausa, la misma voz, con el mismo defecto de dicción, aunque era como si fuera otra voz más profunda y digna de atención, dijo: «Eres el antiguo ayudante».

K. estaba escuchando el sonido de la voz y casi no oyó la pregunta: «¿Qué quieres?». Hubiera preferido dejar el auricular. De aquella conversación no esperaba ya nada. Solo forzado preguntó aún rápidamente: «¿Cuándo podrá ir mi señor al castillo?». «Nunca»,[c] fue la respuesta. «Está bien», dijo K., y colgó el auricular.

Detrás de él, los aldeanos se habían aproximado ya mucho. Los ayudantes, sin dejar de echar ojeadas hacia K., se cuidaban de mantenerlos apartados. Sin embargo, parecía ser solo una farsa y también los aldeanos, satisfechos del resultado de la conversación, cedían lentamente. Entonces, el grupo fue cortado desde atrás, con paso rápido, por un hombre que se inclinó ante K. y le tendió una carta. K. sostuvo la carta en la mano y miró al hombre, que en aquel momento le pareció más importante. Existía un gran parecido entre él y los ayudantes: era tan esbelto como ellos, vestía de forma igualmente ajustada y era también tan ágil y flexible como ellos, pero sin embargo totalmente distinto. ¡Si K. lo hubiera tenido en lugar de sus ayudantes! Le recordaba un poco a la mujer del niño que había visto en casa del maestro curtidor. Iba vestido casi de blanco; su traje no era sin duda de seda, era un traje de invierno como todos los demás, pero tenía la delicadeza y la dignidad de un traje de seda. Su rostro era luminoso y franco, los ojos desmesurados. Su sonrisa era sumamente alentadora; se pasó la mano por el rostro como si quisiera ahuyentar esa sonrisa, pero no lo consiguió. «¿Quién eres?», preguntó K. «Me llamo Barnabas», dijo, «y soy mensajero.» Al hablar, sus labios se abrían y cerraban viril pero tiernamente. «¿Te gusta esto?», preguntó K., señalando a los campesinos, por los que él todavía no había perdido interés y que, con sus rostros literalmente torturados –parecía como si les hubieran aplastado el cráneo a golpes y los rasgos de su cara se hubieran formado con el dolor de esos golpes–, sus labios gruesos y sus bocas abiertas, lo miraban pero sin embargo no lo miraban, porque a veces su mirada se desviaba y se quedaba prendida largo tiempo, antes de regresar, en cualquier objeto indiferente, y luego señaló también a los ayudantes, que estaban mutuamente abrazados, mejilla contra mejilla y sonriendo, no se sabía si humilde o burlonamente; señaló todo aquello, como si le hubiera sido impuesto por unas circunstancias especiales y esperase –en ello estaba la confianza, que era lo único que importaba a K.– que Barnabas distinguiera entre ellos y él. Sin embargo, Barnabas –sin duda con toda inocencia, eso se veía– no recogió la pregunta y la dejó pasar, como hace un criado bien adiestrado con unas palabras de su señor que solo aparentemente le están destinadas, y únicamente, en atención a la pregunta, miró a su alrededor, saludó con un gesto de mano a conocidos entre los aldeanos e intercambió con los ayudantes unas palabras, todo ello con soltura y naturalidad y sin mezclarse con ellos. K. –rechazado pero no humillado– volvió a ocuparse de la carta que tenía en la mano y la abrió. La carta decía así: «Estimado señor: Como usted sabe, ha entrado al servicio de los señores. Su superior inmediato será el intendente del pueblo, quien le comunicará todos los detalles sobre sus condiciones de trabajo y salario, y al que deberá asimismo rendir cuentas. Sin embargo, yo también trataré de no perderlo de vista. Barnabas, el portador de esta carta, lo interrogará de cuando en cuando para conocer sus deseos y comunicármelos. Me encontrará siempre dispuesto a complacerlo, en la medida de lo posible. Me importa tener trabajadores satisfechos». La firma no era legible, pero estampado al lado decía: «El jefe de la Secretaría X». «¡Espera!», dijo K. a Barnabas, que se inclinaba ante él, y llamó al posadero, para que le mostrara su propia habitación; quería estar un rato a solas con la carta. Recordó que Barnabas, a pesar de toda la inclinación que pudiera sentir por él, no era otra cosa que un mensajero, e hizo que le sirvieran una cerveza. Prestó atención a cómo lo tomaría él, pero lo tomó evidentemente muy bien y se puso a beber enseguida. Entonces K. se fue con el posadero. En aquel pequeño establecimiento no habían podido preparar para él más que una pequeña buhardilla y hasta eso había planteado dificultades, porque habían tenido que alojar en otra parte a dos criadas que hasta entonces dormían allí. En realidad, no habían hecho otra cosa que echar a las criadas: por lo demás, la habitación no había cambiado, no había sábanas en la única cama, solo unos cojines y una manta de caballo, en el estado en que habían quedado tras la noche pasada, y en la pared algunas imágenes religiosas y fotografías de soldados, y ni siquiera habían ventilado; evidentemente esperaban que el nuevo huésped no se quedase mucho tiempo y no hacían nada para retenerlo. Pese a ello, K. estuvo de acuerdo con todo, se envolvió en la manta, se sentó a la mesa y, a la luz de una vela, comenzó a leer de nuevo la carta.

No era coherente, había pasajes en donde se le hablaba como a una persona libre, cuyo libre arbitrio se reconocía, como en el encabezamiento, como en el pasaje relativo a sus deseos. Sin embargo, había también pasajes en donde, abierta o veladamente, se le trataba como a un trabajador sin importancia, casi imperceptible desde la sede de aquella jefatura, de forma que esta tenía que esforzarse para «no perderlo de vista»; su superior no era sino el intendente del pueblo, al que tenía además que rendir cuentas, y su único colega era quizá el policía del pueblo. Se trataba indudablemente de contradicciones, y eran tan visibles que debían de ser intencionadas. La idea, demencial al tratarse de una administración así, de que aquello pudiera ser fruto de la indecisión, apenas rozó a K. Veía más bien en ello una elección que se le ofrecía abiertamente, y dependía de él cómo interpretar las órdenes que se le daban en la carta: si quería ser un trabajador del pueblo, con una relación al fin y al cabo excelente pero solo aparente con el castillo, o aparentemente trabajador del pueblo que en realidad, en todas sus relaciones de trabajo, dependiera de los mensajes de Barnabas. K. no titubeó en la elección; tampoco hubiera titubeado sin las experiencias que ya había tenido. Solo como trabajador del pueblo, lo más lejos posible de los señores del castillo, podría conseguir algo del castillo; aquellas gentes del pueblo, todavía tan desconfiadas hacia él, comenzarían a hablar cuando se hubiera convertido, si no en su amigo, sí en su conciudadano y, cuando él no se distinguiera, por ejemplo, de Gerstäcker o de Lasemann –lo que tenía que ocurrir muy deprisa, de eso dependía todo–, se le abrirían sin duda de golpe todos los caminos que, si únicamente dependiera de los señores de arriba y de su benevolencia, no solo le habrían estado siempre vedados sino que hubieran permanecido invisibles. Sin duda había un peligro y se subrayaba suficientemente en la carta, en donde se mencionaba con cierta alegría, como si fuera algo inevitable. Era la condición de trabajador. «Servicio», «superior jerárquico», «trabajo», «condiciones de salario», «cuentas que rendir», «trabajador» eran términos que abundaban en la carta y, hasta cuando se decía algo distinto, más personal, se hacía desde ese punto de vista. Si K. quería convertirse en trabajador, podía hacerlo, pero con toda la terrible seriedad de esa palabra, sin ninguna perspectiva de otra cosa. K. sabía que no lo amenazaban con una auténtica coacción, eso no lo temía y allí menos aún, pero sin embargo temía el poder de aquel entorno desanimador, de acostumbrarse a las decepciones, el poder del influjo imperceptible en cada minuto, aunque contra ese peligro tenía que atreverse a luchar. La carta tampoco omitía que, si había luchas, sería K. quien habría tenido el atrevimiento de comenzarlas; se decía con finura, y solo una conciencia intranquila –intranquila, no mala conciencia– podía notarlo: eran las tres palabras «como usted sabe» en relación con su entrada en servicio. K. se había presentado y desde entonces sabía, como decía la carta, que había sido aceptado.

K. quitó un cuadro de la pared y colgó la carta de un clavo; en aquella habitación iba a vivir y allí debía colgar la carta.

Luego bajó a la sala de la posada, Barnabas estaba sentado con los ayudantes a una mesita. «Ah, estás ahí», dijo K. sin motivo, solo porque se alegraba de ver a Barnabas. Él se puso en pie enseguida. Apenas había entrado K., los campesinos se habían levantado para acercarse; para ellos se había convertido ya en costumbre correr detrás de él. «¿Qué queréis siempre de mí?», exclamó K. Ellos no lo tomaron a mal y volvieron lentamente a sus asientos. Al apartarse, uno de ellos dijo a la ligera como explicación, con una sonrisa indefinible: «Siempre se oyen cosas nuevas», y se relamió los labios como si lo nuevo fuera algo de comer. K. no dijo nada para congraciarse, estaba bien que le tuvieran un poco de respeto, pero, apenas se había sentado junto a Barnabas, sintió ya el aliento de un aldeano en la nuca; el aldeano venía, según dijo, a buscar el salero, pero K. dio una patada de cólera en el suelo, y el aldeano se fue sin el salero. Era verdaderamente fácil acabar con la paciencia de K.; bastaba, por ejemplo, con incitar a los aldeanos contra él: su interés obstinado le parecía peor que la reserva de los otros y, además, era también reserva, porque, si K. se hubiera sentado a su mesa, sin duda no habrían permanecido allí sentados. Solo la presencia de Barnabas le impedía armar jaleo. Pero se volvió aún hacia ellos amenazante y también ellos se volvieron hacia él. Cuando los vio allí sentados, sin embargo, cada uno en su asiento, sin hablar entre ellos, sin relación visible entre sí y unidos solo por el hecho de mirarlo todos fijamente, le pareció que no era por maldad por lo que lo perseguían; quizá querían realmente algo de él y solo era que no lo podían decir, y si no era eso, quizá fuera solo infantilismo; un infantilismo que allí parecía encontrarse a sus anchas. ¿No era también infantil el posadero, que, sosteniendo con las dos manos un vaso de cerveza que tenía que llevar a algún huésped, se detuvo, miró a K. y no oyó que lo llamaba la posadera, que se había asomado por la ventanilla de la cocina?

Más tranquilo, K. se volvió hacia Barnabas; le hubiera gustado alejar a los ayudantes, pero no encontró pretexto y, por lo demás, ellos estaban contemplando en silencio sus cervezas. «He leído la carta», comenzó. «¿Sabes lo que dice?» «No», dijo Barnabas. Su mirada parecía decir más que sus palabras. Quizá se engañaba K. en esto para mejor, como se engañaba para peor con los aldeanos, pero la presencia de Barnabas le seguía resultando agradable. «Se habla también de ti en la carta: en efecto, de vez en cuando deberás llevar noticias entre el jefe del servicio y yo, y por eso había pensado que sabías lo que decía.» «Solo he recibido el encargo de entregar esa carta», dijo Barnabas, «esperar a que la leyeras y, si te parecía necesario, llevar una respuesta verbal o escrita.» «Está bien», dijo K., «no hace falta una respuesta escrita; da al jefe del servicio... ¿Cómo se llama? No he podido leer la firma.» «Klamm», dijo Barnabas. «Da las gracias de mi parte al señor Klamm por haberme aceptado y también por su especial amabilidad que, al no haber podido aún demostrar aquí mis aptitudes, sé apreciar. Me comportaré totalmente de acuerdo con sus intenciones. Deseos especiales no tengo por hoy.» Barnabas, que había prestado mucha atención, rogó que le permitiera repetir el encargo ante él, K. se lo permitió y Barnabas lo repitió todo al pie de la letra. Luego se levantó para despedirse.

Durante todo ese tiempo, K. había estado examinando su rostro, y entonces lo hizo por última vez. Barnabas era más o menos tan alto como él, pero su mirada parecía descender hacia K., aunque lo hacía de una forma casi humilde, pues era imposible que aquel hombre humillase a nadie. Sin duda, era solo un mensajero, no conocía el contenido de las cartas que tenía que llevar, pero también su mirada, su sonrisa, su forma de andar parecían un mensaje, aunque tampoco supiera nada de ello. K. le tendió la mano, lo que evidentemente sorprendió a Barnabas, que solo había querido inclinarse.

En cuanto se hubo ido –antes de abrir la puerta se había apoyado aún un momento con el hombro contra ella y, con una mirada que no se dirigía a ninguno en particular, había abarcado la sala–, K. dijo a los ayudantes: «Voy a buscar mis notas a la habitación y luego hablaremos del próximo trabajo». Ellos quisieron acompañarlo. «¡Quedaos ahí!», dijo K. Quisieron acompañarlo de todas formas. K. tuvo que repetir su orden más severamente aún. Barnabas no estaba ya en la entrada. Sin embargo, acababa de salir. Y tampoco delante de la casa –caía otra vez nieve– lo vio K. Gritó: «¡Barnabas!». No tuvo respuesta. ¿Estaría todavía dentro de la casa? No parecía haber otra posibilidad. Con todo, K. gritó otra vez su nombre con todas sus fuerzas, y el nombre retumbó en la noche como un trueno. Y de la lejanía llegó entonces una débil respuesta; así pues, tan lejos estaba ya Barnabas. K. lo llamó para que volviera y fue al mismo tiempo hacia él; allí donde se encontraron no podían verlos ya desde la posada.

«Barnabas», dijo K., sin poder dominar un temblor en la voz, «quería decirte algo aún. Me doy cuenta de que las cosas están organizadas francamente mal, porque si necesito algo del castillo dependeré de tu llegada casual. Si ahora, casualmente, no te hubiera alcanzado –cómo vuelas, yo pensaba que estabas todavía en la casa–, quién sabe cuánto tiempo habría tenido que esperar tu próxima aparición.» «Puedes pedir al jefe del servicio», dijo Barnabas, «que yo venga siempre a las horas que tú fijes.» «Tampoco eso bastaría», dijo K., «quizá durante todo un año no tenga nada que decir, pero precisamente un cuarto de hora después de haberte ido tenga algo que sea inaplazable.» «¿Debo decir entonces al jefe del servicio», dijo Barnabas, «que entre él y tú debe haber otro enlace además de mí?» «No, no», dijo K., «en absoluto, digo eso solamente de pasada, esta vez he tenido la suerte de alcanzarte.» «¿Volvemos a la posada», dijo Barnabas, «para que puedas hacerme ese nuevo encargo?» Había dado ya un paso en dirección a la casa. «Barnabas», dijo K., «no es necesario. Andaré un trecho contigo.» «¿Por qué no quieres ir a la posada?», preguntó Barnabas. «Allí me molesta la gente», dijo K.; «tú mismo has presenciado la indiscreción de los campesinos.» «Podemos ir a tu habitación», dijo Barnabas. «Es la habitación de las criadas», dijo K., «sucia y húmeda; para no tener que permanecer allí querría andar un poco contigo, solo tienes que dejar...», añadió K., para superar definitivamente su vacilación, «dejar que me coja de tu brazo, porque andas con más seguridad.» Y K. se le colgó del brazo. Estaba muy oscuro, K. no veía el rostro de Barnabas, y su figura solo imprecisamente; ya antes había tanteado buscando su brazo.

Barnabas cedió y se alejaron de la posada. Sin duda K. se dio cuenta de que, a pesar de esforzarse al máximo, no podía andar al paso de Barnabas y estorbaba su libertad de movimientos, y de que, en circunstancias normales, simplemente por ese detalle secundario, todo hubiera sido un fracaso, y tanto más en aquellas calles laterales en donde K., por la mañana, se había hundido en la nieve y de las que no podría salir más que llevado por Barnabas. Sin embargo, alejó esas preocupaciones, y también lo consoló que Barnabas callase; si andaban en silencio, también para Barnabas seguir andando podía ser la razón de estar juntos.

Caminaban, pero K. no sabía hacia dónde, no podía reconocer nada, ni siquiera sabía si habían pasado ya por delante de la iglesia. El esfuerzo que le suponía simplemente andar hacía que no pudiera dominar sus pensamientos. En lugar de permanecer orientados a su objetivo, se le extraviaban. Una y otra vez surgía su ciudad natal y los recuerdos de ella lo llenaban. También allí, en la plaza mayor, había una iglesia, rodeada en parte por un viejo cementerio, y este por un alto muro. Muy pocos muchachos habían escalado ese muro, y tampoco K. lo había logrado aún. No era la curiosidad lo que los empujaba, el cementerio ya no tenía secretos para ellos, con frecuencia habían entrado por su puertecita enrejada; solo querían dominar aquel muro alto y liso. Una mañana –el lugar, solitario y tranquilo, estaba inundado de luz, ¿cuándo lo había visto así K., antes o después?– lo consiguió con facilidad sorprendente; en un lugar en donde a menudo se había visto rechazado, escaló el muro con una banderita entre los dientes, al primer intento. Todavía rodaban bajo él los guijarros cuando estaba ya arriba. Hincó la bandera, el viento tendió la tela, él miró hacia abajo, a su alrededor y por encima de su hombro, a las cruces clavadas en la tierra, allí y entonces no hubo nadie más grande que él. Casualmente pasó entonces el maestro e hizo bajar a K. de una mirada irritada; al saltar, K. se hizo daño en la rodilla y solo con esfuerzo pudo llegar a casa, pero había estado sobre el muro y el sentimiento de esa victoria pareció darle entonces un apoyo para toda la vida, lo que no era tan disparatado, porque ahora, después de muchos años, acudió en su ayuda en aquella noche de nieve y del brazo de Barnabas.

Se agarró más firmemente y Barnabas lo arrastró casi, pero no se interrumpió el silencio; del camino, K. solo sabía que, a juzgar por el estado de la calle, todavía no habían entrado en ninguna calleja lateral. Se prometió no dejarse disuadir de seguir andando por ninguna dificultad del camino, ni siquiera por la preocupación de la vuelta; al fin y al cabo, sus fuerzas bastarían sin duda para seguir dejándose arrastrar. ¿Y podía ser interminable el camino? De día se le presentaba como un objetivo fácil, y el mensajero conocía indudablemente el camino más corto.

Entonces Barnabas se detuvo. ¿Dónde estaban? ¿No se podía seguir? ¿Quería Barnabas despedirse de K.? No lo conseguiría. K. sujetó firmemente el brazo de Barnabas, de forma que a él mismo le dolió. ¿O es que había ocurrido lo increíble y se encontraban ya en el castillo o ante sus puertas? Sin embargo, por lo que K. sabía, no habían subido en absoluto. ¿O es que Barnabas lo había llevado por un camino que ascendía insensiblemente? «¿Dónde estamos?», preguntó K. en voz baja, más para sí mismo que para el otro. «En casa», dijo Barnabas de la misma forma. «¿En casa?» «Ten cuidado ahora, señor, de no resbalarte. El camino desciende.» «¿Desciende?» «Solo unos pasos», añadió él, y llamó a una puerta.

Abrió una muchacha, estaban en el umbral de una gran sala casi en tinieblas, porque solo a la izquierda, al fondo, colgaba una lámpara de aceite diminuta. «¿Quién viene contigo, Barnabas?», preguntó la muchacha. «El agrimensor», dijo él. «El agrimensor», repitió la muchacha, en voz más alta, hacia la mesa. Entonces se levantaron allí dos personas de edad, hombre y mujer, y otra muchacha. Saludaron a K. Barnabas lo presentó a todos, eran sus padres y sus hermanas Olga y Amalia. K. los miró apenas; le quitaron el abrigo húmedo para secarlo junto a la estufa y él se dejó hacer.

Así pues, no estaban en casa, solo en la de Barnabas. Pero ¿por qué estaban allí? K. se llevó aparte a Barnabas y dijo: «¿Por qué has venido a tu casa? ¿O es que vivís en el recinto del castillo?». «¿En el recinto del castillo?», repitió Barnabas, como si no entendiera a K. «Barnabas», dijo K., «tú querías ir de la posada al castillo.» «No, señor», dijo Barnabas, «quería ir a casa, solo por la mañana voy al castillo, no duermo allí jamás.» «Así que», dijo K., «¿no querías ir al castillo, solo venir aquí?» Su sonrisa le pareció más apagada, Barnabas mismo más insignificante. «¿Por qué no me lo has dicho?» «No me lo has preguntado, señor», dijo Barnabas. «Solo querías encargarme una tarea, pero no en la posada ni en tu habitación, así que pensé que podrías encargarme esa tarea sin ser molestado aquí, en casa de mis padres –se alejarán en cuanto cuando lo ordenes– y, si prefieres estar en nuestra casa, podrías también pasar la noche aquí. ¿No he hecho bien?» K. no supo qué responder. Así pues, había sido un malentendido, un malentendido llano y vulgar, y K. se había dejado llevar totalmente. Se había dejado cautivar por la estrecha chaqueta reluciente y de seda de Barnabas, que ahora se estaba desabrochando y bajo la cual aparecía una camisa grosera, de un gris sucio y muy remendada, sobre el pecho anguloso y poderoso del criado. Y todo lo que había alrededor no solo concordaba con ello sino que lo superaba aun: el viejo padre gotoso, que avanzaba más con ayuda de sus manos tanteantes que con sus rígidas piernas, que arrastraba lentamente; la madre con las manos cruzadas sobre el pecho y que, por su volumen, tampoco podía dar más que pasos diminutos; los dos, padre y madre, desde que K. había entrado, se habían dirigido hacia él desde su rincón, pero todavía distaban mucho de haber llegado hasta él. Las hermanas, rubias,[c] parecidas entre sí y a Barnabas, pero con rasgos más duros que él, muchachas altas y fuertes, rodeaban al recién llegado y esperaban de K. alguna palabra de saludo, pero él no podía decir nada, había creído que allí en el pueblo todo el mundo era importante para él, y sin duda era así, pero precisamente aquellas personas no le preocupaban en absoluto. Si hubiera estado en condiciones de hacer solo el camino hasta la posada, se habría ido inmediatamente. La posibilidad de ir temprano al castillo con Barnabas no lo atraía en absoluto. Era ahora, de noche, sin ser notado, cuando hubiera querido entrar en el castillo, conducido por Barnabas, pero por un Barnabas como hasta ahora le había parecido, un hombre que le era más cercano que todos los que había visto hasta entonces y del que había creído al mismo tiempo que, muy por encima de su rango visible, estaba estrechamente vinculado al castillo. Entrar sin embargo en el castillo en pleno día con el hijo de aquella familia, a la que pertenecía enteramente y con la que se sentaba ya a la mesa, con un hombre que, significativamente, ni siquiera podía dormir en el castillo, era imposible, hubiera supuesto una intentona desesperada y ridícula.

K. se sentó en un banco de la ventana, decidido a pasar allí la noche y a no aceptar ningún otro servicio de la familia. Las gentes del pueblo, que lo rechazaban o tenían miedo de él, le parecían menos peligrosas, porque en el fondo lo remitían a sí mismo y lo ayudaban a hacer acopio de fuerzas, pero aquellos supuestos ayudantes que, en lugar de al castillo, lo llevaban a casa de su familia gracias a una pequeña estratagema, lo desorientaban, quisieran o no, y contribuían a mermar sus fuerzas. No atendió en absoluto una invitación que se le hizo desde la mesa familiar y, con la cabeza hundida, permaneció en su banco.

Entonces se levantó Olga, la más amable de las dos hermanas, que mostraba también algo de turbación de muchacha, se dirigió a K. y le rogó que fuera a la mesa: había ya pan y tocino dispuestos, e iría a buscar cerveza. «¿Adónde?», preguntó K. «A la posada», dijo ella. Aquello agradó mucho a K. y le rogó que no trajera cerveza sino que lo acompañara a la posada, todavía tenía allí un trabajo importante que hacer. Sin embargo, resultó que ella no quería ir tan lejos, no a la posada de K., sino a otra, mucho más próxima, la Posada de los Señores.^c Pese a ello, K. le rogó que le permitiera acompañarla; quizá, pensó, encontraría allí una posibilidad de dormir, en cualquier caso, la preferiría a la mejor cama de aquella casa. Olga no respondió enseguida y se volvió hacia la mesa. Su hermano se había levantado, asintió de buena gana y dijo: «Si el señor lo desea...». Aquel asentimiento casi hubiera podido inducir a K. a renunciar a su ruego, porque aquel hombre solo podía dar su aprobación a cosas sin valor. Sin embargo, cuando se planteó la cuestión de si dejarían entrar a K. en la posada y todos dudaron de ello, insistió con fuerza en ir con la muchacha, sin molestarse en inventar una razón plausible para su ruego; aquella familia tenía que aceptarlo como era, en cierto modo no tenía ningún pudor ante ellos. Solo Amalia lo desconcertaba un poco con su mirada seria, derecha e impasible, y quizá también un tanto apática.

En el corto camino hacia la posada –K. se había agarrado del brazo de Olga y se había dejado arrastrar por ella, no podía hacer otra cosa, casi como antes por su hermano–, se enteró de que aquella posada, en realidad, solo estaba destinada a los señores del castillo, que, cuando tenían que hacer algo en el pueblo, comían e incluso dormían allí a veces. Olga hablaba con K. en voz baja y como con confianza, era agradable ir con ella, casi tanto como con su hermano; K. se resistía a aquella sensación de bienestar, pero la sensación persistía.

La posada era exteriormente muy parecida a la posada en que vivía K., en el pueblo no parecía haber grandes diferencias exteriores, pero las diferencias pequeñas se notaban enseguida: la escalinata tenía una balaustrada, sobre la puerta había un hermoso farol y, cuando entraron, una tela ondeó sobre sus cabezas, era una bandera con los colores condales. En el zaguán encontraron enseguida, evidentemente cuando hacía una ronda de vigilancia, al posadero; con ojos pequeños, atentos o somnolientos, vio pasar a K. y dijo: «El señor agrimensor solo podrá ir hasta la taberna». «Desde luego», dijo Olga, que sujetó enseguida a K., «solo me acompaña.» K. sin embargo, ingrato, se soltó de Olga y se llevó aparte al posadero, mientras Olga aguardaba impaciente al final del zaguán. «Quisiera pasar aquí la noche», dijo K. «Por desgracia es imposible», dijo el posadero. «No parece usted saberlo, pero esta casa está destinada exclusivamente a los señores del castillo.» «Es posible que ese sea el reglamento», dijo K., «pero sin duda será posible dejarme dormir en algún rincón.» «Me gustaría muchísimo complacerlo», dijo el posadero, «pero, prescindiendo de la severidad del reglamento, del que usted habla como un extraño, resulta también irrealizable porque los señores son sumamente sensibles; estoy convencido de que son incapaces de soportar la vista de un extraño, al menos sin estar preparados; así pues, si lo dejara pasar aquí la noche y, por una casualidad —y las casualidades favorecen siempre a los señores—, lo descubrieran, no solo estaría yo perdido, sino también usted. Suena ridículo, pero es cierto.» Aquel hombre alto, muy abotonado, que, con una mano apoyada contra la pared, la otra en la cadera y la pierna cruzada, se inclinaba ligeramente hacia K. y le hablaba con confianza, no parecía pertenecer al pueblo, aunque su traje oscuro pareciera campestre y de fiesta. «Le creo por completo», dijo K., «y no subestimo la importancia del reglamento, aunque me haya expresado torpemente. Pero solo quisiera señalarle algo: tengo valiosas conexiones en el castillo y las tendré más valiosas aún, y ellas lo aseguran contra cualquier peligro que pudiera derivarse de mi pernocta y le garantizan que estoy en condiciones de recompensarlo plenamente.» «Lo sé», dijo el posadero, y repitió de nuevo: «lo sé.» K. hubiera podido expresar su deseo de forma más insistente, pero precisamente esa respuesta del posadero lo desconcertó y por eso se limitó a preguntar: «¿Hay muchos señores del castillo que pasen hoy la noche aquí?». «En ese aspecto, hoy es un buen día», dijo el posadero de forma en cierto modo tentadora, «solo ha quedado un señor.» K. seguía sin poder insistir, pero confiaba en haber sido casi aceptado, por lo que se limitó a preguntar el nombre del señor. «Klamm», dijo el posadero de pasada mientras se volvía hacia su mujer, que se acercaba susurrante con un vestido viejo y raído, recargado de volantes y plisados, pero bonito y de ciudad. Venía a buscar a su marido porque el señor intendente deseaba algo. El posadero, sin embargo, antes de irse, se volvió otra vez hacia K., como si no fuera ya él, sino K., quien tuviera que decidir si pasaría la noche allí. Pero K. no pudo decir nada; precisamente la circunstancia de que estuviera allí su superior lo aturdía; sin que él mismo pudiera explicárselo por completo, no se sentía tan libre hacia Klamm como, por lo demás, hacia el castillo; ser descubierto allí por él no le supondría un sobresalto, desde luego, como pensaba el posadero, pero sí una penosa inconveniencia, como si causara un dolor irreflexivamente a alguien al que debía estar agradecido; sin embargo, le pesaba grandemente ver que en esa irresolución se manifestaban ya, evidentemente, las consecuencias de estar subordinado, de ser un trabajador y el hecho de que ni siquiera entonces, cuando aparecían tan claramente, fuera capaz de vencerlas. De manera que se quedó allí, mordiéndose los labios sin decir nada. Otra vez el posadero, antes de desaparecer por una puerta, se volvió a mirar a K., y él lo siguió con la vista sin moverse del sitio, hasta que vino Olga y tiró de él. «¿Qué querías del posadero?», preguntó Olga. «Pasar aquí la noche», dijo K. «Pero si vas a pasar la noche en nuestra casa...», dijo Olga asombrada. «Sí, desde luego», dijo K., dejándole que interpretara libremente sus palabras.

3

Frieda

En la taberna, una sala grande completamente vacía en su centro, se sentaban a lo largo de las paredes, junto a los toneles y sobre ellos, algunos aldeanos que tenían un aspecto distinto de los de la posada de K. Iban vestidos, de forma más pulcra y uniforme, de una tela grosera de color amarillo grisáceo, sus chaquetas eran holgadas y sus pantalones ceñidos. Eran hombres pequeños, a primera vista muy parecidos entre sí, de rostros aplastados y huesudos y, sin embargo, de mejillas redondas. Todos estaban silenciosos y no se movían apenas, solo con la mirada seguían a los que entraban, pero lentamente y con indiferencia. No obstante, como eran tantos y como había tanto silencio, hicieron cierta impresión a K., que se cogió otra vez del brazo de Olga, para explicar de ese modo a aquellas gentes su presencia allí. En un rincón, un hombre, conocido de Olga, se puso en pie y quiso dirigirse a ella, pero K. la desvió con el brazo hacia otro lado; nadie sino ella pudo notarlo, y ella lo toleró, sonriente, con una mirada de reojo.

La cerveza la servía una joven llamada Frieda. Una muchacha rubia, pequeña e insignificante, de rasgos tristes y mejillas demacradas, que sin embargo sorprendía por su mirada, una mirada de especial superioridad. Cuando aquella mirada cayó sobre K., a este le pareció que había resuelto ya asuntos que lo concernían, de cuya existencia él mismo no sabía nada pero de la que esa mirada le convenció. K. no dejó de mirar a Frieda de soslayo, ni siquiera cuando ella se puso a hablar con Olga. Olga y Frieda no parecían ser amigas y solo intercambiaron unas palabras frías. K. quiso terciar y preguntó inesperadamente: «¿Conoce al señor Klamm?».[c] Olga se echó a reír. «¿De qué te ríes?», preguntó K. irritado. «No me río», dijo ella, pero siguió riéndose. «Olga es todavía una muchacha francamente infantil», dijo K., inclinándose mucho sobre el mostrador para volver a atraer hacia sí firmemente la mirada de Frieda. Ella, sin embargo, la mantuvo baja y dijo suavemente: «¿Quiere ver al señor Klamm?». K. se lo rogó. Frieda señaló una puerta situada inmediatamente a la izquierda de ella. «Ahí tiene una pequeña mirilla, por ella podrá verlo.» «¿Y toda esta gente de aquí?», preguntó K. Ella frunció el labio inferior y empujó a K. con una mano insólitamente blanda hacia la puerta. A través del pequeño agujero, que evidentemente había sido hecho con fines de observación, K. pudo ver casi toda la habitación de al lado. Ante un escritorio, en el centro de la habitación, en un cómodo sillón de brazos redondeados, se sentaba, fuertemente iluminado por una lámpara incandescente que colgaba sobre él, el señor Klamm. Un señor de estatura media, grueso y pesado. Tenía el rostro todavía terso, pero sus mejillas se hundían ya un tanto por el peso de la edad. Su bigote negro estaba muy estirado. Unos lentes torcidos y espejeantes le cubrían los ojos. Si el señor Klamm hubiese estado completamente frente a la mesa, K. lo habría visto solo de perfil, pero como Klamm estaba muy vuelto hacia él, lo veía totalmente de frente. Klamm tenía el codo izquierdo apoyado en la mesa y su mano derecha, en la que sostenía un cigarro, descansaba sobre su rodilla. Sobre la mesa había un vaso de cerveza; como el reborde de la mesa era alto, K. no podía ver bien si había en ella alguna clase de papeles, pero le pareció que estaba vacía. Para estar seguro, rogó a Frieda que mirase por el agujero y le informara al respecto. Sin embargo, como ella acababa de estar en la habitación, pudo confirmar a K. sin más que allí no había ningún papel. K. preguntó a Frieda si tenía que irse ya, pero Frieda le dijo que podía seguir mirando tanto como quisiera. K. estaba ahora solo con Frieda; Olga, como pudo comprobar fugazmente, se había abierto camino hasta su conocido y estaba sentada en lo alto de un barril, balanceando las piernas. «Frieda», dijo K. en un susurro, «¿usted conoce muy bien al señor Klamm?» «Ah, sí», dijo ella, «muy bien.» Estaba apoyada junto a K. y, juguetona, ponía orden en su blusa crema, ligera y escotada, que –como solo entonces notó K.– descansaba sobre su pobre cuerpo como si le fuera extraña. Luego dijo: «¿Se acuerda de la risa de Olga?». «Sí, qué mal educada», dijo K. «Bueno», dijo ella comprensivamente, «tenía motivos para reírse. Usted me preguntó si conocía a Klamm y la verdad es que yo...» Se irguió un poco involuntariamente y otra vez su mirada triunfante, que nada tenía que ver con lo que estaban diciendo, pasó por encima de K. «Soy su amante.» «La amante de Klamm», dijo K. Ella asintió. «Entonces, para mí», dijo K. sonriendo, para no dejar que reinara entre los dos demasiada seriedad, «para mí es usted una persona muy respetable.» «No solo para usted», dijo Frieda amablemente, pero sin recuperar su sonrisa. K. tenía un recurso contra el orgullo de ella y lo utilizó, preguntando: «¿Ha estado ya en el castillo?». No hizo efecto, porque ella le contestó: «No, pero ¿no basta que esté aquí en la taberna?». Su ambición era evidentemente desmesurada y, al parecer, quería saciarse con K. «Desde luego», dijo K., «aquí en la taberna desempeña en realidad el trabajo del posadero.» «Así es», dijo ella, «y eso que comencé como moza de establo en la Posada del Puente.» «Con esas manos tan delicadas...», dijo K. preguntando a medias, sin saber si solo la estaba adulando o si, realmente, se sentía conquistado por ella. En cualquier caso, las manos de ella eran pequeñas y delicadas, pero se las hubiera podido calificar también de débiles e impersonales. «Nadie ha reparado en eso», dijo ella, «e incluso ahora...» K. la miró inquisitivamente, ella sacudió la cabeza y no quiso seguir hablando. «Naturalmente», dijo K., «tiene usted sus secretos y no va a hablar de ellos con alguien a quien solo conoce desde hace media hora y que no ha tenido aún oportunidad de contarle qué es lo que realmente le pasa.» Esa, sin embargo, resultó una observación inoportuna, porque fue como si sacara a Frieda de un estado de somno-

lencia favorable para él; ella sacó de la bolsa de cuero que
llevaba colgada del cinto un taquito de madera, taponó
con él la mirilla y dijo a K., evidentemente esforzándose
por no dejar traslucir su cambio de humor: «En cuanto a
usted, lo sé todo: es el agrimensor», y añadió: «pero ahora tengo que trabajar». Y fue a ocupar su puesto detrás del
mostrador, mientras que este o aquel cliente se levantaba
para que ella le llenara el vaso. K. quería hablar otra vez
con ella sin ser notado, y por eso cogió un vaso de un
anaquel y se dirigió a ella: «Otra cosa, señorita Frieda»,
dijo, «resulta extraordinario y hacen falta fuerzas excep-
cionales para ascender de moza de establo a muchacha de
taberna, pero una persona así ¿ha alcanzado con ello su
objetivo final? Pregunta absurda. En sus ojos —no se ría
de mí, señorita Frieda— no se ve tanto la lucha pasada
como la futura. Sin embargo, las resistencias que el mundo opone son grandes, se hacen mayores cuanto mayores
son los objetivos y no es ninguna vergüenza asegurarse la
ayuda de un hombre sin importancia ni influencia, pero
igualmente luchador. Quizá podríamos hablar alguna vez
con tranquilidad, sin que nos mirasen tantos ojos.» «No
sé qué quiere usted», dijo ella, y en su tono parecían re-
sonar ahora, en contra de su voluntad, no las victorias de
su vida sino sus interminables decepciones. «¿Es que pretende arrancarme de Klamm? ¡Santo cielo!» Y juntó las
manos. «Me ha descubierto», dijo K. como cansado de tanta desconfianza, «esa era precisamente mi intención oculta.
Debería usted dejar a Klamm y convertirse en mi amante. Y ahora ya puedo irme. ¡Olga!», gritó. «Vámonos a
casa.» Obediente, Olga bajó de su tonel, pero sin separarse inmediatamente de los amigos que la rodeaban. Entonces Frieda dijo en voz baja, mirando amenazadora a K.:
«¿Cuándo puedo hablar con usted?». «¿Puedo pasar aquí
la noche?», preguntó K. «Sí», dijo Frieda. «¿Y puedo quedarme ya?» «Váyase con Olga para que yo pueda alejar a
esta gente. Podrá volver dentro de un momento.» «Está
bien», dijo K., y aguardó con impaciencia a Olga. Sin embargo, los aldeanos no la dejaban; habían ideado un bai-

le cuyo centro era Olga, bailaban en corro a su alrededor y, a un grito de todos, uno de ellos se adelantaba hacia Olga, la agarraba firmemente de la cadera con una mano y la hacía girar sobre sí misma; el corro se hacía cada vez más rápido, y los gritos, hambrientamente roncos, se convertían paulatinamente en uno solo; Olga, que antes, sonriendo, había tratado de romper el círculo, no hacía ya más que tambalearse de uno a otro aldeano, con el cabello suelto. «Esa es la gente que me envían», dijo Frieda, mordiéndose colérica los delgados labios. «¿Quiénes son?», preguntó K. «Los criados de Klamm», dijo Frieda, «siempre me trae a esa gente, y su presencia me molesta. Apenas sé lo que le he dicho hoy, señor agrimensor; si ha sido algo desagradable, perdóneme, la presencia de esa gente tiene la culpa, son lo más despreciable y lo más repulsivo que conozco, y yo tengo que llenarles el vaso de cerveza. Cuántas veces le he rogado a Klamm que los dejara en casa; ya tengo que soportar a los criados de los otros señores y él podría tener alguna consideración conmigo, pero todos mis ruegos son inútiles y aun antes de que él llegue se precipitan aquí, como el ganado en el establo. Sin embargo, ahora deberían ir realmente al establo, que es donde deben estar. Si usted no estuviera aquí, abriría la puerta de par en par y el propio Klamm tendría que echarlos.» «¿Es que él no los oye?», preguntó K. «No», dijo Frieda, «está durmiendo.» «¿Cómo?», exclamó K. «¿Durmiendo? Cuando he mirado al cuarto estaba todavía despierto y sentado junto a la mesa.» «Allí sigue sentado», dijo Frieda; «cuando lo vio usted estaba ya dormido. ¿Le hubiera dejado mirar si no? Era la posición que adopta para dormir, esos señores duermen mucho, resulta difícil de comprender. Por lo demás, si no durmiera tanto, cómo podría soportar a esa gente. Pero ahora tendré que echarla yo misma.» Cogió un látigo del rincón y dio un salto hacia los que bailaban, grande pero no muy seguro, como cuando salta un corderito. Al principio se volvieron hacia ella como si hubiera llegado una nueva bailarina y, efectivamente, por un instante pareció como si Frieda fuera a dejar caer el látigo, pero luego volvió a alzarlo. «En nombre de Klamm», gritó, «¡al establo, al establo!» Entonces comprendieron que iba en serio y, con un miedo incomprensible para K., comenzaron a apretujarse en el fondo hasta que, con la presión del primero, se abrió una puerta, entró el aire de la noche y todos desaparecieron con Frieda, que evidentemente los empujó hasta el establo. Sin embargo, en el silencio que se hizo de pronto, K. oyó pasos que venían del zaguán. Para ponerse de algún modo a seguro, se metió de un salto detrás del mostrador, bajo el cual estaba el único escondite posible; era verdad que no le estaba prohibido permanecer en la taberna, pero como quería pernoctar allí, tenía que evitar que lo vieran ahora. Por eso, cuando la puerta se abrió realmente, se ocultó bajo el mostrador. Ser descubierto allí, sin duda, tenía sus peligros, pero no sería increíble la excusa de que se había escondido de los aldeanos furiosos. Era el posadero: «¡Frieda!», gritó, yendo varias veces de un lado a otro por la estancia, pero felizmente Frieda volvió pronto y, sin mencionar a K., se quejó solo de los aldeanos y, tratando de encontrar a K., pasó detrás del mostrador; allí K. podía rozarle el pie y se sintió desde entonces más seguro. Como Frieda no hablaba de K., tuvo que hacerlo finalmente el posadero. «¿Y dónde está ahora el agrimensor?», preguntó. Era sin duda un hombre cortés y bien educado por su trato constante y relativamente desenvuelto con los que estaban situados por encima de él, pero con Frieda hablaba de una forma especialmente atenta, lo que llamaba poderosamente la atención porque, a pesar de ello, no dejaba de ser en su conversación un patrón que se dirigía a una empleada, y a una empleada, además, francamente descarada. «Me había olvidado por completo del agrimensor», dijo Frieda, poniendo su piececito sobre el pecho de K. «Sin duda hace rato que se ha ido.» «Yo, sin embargo, no lo he visto», dijo el posadero, «y he estado casi todo el tiempo en el zaguán.» «Pues aquí no está», dijo Frieda fríamente. «Quizá se haya escondido», dijo el posadero, «por la impresión que me ha hecho, puede esperarse cualquier cosa de él.» «Sin duda no tendrá esa audacia», dijo Frieda, pisando más fuertemente a K. Había en su forma de ser algo libre y alegre, que K. no había notado antes y que, de forma totalmente inverosímil, predominó cuando, de repente, riéndose, ella dijo: «Quizá se haya escondido aquí abajo». Se inclinó hacia K., lo besó fugazmente y volvió a incorporarse de un salto, diciendo afligida: «No, aquí no está». Sin embargo, también el posadero dio a K. motivo para asombrarse, cuando dijo: «Me resulta muy desagradable no saber con seguridad si se ha ido. No se trata solo del señor Klamm, se trata del reglamento. El reglamento vale para usted, señorita Frieda, lo mismo que para mí. De la taberna responde usted, pero el resto de la casa voy a registrarlo aún. ¡Buenas noches! ¡Que descanse!». No podía haber salido todavía de la estancia cuando Frieda había apagado ya la luz eléctrica y estaba con K. bajo el mostrador: «¡Querido! ¡Querido mío!», susurró, pero sin tocar a K.; como desfallecida de amor, estaba echada de espaldas, con los brazos extendidos, el tiempo era sin duda interminable ante aquel amor feliz y ella suspiraba más que cantaba una cancioncilla. Luego se sobresaltó, porque K. seguía perdido en sus pensamientos, y comenzó a tirar de él como un niño: «Ven, aquí debajo se asfixia una». Se abrazaron y su pequeño cuerpo ardía entre las manos de K.; con un desmayo del que K. trataba de librarse continua pero inútilmente, rodaron unos pasos, tropezaron sordamente contra la puerta de Klamm y se quedaron luego inmóviles en medio de los charquitos de cerveza y el resto de la basura que cubría el suelo. Allí pasaron horas, horas de respiración simultánea, de simultáneos latidos de corazón, horas en las que K. tenía continuamente la sensación de extraviarse o estar tan lejos en tierra extraña como nadie había estado antes que él, una tierra extraña en la que ni siquiera el aire tenía nada que ver con el de su país natal, en la que tenía que asfixiarse por ser extraño y en cuyos insensatos atractivos no se podía hacer más que seguir adelante, seguir extraviándose. Y por eso, al menos al principio, no lo asustó el que, desde la habitación de Klamm, llamaran a Frieda con voz profunda y autoritariamente indiferente. «Frieda», dijo K. al oído de Frieda, transmitiéndole así la llamada. Obediente, Frieda fue a levantarse de un salto, pero luego recordó dónde estaba, se estiró, se rió silenciosamente y dijo: «No iré, nunca volveré con él». K. quiso oponerse, instarla a ir con Klamm, y comenzó a reunir los restos de la blusa de ella, pero no podía decir nada, era demasiado feliz de tener a Frieda en sus brazos, demasiado temerosamente feliz también, porque le parecía que, si Frieda lo abandonaba, lo abandonaría todo lo que tenía. Y Frieda, como si se sintiese fortalecida por la aprobación de K., cerró el puño, golpeó con él la puerta y gritó: «¡Estoy con el agrimensor! ¡Estoy con el agrimensor!». Entonces Klamm guardó silencio. Pero K. se levantó, se arrodilló junto a Frieda y la miró a la luz turbia que precedía al amanecer. ¿Qué había ocurrido? ¿Dónde quedaban sus esperanzas? ¿Qué podía aguardar ahora de Frieda, puesto que todo se había descubierto? En lugar de avanzar prudentemente, como correspondía a la importancia del enemigo y del objetivo, se había revolcado una noche entera entre charcos de cerveza, cuyo olor le resultaba ahora aturdidor. «Pero ¿qué has hecho?», dijo para sí. «¡Estamos perdidos!» «No», dijo Frieda, «solo yo estoy perdida, pero te he ganado a ti. Tranquilízate. Sin embargo, mira cómo se ríen esos dos.» «¿Quiénes?», preguntó K., volviéndose. Sobre el mostrador estaban sentados los dos ayudantes, un tanto fatigados por la noche pasada en blanco, pero alegres, con la alegría del deber cumplido. «¿Qué hacéis aquí?», gritó K., como si tuvieran la culpa de todo, y buscó a su alrededor el látigo que había utilizado Frieda la noche anterior. «Teníamos que buscarte», dijeron los ayudantes. «Como no viniste a buscarnos a la posada, te buscamos en casa de Barnabas y te encontramos por fin aquí; llevamos aquí sentados toda la noche. La verdad es que el servicio no resulta nada fácil.» «Os necesito de día, no de noche», dijo K. «¡Largaos!» «Ahora es de día», dijeron ellos sin moverse. Era realmente de día, y los aldeanos, con Olga, de la que K. se había olvidado por completo, se precipitaron dentro; Olga estaba tan animada como la víspera, por lamentable que fuera el estado de sus vestidos y su cabello, y ya desde la puerta sus ojos buscaron a K. «¿Por qué no fuiste conmigo a casa?», dijo casi llorando. «¡Por una mujerzuela así!», dijo, y lo repitió varias veces. Frieda, que había desaparecido un momento, volvió con un pequeño montón de ropa sucia y Olga se apartó tristemente. «Podemos irnos», dijo Frieda; era evidente que era a la Posada del Puente adonde debían ir. K. con Frieda, y detrás de ellos los ayudantes, esa era la comitiva; los aldeanos demostraron gran desprecio por Frieda, y era comprensible porque, hasta entonces, los había dominado con severidad; uno de ellos cogió incluso un palo e hizo como si no quisiera dejarla marchar antes de que hubiera saltado sobre el bastón, pero la mirada de ella bastó para apartarlo. Fuera, en la nieve, K. respiró un poco, y la felicidad de estar al aire libre fue tan grande que hizo esta vez soportable la dificultad del camino, y si hubiera estado solo habría andado mejor aún. En la posada, fue enseguida a su habitación y se echó en la cama, y Frieda se hizo un lecho a su lado en el suelo; los ayudantes habían entrado con ellos; los echaron, pero volvieron a entrar por la ventana. K. estaba demasiado cansado para echarlos de nuevo. La posadera subió expresamente a saludar a Frieda, Frieda la llamó madrecita y cruzaron saludos incomprensiblemente cariñosos, con besos y largos abrazos. En la pequeña habitación había muy poca tranquilidad, con frecuencia entraban criadas, armando estrépito con sus botas masculinas, para traer o llevarse alguna cosa. Si necesitaban algo de la cama, llena de cosas diversas, lo sacaban sin consideraciones de debajo de K. Saludaron a Frieda como si fuera una criada más. A pesar de esa agitación, K. se quedó en la cama todo el día y toda la noche. Cuando, a la mañana siguiente se levantó por fin, muy repuesto, era ya el cuarto día de su estancia en el pueblo.

4

Primera conversación con la posadera

Le hubiera gustado hablar con Frieda en confianza, pero los ayudantes, con los que, además, Frieda bromeaba y reía de vez en cuando, se lo impedían con su simple presencia insistente. De todas formas, exigentes no eran: se habían instalado en el suelo, en un rincón, sobre dos viejos vestidos de mujer; era un orgullo para ellos, como dijeron a Frieda varias veces, no molestar al señor agrimensor y, en lo posible, ocupar poco sitio; a ese respecto siempre, desde luego con bisbiseos y risitas, hacían diversos intentos, entrecruzaban brazos y piernas, se acurrucaban juntos, y en la penumbra se los veía en su rincón solo como un gran ovillo. Sin embargo, se sabía desgraciadamente, por las experiencias hechas a la luz del día, que eran observadores muy atentos, y miraban siempre fijamente a K., aunque fuera en un juego aparentemente infantil, por ejemplo utilizando las manos como catalejo o haciendo otras tonterías parecidas, o bien simplemente guiñando los ojos, y parecían ocupados sobre todo en cuidarse la barba,[c] que les importaba mucho y cuya longitud y espesor comparaban entre sí innumerables veces, dejando que Frieda juzgara. A menudo, K. miraba desde la cama, con total indiferencia, cómo los tres se afanaban.

Cuando se sintió suficientemente fuerte para dejar el lecho, todos se precipitaron a servirlo. Todavía no estaba suficientemente fuerte para poder defenderse de sus servicios y notó que, por esa causa, caía en cierta dependencia de ellos que podía tener malas consecuencias; pero tuvo que dejar que así ocurriera. Tampoco resultaba nada desagradable beber en la mesa el buen café que Frieda le había traído, calentarse ante la estufa que Frieda había encendido, y hacer subir y bajar las escaleras diez veces a los ayudantes, con su celo y su torpeza, para que le trajeran agua para lavarse, jabón, peine y espejo y, finalmente, porque había expresado un ligero deseo en tal sentido, también un vasito de ron.

En medio de aquellas órdenes y servicios, K. dijo, más movido por su humor plácido que por la esperanza de ser atendido: «Marchaos ahora vosotros dos, de momento no necesito nada más y quiero hablar a solas con Frieda». Y como no viera en sus rostros una resistencia clara, dijo otra vez, para compensarlos: «Los tres iremos luego a ver al alcalde, esperadme abajo en la sala». Curiosamente lo hicieron, aunque, antes de irse, dijeran aún: «También podríamos esperar aquí». Y K. respondió: «Lo sé, pero no quiero».

Sin embargo, le resultó molesto y, en cierto sentido, también agradable, que Frieda, que inmediatamente después de irse los ayudantes se había sentado en sus rodillas, le dijera: «Querido, ¿qué tienes contra tus ayudantes? No debemos tener secretos para ellos. Son fieles». «Ay, fieles», dijo K., «me acechan continuamente, es absurdo pero espantoso.» «Creo que te comprendo», dijo ella, colgándose de su cuello, y fue a decir todavía algo pero no pudo seguir hablando, y como el sillón estaba al lado del lecho, bascularon y cayeron en él. Allí yacieron, pero con menos abandono que aquella noche. Ella buscaba algo y él buscaba algo, furiosamente, haciendo muecas, hundiendo cada uno el rostro en el pecho del otro, y sus abrazos y sus cuerpos que se alzaban no les hacían olvidar sino que les recordaban ese deber de buscar; como escarban los perros desesperados en el suelo, así escarbaban ellos en sus cuerpos y, desvalidos y decepcionados, buscando una última felicidad, recorrieron varias veces con la lengua el rostro del otro. Solo el cansancio los dejó tranquilos y mutuamente agradecidos. Las muchachas subieron entonces. «Mira cómo están ahí tendidos», dijo una de ellas y, por compasión, echó sobre ellos una sábana.

Cuando, más tarde, K. se libró de la sábana y miró a su alrededor, los ayudantes –lo que no lo asombró– estaban de nuevo en su rincón y, señalándole con el dedo, se exhortaron mutuamente a ser serios y lo saludaron militarmente..., pero también estaba muy cerca de la cama, sentada, la posadera, tejiendo una media, una pequeña labor que no armonizaba con su figura gigantesca que casi oscurecía la habitación. «Hace ya mucho que aguardo», dijo, levantando su rostro ancho y cruzado por numerosas arrugas, pero en gran parte todavía terso y quizá en otro tiempo hermoso. Sus palabras sonaron como un reproche, un reproche injustificado porque K. no le había pedido que viniera. Él se limitó a acusar recibo de sus palabras asintiendo y se incorporó; también Frieda se levantó, pero dejó a K. y se apoyó en el sillón de la posadera. «Lo que quiere decirme, señora», dijo K. distraído, «¿no puede aplazarse hasta que yo vuelva de ver al alcalde? Tengo que hablar con él de algo importante.» «Esto es más importante, créame, señor agrimensor», dijo la posadera. «Allí se tratará probablemente solo de un trabajo, pero aquí se trata de un ser humano, de Frieda, mi querida muchacha.» «Ah», dijo K., «entonces, desde luego; aunque no sé por qué no nos deja a nosotros dos ocuparnos de eso.» «Por amor y por preocupación», dijo la posadera, y atrajo hacia ella la cabeza de Frieda, quien, de pie, apenas llegaba a los hombros de la posadera sentada. «Como Frieda tiene tanta confianza en usted», dijo K., «no puedo hacer nada. Y como ella, hace un momento, ha calificado de fieles a mis ayudantes, estamos entre amigos. Por eso puedo decirle, señora, que considero que lo mejor sería que Frieda y yo nos casáramos, y muy pronto. Por desgracia, por desgracia no podré sustituir así lo que ella ha perdido por mí: su puesto en la Posada de los Señores y la amistad de Klamm.» Frieda levantó el rostro; tenía los ojos llenos de lágrimas y no había en ellos victoria. «¿Por qué yo? ¿Por qué he sido yo precisamente la elegida?» «¿Cómo?», preguntaron K. y la posadera a un tiempo. «Está trastornada, pobre niña», dijo la posadera, «trastornada por la coincidencia de tanta felicidad y tanta desgracia.» Y, para confirmar esas palabras, Frieda se precipitó sobre K. y lo besó fogosamente, como si no hubiera nadie más en la habitación, y luego, llorando y sin dejar de abrazarlo, cayó de rodillas ante él. Mientras acariciaba con ambas manos el cabello de Frieda, K. preguntó a la posadera: «Parece darme usted la razón». «Es usted un hombre de honor», dijo la posadera, y también ella tenía la voz llorosa, parecía algo abatida y respiraba con dificultad. Sin embargo, encontró fuerzas aún para decir: «Ahora habrá que pensar en ciertas garantías que tendrá que dar a Frieda, porque, por grande que sea mi respeto por usted, aquí es un forastero, no puede recurrir a nadie y sus circunstancias familiares son desconocidas; por ello hacen falta garantías, eso lo comprenderá, querido señor agrimensor, usted mismo ha señalado todo lo que, al fin y al cabo, pierde Frieda por su relación con usted». «Desde luego, garantías, naturalmente», dijo K., «lo mejor sería sin duda ante notario, pero quizá se entrometerían otras administraciones condales. Por lo demás, antes de la boda tengo que hacer algo sin falta. Tengo que hablar con Klamm.» «Eso es imposible», dijo Frieda, incorporándose un tanto y apretándose contra K. «¡Vaya idea!» «Tengo que hacerlo», dijo K., «y, si no puedo lograrlo, tendrás que hacerlo tú.» «No puedo, K., no puedo», dijo Frieda, «Klamm no hablará jamás contigo. ¡Cómo puedes creer que Klamm hablará contigo!» «¿Y contigo hablaría?», preguntó K. «Tampoco», dijo Frieda, «ni contigo ni conmigo, son cosas sencillamente imposibles.» Se volvió hacia la posadera abriendo los brazos: «Ya ve, señora, lo que pide». «Es usted extraño, señor agrimensor», dijo la posadera, y era impresionante cómo se sentaba ahora más erguida, con las piernas separadas y las poderosas rodillas destacando en el delgado vestido. «Pide algo imposible.» «¿Por qué imposible?», preguntó K. «Se lo explicaré», dijo la posadera como si aquella explicación no fuera una última amabilidad sino el primer castigo que le infligía, «se lo explicaré de buena gana. Es verdad que no pertenezco al castillo y soy solo una mujer y solo una posadera, aquí, en una posada de última categoría —no es la última, pero no dista mucho de ella–, y por eso pudiera ser que no diera usted mucha importancia a mi explicación, pero durante toda mi vida he tenido los ojos abiertos y he conocido a mucha gente y he llevado todo el peso de la administración, porque mi marido es sin duda un buen muchacho pero no un posadero y no sabe qué es responsabilidad. Usted, por ejemplo, tiene que agradecer solo a su dejadez –aquella noche yo estaba tan cansada que me caía– el estar aquí en el pueblo y estar aquí sentado en esa cama, en paz y a gusto.» «¿Cómo?», preguntó K. despertando de cierta distracción y más excitado por la curiosidad que por el enojo. «Solo a su dejadez tiene que agradecerlo», dijo otra vez la posadera, con el dedo extendido hacia K. Frieda trató de apaciguarla. «Qué quieres», dijo la posadera volviéndose rápidamente con todo el cuerpo, «el señor agrimensor me ha preguntado y yo tengo que responderle. ¿Cómo podrá comprender, si no, lo que para nosotras es evidente: que el señor Klamm no hablará jamás con él, qué digo "hablará", que jamás podrá hablar? Escuche, señor agrimensor. El señor Klamm es un señor del castillo, lo que significa por sí solo, prescindiendo de cualquier otro puesto, un rango muy elevado. ¿Y quién es usted, a quien tan humildemente dirigimos nuestra solicitud de matrimonio? No es usted del castillo, no es usted del pueblo, no es nada. Sin embargo, por desgracia es algo, un forastero, alguien que está de sobra y se cruza siempre en el camino, alguien por quien se sufren continuamente molestias, por quien hay que desalojar a las criadas, alguien cuyas intenciones se desconocen, alguien que ha seducido a nuestra queridísima y pequeña Frieda y a quien, por desgracia, hay que dársela por mujer. Por todo eso, en el fondo, no le hago reproches; usted es como es; he visto en mi vida ya demasiadas cosas para no poder soportar ese espectáculo. Sin embargo, imagínese lo que pide en realidad. Que un hombre como Klamm hable con usted. He sabido con dolor que Frieda lo dejó mirar por la mirilla de una puerta; cuando hizo eso, ya estaba seducida por usted. No necesita responder, lo sé, usted lo ha soportado muy bien. No está en condiciones de comprender realmente a Klamm, y no es presunción por mi parte, porque yo tampoco lo estoy. Quiere que Klamm hable con usted, pero él no ha hablado jamás con nadie del pueblo. Esa era la gran distinción de Frieda, una distinción que será mi orgullo hasta el fin de mis días, el que por lo menos él solía llamar a Frieda por su nombre y el que ella pudiera hablarle como quisiera y tuviera permiso para utilizar la mirilla, aunque tampoco con Frieda hablara él. Y el hecho de que a veces la llamara Frieda no tiene por qué tener el significado que se le daría de buena gana; él pronunciaba sencillamente el nombre de Frieda –¿quién sabe con qué intenciones?–, y el que Frieda, naturalmente, acudiera presurosa era cosa de ella y el que, sin oposición, fuera admitida a presencia de Klamm se debía a la bondad de este, pero no se puede afirmar que la hubiera llamado precisamente para ello. Sin duda, eso ha terminado para siempre. Quizá Klamm pronuncie todavía el nombre de Frieda, es posible, pero desde luego no será admitida ya a su presencia una muchacha que se ha entregado a usted. Y solo hay una cosa, solo una cosa que no puede comprender mi pobre cabeza: que una muchacha de la que se decía que era la amante de Klamm –cosa que por lo demás considero una calificación muy exagerada– se haya dejado tocar siquiera por usted.»

«Desde luego es extraño», dijo K., sentando sobre sus rodillas a Frieda, que, aunque con la cabeza baja, se avino a ello enseguida, «pero demuestra, creo, que no todo se desarrolla como usted cree. Así, por ejemplo, tiene razón seguramente cuando dice que, comparado con Klamm, no soy nada y, aunque yo exija ahora hablar con Klamm y ni siquiera sus explicaciones puedan disuadirme, eso no quiere decir que esté en condiciones de soportar la vista de Klamm sin que haya una puerta de por medio, ni que, cuando él aparezca, no salga yo corriendo de la habitación. Sin embargo, ese temor, aunque justificado, no es para mí un motivo para no atreverme. Pero si consigo hacerle frente, no será necesario que me hable, me bastará con ver la impresión que hacen en él mis palabras y, si no le hacen ninguna o no las escucha en absoluto, habré ganado al menos el haber hablado con libertad ante un poderoso. Usted sin embargo, señora, con su gran conocimiento de la vida y de los hombres, y Frieda, que ayer mismo era aún la amante de Klamm –no veo razón para apartarme de esa palabra–, podrán sin duda darme con facilidad ocasión de hablar con Klamm y, si no es posible de otra forma, precisamente en la Posada de los Señores, en donde quizá se encuentre todavía hoy.»

«Es imposible», dijo la posadera, «y veo que le falta capacidad para entender. Pero dígame, ¿de qué quiere hablar con Klamm?»

«De Frieda, naturalmente», dijo K.

«¿De Frieda?», preguntó la posadera sin comprender, y se volvió hacia Frieda. «¿Lo oyes, Frieda? Él, él quiere hablar de ti con Klamm, con Klamm.»

«Ay», dijo K., «usted, señora, es una mujer muy inteligente y que inspira respeto y, sin embargo, se asusta de cualquier nimiedad. Pues bien, quiero hablar con él de Frieda; no es nada tan monstruoso, sino más bien lógico. Porque desde luego se equivoca también si cree que Frieda, desde el instante en que yo aparecí, ha perdido toda importancia para Klamm. Lo subestima si así lo cree. Me doy cuenta de que es una presunción por mi parte querer darle lecciones al respecto, pero tengo que hacerlo. Por mí no puede haber cambiado nada en la relación de Klamm con Frieda. O bien no existía una auténtica relación –que es lo que dicen realmente los que privan a Frieda de la honrosa designación de amante–, en cuyo caso tampoco ahora existe, o bien existía, y ¿cómo podría ella entonces, por mí que, como ha dicho usted con razón, no soy nada a los ojos de Klamm, cómo podría ella entonces ser trastornada por mí? Esas cosas se creen en el primer momento de sobresalto, pero la más mínima reflexión las reduce a sus verdaderas proporciones. Por lo demás, dejemos que Frieda diga lo que opina.»

Con la mirada perdida en la lejanía y la mejilla contra el pecho de K., Frieda dijo: «Es desde luego como dice madre: Klamm no querrá saber nada de mí. Pero sin duda no porque hayas aparecido tú, querido; una cosa así no hubiera podido conmoverlo. Más bien creo que es obra suya que nos encontráramos allí bajo el mostrador, bendita y no maldita sea la hora».

«Si es así», dijo K. lentamente, porque las palabras de Frieda eran encantadoras y cerró los ojos unos segundos para dejarse penetrar por ellas, «si es así, todavía hay menos motivo para temer una conversación con Klamm.»

«Verdaderamente», dijo la posadera mirando desde lo alto a K., «a veces me recuerda usted a mi marido, porque es tan testarudo e infantil como él. Lleva solo unos días en el pueblo y ya quiere saber más que los que han nacido aquí, más que yo, una mujer anciana, y que Frieda, que tantas cosas ha oído y ha visto en la Posada de los Señores. No niego que un día sea posible lograr algo totalmente contrario al reglamento y a la tradición, yo no he presenciado nada parecido, pero al parecer hay precedentes, puede ser, pero desde luego no ocurrirá de la forma en que usted actúa, diciendo continuamente que no, haciendo solo lo que le parece y sin escuchar los consejos mejor intencionados. ¿Cree que es usted quien me preocupa? ¿Me he ocupado de usted mientras estuvo solo? Aunque habría sido bueno y se hubieran podido evitar muchas cosas. Lo único que dije sobre usted a mi marido fue: "Manténte lejos de él". Eso es lo que habría hecho todavía hoy si Frieda no se hubiera mezclado en su destino. A ella debe –le guste o no– mis cuidados, incluso mi consideración. Y usted no puede rechazarme sin más porque responde ante mí, la única que vela por la pequeña Frieda con cuidado maternal. Es posible que Frieda tenga razón y que todo lo que ha ocurrido sea voluntad de Klamm, pero de Klamm no sé nada ahora, jamás hablaré con él y para mí es totalmente inaccesible; usted, en cambio, está ahí sentado, tiene a mi Frieda y –¿por qué callarlo?– yo lo tengo a usted. Sí, lo tengo a usted, porque, si lo expulso de mi casa, ya puede tratar de encontrar alojamiento, joven, en algún lugar en el pueblo, aunque sea una caseta de perro.»

«Gracias», dijo K., «ha hablado con franqueza y la creo por completo. Así pues, mi situación es muy insegura y, en relación con ella, también la de Frieda.»

«No», lo interrumpió furiosa la posadera, «en ese aspecto la situación de Frieda no tiene nada que ver con la suya. Frieda pertenece a mi casa y nadie tiene derecho a calificar su situación aquí de insegura.»

«Está bien, está bien», dijo K., «en eso le doy también la razón, sobre todo porque Frieda, por razones que desconozco, parece tener demasiado miedo de usted para intervenir. Así pues, de momento, limitémonos a mí. Mi situación es sumamente insegura, eso no lo niega usted, sino, más bien, se esfuerza en demostrarlo. Como todo lo que dice, también eso es en gran parte cierto, pero no por completo. Así, por ejemplo, sé de una buena cama que han puesto a mi disposición.»

«¿En dónde? ¿En dónde?», exclamaron Frieda y la posadera, tan simultáneamente y con tanta avidez como si tuvieran los mismos motivos para hacer la pregunta.

«En casa de Barnabas», dijo K.

«¡Qué granuja!», exclamó la posadera. «¡Qué granuja más redomado! ¡En casa de Barnabas! ¿Oís?» Y se volvió hacia el rincón de los ayudantes, pero hacía rato que ellos se habían adelantado y estaban, cogidos del brazo, detrás de la posadera, que entonces, como si necesitara un apoyo, cogió la mano de uno de ellos. «¿Oís con quién anda el señor? ¡Con la familia de Barnabas! Sin duda tendrá allí una cama, ay, mejor hubiera sido que la tuviera allí que en la Posada de los Señores. ¿Pero dónde estabais vosotros entonces?»

«Señora», dijo K., antes de que respondieran los ayudantes, «son mis ayudantes, pero usted los trata como si fueran los suyos y mis guardianes. En todo lo demás estoy dispuesto a discutir con la mayor cortesía su opinión, pero no en lo que se refiere a mis ayudantes, porque las cosas a ese respecto están más que claras. Por ello le ruego que no hable con mis ayudantes y, si mi ruego no bastara, les prohibiré que le respondan.»

«De manera que no puedo hablaros», dijo la posadera, y los tres se rieron, la posadera burlonamente, pero más suavemente de lo que K. había esperado; los ayudantes, con su estilo habitual, que quería decir mucho y nada, y excluía toda responsabilidad.

«Sobre todo no te enfades», dijo Frieda. «Tienes que comprender bien nuestra excitación. En cierto modo, debemos solo a Barnabas el que ahora seamos uno del otro. Cuando te vi por primera vez en la taberna –entraste del brazo de Olga–, sabía ya algunas cosas sobre ti, pero en conjunto me eras, sin embargo, totalmente indiferente. Y no solo tú me eras indiferente, sino casi todo, casi todo me era indiferente. Estaba descontenta con muchas cosas y muchas cosas me irritaban, pero qué importaban aquel descontento y aquella irritación. Por ejemplo, si me ofendía algún huésped de la taberna –siempre estaban detrás de mí, ya viste a aquellos tipos, pero venían otros mucho peores, los criados de Klamm no eran los peores–, bueno, pues si uno me ofendía, ¿qué me importaba eso? Me parecía como si hubiera ocurrido hacía muchos años, o como si no hubiera ocurrido, o como si solo lo hubiera oído contar, o como si yo misma lo hubiera olvidado ya. Sin embargo, no puedo describirlo, ni siquiera puedo imaginármelo ya, tanto ha cambiado todo desde que Klamm me ha dejado...»

Y Frieda interrumpió su relato y bajó tristemente la cabeza, con las manos unidas sobre el regazo.

«Ya ve», exclamó la posadera, como si no fuera ella quien hablara sino que prestara solo su voz a Frieda; se acercó y se sentó al lado mismo de Frieda. «Ya ve, señor agrimensor, las consecuencias de sus actos, y que las vean también sus ayudantes, con los que no debo hablar, para que aprendan. Usted ha arrancado a Frieda del estado más feliz que se le había concedido nunca, y lo consiguió sobre todo porque Frieda, en su compasión infantilmente exagerada, no podía soportar que usted fuera del brazo de Olga y pareciera entregado a la familia de Barnabas. Ella lo salvó, sacrificándose al hacerlo.ᶜ Y ahora que eso ha ocurrido y Frieda ha cambiado cuanto tenía por la felicidad de sentarse en sus rodillas, va usted y juega como un gran triunfo el hecho de que tuvo la posibilidad de pasar la noche en casa de Barnabas. Con ello quiere demostrar sin duda que no depende de mí. Desde luego, si hubiera pasado la noche en casa de Barnabas, dependería tan poco de mí que al instante, con toda rapidez, tendría que abandonar mi casa.»

«No conozco los pecados de la familia de Barnabas», dijo K., mientras levantaba cuidadosamente a Frieda, que parecía sin vida, la dejaba lentamente en la cama y se levantaba a su vez, «quizá tenga usted razón en eso, pero desde luego tenía yo razón cuando le pedí que nos dejara a nosotros solos el cuidado de nuestros asuntos, los de Frieda y los míos. Entonces dijo usted algo de amor y preocupación, pero de eso no he observado mucho luego, y sí, en cambio, mucho de odio y desprecio y repulsión. Si se había propuesto separar a Frieda de mí o separarme a mí de Frieda, ha actuado muy hábilmente, pero no creo que lo consiga y, si lo consiguiera −permítame también una oscura amenaza−, lo lamentaría usted amargamente. En lo que se refiere al alojamiento que me da −por llamar así a este espantoso agujero−, no es nada seguro que lo haga por su voluntad, sino que más bien parece obedecer una orden de la administración condal. Por eso comunicaré allí que aquí se me ha despedido y, si me asignan otro alojamiento, usted respirará aliviada, pero yo aún más. Y ahora, para este y otros asuntos, voy a ir a ver al alcalde; por favor, ocúpese al menos de Frieda, a la que, con sus discursos pretendidamente maternales, ha causado ya suficiente daño.»

Luego se volvió hacia los ayudantes. «Venid», dijo, descolgó la carta de Klamm y se dispuso a irse. La posadera lo había mirado en silencio, y solo cuando él puso la mano en el tirador de la puerta dijo: «Señor agrimensor, aún le voy a dar algo para el camino, porque, diga lo que diga, y aunque quiera ofenderme –a mí, una vieja mujer–, es usted el futuro marido de Frieda. Solo por eso le digo que, con respecto a las circunstancias de aquí, es usted espantosamente ignorante, y la cabeza le da a una vueltas cuando lo escucha y compara lo que dice y opina con la verdadera situación. No se puede remediar de golpe esa ignorancia y quizá no se pueda en absoluto, pero muchas cosas irían mejor si usted me creyera al menos un poco y tuviera siempre presente esa ignorancia suya. Entonces, por ejemplo, sería enseguida más justo conmigo y comenzaría a comprender el miedo que experimenté –y las consecuencias de ese miedo duran aún– cuando supe que mi querida pequeña, en cierto modo, había dejado al águila para unirse a la culebra ciega, pero la situación real es mucho peor aún, y debo tratar de olvidarla continuamente porque, de otro modo, no podría hablar con usted con tranquilidad. Ahora se ha enfadado otra vez. No, no se vaya aún y escuche solo este ruego: adondequiera que vaya, tenga presente que aquí es usted el más ignorante, y sea precavido; aquí, en nuestra casa, en donde la presencia de Frieda lo protege de cualquier daño, puede despacharse a gusto, aquí puede decirnos por ejemplo que tiene la intención de hablar con Klamm, pero en la realidad, en la realidad, por favor, por favor no lo haga».

Se levantó, tambaleándose un poco por la excitación, se dirigió a K., le cogió la mano y lo miró suplicante. «Señora», dijo K., «no comprendo por qué, por una cosa así, se rebaja a suplicarme. Si, como dice, será para mí imposible hablar con Klamm, no podré lograrlo, tanto si usted me ruega como si no. Sin embargo, si fuera posible, ¿por qué no habría de hacerlo, especialmente dado que, al desaparecer su principal reparo, todos sus restantes temores resultarían dudosos? Sin duda soy ignorante, la verdad sigue existiendo y eso es muy triste para mí, pero la ventaja es que quien es ignorante se atreve a más y por eso soportaré de buena gana algún tiempo aún mi ignorancia y sus consecuencias sin duda perniciosas, mientras me alcancen las fuerzas. Pero, esas consecuencias, en lo esencial, me afectan solo a mí, y por eso no comprendo, sobre todo, por qué me ruega. Indudablemente usted cuidará siempre de Frieda y, si yo desapareciera por completo de la vista de ella, eso solo sería una suerte, desde el punto de vista de usted. Entonces, ¿qué teme? ¿No temerá?... Al ignorante todo le parece posible» –y K. abrió en ese momento la puerta–, «¿no temerá quizá por Klamm?» La posadera, en silencio, lo siguió con la mirada mientras él se apresuraba a bajar los escalones seguido por sus ayudantes.

5

Con el alcalde

La entrevista con el alcalde no preocupaba mucho a K.,
lo que casi lo asombraba. Trató de explicárselo por el hecho de que, a juzgar por las experiencias anteriores, sus
relaciones oficiales con la administración condal habían
sido hasta entonces muy fáciles. Ello se debía, por una
parte, a que, en cuanto al tratamiento de sus asuntos, habían partido evidentemente y de una vez para siempre de
un principio determinado, exteriormente muy favorable
para él, y por otra a la admirable cohesión del servicio,
que se adivinaba sobre todo allí donde aparentemente no
existía. Cuando a veces pensaba solo en eso, K. no estaba muy lejos de considerar su situación como satisfactoria, pero siempre, después de esos accesos de complacen-
cia, se decía muy pronto que precisamente en ello estaba
el peligro. La relación directa con las administraciones no
era demasiado difícil, porque las administraciones, por
muy bien organizadas que estuvieran, solo tenían que defender cosas lejanas e invisibles en nombre de señores
también lejanos e invisibles, mientras que K. luchaba por
algo sumamente vivo y próximo, por sí mismo, y además,
al menos en aquel primerísimo momento, lo hacía por su
propia voluntad, porque era él el atacante, y no solo luchaba él por sí mismo, sino que evidentemente lo hacían
también otras fuerzas que no conocía pero en las que, a
juzgar por las medidas adoptadas por la administración,
podía creer. Sin embargo, por el hecho de que la administración, de antemano, en las cosas sin importancia –y hasta ahora solo se había tratado de ellas–, le hubiera hecho
muchas concesiones, le había privado de la posibilidad de
obtener pequeñas victorias fáciles y, con ella, también de la
correspondiente satisfacción y la justificada seguridad re-

sultante para otras luchas más importantes. En cambio, permitía a K., aunque solo dentro del pueblo, introducirse donde quisiera, lo mimaba y lo debilitaba así, evitando cualquier lucha y relegándolo a una vida extraoficial, totalmente imposible de desenredar, turbia y hostil. De esa forma, si no estaba siempre en guardia, podría ocurrir muy bien que un día, a pesar de la amabilidad de la administración y no obstante el pleno cumplimiento de sus obligaciones oficiales, exageradamente fáciles, y engañado por el aparente favor con que se le trataba, llevara de forma tan imprudente su vida normal que llegara a derrumbarse, y entonces la administración, todavía suave y amable, tendría que intervenir a su pesar en nombre de algún orden público para él desconocido, y quitarlo de en medio. ¿Y qué era realmente allí la vida normal? En ninguna parte había visto K. hasta entonces lo oficial y la vida tan entrelazados como allí, tan entrelazados que a veces podía parecer que hubieran invertido sus respectivas posiciones. ¿Qué significaba, por ejemplo, el poder hasta entonces solo formal que Klamm ejercía sobre los servicios de K., comparado con el poder, muy real, que Klamm tenía sobre la alcoba de K.? Así ocurría que resultara oportuno cierto comportamiento un tanto desenvuelto, cierta distensión únicamente frente a la administración misma, mientras que en lo demás era necesario siempre una gran cautela, un mirar hacia todas partes antes de dar cada paso.

Al principio, K. encontró en el alcalde confirmada su idea de la administración local. El alcalde, un hombre amable y grueso muy pulcramente afeitado, estaba enfermo; tenía un fuerte ataque de gota y recibió a K. en la cama. «De manera que este es nuestro agrimensor», dijo, y quiso levantarse para saludarlo pero no pudo hacerlo y volvió a echarse en los cojines, disculpándose y señalando su pierna. Una mujer silenciosa, casi una sombra en la penumbra de aquella habitación de ventana pequeña, oscurecida todavía más por cortinas, llevó una silla para K. y la colocó junto a la cama. «Siéntese, siéntese, señor agrimensor», dijo el alcalde, «y dígame qué desea.» K. le leyó la carta de Klamm, añadiendo algunos comentarios. Otra vez tenía la sensación de que el trato con las autoridades era sumamente fácil. Soportaban literalmente cualquier carga, se les podía confiar lo que fuera y uno quedaba libre e intacto. Como si, a su manera, lo sintiera también así el alcalde, se revolvió inquieto en la cama. Por último dijo: «Señor agrimensor, como habrá notado, yo estaba ya al corriente de todo este asunto. El que no haya tomado ninguna iniciativa se debe, en primer lugar, a mi enfermedad y luego a que usted ha tardado tanto en venir que ya pensaba que había renunciado. Ahora, como ha tenido la amabilidad de venir a verme, tengo que decirle, evidentemente, toda la desagradable verdad. Usted, según dice, ha sido contratado como agrimensor, pero por desgracia no necesitamos ningún agrimensor. No habría para él el más mínimo trabajo. Los límites de nuestras pequeñas explotaciones están trazados, todo está registrado debidamente, apenas se producen cambios de propietario y las pequeñas disputas de límites las resolvemos nosotros mismos. ¿Para qué necesitamos un agrimensor?». K., sin que hubiera pensado antes en ello, estaba convencido en su fuero interno de que esperaba una notificación así. Precisamente por ello pudo decir enseguida: «Eso me sorprende mucho. Desbarata todos mis cálculos. Solo me cabe esperar que haya algún malentendido». «Desgraciadamente no», dijo el alcalde, «es tal como le digo.» «Pero ¿cómo es posible?», exclamó K. «No he hecho ese viaje interminable para que ahora me envíen de vuelta.» «Esa es otra cuestión que no tengo que decidir yo», dijo el alcalde, «pero de todas formas puedo explicarle cómo ha sido posible el malentendido. En una administración tan grande como la condal, puede ocurrir que un departamento ordene una cosa y otro otra distinta; ninguno sabe del otro y el control superior es, sin duda, sumamente riguroso, pero por su naturaleza misma se produce demasiado tarde y por eso, a pesar de todo, puede haber alguna pequeña confusión. Evidentemente, se trata siempre de las pequeñeces más insignificantes, como por ejemplo su caso;

en las cosas importantes no he conocido todavía ningún error, aunque las pequeñeces resulten a veces suficientemente molestas. Por lo que se refiere a su caso, le voy a contar con franqueza lo ocurrido sin hacer de ello un secreto profesional... Para eso no soy suficientemente funcionario; soy campesino y lo seguiré siendo. Hace mucho tiempo, solo llevaba entonces unos meses de alcalde, llegó un decreto, no sé de qué departamento, en el que se comunicaba, con el estilo típicamente categórico de los señores de allá, que se iba a contratar a un agrimensor y se encargaba a la comunidad que tuviese dispuestos todos los planos y notas necesarios para su trabajo. Ese decreto, naturalmente, no se refería a usted, porque eso fue hace muchos años, y no me habría acordado de él si no hubiera estado enfermo y hubiera tenido tiempo en la cama de pensar en las cosas más nimias. Mizzi», dijo de pronto, interrumpiendo su relato, a su mujer, que seguía moviéndose rápidamente por el cuarto en un ajetreo incomprensible, «mira por favor en el armario, quizá encuentres el decreto. Es de mi primera época», dijo como explicación a K., «entonces lo guardaba todo aún.» La mujer abrió enseguida el armario, y K. y el alcalde miraron dentro. El armario estaba abarrotado de papeles,ᶜ y al abrirlo rodaron fuera dos grandes fajos de documentos, enrollados y atados como se suele atar la leña; la mujer, asustada, se apartó de un salto. «Debería estar abajo, abajo», dijo el alcalde, dándole instrucciones desde la cama. Obediente, la mujer, cogiendo con ambos brazos los documentos, sacó todo lo que había en el armario para llegar a los papeles de abajo. Los papeles cubrían ya la mitad del cuarto. «Se ha trabajado mucho», dijo el alcalde aprobando con la cabeza, «y eso es solo una pequeña parte. La masa principal la he guardado en el granero pero, de todas formas, la mayor parte se ha perdido. ¡Quién podría conservar todo eso! En el granero, sin embargo, quedan muchas cosas. ¿Crees que podrás encontrar el decreto?», dijo volviéndose de nuevo hacia su mujer. «Tienes que encontrar un expediente con la palabra "agrimensor" subrayada en azul.» «Está demasiado oscuro», dijo la mujer, «voy a buscar una vela.» Y salió de la habitación pasando por encima de los papeles. «Mi mujer», dijo el alcalde, «es una gran ayuda para mí en este pesado trabajo oficial que solo puedo hacer en mis ratos libres; verdad es que para los trabajos de escritura tengo otro ayudante, el maestro, pero sin embargo resulta imposible hacerlo todo y siempre quedan cosas pendientes, amontonadas en ese armario», y señaló otro. «Y sobre todo ahora, que estoy enfermo, todo esto aumenta», dijo, volviendo a echarse cansado pero también orgulloso. «¿No podría yo», dijo K. cuando la mujer volvió con la vela y, arrodillada ante el armario, se puso a buscar el decreto, «ayudar a su mujer en la búsqueda?» El alcalde negó sonriente con la cabeza: «Como ya le he dicho, no tengo secretos oficiales para usted pero no puedo ir tan lejos como para dejarle buscar por sí mismo el expediente». Entonces se hizo el silencio en la habitación; solo se oía el crujido de los papeles y quizá el alcalde incluso dormitaba un poco. Unos golpecitos en la puerta hicieron que K. se volviera. Naturalmente, eran los ayudantes. Al menos estaban ya un tanto educados; no se precipitaron inmediatamente en la habitación sino que susurraron antes a través de la puerta entreabierta: «Hace demasiado frío ahí fuera». «¿Quién es?», preguntó el alcalde sobresaltándose. «Solo mis ayudantes», dijo K., «no sé dónde decirles que me esperen; fuera hace demasiado frío y aquí son un estorbo.» «A mí no me molestan», dijo amablemente el alcalde, «hágalos entrar. Por lo demás, los conozco. Son viejos conocidos míos.» «Pues para mí son un estorbo», dijo K. francamente, paseando la mirada de los ayudantes al alcalde y otra vez a los ayudantes, y encontrando en los tres una sonrisa imposible de diferenciar. «Sin embargo, ya que estáis aquí», dijo tentativamente, «quedaos y ayudad a la señora alcaldesa a buscar un expediente con la palabra "agrimensor" subrayada en azul.» El alcalde no puso objeción; lo que no se permitía a K. se permitía a los ayudantes, que enseguida se lanzaron sobre los papeles, pero revolvían los montones más que buscaban y mientras uno deletreaba el título de uno, el otro se lo arrebataba de la mano. La mujer, en cambio, permanecía arrodillada ante el armario vacío, y parecía no buscar ya; en cualquier caso, la vela quedaba muy lejos de ella.

«Así que los ayudantes», dijo el alcalde con sonrisa satisfecha, como si todo se debiera a sus órdenes pero nadie pudiera sospecharlo siquiera, «le resultan un estorbo. Sin embargo, son sus propios ayudantes.» «No», dijo K. fríamente, «solo aquí se me han unido.» «¿Cómo unido?», dijo el alcalde. «Sin duda quiere decir que se le han asignado.» «Pues entonces asignado», dijo K., «pero hubieran podido caer también del cielo, por lo irreflexiva que fue esa asignación.» «Aquí nada ocurre irreflexivamente», dijo el alcalde, olvidándose hasta del dolor del pie e incorporándose. «¿Nada?», dijo K. «¿Y qué pasa con mi contratación?» «También su contratación fue bien meditada», dijo el alcalde, «y solo circunstancias accesorias confundieron las cosas, se lo probaré con el expediente.» «No encontrará ese expediente», dijo K. «¿Que no lo encontraré?», exclamó el alcalde. «Mizzi, por favor, ¡busca un poco más aprisa! Pero también sin expediente puedo contarle de momento la historia. A ese decreto del que le hablaba respondimos dando las gracias y diciendo que no necesitábamos ningún agrimensor. Sin embargo, esa respuesta, al parecer, no llegó al departamento original, lo llamaré A, sino, por error, a otro departamento B. Así pues, el departamento A no tuvo respuesta, pero por desgracia tampoco el departamento B recibió nuestra respuesta completa; ya fuera porque el contenido del expediente se quedara aquí con nosotros, ya porque en el camino se perdiera −en el departamento desde luego no, eso lo garantizo−; en cualquier caso al departamento B llegó solo la cubierta del expediente, en la que se indicaba únicamente que en su interior −aunque por desgracia faltase en realidad− se hablaba de la contratación de un agrimensor. Entretanto, el departamento A aguardaba nuestra respuesta, tenía desde luego los datos del asunto, pero, como comprensiblemente sucede a menudo y por la precisión con que deben cumplirse todos los trámites, el funcionario encargado confiaba en que responderíamos y entonces, o bien contrataría al agrimensor o bien, en caso necesario, seguiría manteniendo correspondencia con nosotros sobre el asunto. En consecuencia, descuidó los datos y acabó por olvidarlo todo. Sin embargo, en el departamento B la cubierta del expediente llegó a un encargado famoso por su celo profesional, Sordini se llama, italiano; incluso para mí, un iniciado, resulta incomprensible que un hombre de sus cualidades permanezca en un puesto casi subordinado. Ese Sordini, naturalmente, nos devolvió la cubierta vacía para que la completáramos. Ahora bien, desde aquel primer escrito del departamento A habían pasado, de forma comprensible, muchos meses, si no años, porque cuando, como es la regla, un expediente sigue el camino adecuado, llega a su departamento como muy tarde en un día y se despacha ese mismo día, pero cuando alguna vez equivoca el camino y, dada la excelencia de la organización, tiene que buscar literalmente con celo ese camino equivocado, porque si no, no lo encuentra, entonces, evidentemente, pasa mucho tiempo. Por ello, cuando recibimos la nota de Sordini, solo podíamos recordar el asunto de manera muy vaga; en aquella época solo éramos dos para hacer el trabajo, Mizzi y yo, no se nos había asignado aún al maestro y solo conservábamos copias de los asuntos más importantes; en pocas palabras, solo pudimos responder muy vagamente que no sabíamos nada de esa contratación y que no necesitábamos ningún agrimensor.

»Sin embargo», y aquí se interrumpió el alcalde, como si en su pasión por contar hubiera ido demasiado lejos o, al menos, fuera posible que hubiera ido demasiado lejos, «¿le aburre la historia?»

«No», dijo K., «me entretiene.»

A lo que el alcalde dijo: «No se la cuento para que se entretenga».

«Solo me entretiene», dijo K., «porque puedo ver la ridícula confusión que, llegado el caso, puede decidir la vida de un hombre.»

«Todavía no ha visto nada», dijo seriamente el alcalde, «pero puedo continuar mi relato. Sordini, naturalmente, no se contentó con nuestra respuesta. Admiro a ese hombre, aunque para mí sea un tormento. Desconfía de todo el mundo; aunque, por ejemplo, haya conocido a alguien en innumerables ocasiones como la persona más digna de confianza, en la ocasión siguiente desconfiará de él, si es que no lo considera un granuja. Me parece acertado, un funcionario debe actuar así, pero por desgracia, dada mi forma de ser, no puedo obedecer a ese principio y ya ve cómo a usted, un forastero, se lo cuento todo francamente, no puedo hacer otra cosa. Sordini, en cambio, sintió enseguida desconfianza hacia nuestra respuesta. Y entonces se produjo un intenso intercambio de correspondencia. Sordini preguntó por qué se me había ocurrido de repente que no se debía contratar a ningún agrimensor, y yo, gracias a la excelente memoria de Mizzi, respondí que la primera iniciativa había partido de la propia administración (naturalmente, habíamos olvidado hacía tiempo que se trataba de otro departamento); Sordini objetó que por qué no había mencionado hasta entonces esa comunicación oficial, y yo dije, a mi vez, que porque solo entonces la había recordado; Sordini: que era muy extraño; yo: que no era extraño en absoluto en un asunto que había durado tanto tiempo; Sordini: que, sin embargo, era extraño, porque la comunicación que yo recordaba no existía; yo: que naturalmente que no existía, porque se había perdido todo el expediente; Sordini: que tenía que existir sin embargo alguna referencia a esa primera comunicación, y no existía. Entonces me quedé atascado, porque no me atrevía a afirmar ni creer que el departamento de Sordini hubiera cometido un error. Quizá, señor agrimensor, esté usted haciendo mentalmente a Sordini el reproche de que, habida cuenta de mis afirmaciones, hubiera debido sentirse impulsado a informarse del asunto en otros departamentos. Sin embargo, precisamente eso hubiera sido desacertado; no quiero que, ni siquiera en sus pensamientos, quede mancha alguna sobre ese hombre. Es un principio de trabajo de la administración no contar en absoluto con la posibilidad de errores. Ese principio se justifica por la extraordinaria organización del conjunto, y resulta necesario si se quiere conseguir la máxima rapidez en la ejecución. Sordini, por consiguiente, no debía informarse en otros departamentos y, por lo demás, esos departamentos no le hubieran respondido, porque se habrían dado cuenta enseguida de que se trataba de investigar alguna posibilidad de error.»

«Permítame, señor alcalde, que le interrumpa con una pregunta», dijo K.: «¿no ha mencionado antes una oficina de control? A juzgar por su descripción, el funcionamiento es tal que produce mareos pensar que pudiera no existir ningún control.»

«Es usted muy severo», dijo el alcalde, «pero multiplique por mil su severidad y seguirá sin ser nada en comparación con la que la administración emplea consigo misma. Solo un completo extraño puede hacer esa pregunta. ¿Que si existen oficinas de control? Solo hay oficinas de control. Evidentemente, no están destinadas a descubrir errores en el sentido corriente de la palabra, porque no se producen errores e, incluso cuando alguno se produce, como en su caso, ¿quién podría decir en definitiva que se trataba de un error?»

«Sería algo totalmente nuevo», exclamó K.

«Para mí es algo muy viejo», dijo el alcalde. «Yo mismo, de forma no muy distinta que usted, estoy convencido de que se produjo un error; Sordini, como consecuencia de su desesperación por ello, enfermó gravemente; y también las primeras oficinas de control, a las que debemos el descubrimiento de la causa del error, han reconocido este. Sin embargo, ¿quién puede afirmar que las segundas oficinas de control decidirán lo mismo, y las terceras, y así sucesivamente?»

«Es posible», dijo K., «pero prefiero no meterme en consideraciones de esa índole, y además es la primera vez que oigo hablar de esas oficinas de control y, naturalmente, no puedo comprenderlas. Sin embargo, creo que hay que distinguir entre dos cosas: en primer lugar, lo que ocurre dentro de las administraciones y lo que debe entenderse oficialmente de una forma o de otra, y en segundo lugar mi persona, yo, que no pertenezco a las administraciones y a quien esas administraciones amenazan con un perjuicio que sería tan absurdo que sigo sin poder creer en la seriedad del riesgo. En lo que se refiere a lo primero, lo que usted, señor alcalde, me cuenta con una competencia tan extraordinaria y sorprendente es probablemente cierto, pero quisiera oír algo sobre mí.»

«Ahora voy a ello», dijo el alcalde, «pero no podría usted entenderlo si no me remontara todavía más atrás en el tiempo. Ya el hecho de que le mencionara las oficinas de control ha sido prematuro. Así pues, vuelvo a mis divergencias con Sordini. Como ya he dicho, mi defensa cedió un tanto. Sin embargo, cuando Sordini tiene aunque solo sea la ventaja más mínima sobre alguien, lo ha vencido ya, porque su atención, energía y presencia de ánimo aumentan aún, resultando para aquel a quien ataca un espectáculo espantoso y uno espléndido para los enemigos del atacado. Solo porque en otros casos he tenido también esta experiencia puedo hablarle como le hablo. Por lo demás, nunca he conseguido ver a Sordini con mis propios ojos; no puede bajar, está demasiado sobrecargado de trabajo, me han descrito su habitación diciendo que todas las paredes están cubiertas de columnas de grandes fajos de documentos amontonados, que son solo los expedientes en que Sordini está trabajando y, como continuamente sacan y meten fajos de documentos y todo con mucha prisa, las columnas se derrumban continuamente y el estrépito que de este modo se sucede con pequeños intervalos se ha hecho característico de la oficina de Sordini. Bueno, pues Sordini es un trabajador y dedica al caso menos importante el mismo cuidado que al más.»

«Señor alcalde», dijo K., «usted califica siempre mi caso de uno de los menos importantes, pero ha ocupado intensamente a muchos funcionarios y, aunque quizá al principio fuera poco importante, por el celo de funcionarios del tipo de Sordini se ha convertido en un caso importante. Así es por desgracia y muy en contra de mi voluntad; porque mi ambición no es hacer que se formen y se derrumben grandes columnas de documentos que me conciernan, sino, como modesto agrimensor, trabajar tranquilamente en una mesa de dibujo.»

«No», dijo el alcalde, «no es un asunto importante; en ese sentido no tiene motivo de queja, es uno de los casos menos importantes entre los poco importantes. La amplitud del trabajo no determina la categoría del caso y usted está muy lejos de entender a la administración si lo cree así. Pero incluso si se tratase de la amplitud del trabajo, su caso sería uno de los menores; los casos ordinarios, es decir, aquellos en que no existen supuestos errores, dan mucho más trabajo, aunque, evidentemente, también un trabajo más productivo. Por lo demás, usted no sabe nada del verdadero trabajo que ha dado su caso, del que solo ahora voy a hablarle. Al principio, Sordini me dejó fuera del asunto, pero vinieron sus funcionarios y, diariamente, efectuaron en la Posada de los Señores interrogatorios oficiales de miembros importantes de la comunidad. La mayoría de ellos estuvieron de mi parte, solo algunos desconfiaron; la cuestión de la agrimensura es importante para los campesinos, sospecharon acuerdos e injusticias secretas, encontraron además un jefe y, por sus declaraciones, Sordini tuvo que llegar al convencimiento de que, si yo hubiera sometido la cuestión al concejo, no todos habrían sido contrarios a la contratación de un agrimensor. De esa forma, algo evidente –que no hacía falta ningún agrimensor– quedó como mínimo en entredicho. Un tal Brunswick destacó especialmente en el asunto, sin duda no lo conoce usted; quizá no sea malo, pero es tonto y fantasioso, y es cuñado de Lasemann.»

«¿El maestro curtidor?», preguntó K., y describió al barbudo que había visto en casa de Lasemann.

«Sí, ese», dijo el alcalde.

«Conozco también a su mujer», dijo K., un poco al azar.

«Es posible», dijo el alcalde enmudeciendo.

«Es bella», dijo K., «pero un tanto pálida y enfermiza. Sin duda procede del castillo», dijo formulando a medias una pregunta.

El alcalde miró el reloj, vertió un medicamento en una cuchara y se lo tragó apresuradamente.

«¿Solo conoce del castillo las oficinas?», preguntó K. groseramente.

«Sí», dijo el alcalde con una sonrisa irónica y sin embargo agradecida, «y son lo más importante. Y en lo que se refiere a Brunswick, si pudiéramos expulsarlo de la comunidad, casi todos nos sentiríamos felices y Lasemann no sería el menos feliz. Pero en aquella época Brunswick consiguió cierta influencia, no es alguien que sepa hablar, pero sí gritar y eso a muchos les basta. Y así ocurrió que yo me viera obligado a someter el asunto al consejo municipal; por lo demás, al principio no tuvo Brunswick ningún éxito, porque, naturalmente, el concejo, por una gran mayoría, no quería saber nada de un agrimensor. También de eso hace ya años, pero durante todo ese tiempo el asunto no se ha calmado, en parte por la conciencia profesional de Sordini, que, mediante las comprobaciones más cuidadosas, trataba de investigar los motivos tanto de la mayoría como de la oposición, y en parte por la estupidez y la ambición de Brunswick, que tiene diversas relaciones personales con la administración, a las que ha movilizado mediante nuevas invenciones continuas de su fantasía. Sordini, de todas formas, no se deja engañar por Brunswick – ¿cómo podría Brunswick engañar a Sordini? –, pero precisamente para no dejarse engañar eran necesarias nuevas investigaciones y, antes de que hubieran terminado, Brunswick había ideado ya algo nuevo; es muy vivo, lo cual forma parte de su estupidez. Y ahora llego a una característica especial de nuestro aparato administrativo. Como corresponde a su precisión, es también sumamente sensible. Cuando un asunto se ha considerado demasiado tiempo, puede ocurrir que, sin que su consideración haya terminado, de pronto, con la velocidad del rayo, recaiga una decisión en algún lugar imprevisible y luego no localizable, que resuelve el asunto de una forma la mayoría de las veces muy acertada pero al fin y al cabo arbitraria. Es como si el aparato administrativo no pudiera soportar más la irritación de años causada por un mismo asunto, quizá en sí insignificante, y tomara la decisión por sí mismo, sin intervención de los funcionarios. Naturalmente, no se produce ningún milagro y sin duda algún funcionario redacta la decisión o adopta una decisión no escrita, pero, en cualquier caso, al menos por nosotros e incluso por la propia oficina, no puede determinarse qué funcionario ha decidido en el caso ni por qué razones. Solo las oficinas de control lo comprueban mucho más tarde, pero nosotros no sabemos ya nada más y, por otra parte, no interesaría a nadie. Ahora bien, como he dicho, esas decisiones son la mayoría de las veces excelentes, lo único que molesta en ellas es que, como corresponde normalmente a esa clase de cosas, se conocen demasiado tarde y, por ello, se sigue deliberando apasionadamente sobre asuntos hace tiempo decididos. No sé si en su caso se ha tomado una decisión de esa índole –hay argumentos a favor, los hay en contra–, pero, si hubiera ocurrido así, se le habría enviado un contrato y usted hubiera hecho el largo viaje hasta aquí, entretanto habría pasado mucho tiempo y Sordini habría seguido trabajando hasta el agotamiento en el mismo asunto, Brunswick habría intrigado y yo habría sido atormentado por los dos. Solo apunto esa posibilidad, pero con seguridad solo sé lo siguiente: una oficina de control descubrió entretanto que, hace muchos años, del departamento A se envió una consulta a la comunidad en relación con un agrimensor, sin que hasta entonces se hubiera recibido respuesta. Recientemente me han preguntado otra vez y, evidentemente, se aclaró todo el asunto, el departamento A se dio por satisfecho con mi respuesta de que no era necesario ningún agrimensor, y Sordini tuvo que reconocer que en ese caso no era competente y, sin duda sin culpa suya, había trabajado mucho de forma inútil y agotadora para sus nervios.[c] Si, como siempre, no se hubiera acumulado trabajo de todas partes, y si precisamente el caso de usted no hubiera sido de muy poca importancia –casi se puede decir el menos importante entre los poco importantes–, hubiéramos respirado sin duda, yo creo que también Sordini, y solo Brunswick gruñiría, pero resultaría únicamente ridículo. Y ahora imagínese mi decepción, señor agrimensor, cuando, después de terminar felizmente todo el asunto –y también desde entonces ha transcurrido mucho tiempo–, aparece usted de pronto y parece como si el asunto fuera a comenzar desde el principio. Comprenderá sin duda que esté firmemente decidido, en lo que a mí respecta, a no permitirlo en ningún caso.»

«Desde luego», dijo K., «pero comprendo mejor aún que se está cometiendo conmigo, y quizá incluso con la ley, un tremendo abuso. En cuanto a mí, sabré defenderme.»

«¿Qué piensa hacer?», preguntó el alcalde.

«Eso no puedo revelárselo», dijo K.

«No quiero ser indiscreto», dijo el alcalde, «solo quiero que sepa que en mí tiene, no diré un amigo, ya que somos completamente extraños, sino, por decirlo así, una relación de negocios. Lo único que no admito es que sea usted aceptado como agrimensor, pero por lo demás puede acudir a mí con toda confianza, evidentemente dentro de los límites de mis facultades, que no son muy grandes.»

«Siempre habla usted», dijo K., «de la posibilidad de que sea aceptado como agrimensor, pero es que ya he sido aceptado, aquí está la carta de Klamm.»

«La carta de Klamm», dijo el alcalde, «es valiosa y digna de respeto por la firma que lleva, que parece auténtica, pero por lo demás... Aunque no me atrevo a manifestarme yo solo al respecto. ¡Mizzi!», llamó, y dijo luego: «Pero ¿qué estáis haciendo?»

Evidentemente, ni los ayudantes ni Mizzi, durante mucho tiempo desapercibidos, habían encontrado el expediente buscado, y habían querido meter todo otra vez en el armario, pero dada la abundancia de los documentos desordenados no lo habían conseguido. Entonces los ayudantes habían tenido sin duda una idea que estaban llevando a la práctica. Habían tumbado el armario en el suelo, lo habían atiborrado con todos los expedientes, se habían sentado con Mizzi sobre la puerta y ahora trataban de cerrarla lentamente.

«Así que no ha aparecido el expediente», dijo el alcalde, «lástima, pero la historia la sabe ya; en realidad no necesita el expediente y por lo demás aparecerá sin duda, probablemente lo tiene el maestro,[c] en cuya casa hay todavía muchos expedientes. Pero ven aquí con esa vela, Mizzi, y léeme esta carta.»

Se acercó Mizzi y pareció todavía más gris e insignificante cuando se sentó al borde de la cama y se apretó contra aquel hombre fuerte y lleno de vida, que la sostuvo abrazada. Solo llamaba la atención, a la luz de la vela, el pequeño rostro de ella, de rasgos definidos y severos, suavizados solo por la decadencia de la edad. Apenas vio la carta, cruzó ligeramente las manos: «Es de Klamm», dijo. Leyeron la carta juntos, cuchichearon un momento entre sí y finalmente, mientras los ayudantes lanzaban precisamente un hurra porque habían conseguido al fin cerrar el armario y Mizzi los miraba silenciosa y agradecida, el alcalde dijo:

«Mizzi está totalmente de acuerdo conmigo y ahora puedo atreverme a decírselo. Esta carta no es ningún escrito oficial, sino una carta privada. Eso puede verse ya claramente por el encabezamiento: "Estimado señor". Además, no se dice en ella una palabra de que se le haya aceptado como agrimensor, se habla más bien, en general, de servicios señoriales, y ni siquiera eso se dice de una forma vinculante, sino que se le acepta, "como usted sabe"; a usted le incumbe probar para qué ha sido aceptado. Finalmente, desde el punto de vista administrativo, depende usted exclusivamente de mí, el alcalde, como su superior inmediato, el cual debe comunicarle todos los pormenores, lo que en gran parte ya ha ocurrido. Para alguien que sabe leer documentos oficiales y, en consecuencia, mejor aún los no oficiales, todo eso es más que evidente; el que usted, un forastero, no lo comprenda, no me asombra. En conjunto, la carta significa solo que Klamm se ocupará personalmente de usted en el caso de que sea aceptado para el servicio señorial».

«Señor alcalde», dijo K., «interpreta usted de tal modo la carta que, en definitiva, no queda de ella más que una firma en una hoja de papel en blanco. ¿No se da cuenta de que, con ello, rebaja el nombre de Klamm, al que pretende respetar?»

«Eso es un malentendido», dijo el alcalde; «no desestimo la importancia de la carta, ni la rebajo con mi interpretación, al contrario. Una carta privada de Klamm, naturalmente, tiene más importancia que un escrito oficial, aunque no precisamente la importancia que usted quiere darle.»

«¿Conoce usted a Schwarzer?», preguntó K.

«No», dijo el alcalde. «¿Tal vez tú, Mizzi? Tampoco. No, no lo conocemos.»

«Es extraño», dijo K., «es hijo de un subalcaide.»

«Mi querido señor agrimensor», dijo el alcalde, «¿cómo podría conocer a todos los hijos de todos los subalcaides?»

«Está bien», dijo K., «entonces tendrá que creerme que lo es. Con ese Schwarzer, el mismo día de mi llegada, tuve un incidente desagradable. Él, entonces, se informó por teléfono con un subalcaide llamado Fritz y recibió la información de que yo había sido contratado como agrimensor. ¿Cómo se explica eso, señor alcalde?»

«Muy sencillo», dijo el alcalde. «Porque usted no ha entrado nunca en contacto realmente con nuestra administración. Todos esos contactos son solo aparentes, pero usted, como consecuencia de su desconocimiento de las circunstancias, los ha considerado reales. Y por lo que se refiere al teléfono: mire, en mi casa, aunque tengo verdaderamente bastante relación con la administración, no hay teléfono. En las posadas y sitios semejantes el teléfono presta buenos servicios, como los prestaría por ejemplo un aparato de música, y tampoco es más que eso. ¿Ha telefoneado ya alguna vez aquí? Entonces quizá me comprenda. En el castillo el teléfono funciona al parecer magníficamente; según me han contado, allí se telefonea sin interrupción, lo que, naturalmente, acelera mucho el trabajo. Ese telefonear incesante lo escuchamos en los teléfonos de aquí como zumbidos y cánticos, sin duda los habrá oído también. Sin embargo, esos zumbidos y esos cánticos son lo único exacto y fiable que nos transmiten nuestros teléfonos, todo lo demás es engañoso. No existe una comunicación telefónica determinada con el castillo y no hay una centralita que pueda transmitir nuestras comunicaciones; cuando se llama desde aquí a alguien del castillo, allí suenan todos los aparatos de los departamentos subalternos, o más bien sonarían en todos ellos si no fuera porque, como sé con seguridad, en casi todos se ha desconectado el sonido. De vez en cuando, sin embargo, algún funcionario agotado siente la necesidad de distraerse un poco –sobre todo a últimas horas de la tarde o durante la noche– y conecta el sonido, y entonces recibimos una respuesta, pero en cualquier caso esa respuesta no es más que una broma. Lo que es también muy comprensible. ¿Quién podría tener la pretensión de interrumpir con su llamada, por sus pequeñas preocupaciones particulares, los más importantes trabajos, que se realizan siempre a toda velocidad? Tampoco comprendo cómo ni siquiera un extranjero puede creer que cuando, por ejemplo, llama a Sordini, será realmente Sordini quien le responda. Más bien será, probablemente, algún archivero sin importancia de un departamento totalmente distinto. En cambio, puede ocurrir en algún momento extraordinario que, si se llama a ese archivero sin importancia, sea el propio Sordini quien responda. Por eso, lo mejor es apartarse del teléfono antes de que suene la primera llamada.»

«La verdad es que no lo había comprendido así», dijo K., «esos detalles no podía saberlos, pero no tenía mucha confianza en esas conversaciones telefónicas y siempre he tenido conciencia de que solo tendría verdadera importancia lo que supiera o consiguiera en el castillo.»

«No», dijo el alcalde aferrándose a sus palabras, «esas respuestas telefónicas tienen verdadera importancia, ¿cómo no? ¿Cómo podría no tener importancia una información dada por un funcionario del castillo? Ya lo he dicho con motivo de la carta de Klamm. Todas esas manifestaciones no tienen importancia oficial; si les atribuye esa importancia se equivocará; en cambio, su importancia particular, en lo que se refiere a amistad u hostilidad, es muy grande, la mayoría de las veces mayor de lo que podría ser nunca su importancia oficial.»

«Está bien», dijo K., «suponiendo que todo ocurra así, entonces tendría un montón de buenos amigos en el castillo; bien mirado, la idea de ese departamento, hace ya muchos años, de que se podría contratar a un agrimensor fue un acto de amistad hacia mí, y luego se fueron sucediendo actos de esa clase hasta conseguir atraerme a un perverso final y amenazarme ahora con la expulsión.»

«Hay algo de verdad en su forma de ver las cosas», dijo el alcalde, «tiene razón al decir que no se puede tomar al pie de la letra las manifestaciones del castillo. Pero en todas partes hace falta cautela, no solo aquí, y resulta tanto más necesaria cuanto más importante sea la manifestación de que se trate. Sin embargo, lo que dice de haber sido atraído me resulta incomprensible. Si hubiera seguido mejor mis explicaciones, tendría que saber que la cuestión de su llegada es demasiado difícil para que podamos resolverla en el curso de una breve conversación.»

«Entonces», dijo K., «la conclusión es que todo es muy confuso e inextricable, salvo mi expulsión.»

«¿Quién se atrevería a expulsarlo, señor agrimensor?», dijo el alcalde. «Precisamente la falta de claridad de las cuestiones preliminares le garantiza el trato más cortés, aunque usted parece demasiado susceptible. Nadie lo retiene aquí, pero eso no constituye una expulsión.»

«Señor alcalde», dijo K., «ahora es usted el que ve muchas cosas demasiado claras. Le diré algunas de las que me retienen aquí: el sacrificio que hice al marcharme de casa, el viaje largo y difícil, las fundadas esperanzas que me hice al haber sido aceptado, mi completa carencia de recursos, la imposibilidad de volver a encontrar ahora un trabajo de la misma naturaleza en mi tierra, y finalmente, aunque no menos importante, mi novia, que es de aquí.»

«¡Ah, Frieda!», dijo el alcalde sin la menor sorpresa. «Lo sé. Pero Frieda lo seguiría a cualquier parte. Evidentemente, en lo que se refiere al resto, son necesarias algunas consideraciones e informaré al respecto al castillo. Si se llegara a una decisión o fuera necesario interrogarlo antes de nuevo, enviaré a buscarlo. ¿Está de acuerdo?»

«No, en absoluto», dijo K., «no quiero ninguna gratificación del castillo, sino que se reconozcan mis derechos.»

«Mizzi», dijo el alcalde a su mujer, que seguía sentada, apretada contra él y perdida en sus sueños, jugando con la carta de Klamm, con la que había hecho un barquito; K. se la quitó sobresaltado. «Mizzi, la pierna empieza a dolerme mucho otra vez, vamos a tener que cambiar el apósito.»

K. se levantó. «Entonces me despido», dijo. «Sí», dijo Mizzi, que estaba ya preparando un ungüento, «además hay mucha corriente de aire.» K. se volvió: los ayudantes, en su celo siempre inoportuno, habían abierto los dos batientes de la puerta al hacer K. su observación. Para preservar la habitación del enfermo del gran frío que penetraba, K. no pudo hacer otra cosa que inclinarse fugazmente ante el alcalde. Luego, arrastrando consigo a sus ayudantes, salió corriendo de la habitación, cerrando rápidamente la puerta.

6

Segunda conversación con la posadera

El posadero aguardaba delante de la posada. Nunca se hubiera atrevido a hablar sin ser preguntado y K. le preguntó por eso qué quería. «¿Tienes ya un nuevo alojamiento?», dijo el posadero, mirando al suelo. «Me preguntas porque te lo ha encargado tu mujer», dijo K. «¿Dependes mucho de ella?» «No», dijo el posadero, «no te pregunto porque me lo haya encargado. Pero está muy agitada y se siente infeliz por tu causa, no puede trabajar, está echada en la cama y se lamenta continuamente.» «¿Quieres que vaya a verla?», preguntó K. «Te lo ruego», dijo el posadero; «fui a buscarte a casa del alcalde, escuché a la puerta, pero estabais hablando, no quería molestar y además mi mujer me preocupaba; volví corriendo, ella no me dejó entrar y no he tenido otro remedio que esperarte.» «Entonces vamos deprisa», dijo K., «la tranquilizaré enseguida.» «Si lo consiguieras...», dijo el posadero.

Atravesaron la cocina iluminada, en donde tres o cuatro criadas, distantes entre sí, se inmovilizaron literalmente en su trabajo al ver a K. Ya desde la cocina se oían los suspiros de la posadera. Estaba acostada en un recinto separado de la cocina por un ligero tabique de tablas. Solo había sitio para un gran lecho conyugal y un armario. La cama estaba colocada de forma que desde ella se podía ver toda la cocina y vigilar el trabajo. En cambio, desde la cocina no se veía apenas nada del recinto, dentro estaba muy oscuro y solo destacaban algo las sábanas blancas y rojas. Solo cuando se había entrado en él y se había acostumbrado la vista se distinguían los detalles.

«Por fin llega», dijo débilmente la posadera. Estaba tumbada de espaldas, evidentemente tenía dificultades para respirar y se había quitado el cobertor. En la cama parecía mucho más joven que vestida, pero la cofia de noche que llevaba, de encaje delicado, a pesar de ser pequeña y vacilar sobre sus cabellos, hacía que la decadencia de su rostro pareciera lastimosa. «¿Cómo habría podido venir antes?», dijo K. suavemente. «No me ha hecho llamar.» «No hubiera debido hacerme esperar tanto», dijo la posadera con obstinación de enferma. «Siéntese», dijo, señalando el borde de la cama. «Y vosotros marchaos.» Además de los ayudantes, habían entrado también las criadas. «¿Quieres que me vaya yo también, Gardena?», dijo el posadero; K. oía por primera vez el nombre de la mujer. «Naturalmente», dijo ella despacio y, como si estuviera ocupada en otros pensamientos, añadió distraída: «¿por qué ibas a quedarte tú precisamente?» Sin embargo, cuando todos se habían retirado a la cocina –y también los ayudantes obedecieron esta vez enseguida, si bien porque perseguían a una de las criadas–, Gardena estuvo suficientemente atenta para comprender que desde la cocina podían oír todo lo que hablaran, porque el recinto no tenía puertas, y ordenó a todos que salieran también de la cocina. Así lo hicieron inmediatamente.

«Por favor», dijo Gardena, «señor agrimensor, ahí en el armario, delante, cuelga una toquilla; démela para taparme con ella, no soporto este cobertor, porque respiro con dificultad.» Y cuando K. se la llevó, ella dijo: «Mire qué hermosa toquilla, ¿no?». A K. le pareció una toquilla de lana corriente; la tocó otra vez por cortesía, pero no dijo nada. «Sí, es una hermosa toquilla», dijo Gardena, envolviéndose en ella. Ahora estaba allí pacíficamente echada, todo sufrimiento parecía haberla abandonado y pensó incluso en sus cabellos desordenados, se sentó un momento y se arregló un poco el peinado en torno a la cofia. Tenía una espesa cabellera.

K. se impacientó y dijo: «Ha hecho usted que me preguntaran, señora, si ya tenía otro alojamiento». «¿Que he hecho que le preguntaran?», dijo la posadera. «No, eso es un error.» «Su marido acaba de preguntármelo.» «Lo creo», dijo la posadera; «me abruma. Cuando yo no quería tenerlo a usted, lo retuvo aquí, y ahora que estoy contenta de que esté con nosotros, lo echa. Siempre hace lo mismo.» «Así pues», dijo K., «¿tanto ha cambiado su opinión sobre mí? ¿En una o dos horas?» «No he cambiado de opinión», dijo la posadera, de nuevo más débilmente. «Déme la mano. Así. Y ahora, prométame que será totalmente sincero, y yo también lo seré con usted.» «Está bien», dijo K., «¿pero quién empieza?» «Yo», dijo la posadera, sin dar la impresión de querer complacer a K. sino de estar ansiosa por ser la primera en hablar.

Sacó una fotografía de debajo del colchón y se la tendió a K. «Mire esa fotografía», dijo suplicante. Para ver mejor, K. dio un paso hacia la cocina, pero tampoco allí era fácil distinguir algo en la foto, porque estaba descolorida por los años, rota por muchas partes, aplastada y manchada. «No está en muy buen estado», dijo K. «Por desgracia, por desgracia», dijo la posadera, «cuando se lleva una fotografía consigo durante años siempre ocurre así. Pero, si la mira con atención, sin duda verá todo. Por lo demás, puedo ayudarlo; dígame lo que ve, me alegra mucho que me hablen de esa fotografía. ¿Qué ve?» «Un joven», dijo K. «Exacto», dijo la posadera, «¿y qué hace?» «Creo que está tendido sobre una tabla, estirándose y bostezando.» La posadera se rió. «Totalmente equivocado», dijo. «Pero aquí hay una tabla y él está echado sobre ella», dijo K. insistiendo en su punto de vista. «Mire mejor», dijo la posadera irritada, «¿está realmente echado?» «No», dijo entonces K., «no está echado, flota, y ahora veo que tampoco se trata de una tabla sino probablemente de una cuerda y que el hombre está saltando.» «Bueno», dijo la posadera contenta, «está dando un salto, es el ejercicio que practican los mensajeros oficiales; ya sabía que se daría cuenta. ¿Puede verle también la cara?» «De la cara veo muy poco», dijo K.; «evidentemente, realiza un gran esfuerzo, porque tiene la boca abierta, los ojos entrecerrados y el cabello al aire.» «Muy bien», dijo la posadera apreciativa, «alguien que no lo conoce personalmente no puede ver más. Pero era un guapo muchacho, yo solo lo vi una vez fugazmente y no lo olvidaré nunca.» «¿Pero quién era?» «Fue el mensajero que utilizó Klamm cuando me llamó por primera vez», dijo la posadera.

K. no podía oír muy bien, porque un tintineo de cristal lo distraía. Enseguida encontró la causa de la molestia. Sus ayudantes estaban fuera, en el patio, dando saltos en la nieve. Fingieron alegrarse de ver a K. y, de alegría, se lo señalaban el uno al otro, golpeando sin cesar en la ventana de la cocina. A un movimiento amenazador de K., se apartaron enseguida, empujándose mutuamente, pero cada uno se escabullía del otro y otra vez se colocaron junto a la ventana. K. se apresuró a volver al recinto, en donde los ayudantes no podían ver nada desde fuera y él tampoco tenía que verlos. Sin embargo, el tintineo del cristal de la ventana, ligero y como suplicante, lo persiguió también allí durante mucho rato.

«Otra vez los ayudantes», dijo a la posadera para disculparse, y señaló hacia fuera. Ella, sin embargo, no le prestó atención, le había quitado la fotografía y la había mirado, alisado y metido nuevamente bajo el colchón. Sus movimientos se habían hecho más lentos, pero no por cansancio sino bajo el peso del recuerdo. Había querido hacer un relato a K. y con el relato lo había olvidado a él. Jugueteó con los flecos de la toquilla. Solo al cabo de un rato levantó la vista, se pasó la mano por los ojos y dijo: «También esta toquilla viene de Klamm. Y también la cofia. La fotografía, la toquilla y la cofia son los tres recuerdos que tengo de él. No soy joven como Frieda, no soy ambiciosa como ella, tampoco soy tan sensible, ella lo es mucho, en pocas palabras, sé arreglármelas en la vida, pero tengo que confesarle algo: sin esas tres cosas no hubiera aguantado tanto tiempo, probablemente ni un día más. Esos tres recuerdos le parecerán sin duda insignificantes, pero mire, Frieda, que tanto tiempo ha estado en relación con Klamm, no tiene ninguno, se lo he preguntado, ella es demasiado exaltada y también demasiado difícil de contentar; yo en cambio, que solo estuve tres veces con Klamm –luego no volvió a llamarme, no sé por qué –, me traje esos recuerdos presintiendo la brevedad de mi tiempo. Evidentemente, una tiene que ocuparse de ello; Klamm mismo no regala nada, pero si se ve algo apropiado por allí, se le puede pedir».

K. se sentía incómodo con esas historias, por mucho que le concernieran también. «¿Cuánto tiempo ha pasado de eso?», preguntó suspirando.

«Más de veinte años», dijo la posadera, «mucho más de veinte años.»

«De manera que se es fiel a Klamm durante tanto tiempo...», dijo K. «No obstante, señora, ¿se da cuenta de que esas confesiones me preocupan mucho si pienso en mi futuro matrimonio?»

La posadera consideró impertinente que K. quisiera mezclar en aquello sus asuntos personales y lo miró, irritada, de reojo.

«No se enfade», dijo K., «no estoy diciendo nada contra Klamm, pero, por la fuerza de los acontecimientos, he entrado en cierta relación con él; eso no podría negarlo ni el mayor de sus admiradores. Pues entonces. Como consecuencia, cuando se habla de Klamm tengo que pensar siempre en mí, no me es posible evitarlo. Por lo demás, señora», y K. le cogió la titubeante mano, «piense en lo mal que acabó nuestra última conversación y en que esta vez queríamos separarnos en paz.»

«Tiene razón», dijo la posadera, bajando la cabeza, «pero tenga consideración conmigo. No soy más sensible que otros, al contrario; todo el mundo tiene sus puntos sensibles pero yo solo tengo ese.»

«Por desgracia es también el mío», dijo K., «pero sin duda sabré dominarme; sin embargo, explíqueme, señora, qué debo hacer para soportar en el matrimonio esa horrible fidelidad hacia Klamm, suponiendo que Frieda se le parezca también en eso.»

«Horrible fidelidad», repitió la posadera rencorosa. «¿Es eso fidelidad? Yo soy fiel a mi marido, pero ¿a Klamm? Klamm me hizo una vez amante suya, ¿puedo perder jamás ese rango? ¿Y cómo lo soportará usted en el caso de

Frieda? Ay, señor agrimensor, ¿quién es usted para atreverse a hacer esas preguntas?»

«¡Señora!», dijo K. en tono de advertencia.

«Lo sé», dijo la posadera resignada, «pero mi marido no me ha hecho esa clase de preguntas. No sé a quién se puede considerar más desgraciada, si a mí entonces o a Frieda ahora. Frieda, que ha dejado a Klamm deliberadamente, o yo, a quien él dejó de llamar. Puede que sea Frieda, aunque ella no parezca saberlo aún en toda su amplitud. Sin embargo, mi desgracia dominaba entonces mis pensamientos de forma más exclusiva, porque tenía que preguntarme continuamente y, en el fondo, no dejo de preguntarme todavía hoy: ¿por qué sucedió así? ¡Tres veces te hizo llamar Klamm, pero no la cuarta, nunca más por cuarta vez! ¿Qué otra cosa podía preocuparme más entonces? ¿De qué otra cosa podía hablar con mi marido, con el que me casé poco después? Durante el día no teníamos tiempo, nos habíamos hecho cargo de esta posada en un estado lamentable y teníamos que tratar de levantarla, pero ¿y de noche? Durante años, nuestras conversaciones nocturnas giraron solo en torno a Klamm y a las razones de su cambio de actitud. Y cuando mi marido se dormía durante esas conversaciones, yo lo despertaba y seguíamos hablando.»

«Ahora», dijo K., «si me lo permite le haré una pregunta muy grosera.»

La posadera guardó silencio.

«De modo que no puedo hacerla», dijo K., «pero eso me basta también.»

«Evidentemente», dijo la posadera, «eso le basta también, especialmente eso. Todo lo interpreta mal, hasta mi silencio. No sabe hacer otra cosa. Le permito que me pregunte.»

«Si lo interpreto todo mal», dijo K., «quizá interprete mal también mi pregunta y quizá no sea tan grosera. Solo quería saber cómo conoció a su marido y cómo llegó a tener esta posada.»

La posadera frunció el ceño, pero dijo serena: «Es una historia muy simple. Mi padre era herrero y Hans, mi marido actual, que era mozo de cuadra de un campesino importante, venía a menudo a casa de mi padre. Era la época que siguió a mi último encuentro con Klamm, yo era muy desgraciada, aunque, realmente, no hubiera debido serlo, porque todo se había desarrollado correctamente y el hecho de que no viera más a Klamm era decisión suya y, por lo tanto, correcta; solo las razones eran oscuras, yo podía investigarlas pero no hubiera debido ser desgraciada; ahora bien, lo era y no podía trabajar y me pasaba todo el día sentada en el pequeño jardín de delante de nuestra casa. Allí me veía Hans, a veces se sentaba a mi lado, yo no me lamentaba ante él, pero él sabía de qué se trataba y, como es un buen muchacho, ocurría a veces que llorara conmigo. Y cuando el posadero de entonces, cuya mujer había muerto y tenía que dejar por ello su negocio −también él era ya viejo−, pasó una vez por delante de nuestro jardín y nos vio allí sentados, se detuvo y nos ofreció sin pensarlo la posada en arriendo; como tenía confianza en nosotros, no quiso ningún dinero de anticipo y fijó un alquiler muy bajo. Yo no quería ser una carga para mi padre, todo lo demás me era indiferente y por eso, pensando en la posada y en que el nuevo trabajo quizá me traería un poco de olvido, me prometí a Hans. Esa es la historia».

Hubo un momento de silencio, y luego K. dijo: «La forma de actuar del posadero fue hermosa pero imprudente, ¿o es que tenía razones especiales para confiar en los dos?».

«Conocía bien a Hans», dijo la posadera, «era su tío.»

«Entonces, desde luego», dijo K. «Así pues, ¿a la familia de Hans le interesaba mucho también esa alianza con usted?»

«Quizá», dijo la posadera, «no lo sé ni me preocupa.»

«Sin embargo, tuvo que ser así», dijo K., «si la familia estaba dispuesta a hacer ese sacrificio, poniendo sencillamente en sus manos, sin garantías, la posada.»

«No era nada imprudente, como se ha visto luego», dijo la posadera. «Yo me lancé al trabajo, fuerte como era, hija de herrero, no necesitaba criadas ni criados, estaba en todas partes, en la sala, en la cocina, en el establo, en el patio, cocinaba tan bien que hasta quitaba clientes a la Posada de los Señores; usted no conoce a nuestros huéspedes del mediodía, en aquella época eran más aún, muchos se han dispersado desde entonces. Y el resultado fue que no solo podíamos pagar el arriendo como era debido sino que, al cabo de unos años, lo compramos todo y hoy está casi libre de deudas. Otro resultado fue, evidentemente, que, al hacerlo, me malogré, enfermé del corazón y ahora soy una anciana. Quizá crea usted que soy mucho mayor que Hans, pero en realidad él es solo dos o tres años más joven y, en cualquier caso, no envejecerá nunca, porque con su trabajo –fumar en pipa, escuchar a los huéspedes, vaciar la pipa y, a veces, ir a buscar una cerveza–, con su trabajo no se envejece.»

«Lo que ha hecho usted es admirable», dijo K., «de eso no hay duda, pero hablábamos de la época de su matrimonio y hubiera sido extraño que la familia de Hans lo alentase, sacrificando dinero o, por lo menos, asumiendo un riesgo tan grande como era entregarles la posada, sin tener otra esperanza que su capacidad de trabajo, que entonces no conocía, y la capacidad de trabajo de Hans, cuya inexistencia debía conocer sin embargo.»

«Bueno», dijo la posadera cansada, «se adónde apunta usted y lo equivocado que está al hacerlo. En todo ello, de Klamm no había ni rastro. ¿Por qué hubiera tenido que cuidar él de mí o, mejor, cómo hubiera podido siquiera cuidar de mí? Al fin y al cabo, de mí no sabía nada. El hecho de que no me hiciera llamar era ya un indicio de que me había olvidado. Cuando deja de llamar a alguien, lo olvida por completo. Yo no quería hablar de eso delante de Frieda. Pero no es solo olvido, sino más que eso. Se puede volver a conocer a quien se ha olvidado. En el caso de Klamm, eso no es posible. Cuando deja de llamar a alguien, no solo lo olvida completamente, sino que deja de contar para él en el futuro. Esforzándome mucho, quizá pueda introducirme en el pensamiento de usted, en ese pensamiento sin sentido aquí pero quizá válido en la tierra extraña de donde viene. Posiblemente llegue usted a la tontería de creer que Klamm me dio a Hans por marido, a fin de que yo no encontrara muchos obstáculos para ir a él cuando en el futuro me llamase. Bueno, pues no se podría llegar más lejos en la tontería. ¿Qué hombre podría impedirme que corriera a Klamm si Klamm me hiciera un solo gesto? Es absurdo, totalmente absurdo, y se confunde uno mismo si juega con semejante absurdo.»

«No», dijo K., «no nos confundamos; en mis pensamientos no había ido tan lejos como usted supone, aunque, a decir verdad, estaba en camino. De momento me asombra solo, sin embargo, que los parientes esperaran tanto de ese matrimonio y que esas esperanzas se cumplieran realmente, aunque es verdad que a costa del corazón y la salud de usted. De todas formas, la idea de establecer una relación de esos hechos con Klamm se me impuso, pero no, o todavía no, con la brutalidad con que usted lo ha expuesto, evidentemente solo para poder increparme de nuevo, cosa que le gusta hacer. ¡Pues no se prive de ello! Mi idea, sin embargo, fue que, al principio, el motivo de ese matrimonio, evidentemente, fue Klamm. Sin Klamm no hubiera sido usted infeliz; no se hubiera sentado en aquel jardincillo sin hacer nada; sin Klamm, Hans no la hubiera visto allí; sin su tristeza, el tímido Hans nunca se hubiera atrevido a hablarle; sin Klamm no se hubiera encontrado usted llorando con Hans; sin Klamm, el viejo y buen tío posadero no la hubiera visto sentada allí pacíficamente con Hans; sin Klamm, la vida no le hubiera resultado a usted indiferente, y por consiguiente no se habría casado con Hans. Bueno, yo diría que en todo eso hay ya suficiente Klamm. Pero aún hay más. Si no hubiera tratado usted de olvidar, sin duda no habría trabajado de forma tan despiadada consigo misma, ni habría hecho progresar tanto la posada. De manera que también en eso estaba Klamm. Sin embargo, prescindiendo de ello, Klamm es también el origen de su enfermedad, porque su corazón, ya antes de su matrimonio, estaba agotado por aquella pasión desgraciada. Solo queda la cuestión de saber qué era lo que hacía tan atractivo ese matrimonio para la familia de Hans. Usted misma dijo una vez que ser la amante de Klamm significaba una elevación de rango irreversible, de manera que puede que fuera eso lo que los atrajera. Sin embargo, también fue, creo yo, la esperanza de que la buena estrella que la llevó a Klamm –suponiendo que fuera una buena estrella, ya que usted dice que sí– se convirtiera en definitivamente suya, es decir, se quedara con usted y no la abandonara, por ejemplo, tan rápida y súbitamente como hizo Klamm.»

«¿Dice todo eso en serio?», preguntó la posadera.

«En serio», dijo K. rápidamente, «pero creo que los parientes de Hans no tenían totalmente razón ni estaban totalmente equivocados en sus esperanzas, y creo saber también el error que cometieron. Exteriormente, todo parece un éxito, Hans está bien atendido, tiene una mujer de buena presencia, está bien considerado y la posada no tiene deudas. Pero en realidad no todo es un éxito, y con una sencilla muchacha de la que hubiera sido el primer amor, él habría sido sin duda más feliz; si él, como usted le reprocha, parece a veces como perdido en la posada, es porque se siente realmente perdido –sin que eso, ciertamente, lo haga infeliz, lo conozco ya lo bastante para saberlo–, pero no es menos cierto que ese muchacho apuesto e inteligente habría sido más feliz, con lo cual quiero decir también más independiente, más activo, más viril. Y usted misma, sin duda, no es feliz y, como dice, sin esos tres recuerdos no querría seguir viviendo, y además está enferma del corazón. Entonces ¿estaba equivocada la familia al albergar esas esperanzas? No lo creo. La bendición estaba sobre ellos, pero no supieron hacer que descendiera.»

«Entonces ¿qué es lo que descuidamos?», preguntó la posadera. Estaba ahora totalmente tumbada de espaldas mirando al techo.

«Preguntar a Klamm», dijo K.

«De modo que volvemos a usted», dijo la posadera.

«O a usted», dijo K., «nuestros intereses son afines.»

«¿Qué quiere usted de Klamm?», dijo la posadera. Se había incorporado, había amontonado los cojines para poder apoyarse en ellos y miraba a K. de hito en hito. «Le he contado francamente mi caso, del que hubiera podido aprender algo. Dígame de forma igualmente franca qué quiere preguntarle a Klamm. Solo con dificultad he podido convencer a Frieda para que se fuera a su cuarto y se quedara allí, porque temía que, en su presencia, usted no hablaría con suficiente franqueza.»

«No tengo nada que ocultar», dijo K., «pero antes quisiera señalarle algo. Dice usted que Klamm olvida fácilmente. En primer lugar, eso me parece muy improbable, y en segundo es algo imposible de demostrar, evidentemente solo una leyenda inventada por la imaginación de muchachas que, precisamente en ese momento, gozaban de los favores de Klamm. Me asombra que pueda usted creer en una invención tan vulgar.»

«No es una leyenda», dijo la posadera, «sino una experiencia común.»

«Y por lo tanto, refutable también por nuevas experiencias», dijo K. «Pues entonces hay otra diferencia también entre su caso y el de Frieda. El que Klamm no haya vuelto a llamar a Frieda, en cierto modo no ha ocurrido; más bien la ha llamado pero ella no lo ha obedecido. Incluso es posible que la siga esperando.»

La posadera guardó silencio y se limitó a levantar o bajar los ojos, observando a K. Luego dijo: «Quiero escuchar tranquilamente todo lo que tenga que decir. Prefiero que hable francamente a que tenga miramientos conmigo. Pero quiero pedirle algo también. No utilice el nombre de Klamm. Llámelo "él" o como quiera, pero no por su nombre».

«De buena gana», dijo K., «pero no me es fácil decir qué quiero de él. En primer lugar, quiero estar cerca, luego quiero oír su voz, luego quiero saber de él qué le parece nuestro matrimonio, y lo que quizá le pregunte luego dependerá de cómo se desarrolle nuestra conversación. Podremos hablar de muchas cosas, pero lo más importante para mí será encontrarme frente a él. La verdad es que todavía no he hablado directamente con ningún verdadero funcionario. Parece más difícil de lograr de lo que creía. Ahora, sin embargo, tengo el deber de hablar con él como un simple particular, y eso, en mi opinión, será mucho más fácil de lograr; como funcionario, solo puedo hablar con él en su oficina, quizá inaccesible, del castillo, o bien, lo que resulta ya dudoso, en la Posada de los Señores, pero como particular puedo hablarle en todas partes, en su casa, en la calle, donde consiga encontrarlo. El hecho de que, además, tendré a un funcionario ante mí, lo acepto de buena gana, pero no es mi principal objetivo.»

«Está bien», dijo la posadera, apretando el rostro contra los cojines, como si dijera algo desvergonzado. «Si, mediante mis relaciones, consigo que se transmita su ruego de sostener una conversación con Klamm, prométame que no emprenderá nada por su cuenta hasta que la respuesta llegue.»

«Eso no puedo prometérselo», dijo K., «aunque me gustaría mucho atender su ruego o su capricho. El asunto urge, especialmente tras el desfavorable resultado de mi conversación con el alcalde.»

«Su objeción no es válida», dijo la posadera, «porque el alcalde es alguien sin ninguna importancia. ¿No lo ha notado? No estaría un solo día en su puesto si no fuera por su mujer, que lo lleva todo.»

«¿Mizzi?», preguntó K. La posadera asintió. «Estaba allí», dijo K.

«¿Y no dijo nada?», preguntó la posadera.

«No», dijo K., «pero tampoco tuve la impresión de que pudiera hacerlo.»

«Bueno», dijo la posadera, «se equivoca usted tanto en todo... En cualquier caso, lo que el alcalde haya decidido sobre usted no importa nada, y en su momento hablaré con su mujer. Si le prometo aún que la respuesta de Klamm llegará como muy tarde en una semana, supongo que no tendrá ya ninguna razón para no hacer lo que le pido.»

«Todo eso no es decisivo», dijo K.; «mi decisión es firme y trataría de llevarla a cabo aunque recibiera una respuesta negativa. Sin embargo, aunque tenga de antemano ese propósito, no puedo dejar de solicitar antes una entrevista. Lo que sin solicitud sería quizá un intento audaz pero de buena fe, después de una respuesta negativa será franca insubordinación. Lo que, evidentemente, será mucho peor.»

«¿Peor?», dijo la posadera. «Será una insubordinación en cualquier caso. Y ahora haga lo que quiera. Déme esa falda.»

Sin preocuparse de K., se puso la falda y se dirigió apresuradamente a la cocina. Desde hacía bastante rato se oía agitación en la sala de la posada. Habían estado golpeando en la ventanilla. Los ayudantes la habían empujado una vez, gritando que tenían hambre. También habían aparecido en ella otros rostros. Incluso se oía un canto suave pero a muchas voces.

Evidentemente, la conversación de K. con la posadera había retrasado mucho la preparación de la comida; esta no estaba todavía lista pero los huéspedes se habían congregado, aunque nadie se habría atrevido a entrar en la cocina contraviniendo la prohibición de la posadera. Sin embargo, ahora que los que observaban por la ventanilla anunciaron que la posadera venía ya, las criadas corrieron enseguida a la cocina y, cuando K. entró en la sala, toda aquella concurrencia, asombrosamente numerosa, más de veinte personas entre hombres y mujeres vestidos de manera provinciana pero no aldeana, se precipitó desde la ventanilla, en donde se había agolpado, hacia las mesas, para asegurarse un asiento. Solo en una pequeña mesita de un rincón se sentaba ya un matrimonio con unos niños; el marido, un señor amable de ojos azules y cabello y barba grises desordenados, se inclinaba sobre los niños y marcaba con un cuchillo el compás de su canto, que se esforzaba continuamente por amortiguar. Quizá quería que olvidaran su hambre cantando. La posadera se disculpó ante la concurrencia con algunas palabras pronunciadas con indiferencia, y nadie le hizo reproches. Ella miró a su alrededor buscando al posadero, que, ante la dificultad de la situación, había escapado hacía rato. Luego entró lentamente en la cocina; y para K., que se apresuraba a ir a su habitación junto a Frieda, no tuvo ya ni una mirada.

7

El maestro

K. encontró arriba al maestro. La habitación, por suerte, apenas era reconocible, por lo diligente que había sido Frieda. El cuarto había sido ventilado, la estufa bien encendida, el suelo fregado, la cama hecha, las cosas de las criadas, aquella basura repugnante, incluidos sus grabados, habían desaparecido y la mesa que antes lo perseguía a uno literalmente, adondequiera que mirase, con su madera cubierta por una costra de suciedad, había sido tapada con un mantel de ganchillo. Ahora se podía recibir ya a invitados, porque la pequeña cantidad de ropa blanca de K., que Frieda, evidentemente, había lavado temprano, colgaba a secar cerca de la estufa y molestaba poco. El maestro y Frieda estaban sentados a la mesa y se levantaron al entrar K.; Frieda lo recibió con un beso y el maestro se inclinó levemente. K., distraído y agitado aún por la conversación con la posadera, comenzó disculpándose por no haber podido visitar hasta entonces al maestro, como si supusiera que este, impaciente por la ausencia de K., hubiera decidido visitarlo él. El maestro, sin embargo, con su estilo mesurado, solo entonces pareció recordar que K. y él habían convenido un día una especie de visita. «Señor agrimensor», dijo despacio, «es usted el forastero con quien, hace unos días, hablé en la plaza de la iglesia, ¿verdad?» «Sí», dijo K. brevemente; lo que entonces, en su desamparo, había tolerado, no tenía por qué aguantarlo ahora en su habitación. Se volvió hacia Frieda y le habló de una visita importante que tenía que hacer enseguida y a la cual, en lo posible, tenía que ir bien vestido. Frieda, sin preguntarle más, llamó enseguida a los ayudantes, que en aquel momento se ocupaban de inspeccionar el nuevo mantel, y les ordenó que limpiaran cuidadosamente en el patio el traje y las botas de K., que él comenzó a quitarse enseguida. Ella cogió una camisa de la cuerda y bajó corriendo a la cocina para plancharla.

Entonces K. se quedó solo con el maestro, que estaba otra vez sentado a la mesa, lo hizo esperar algo aún, se quitó la camisa y comenzó a lavarse en la palangana. Solo entonces, dando la espalda al maestro, le preguntó cuál era el motivo de su visita. «Vengo por encargo del señor alcalde», dijo él. K. se mostró dispuesto a escuchar el encargo. Sin embargo, como sus palabras eran difíciles de comprender con el ruido del agua, el maestro tuvo que acercarse y se apoyó junto a K. en la pared. K. se disculpó por lavarse y por su impaciencia ante la urgencia de la inminente visita. El maestro no lo tuvo en cuenta y dijo: «Ha sido usted descortés con el señor alcalde, ese anciano benemérito, venerable y de larga experiencia». «Si he sido descortés, no lo sé», dijo K. mientras se secaba, «pero es cierto que tenía que pensar en otras cosas que en comportarme con finura, porque se trataba de mi existencia, amenazada por una ignominiosa administración oficial, de una forma cuyos detalles no necesito exponerle, dado que usted mismo es miembro activo de esa administración. ¿Se ha quejado de mí el alcalde?» «¿A quién hubiera podido quejarse?», dijo el maestro. «Y aunque hubiera habido alguien, ¿lo habría hecho jamás? Simplemente he levantado una pequeña acta, dictada por él, sobre su conversación y así he sabido lo suficiente sobre la bondad del señor alcalde y la naturaleza de las respuestas de usted.» Mientras buscaba un peine que Frieda debía de haber guardado en algún lado, K. dijo: «¿Cómo? ¿Un acta? Levantada después, en mi ausencia, por alguien que no estuvo presente en la conversación. No está mal. ¿Y por qué un acta? ¿Acaso se trataba de un acto oficial?». «No», dijo el maestro, «semioficial, y también esa acta es solo semioficial, solo se ha levantado porque, entre nosotros, debe reinar en todo un orden riguroso. En cualquier caso, ahí está y no le hace mucho honor.» K., después de encontrar por fin el peine, que se había deslizado en la cama, dijo con más calma: «Pues levantada esté. ¿Y ha venido a comunicarme eso?». «No», dijo el maestro, «pero no soy un autómata y tenía que decirle mi opinión. Mi encargo, en cambio, es otra prueba de la bondad del señor alcalde; debo subrayar que esa bondad me resulta incomprensible y que solo hago el encargo obligado por mi puesto y por mi veneración hacia el señor alcalde.» K., lavado y peinado, estaba sentado a la mesa, esperando la camisa y el traje, sentía poca curiosidad por lo que el maestro tenía que decirle y estaba influido además por la mala opinión que tenía la posadera del alcalde. «¿Sin duda es ya más de mediodía?», preguntó pensando en el camino que lo esperaba, pero luego se corrigió y dijo: «Quería usted decirme algo de parte del alcalde». «Bueno», dijo el maestro encogiéndose de hombros, como si se sacudiera de encima toda responsabilidad, «el señor alcalde teme que, si la decisión de su asunto tarda demasiado, haga usted por su cuenta algo irreflexivo. Por mi parte, no sé por qué teme eso, mi opinión es que lo mejor es que haga usted lo que quiera. No somos sus ángeles guardianes ni estamos obligados a correr detrás de usted adondequiera que vaya. Bueno. El señor alcalde es de otra opinión. Evidentemente, él no puede acelerar la decisión en sí, que es competencia de la administración condal. Sin embargo, en su esfera de competencia, quiere tomar otra decisión provisional, verdaderamente generosa, que solo de usted depende aceptar: le ofrece provisionalmente un puesto de bedel.» Al principio, K. no prestó atención apenas a lo que se le ofrecía, pero el hecho de que se le ofreciera algo no le pareció irrelevante. Indicaba que, en opinión del alcalde, él podía hacer cosas para defenderse, y que protegerse contra ellas justificaba ciertos gastos de la comunidad. Y con cuánta seriedad se tomaba el asunto. El maestro, que llevaba ya un rato esperando allí y que antes había levantado el acta, debía de haber sido enviado por el alcalde a toda prisa.

Cuando el maestro vio que había dejado a K. pensativo, añadió: «Yo puse objeciones. Señalé que, hasta ahora, no había hecho falta ningún bedel; la mujer del sacristán limpia de vez en cuando y la señorita Gisa, la maestra, la supervisa; yo tengo ya suficiente castigo con los niños y no quiero tener que irritarme además con un bedel. El señor alcalde repuso que, sin embargo, la escuela estaba muy sucia. Yo respondí, lo que es verdad, que eso no era muy grave. Y añadí: ¿sería mejor si tomáramos a ese hombre por bedel? Desde luego que no. Prescindiendo de que no sabe nada de esa clase de trabajos, la escuela no tiene más que dos grandes aulas, sin más habitaciones, de forma que el bedel tendría que vivir, dormir y tal vez hasta cocinar, con su familia, en una de esas aulas, lo que naturalmente no favorecería la limpieza. Sin embargo, el señor alcalde me hizo notar que ese puesto sería para usted la salvación en medio de su necesidad y, por ello, se esforzaría por desempeñarlo bien, y además, dijo el señor alcalde, con usted dispondríamos también de las fuerzas de su mujer y de sus ayudantes, de forma que no solo la escuela sino también su jardín podrían ser mantenidos en un orden modélico. Todo eso lo refuté fácilmente. Por fin, el señor alcalde no pudo alegar nada más a su favor, se rió y se limitó a decir que era usted agrimensor y, por ello, podría trazar unos arriates especialmente hermosos y rectos en el jardín de la escuela. Bueno, contra el humor no hay objeción que valga, y por eso he venido a cumplir el encargo». «Se preocupa inútilmente, señor maestro», dijo K., «no se me ocurriría nunca aceptar ese puesto.» «Magnífico», dijo el maestro, «magnífico, lo rechaza usted sin ninguna vacilación.» Y, cogiendo su sombrero, hizo una inclinación y se fue.

Inmediatamente después subió Frieda con el rostro alterado, traía la camisa sin planchar y no respondió a las preguntas; para distraerla, K. le habló del maestro y de la oferta y, apenas lo oyó, ella arrojó la camisa sobre la cama y volvió a salir corriendo. Volvió pronto, pero con el maestro, que parecía malhumorado y ni siquiera saludó. Frieda le rogó un poco de paciencia –evidentemente era lo que había hecho ya varias veces en el camino–, se llevó a K. por una puerta lateral, de la que él no había sabido nada hasta entonces, al vecino desván y le contó allí por fin, excitada y sin aliento, lo que había ocurrido. La posadera, indignada por haberse rebajado a hacer confidencias a K. y, peor aún, a mostrarse complaciente en relación con la posibilidad de una entrevista de Klamm con K., sin haber obtenido más que, como dijo, un rechazo frío y por añadidura insincero, estaba decidida a no tolerar ya a K. en su casa; si tenía relaciones con el castillo, que las utilizara muy rápidamente, porque hoy mismo, ahora, tenía que dejar la casa y ella solo volvería a aceptarlo por orden y coacción administrativa directa, aunque confiaba en que no se llegaría a eso, porque también ella tenía relaciones en el castillo y sabría utilizarlas. Por lo demás, él solo estaba en la posada como consecuencia de la negligencia del posadero, y tampoco estaba en una situación de necesidad, porque aquella misma mañana se había jactado de tener otra cama dispuesta. Frieda, naturalmente, debía quedarse; si Frieda se fuera con K., ella, la posadera, se sentiría profundamente desgraciada, y ya abajo en la cocina, simplemente al pensarlo, se había derrumbado llorando junto al hogar aquella pobre mujer enferma del corazón; pero ¿cómo podía actuar de otra manera, ahora que, al menos para ella, se trataba de honrar el recuerdo de Klamm? Frieda, evidentemente, lo seguiría a él, K., a donde quisiera, por nieve o hielo, eso, naturalmente, no entraba en discusión, pero en cualquier caso la situación de los dos era muy mala, y por eso había acogido con gran alegría la oferta del maestro; aunque no fuera un puesto adecuado para K., se trataba, y eso se había recalcado expresamente, de un puesto solo provisional, ganarían tiempo y sería fácil encontrar otras posibilidades, aunque la decisión definitiva pudiera ser desfavorable. «En caso necesario», exclamó finalmente Frieda, ya colgada del cuello de K., «emigraremos. ¿Qué nos retiene en este pueblo? Provisionalmente, sin embargo, ¿verdad, querido?, aceptaremos la oferta; he hecho venir otra vez al maestro y solo tendrás que decir "Acepto", nada más, para que nos mudemos a la escuela.»

«Qué rabia», dijo K., sin hablar no obstante totalmente en serio, porque el alojamiento le preocupaba poco, y además se estaba helando en su ropa interior allí en el desván, que, sin pared ni ventana por dos de los lados, era atravesado por fuertes corrientes de aire frío. «Ahora que has arreglado tan bien el cuarto, tenemos que mudarnos. De mala gana, de muy mala gana aceptaría ese puesto; ya la humillación inmediata ante ese pequeño maestro me resulta penosa y, encima, se convertiría en mi superior jerárquico. Si pudiéramos quedarnos aquí todavía un poco..., quizá mi situación cambie esta misma tarde. Si por lo menos tú te quedaras, podríamos esperar y dar al maestro solo una respuesta vaga. Para mí encontraré siempre una cama; si fuera necesario, realmente en casa de Barna...» Frieda le tapó la boca con la mano. «Eso no», dijo temerosa, «por favor no vuelvas a decirlo. Por lo demás, te obedeceré en todo. Si quieres, me quedaré aquí sola, por triste que eso me resulte. Si quieres, rechazaremos la oferta, por equivocado que eso sea en mi opinión. Porque, mira, si encuentras otra posibilidad, incluso esta tarde misma, evidentemente renunciaremos enseguida al puesto en la escuela y nadie nos lo impedirá. Y en lo que se refiere a la humillación ante el maestro, deja que me ocupe de que no sea así, yo misma hablaré con él, tú estarás presente sin decir nada y tampoco luego será distinto, porque, si no quieres, no tendrás que hablar nunca con él, yo sola seré realmente su subordinada y ni siquiera eso, porque conozco sus flaquezas. Así pues, no todo se habrá perdido si aceptamos ese puesto, pero sí mucho si lo rechazamos; ante todo, aunque sea para ti solo, si no consigues hoy algo del castillo no encontrarás un lecho en ningún lugar, en ningún lugar del pueblo, en cualquier caso no un lecho del que tu futura esposa no tenga que avergonzarse. Y si no encuentras un lecho, ¿me exigirás que duerma aquí en una habitación caliente mientras tú vagas por ahí fuera, en medio de la noche y el frío?» K., que durante todo el rato, con los brazos cruzados sobre el pecho, se había estado golpeando los hombros con las manos para calentarse un poco, dijo: «Entonces no queda otra solución que aceptarlo, ¡ven!».

En la habitación, se dirigió enseguida a la estufa, sin preocuparse del maestro; este estaba sentado a la mesa, sacó el reloj y dijo: «Se ha hecho tarde». «Sin embargo, ahora estamos totalmente de acuerdo, señor maestro», dijo Frieda, «aceptamos el puesto.» «Está bien», dijo el maestro, «pero ese puesto se ofrece al señor agrimensor, y es él quien tiene que manifestarse.» Frieda acudió en ayuda de K.: «Evidentemente», dijo, «él acepta el puesto, ¿no es cierto, K.?». De esa forma, K. pudo limitarse a un simple «Sí», que ni siquiera iba dirigido al maestro sino a Frieda. «Entonces», dijo el maestro, «solo me queda explicarle sus obligaciones del servicio, para que, de una vez para siempre, estemos de acuerdo: señor agrimensor, deberá limpiar y calentar diariamente las dos aulas, hacer usted mismo las pequeñas reparaciones de la casa y también del material escolar y gimnástico, mantener libre de nieve el sendero que atraviesa el jardín, llevar mensajes míos y de la maestra y, en la estación cálida, encargarse de todo el trabajo de jardinería. En cambio, tendrá derecho a vivir, a su elección, en una de las aulas; pero tendrá que salir de ella cuando se esté dando clases en las dos aulas al mismo tiempo, o cambiarse a la otra cuando se den en la que usted vive. No podrá cocinar en la escuela, pero en cambio usted y los suyos comerán aquí en la posada, por cuenta de la comunidad. Menciono solamente de paso, ya que, como hombre educado, debe constarle, que deberán comportarse siempre como corresponde a la dignidad de la escuela y que especialmente los niños, y sobre todo durante las clases, no deberán ser nunca testigos de escenas desagradables de su vida familiar. A este respecto, quisiera señalarle aún que debemos insistir en que legitime cuanto antes sus relaciones con la señorita Frieda. Sobre todo esto y otros detalles se preparará un contrato de servicios, que deberá firmar en cuando se traslade a la escuela.» A K. todo aquello le pareció sin importancia, como si no le concerniera o, en cualquier caso, no lo obligara; solo la arrogancia del maestro lo irritó y dijo a la ligera: «Bueno, las obligaciones habituales». Para borrar un tanto su observación, Frieda preguntó cuál era el sueldo. «Si se le paga un sueldo o no», dijo el maestro, «se considerará solo transcurrido un mes de servicios a prueba.» «Eso será duro para nosotros», dijo Frieda, «tendremos que casarnos casi sin dinero y fundar nuestro hogar partiendo de la nada. Señor maestro, ¿no podríamos, mediante una solicitud a la comunidad, pedir una pequeña paga inmediata?» «No», dijo el maestro, que seguía dirigiéndose a K. «Una solicitud de esa índole solo se respondería si yo la recomendase, y no lo haría. La concesión del puesto es solo una amabilidad hacia ustedes y, si no se quiere olvidar las responsabilidades oficiales, no hay que llevar esas amabilidades demasiado lejos.» K., casi sin quererlo, se mezcló entonces en la conversación. «En lo que se refiere a amabilidad, señor maestro», dijo, «creo que se equivoca. La amabilidad es más bien de mi parte.» «No», dijo el maestro sonriendo, porque había obligado a K. a hablar, «de eso estoy bien informado. Necesitamos un bedel tan poco como un agrimensor. Tanto un bedel como un agrimensor son cargas superfluas. Tendré que pensar mucho en cómo justificar ese gasto ante el concejo, y lo mejor y más ajustado a la verdad sería arrojar la demanda sobre la mesa sin justificarla en absoluto.» «Eso es lo que quiero decir», dijo K.; «tienen que contratarme en contra de su voluntad, a pesar de que les da mucho que pensar. Y cuando alguien tiene que contratar a otro y ese otro se deja contratar, la amabilidad es de este.» «Qué raro», dijo el maestro, «¿qué podría obligarnos a contratarlo? Es el buen corazón, demasiado bueno, del señor alcalde el que nos obliga. Señor agrimensor, lo veo ya muy bien, tendrá que renunciar a muchas fantasías para convertirse en un buen bedel. Y en cuanto a la concesión de un posible sueldo, observaciones de esa índole, naturalmente, la favorecen muy poco. Además, ahora me doy cuenta, por desgracia, de que su comportamiento me dará mucho que hacer aún; durante todo este tiempo ha estado negociando conmigo y ahora veo, y apenas puedo creerlo, que lo ha hecho en camisa y calzoncillos.» «Sí», dijo K. riéndose y dando una palmada, «¿dónde están esos horribles ayudantes?» Frieda se apresuró a ir a la puerta, y el maestro, que comprendió que no podía seguir hablando con K., preguntó a Frieda cuándo se mudarían a la escuela. «Hoy mismo», dijo Frieda. «Entonces iré mañana temprano a inspeccionar», dijo el maestro, saludó con un gesto y fue a cruzar la puerta que Frieda mantenía abierta, pero tropezó con las criadas, que venían ya con sus cosas para instalarse de nuevo en la habitación, y tuvo que deslizarse entre ellas, que no hubieran retrocedido por nadie. Frieda lo siguió. «Qué prisa tenéis», dijo K., que esta vez estaba contento de verlas, «todavía estamos aquí y ya queréis instalaros...» Ellas no respondieron y se limitaron a dar vueltas, confusas, a sus hatos, de los que K. veía sobresalir los sucios harapos que ya conocía. «Seguramente no habéis lavado nunca vuestras cosas», dijo K.; no lo dijo con mala intención, sino con cierta simpatía. Ellas lo notaron, abrieron al mismo tiempo sus bocas duras, mostraron sus dientes hermosos, fuertes y animales, y se rieron en silencio. «Bueno, venid», dijo K., «instalaos, al fin y al cabo es vuestra habitación.» Sin embargo, como seguían titubeando −sin duda su habitación les parecía demasiado cambiada−, K. agarró a una del brazo para que avanzara. Pero la soltó enseguida; la mirada de las dos demostraba gran asombro y, tras un breve gesto de asentimiento mutuo, no la apartaron ya de K. «Ya me habéis mirado bastante», dijo K., reprimiendo cierta sensación desagradable; cogió la ropa y las botas que Frieda, seguida tímidamente por los ayudantes, había traído, y se vistió. Siempre le había resultado incomprensible, y también aquella vez, la paciencia que Frieda tenía con los ayudantes. A ellos, que hubieran debido estar limpiando su traje en el patio, Frieda los había encontrado, después de buscarlos mucho, comiendo tranquilamente abajo, con la ropa sin limpiar apretada entre las rodillas, y había tenido que limpiarlo todo por sí misma; y sin embargo, ella, que sabía cómo tratar a la gente vulgar, no se enfadó con ellos, habló además en su presencia de aquella negligencia grosera como si se tratase de una pequeña broma, y hasta dio palmaditas a uno de ellos en la mejilla, como halagándolo. K. le haría pronto observaciones al respecto. Sin embargo, ya era tiempo de que se fueran. «Los ayudantes se quedarán aquí para ayudarte en la mudanza», dijo K. Ellos, sin embargo, no estaban de acuerdo; saciados y contentos como se encontraban, les hubiera gustado moverse un poco. Solo se resignaron cuando Frieda dijo: «Claro, vosotros os quedáis aquí». «¿Sabes adónde voy?», preguntó K. «Sí», dijo Frieda. «¿Y no quieres retenerme ya?», preguntó K. «¡Vas a encontrar tantos obstáculos», dijo ella, «que mis palabras no significarían nada!» Besó a K. como despedida; le dio, porque él no había comido nada al mediodía, un paquetito con pan y salchicha que había traído de abajo, le recordó que no volviera allí sino que fuera directamente a la escuela, y, poniéndole la mano en el hombro, lo acompañó hasta la puerta.

8

Esperando a Klamm

Al principio, K. estaba contento de haber escapado a la aglomeración de criadas y ayudantes de aquella cálida habitación. Además, fuera estaba helando un poco, la nieve era más firme y andar más fácil. Pero comenzaba a oscurecer, y apresuró el paso.

El castillo, cuyos contornos comenzaban ya a desdibujarse, seguía estando silencioso como siempre, K. no había visto allí todavía la menor señal de vida, quizá no era posible reconocer nada desde aquella distancia y, sin embargo, los ojos lo reclamaban, sin querer tolerar aquel silencio. Cuando K. miraba al castillo, le parecía a veces como si observase allí a alguien que se sentase tranquilamente mirando, no perdido en sus pensamientos y, por ello, cerrado a todo, sino libre y sin preocupaciones, como si estuviera solo y nadie lo observara; sin embargo, tenía que darse cuenta de que lo observaban, pero eso no perturbaba en lo más mínimo su tranquilidad y, realmente –no se sabía si era la causa o la consecuencia–, la mirada de quien observase no podía aferrarse a nada y resbalaba. Esa impresión se veía reforzada ese día por la temprana oscuridad; cuanto más tiempo miraba K., menos cosas reconocía y tanto más profundamente se hundía todo en el crepúsculo.

Precisamente cuando K. llegaba a la Posada de los Señores, todavía sin iluminar, se abrió una ventana en el primer piso, y un señor joven, grueso y bien afeitado, con traje de cuero, se asomó y se quedó en la ventana, sin que pareciera responder al saludo de K. ni con la más leve inclinación. Ni en el zaguán ni en la taberna encontró K. a nadie; el olor a cerveza rancia de la taberna era peor aún que la última vez, algo así no hubiera ocurrido sin duda en la Posada del Puente. K. se dirigió inmediatamente a la puerta por la que había observado a Klamm la última vez y bajó con precaución el tirador, pero la puerta estaba cerrada con llave; luego trató de tantear con los dedos el lugar donde estaba la mirilla, pero el tapón estaba probablemente tan bien colocado que no pudo encontrar el sitio, y por eso encendió una cerilla. Entonces lo sobresaltó un grito. En el rincón que había entre la puerta y el aparador, cerca de la estufa, había una muchacha acurrucada que lo miraba a la luz de la cerilla con ojos somnolientos que mantenía abiertos con dificultad. Evidentemente, era la sucesora de Frieda. Ella se recuperó enseguida y encendió la luz eléctrica, su expresión era aún de enfado, pero entonces reconoció a K.: «Ah, señor agrimensor», dijo sonriendo, le tendió la mano y se presentó: «Soy Pepi».ᶜ Era pequeña, pelirroja, sana, tenía su exuberante cabellera de un rubio rojizo recogida en una fuerte trenza, y se le rizaba además en torno al rostro, y llevaba un vestido liso y caído que no le sentaba bien, de una tela gris brillante, recogido infantil y torpemente con una cinta de seda acabada en un lazo, que lo estrechaba. Preguntó por Frieda y si iba a volver pronto. Una pregunta que rayaba en la maldad. «Inmediatamente después de irse Frieda», dijo luego, «me llamaron a toda prisa, porque no se puede emplear aquí a cualquiera; hasta ahora era camarera de habitaciones, pero no he hecho un buen cambio. Aquí hay mucho trabajo de tarde y de noche, es muy cansado y difícilmente podré soportarlo, no me extraña que Frieda renunciara.» «Frieda estaba muy contenta aquí», dijo K., para hacer notar de una vez a Pepi la diferencia que había entre ella y Frieda, diferencia de la que Pepi se olvidaba. «No lo crea», dijo Pepi. «Frieda sabe dominarse como pocos. Lo que no quiere confesar no lo confiesa, y no se le nota que tenga nada que confesar. Hace ya algunos años que sirvo aquí con ella, y al fin y al cabo hemos dormido en la misma cama, pero no tengo con ella una relación de confianza y sin duda hoy no piensa ya en mí. Su única amiga es quizá la vieja posadera de la Posada del Puente, lo que resulta significativo.» «Frieda es mi novia», dijo K., tratando de encontrar la mirilla de la puerta. «Lo sé», dijo Pepi, «por eso se lo digo. Si no, no tendría para usted ninguna importancia.» «Comprendo», dijo K., «quiere decir que puedo sentirme orgulloso de haber conquistado a una muchacha tan reservada.» «Sí», dijo ella, riéndose contenta, como si hubiera llegado con K. a un entendimiento secreto con respecto a Frieda.

Sin embargo, no eran realmente sus palabras lo que preocupaba a K. y lo distraía un tanto de su búsqueda, sino la aparición misma de ella y su presencia en aquel lugar. Evidentemente, era mucho más joven que Frieda, casi una niña, y su vestido era ridículo; al parecer se había vestido de acuerdo con la idea exagerada que se hacía de la importancia de una muchacha de taberna. Y esa idea, en cierto modo, tal vez era justificada, porque aquel puesto, en el que no encajaba en absoluto, se le había adjudicado sin duda de forma inesperada e inmerecida, y solo provisionalmente. Y su fingido descontento con el puesto no era más que presunción. Sin embargo, a pesar de su infantil falta de juicio, tenía también probablemente relaciones con el castillo; al fin y al cabo, si no había mentido, había sido camarera y pasaba allí su tiempo durmiendo; con todo, abrazar aquel cuerpo pequeño, grueso y un tanto redondo no le podría arrancar sin duda lo que poseía, pero sí lo conmovería a él y le daría fuerzas para el difícil camino. Entonces ¿quizá no era distinto del caso de Frieda? Oh, sí, era otra cosa. Solo había que pensar en la mirada de Frieda para comprenderlo. K. jamás hubiera tocado a Pepi. Sin embargo, tuvo que taparse los ojos un momento, porque la estaba mirando con concupiscencia.

«No hace falta tenerla encendida», dijo Pepi, volviendo a apagar la luz, «solo la he encendido porque me ha dado usted un susto. ¿Qué busca aquí? ¿Se ha olvidado Frieda de algo?» «Sí», dijo K., señalando la puerta, «aquí, en la habitación de al lado, un mantel blanco de punto.» «Sí, su mantel», dijo Pepi, «lo recuerdo, una bonita labor, yo también

117

la ayudé, pero no es probable que esté en ese cuarto.» «Frieda cree que sí. ¿Quién se aloja ahí?», preguntó K. «Nadie», dijo Pepi, «es la sala de los señores, en ella beben y comen, es decir, está destinada a eso, pero la mayoría de los señores se quedan arriba en sus habitaciones.» «Si supiera», dijo K., «que no hay nadie ahora en esa sala, entraría de buena gana a buscar el mantel. Pero no es seguro; Klamm, por ejemplo, suele sentarse ahí.» «Klamm, desde luego, no está dentro ahora», dijo Pepi, «se va a marchar enseguida, su trineo lo aguarda ya en el patio.»

Inmediatamente, sin una palabra de explicación, K. dejó la taberna; al llegar al zaguán, en lugar de ir hacia la salida, se dirigió hacia el interior de la casa y, tras unos pasos, llegó al patio. ¡Qué tranquilo y hermoso era todo! Un patio rectangular, limitado por tres lados por la casa, y hacia la calle –una calle secundaria que K. no conocía– por un muro blanco y alto con un portón pesado y grande, abierto en ese momento. Allí, del lado del patio, la casa parecía más alta que en la parte delantera; por lo menos, el primer piso estaba completamente construido y tenía un aspecto excelente, porque estaba rodeado de una galería de madera, cerrada y con una pequeña grieta a la altura de los ojos. Frente a K. pero diagonalmente, todavía en el edificio central pero ya en el ángulo con el ala opuesta, había una entrada de la casa sin puerta. Delante había un trineo oscuro y cerrado, tirado por dos caballos. Salvo el cochero, al que K., de lejos, adivinaba más que distinguía en el crepúsculo, no se veía a nadie.

Con las manos en los bolsillos,[c] mirando a su alrededor con cautela, K. recorrió pegado al muro dos lados del patio, hasta que llegó junto al trineo. El cochero, uno de aquellos aldeanos que últimamente habían estado en la posada, hundido en sus pieles, lo había visto venir con indiferencia, como se observa a un gato en su camino. Incluso cuando K., ya a su lado, saludó, y hasta los caballos se intranquilizaron un tanto a causa de aquel hombre que surgía de la oscuridad, permaneció totalmente indiferente. Eso agradó mucho a K. Apoyado en el muro, desenvolvió su comida, pensando con agradecimiento en Frieda, que tan bien lo había abastecido, mientras espiaba el interior de la casa. Una escalera de ángulos rectos descendía, cortada en su parte inferior por un pasillo bajo pero aparentemente profundo; todo era limpio, blanqueado, nítido y claramente delimitado.

La espera duraba más de lo que K. había pensado. Hacía mucho que había terminado su comida, el frío era sensible, el crepúsculo se había convertido ya en tinieblas completas y Klamm seguía sin llegar. «Esto puede durar mucho tiempo aún», dijo de pronto una voz ronca, tan cerca de K. que este se estremeció. Era el cochero que, como si se hubiera despertado, se estiraba y bostezaba sonoramente. «¿Qué es lo que puede durar mucho tiempo aún?», preguntó K., no sin agradecer la intromisión, porque aquel silencio y aquella tensión constantes empezaban a resultarle penosos. «El que usted se vaya», dijo el cochero. K. no le entendió, pero no siguió preguntando; creía que ese era el mejor modo de hacer hablar a aquel orgulloso. Y, realmente, el cochero preguntó al cabo de un rato: «¿Quiere coñac?». «Sí», dijo K. sin reflexionar, más que tentado por la oferta, porque tenía frío. «Entonces abra el trineo», dijo el cochero, «en la bolsa lateral hay algunas botellas, coja una, beba y pásemela. Por el abrigo de piel, me cuesta mucho bajar.» A K. le molestaba prestar esa clase de servicios pero, como había empezado a hablar con el cochero, obedeció, aun a riesgo de ser sorprendido junto al trineo, quizá por Klamm. Abrió la ancha portezuela y hubiera podido sacar inmediatamente la botella de la bolsa que había en la parte interior, pero, ahora que la portezuela estaba abierta, se sintió arrastrado con tanta fuerza hacia el interior del trineo, que no pudo resistirlo; solo quería sentarse dentro un momento. Se metió rápidamente. El calor dentro del trineo era extraordinario y lo siguió siendo a pesar de que la portezuela, que K. no se atrevió a cerrar, estaba abierta de par en par. No se sabía si se estaba sentado en un asiento, porque reposaba uno sobre mantas, cojines y pieles; podía volverse y estirarse hacia todos lados, y siempre se hundía en algo blando y cálido. Con los brazos extendidos y la cabeza apoyada en almohadones, siempre dispuestos, K. miraba desde el trineo la oscura casa. ¿Por qué tardaba tanto Klamm en bajar? Como aturdido por aquel calor después de la larga espera de pie en la nieve, K. deseaba que Klamm llegara de una vez. La idea de que era mejor que Klamm no lo viera en su estado actual solo le vino vagamente, como una ligera turbación de su conciencia. Lo apoyaba en ese olvido la actitud del cochero, que sin embargo tenía que saber que él estaba en el trineo y lo permitía, sin reclamar siquiera su coñac. Era muy considerado, pero K. quiso servirlo; pesadamente, sin cambiar de postura, alargó una mano hacia la bolsa lateral, pero no la de la portezuela abierta, que quedaba demasiado lejos, sino la que tenía detrás en la cerrada, lo que era indiferente, porque también en ella había botellas. Sacó una, desenroscó el tapón y la olió, y tuvo que sonreír involuntariamente, porque el olor era tan dulce, tan halagador, como cuando se oyen elogios y buenas palabras de alguien a quien se estima mucho, sin saber muy bien de qué se trata, ni quererlo saber, y se es feliz solo sabiendo que es él quien habla así. «¿Será esto coñac?», se preguntó K. dudando, y lo probó por curiosidad. Sin embargo, era coñac, curiosamente, quemaba y calentaba. Cómo se transformaba, al beberlo, de algo que no había sido casi más que el soporte de un dulce perfume en bebida apropiada para un cochero. «¿Será posible?», se preguntó K., como si se hiciera a sí mismo reproches, y bebió otra vez.

Entonces –K. estaba precisamente echando un largo trago– todo se iluminó, se encendió la luz eléctrica dentro en la escalera, en el pasillo, en el zaguán, fuera sobre la entrada. Se oyeron pasos que bajaban por la escalera, la botella cayó de la mano de K. y el coñac se derramó sobre una piel, K. bajó de un salto del trineo, y apenas había tenido tiempo de cerrar la portezuela, lo que hizo un ruido atronador, cuando, poco después, un señor salió lentamente de la casa. El único consuelo parecía ser que no se trataba de Klamm, ¿o era eso precisamente lo que había que lamentar? Se trataba del señor al que K. había visto ya en la ventana del primer piso. Un señor joven, de muy buen aspecto, blanco y rosado, pero muy serio. También K. lo miró sombríamente, pero aquella mirada iba dirigida en realidad a sí mismo. Hubiera sido mejor enviar a sus ayudantes, que también habrían sabido comportarse como él lo había hecho. Al llegar frente a K., el señor guardó silencio aún, como si no tuviera suficiente aliento para decir lo que tenía que decir. «Es espantoso», dijo luego, calándose un poco el sombrero. ¿Cómo? ¿Aquel señor no sabía nada probablemente de que K. había estado en el trineo y, sin embargo, encontraba ya algo espantoso? ¿Quizá el que K. hubiera entrado en el patio? «¿Qué hace aquí?», preguntó entonces el señor en voz más baja, echando el aire y resignándose a lo irremediable. ¡Qué preguntas! ¡Qué respuestas! ¿Debía K. confirmar expresamente a aquel señor que el camino que había comenzado con tantas esperanzas había sido inútil? En lugar de responder, se dirigió al trineo, lo abrió y sacó su gorro, que había olvidado allí. Se dio cuenta con desazón de que del estribo chorreaba coñac.

Luego se volvió otra vez hacia el señor; no le importaba ya mostrarle que había estado en el trineo, eso no era lo peor; si le preguntaba, pero solo en ese caso, no escondería que había sido el propio cochero quien lo había incitado al menos a abrir el trineo. Lo realmente malo era que el señor lo hubiera sorprendido, que él no hubiera tenido ya tiempo de esconderse de él para poder esperar a Klamm sin ser molestado, o que no hubiera tenido suficiente presencia de ánimo para quedarse en el trineo, cerrar la puerta y esperar a Klamm sobre las pieles o, por lo menos, quedarse allí mientras aquel señor anduviera cerca. Evidentemente, no había podido saber si no era el propio Klamm quien venía, en cuyo caso, naturalmente, habría sido mejor recibirlo fuera del trineo. Sí, hubiera debido pensar en muchas cosas, pero ahora ya no había que hacerlo, porque todo había acabado.

«Venga conmigo», dijo el señor, sin ordenárselo realmente; la orden no estaba en sus palabras sino en los movimientos de mano, breves y deliberadamente indiferentes, que las acompañaban. «Estoy esperando a alguien», dijo K., sin esperanza ya de tener éxito, pero por principio. «Venga», dijo el señor otra vez, totalmente imperturbable, como si quisiera mostrar que nunca había dudado de que K. estuviera esperando a alguien. «Es que entonces no encontraré a quien espero», dijo K. con un estremecimiento del cuerpo. A pesar de todo lo que había pasado, tenía la sensación de que todo lo que había conseguido hasta entonces era una especie de posesión, que sin duda solo era suya en apariencia pero a la que no debía renunciar por una orden caprichosa. «De todas formas no lo encontrará, tanto si espera como si se va», dijo el señor, sin duda brusco en cuanto al sentido de sus palabras pero sorprendentemente deferente hacia el razonamiento de K. «Entonces prefiero no encontrarlo mientras espero», dijo K. con testarudez; desde luego, no se iba a dejar echar de allí solo por las palabras de aquel joven señor. Entonces, el señor, con expresión de superioridad en el rostro, que echó hacia atrás, cerró un momento los ojos, como si quisiera regresar de la incomprensión de K. a su propia sensatez, se pasó la punta de la lengua por la boca un tanto entreabierta y dijo al cochero: «¡Desenganche los caballos!».

El cochero, aviniéndose al deseo del señor, pero con una maligna mirada de reojo a K., tuvo que bajar con su abrigo de piel y, muy titubeante, como si esperase, no una contraorden del señor, sino un cambio de opinión de K., comenzó a hacer retroceder a los caballos con el trineo, acercándolos a un ala del edificio en la que, evidentemente, detrás de un gran portón, estaba el establo con la cochera. K. vio que se quedaba solo: por un lado se alejaba el trineo y por otro el joven señor, por el camino que había tomado K. al venir; los dos, sin embargo, muy despacio, como si quisieran indicar a K. que todavía estaba en su poder hacer que volvieran.

Tal vez tenía ese poder, pero no le habría servido de nada: hacer volver al trineo significaría expulsarse él mismo. Por eso permaneció inmóvil, como único dueño del terreno, pero era una victoria que no le causaba ninguna alegría. Seguía con los ojos alternativamente al señor y al cochero. El señor había llegado ya a la puerta por la que K. había entrado antes en el patio, otra vez miró hacia atrás, y K. creyó ver cómo sacudía la cabeza ante tanta tozudez y luego se volvía, con un movimiento decidido, breve y definitivo, y entraba en el vestíbulo, en el que desapareció enseguida. El cochero permaneció más tiempo en el patio, el trineo le daba mucho trabajo, tuvo que abrir la pesada puerta del establo, llevar hacia atrás el trineo a su sitio, desenganchar los caballos y llevarlos a su pesebre, y todo aquello lo hizo seriamente, absorto en sí mismo y sin esperanza ya de salir en breve; ese ajetreo silencioso, sin echar una ojeada a K., le pareció a este un reproche mucho más duro que la conducta del señor. Y cuando, después de terminar su trabajo en el establo, el cochero atravesó el patio con su paso lento y balanceante, abrió la gran puerta y se fue luego, todo ello despacio, contemplando solo, literalmente, su propio rastro en la nieve, cerró el establo y apagó todas las luces eléctricas –¿a quién iban a iluminar?–, y solo quedó iluminada, arriba, la grieta de la galería de madera que retenía un tanto la mirada que se extraviaba, a K. le pareció como si se hubiera roto toda relación con él y ahora fuera, evidentemente, más libre que nunca y pudiera aguardar allí, en aquel lugar que normalmente le estaba prohibido, tanto como quisiera, y que había conquistado esa libertad luchando como ningún otro hubiera podido hacer, y nadie podía tocarlo ni echarlo, ni apenas dirigirle la palabra, pero –y ese convencimiento era por lo menos igualmente fuerte– como si al mismo tiempo no hubiera nada más insensato, nada más desesperado que aquella libertad, aquella espera, aquella invulnerabilidad.

9

Lucha contra el interrogatorio

Y se arrancó de allí y volvió a la casa, esta vez no a lo largo del muro, sino por el centro, atravesando la nieve; encontró en el zaguán al posadero, que lo saludó en silencio y, en la puerta, le señaló la taberna; él obedeció su gesto, porque tenía frío y quería ver gente, pero se llevó una gran decepción cuando vio, sentado a una mesita que sin duda habían puesto para él, porque normalmente se contentaban con toneles, al joven señor y, delante y de pie –visión deprimente para K.– a la posadera de la Posada del Puente. Pepi, orgullosa, con la cabeza echada hacia atrás y la misma sonrisa sempiterna, irrefutablemente segura de su dignidad y balanceando su trenza con cada movimiento, se afanaba de un lado a otro, trayendo cerveza y luego tintero y pluma, porque el señor había extendido unos documentos ante sí, comparaba los datos que encontraba unas veces en este documento y otras en el del otro extremo de la mesa, y se disponía a escribir. La posadera, desde su altura, contemplaba en silencio, con los labios un tanto fruncidos y como descansando, al señor y los documentos, como si hubiera dicho ya todo lo necesario y hubiera sido bien acogido. «El señor agrimensor, por fin», dijo el señor al entrar K., levantando brevemente la vista, y luego volvió a sumirse en sus documentos. También la posadera se limitó a rozar a K. con una mirada indiferente y nada sorprendida. Pepi, sin embargo, no pareció notar siquiera la presencia de K. hasta que él se acercó al mostrador y pidió un coñac.

K. se apoyó allí, se llevó la mano a los ojos y no se preocupó de nada. Luego tomó un traguito del coñac y lo rechazó, porque era imbebible. «Pues todos los señores lo beben», dijo Pepi escuetamente, tiró el resto, lavó el vasito y lo puso en el anaquel. «Los señores tienen mejor coñac», dijo K. «Es posible», dijo Pepi, «pero yo no.» Con ello terminó con K. y se puso otra vez al servicio del señor, que, sin embargo, no necesitaba nada, y detrás del cual ella iba y venía describiendo un arco y tratando respetuosamente de echar una ojeada a los documentos por encima del hombro de él; pero era solo por curiosidad insustancial y deseos de darse importancia, que la posadera desaprobaba con su ceño.

De repente, sin embargo, la posadera se quedó inmóvil y, totalmente concentrada en lo que oía, miró al vacío. K. se volvió, no oía nada de particular, y tampoco los demás parecían oír nada, pero la posadera fue de puntillas a grandes pasos hasta la puerta del fondo que llevaba al patio, miró por el agujero de la cerradura, se volvió a los otros con los ojos muy abiertos y el rostro acalorado, les indicó que se acercaran con un gesto del dedo y ellos fueron mirando entonces sucesivamente; a la posadera, desde luego, le correspondió la mayor parte, pero tenía en cuenta siempre también a Pepi; el señor era, relativamente, el más indiferente. Pepi y el señor volvieron pronto, y solo la posadera siguió mirando con esfuerzo, muy inclinada hacia delante, casi de rodillas; se tenía la impresión de que ahora estaba casi conjurando el agujero de la cerradura para que la dejara pasar, porque evidentemente hacía rato que no había nada que ver. Cuando por fin se levantó, se pasó las manos por el rostro, se arregló el pelo, respiró profundamente y tuvo que acostumbrar los ojos, al parecer, a la habitación y las personas, lo que hizo de mala gana, K. dijo, no para que le confirmara lo que ya sabía sino para prevenir una agresión que casi podía temer, tan vulnerable como era ahora: «¿Así que Klamm se ha ido ya?». La posadera pasó por su lado sin decir palabra, pero el señor dijo desde su mesa: «Sí, claro. Como usted ha abandonado su puesto de observación, Klamm ha podido marcharse. Es maravilloso lo sensible que es el señor. ¿No ha notado, señora, con qué inquietud miraba Klamm a su alrededor?». La posadera no parecía haber notado nada, pero el señor continuó: «Bueno, felizmente no había ya nada que ver: el cochero había borrado hasta las huellas de pasos en la nieve». «La señora no ha notado nada», dijo K., pero no lo dijo porque tuviera alguna esperanza, sino irritado solo por la afirmación del señor, que tan definitiva e inapelable pretendía ser. «Tal vez en ese momento no estaba yo mirando por el ojo de la cerradura», dijo la posadera al principio para defender al señor, pero luego quiso ser justa también con Klamm y añadió: «De todos modos, no creo que Klamm sea tan sensible. Nosotros, evidentemente, tenemos miedo por él y tratamos de protegerlo, y por eso partimos de la base de la enorme sensibilidad de Klamm. Eso está bien y es sin duda lo que Klamm quiere. Sin embargo, cómo se comporta él en realidad no lo sabemos. Sin duda, Klamm no hablará nunca con quien no quiera hablar, por mucho que se esfuerce quien sea y por insoportablemente que se entrometa, pero ese hecho –el que Klamm nunca hablará con él, nunca lo dejará presentarse ante él– basta por sí solo; ¿por qué no habría de poder soportar realmente la vista de nadie? Por lo menos, es algo que no se puede demostrar, porque nunca se tendrá esa experiencia». El señor asintió vehementemente. «En el fondo, es también lo que yo opino», dijo; «si me he expresado de un modo algo distinto ha sido para que el señor agrimensor me comprendiera. Sin embargo, es verdad que Klamm, cuando salió afuera, miró varias veces a su alrededor.» «Quizá me buscaba», dijo K. «Es posible», dijo el señor, «no se me había ocurrido.» Todos se rieron, y Pepi, que apenas comprendía nada de todo aquello, con más fuerza que nadie.

«Y ya que ahora estamos tan felizmente reunidos», dijo el señor, «quisiera encarecer al señor agrimensor que completase mis expedientes con algunas declaraciones.» «Aquí se escribe mucho», dijo K., mirando de lejos los expedientes. «Sí, es una mala costumbre», dijo el señor volviendo a reírse, «pero quizá no sabe usted quién soy yo. Soy Momus,[c] el secretario de pueblo de Klamm.» Tras esas palabras, todo el mundo se puso serio en la sala; a pesar de que la posadera y Pepi, naturalmente, conocían bien al señor, parecieron sentirse impresionadas al pronunciar él su nombre y cargo. Y hasta el propio señor, como si hubiera dicho más de lo que él mismo podía soportar y quisiera, al menos, esquivar todà la solemnidad posterior que implicaban sus propias palabras, se abstrajo en los expedientes y comenzó a escribir, de forma que en la sala no se oía más que el ruido de la pluma. «¿Qué es eso de secretario de pueblo?», preguntó K. al cabo de un rato. En nombre de Momus, que ahora, después de haberse presentado, no consideraba apropiado dar por sí mismo esas explicaciones, la posadera dijo: «El señor Momus es secretario de Klamm, como cualquiera de los secretarios de Klamm, pero su lugar de destino y, si no me equivoco, también su ámbito oficial de actividad...». Momus, sin dejar de escribir, negó vivamente con la cabeza y la posadera se corrigió: «Bueno, pues solo su lugar de destino y no su ámbito oficial de actividad, se limita al pueblo. El señor Momus se ocupa de todos los trabajos escritos que Klamm necesita en el pueblo y es quien recibe primero todas las demandas del pueblo dirigidas a Klamm». Cuando K., a quien esas cosas emocionaban poco, miró a la posadera con ojos inexpresivos, ella añadió casi tímidamente: «Así está todo organizado: todos los señores del castillo tienen sus secretarios de pueblo». Momus, que había escuchado con mucha más atención que K., dijo a la posadera, para completar la información: «La mayoría de los secretarios de pueblo trabajan solo para un señor, pero yo lo hago para dos, para Klamm y para Vallabene». «Sí», dijo la posadera, recordándolo entonces y volviéndose hacia K. «El señor Momus trabaja para dos señores, para Klamm y para Vallabene, de manera que es dos veces secretario de pueblo.» «Dos veces incluso», dijo K., haciendo un gesto de aprobación a Momus que, casi inclinado hacia delante, lo miraba de hito en hito, como si fuera un niño al que acabaran de alabar. Si había en ese gesto cierto desprecio, o bien no fue notado o era algo ya esperado. Precisamente delante de K., que ni siquiera era suficientemente digno para ser visto por Klamm, aunque fuera por casualidad, se describían con detalle los méritos de un hombre de la proximidad más inmediata de Klamm, con la intención manifiesta de provocar su reconocimiento y elogio. Y, sin embargo, K. no tenía el espíritu apropiado para eso; él, que con todas sus fuerzas trataba de conseguir una mirada de Klamm, no estimaba en mucho el puesto de un Momus, que tenía que vivir bajo la mirada de ese Klamm; no sentía ninguna admiración, ni siquiera envidia, porque no era la proximidad de Klamm lo que le parecía digno de esfuerzo, sino el hecho de que él, K., solo él y nadie más, pudiera acercarse a Klamm con sus propios deseos y ningún otro, y lo hiciera no para plantarse frente a él sino para pasar por su lado y seguir hacia el castillo.

Mirando a su reloj, dijo: «Ahora tengo que irme a casa». Inmediatamente cambió la situación, a favor de Momus. «Sí, desde luego», dijo, «los deberes de un bedel lo llaman. Pero tendrá que dedicarme un momento aún. Solo unas preguntas breves.» «No me apetece nada», dijo K., y se dirigió hacia la puerta. Momus cerró de golpe un expediente contra la mesa y se puso en pie: «En nombre de Klamm, le conmino a que responda a mis preguntas». «¿En nombre de Klamm?», repitió K., «¿de modo que a él le preocupan mis cosas?» «Eso», dijo Momus, «no puedo juzgarlo, y usted, evidentemente, mucho menos; de forma que los dos podemos dejarlo a su criterio. Sin embargo, le exijo, desde la posición que Klamm me ha conferido, que se quede aquí y me responda.» «Señor agrimensor», se entrometió la posadera, «me cuidaré mucho de aconsejarle nada más; al fin y al cabo, en mis consejos anteriores, los mejor intencionados que haya podido haber, me he visto rechazada por usted de forma inaudita, y solo he venido a ver al señor secretario –no tengo que ocultar nada– para informar debidamente a la administración de su comportamiento y sus intenciones, y evitar para siempre que pudiera alojarse otra vez en mi casa; esas son nuestras relaciones y en ellas, sin duda, no cambiará nada y, si le digo ahora lo que pienso, no lo hago para ayudarlo, sino para facilitar un tanto al señor secretario la difícil tarea de tratar con un hombre como usted. Sin embargo, precisamente por mi completa franqueza –no puedo tratar con usted más que francamente y hasta eso lo hago de mala gana–, usted podría sacar también provecho de mis palabras, solamente con quererlo. Para ese caso, quisiera hacerle notar que el único camino que para usted conduce hasta Klamm pasa por las actas del señor secretario. Sin embargo, no quiero exagerar, quizá el camino no lleve hasta Klamm, quizá se interrumpa mucho antes de él, sobre eso decidirá la buena voluntad del señor secretario. En cualquier caso, es el único camino que lleva, para usted al menos, en dirección a Klamm. ¿Y quiere renunciar a ese único camino, sin otro motivo que su testarudez?» «Ay, señora», dijo K., «ni es el único camino hacia Klamm ni vale más que otros caminos. ¿Y será usted, señor secretario, quien decida si lo que aquí pudiera decir debe llegar o no hasta Klamm?» «Sin lugar a dudas», dijo Momus, mirando a derecha e izquierda, en donde no había nada que ver, con los ojos orgullosamente bajos. «¿Para qué sería si no secretario?» «Ya ve, señora», dijo K., «no necesito un camino hacia Klamm, sino, antes, hacia el señor secretario.» «Ese es el camino que yo quería franquearle», dijo la posadera, «¿no le he ofrecido esta mañana llevar su ruego hasta Klamm? Eso se hubiera hecho por mediación del señor secretario. Usted, sin embargo, lo rechazó y, no obstante, ahora no le queda más que ese único camino. Evidentemente, después de su actuación de hoy, después del intento de sorprender a Klamm, con menos perspectivas de éxito aún. Sin embargo, esa esperanza última, pequeñísima, mínima, en realidad, inexistente, es la única que tiene.» «Señora», dijo K., «¿cómo es que al principio trató tanto de impedirme llegar hasta Klamm, y ahora toma mi ruego tan en serio y, en cierto modo, parece considerarme perdido si fracaso en mis planes? Si una vez pudo desaconsejarme con franqueza que tratara siquiera de ver a Klamm, ¿cómo es posible que ahora, aparentemente con la misma franqueza, me empuje claramente hacia delante por el camino hacia Klamm, aunque, según confiesa, pueda no llevarme tampoco hasta él?» «¿Que lo estoy empujando?», dijo la posadera. «¿Es empujarlo que le diga que sus intentos son inútiles? Sería realmente el colmo de la osadía que, de esa manera, quisiera descargar sobre mí su responsabilidad. ¿Es quizá la presencia del señor secretario la que lo incita? No, señor agrimensor, yo no lo empujo en absoluto. Solo puedo confesarle una cosa y es que, cuando lo vi por primera vez, quizá lo sobrestimé un tanto. Su rápida victoria sobre Frieda me asustó, no sabía de qué podría ser capaz aún, quise evitar otros males y creí que solo podría lograrlo tratando de conmoverlo con ruegos y amenazas. Entretanto, he aprendido a pensar con más calma sobre todo ello. Haga usted lo que quiera. Sus actos quizá dejen profundas huellas ahí fuera, en la nieve del patio, pero nada más.» «La contradicción no me parece totalmente aclarada», dijo K., «pero me doy por satisfecho con habérsela señalado. Ahora, sin embargo, ruego al señor secretario que me diga si la opinión de la señora posadera es exacta, es decir, que el acta que quiere levantar de lo que yo diga podría tener por consecuencia que yo pudiera comparecer ante Klamm. Si tal es el caso, estoy dispuesto a responder inmediatamente a todas sus preguntas. A ese respecto, estoy dispuesto a todo.» «No», dijo Momus, «esa correlación no existe. Se trata solo de hacer, para el registro de pueblo de Klamm, una descripción exacta de la tarde de hoy. La descripción está ya lista y usted tendrá que llenar solo dos o tres lagunas, por razones de buen orden; ni hay ni puede lograrse otro objetivo.» K. miró en silencio a la posadera. «¿Por qué me mira?», preguntó ella. «¿Acaso he dicho yo otra cosa? Él siempre es así, señor secretario, siempre es así. Falsifica las informaciones que se le dan, y pretende luego haber recibido informaciones falsas. No he hecho más que decirle, lo mismo hoy que siempre, que no tiene la menor probabilidad de ser recibido por Klamm, y por lo tanto, si no existe ninguna probabilidad, tampoco la tendrá mediante esa acta. ¿Puede estar más claro? Le he dicho además que esa acta será la única verdadera relación oficial que podrá tener con Klamm, y también eso es suficientemente claro e incontestable. Sin embargo, si no me cree, y sigue esperando –no sé por qué ni para qué– poder llegar hasta Klamm, lo único que podrá ayudarlo, si se acepta su razonamiento, es la única relación oficial verdadera que tendrá con Klamm, es decir, esa acta. No he dicho más que eso, y quien pretenda otra cosa, deforma intencionadamente mis palabras.» «Si es así, señora», dijo K., «le ruego que me perdone, porque entonces la he comprendido mal; en efecto, creí entender de sus palabras anteriores, erróneamente como ahora se ve, que había alguna esperanza minúscula para mí.» «Sin duda», dijo la posadera, «esa es mi opinión; ahora vuelve a retorcer mis palabras, aunque en sentido opuesto. A mi juicio, existe para usted una esperanza de esa índole, y la verdad es que se basa solo en esa acta. Sin embargo, no es de tal naturaleza que le permita sencillamente asaltar al señor secretario preguntándole: "¿Podré llegar hasta Klamm si respondo a sus preguntas?". Cuando un niño pregunta así, la gente se ríe; cuando lo hace un adulto, es una ofensa para la administración, y el señor secretario solo lo ha ocultado piadosamente con la delicadeza de su respuesta. Sin embargo, la esperanza a que me refiero consiste en que, por medio de esa acta, tendrá usted una especie de relación, quizá una especie de relación con Klamm. ¿No es suficiente esperanza? Si le preguntaran cuáles son los méritos que lo hacen digno de que se le regale una esperanza así, ¿podría presentar el más mínimo? Evidentemente, no se puede decir nada más preciso sobre esa esperanza, y especialmente el señor secretario, en su calidad oficial, no podrá hacer nunca al respecto la menor alusión. Para él se trata solo, como ha dicho, de una descripción de la tarde de hoy, en atención al buen orden, y no dirá más aunque usted lo interrogue ahora en relación con mis palabras.» «Entonces, señor secretario», preguntó K., «¿Klamm leerá esa acta?» «No», dijo Momus, «¿por qué? Klamm no puede leerse todas las actas, en realidad no lee ninguna y suele decirme: "¡Déjame en paz con tus actas!".» «Señor agrimensor», se lamentó la posadera, «se agota usted mismo con esas preguntas. ¿Es necesario o deseable siquiera que Klamm lea esa acta y conozca, al pie de la letra, las nimiedades de su vida? ¿No preferiría rogar humildemente que se oculte a Klamm el acta? Un ruego que, por lo demás, sería tan insensato como el anterior, porque ¿quién podría ocultar nada a Klamm?, pero que pondría de manifiesto un carácter más agradable. ¿Y resulta eso necesario para lo que usted llama sus esperanzas? ¿No ha declarado usted mismo que estaría contento solo con tener la oportunidad de hablar ante Klamm, aunque él no lo mirase ni lo escuchase? ¿Y no logrará mediante esa acta al menos eso, y quizá mucho más?» «¿Mucho más?», preguntó K. «¿En qué sentido?» «Si al menos», exclamó la posadera, «no lo quisiera siempre todo, como un niño, en forma comestible. ¿Quién puede responder a esas preguntas? El acta quedará en el registro de pueblo de Klamm, ya lo ha oído, y no se puede decir con seguridad nada más al respecto. Sin embargo, ¿conoce usted toda la importancia del acta, del señor secretario, del registro de pueblo? ¿Sabe lo que significa ser interrogado por el señor secretario? Tal vez, o probablemente, ni siquiera él lo sabe. Se sienta tranquilamente y cumple con su deber, por razones de buen orden, como ha dicho. Piense sin embargo en que Klamm lo ha nombrado a él, que trabaja en nombre de Klamm, y que lo que hace, aunque no llegue nunca hasta Klamm, cuenta de antemano con el asentimiento de Klamm. ¿Y cómo podría algo contar con el asentimiento de Klamm si no estuviera imbuido de su espíritu? Lejos de mí querer halagar torpemente al señor secretario, y además él no me lo permitiría, pero no hablo de su personalidad independiente sino de lo que es cuando, como ahora, cuenta con el asentimiento de Klamm. Entonces es una herramienta sobre la que reposa la mano de Klamm, y ay de quien no se someta a ella.»

K. no temía las amenazas de la posadera, y de las esperanzas con que trataba de cautivarlo estaba ya cansado. Klamm estaba lejos; una vez, la posadera lo había comparado con un águila y a K. le había parecido ridículo, pero ahora ya no se lo parecía, pensaba en su lejanía, su vivienda inaccesible, su silencio, interrumpido quizá solo por gritos como K. no había oído nunca, en su mirada penetrante desde lo alto, que nunca se podía comprobar, ni nunca refutar, en sus círculos indestructibles desde la profundidad de K., que Klamm iba trazando en lo alto siguiendo leyes incomprensibles y visibles solo durante unos instantes... Todo eso tenían Klamm y el águila en común. Sin embargo, indudablemente, no tenía nada que ver con aquella acta, sobre la que Momus estaba desmenuzando en aquel momento un brezel salado, que acompañaba con una cerveza y con el que estaba llenando todos los documentos de sal y comino.

«Buenas noches», dijo K., «me repugnan los interrogatorios.» Y se dirigió realmente hacia la puerta. «Se va», dijo Momus casi temeroso a la posadera. «No se atreverá», dijo ella; K. no oyó más porque estaba ya en el zaguán. Hacía frío y soplaba un fuerte viento. De una puerta de enfrente salió el posadero; parecía haber estado vigilando el zaguán por una mirilla. Tenía que sujetarse contra el cuerpo los faldones de la chaqueta, tan fuertemente tiraba el viento de ellos. «¿Se va ya, señor agrimensor?», dijo. «¿Le extraña?», preguntó K. «Sí», dijo el posadero. «¿No iban a interrogarlo?» «No», dijo K., «no me he dejado interrogar.» «¿Y por qué no?», preguntó el posadero. «No sé», dijo K. «¿Por qué tendría que dejarme interrogar? ¿Por qué tendría que someterme a una broma o un capricho administrativo? Tal vez en otra ocasión lo hubiera hecho por broma o por capricho, pero hoy no.» «Desde luego», dijo el posadero, pero era solo un asentimiento cortés, no convencido. «Ahora tengo que dejar entrar a los criados en la taberna», dijo luego, «es su hora con creces. No quería estorbar el interrogatorio.» «¿Tan importante lo considera?», preguntó K. «Oh, sí», dijo el posadero. «Entonces ¿no hubiera debido rechazarlo?», preguntó K. «No», dijo el posadero, «no hubiera debido hacerlo.» Como K. guardó silencio, añadió, ya fuera para consolarlo, ya para avanzar más deprisa: «Bueno, bueno, no por eso lloverá azufre del cielo». «No», dijo K., «el tiempo no tiene aspecto de ello.» Y se separaron riendo.

10

En la calle

K. salió a la escalinata azotada por el viento y miró a la oscuridad. Hacía un tiempo pésimo. De algún modo en relación con ese tiempo, recordó cómo la posadera se había esforzado por que él se sometiera al interrogatorio y cómo se había mantenido firme. Evidentemente, el de ella no había sido un esfuerzo franco, porque en secreto se había esforzado al mismo tiempo por apartarlo del interrogatorio; en definitiva no podía saberse si él se había mantenido firme o si había cedido... Un carácter intrigante, que al parecer trabajaba como el viento, siguiendo órdenes lejanas y extrañas que nunca se podía conocer.

Apenas había dado unos pasos por la carretera cuando vio, en la lejanía, dos luces balanceantes; aquel signo de vida lo alegró, y se apresuró a ir hacia ellas que, a su vez, flotaban hacia él. No supo por qué se sintió tan decepcionado cuando reconoció a sus ayudantes; venían a su encuentro, probablemente enviados por Frieda, y aquellos faroles que lo libraban de una oscuridad llena de ruidos hostiles eran sin duda suyos, pero se sintió decepcionado; había esperado a extraños y no a aquellos viejos conocidos que le resultaban una carga. Sin embargo, no eran solo los ayudantes: de la oscuridad que había entre ellos surgió Barnabas. «Barnabas», exclamó K., tendiéndole la mano, «¿vienes a verme?» La sorpresa de volver a verlo hizo que, al principio, olvidara toda la irritación que en otro tiempo le había causado. «A verte», dijo Barnabas, tan invariablemente amable como antes, «con una carta de Klamm.» «¡Una carta de Klamm!», dijo K., echando la cabeza atrás, y cogió la carta apresuradamente de la mano de Barnabas. «¡Alumbrad!», dijo a los ayudantes que se apretaban contra él a izquierda y derecha, levantando los faroles. K., para poder leer, tuvo que doblar muchas veces el gran pliego de papel, a fin de protegerlo del viento. Luego leyó: «Al señor agrimensor, en la Posada del Puente: Los trabajos de agrimensura que ha realizado hasta ahora merecen mi aprobación. También los trabajos de sus ayudantes son dignos de elogio; sabe usted estimularlos en su tarea. ¡Que no disminuya su celo! ¡Lleve usted los trabajos a buen fin! Una interrupción me resultaría enfadosa. Por lo demás, no se preocupe, la cuestión de su sueldo se resolverá próximamente. No le pierdo de vista». K. no levantó los ojos de la carta hasta que los ayudantes, que leían mucho más despacio, lanzaron tres sonoros hurras para celebrar las buenas noticias y columpiaron los faroles. «Tranquilos», dijo, y luego, a Barnabas: «Es un malentendido». Barnabas no comprendió. «Es un malentendido», repitió K., y le volvió todo el cansancio de la tarde; el camino de la escuela le parecía muy largo aún, detrás de Barnabas estaba toda su familia, y los ayudantes seguían apretándose contra él, de forma que los apartó con los codos; ¿cómo había podido Frieda enviarlos a su encuentro, si él había ordenado que se quedaran con ella? El camino de casa lo hubiera encontrado también solo, y más fácilmente que con aquella compañía. Además, uno de ellos llevaba una bufanda al cuello, cuyos extremos libres ondeaban al viento y habían golpeado varias veces el rostro de K.; verdad era que el otro ayudante le había apartado siempre enseguida la bufanda del rostro, con sus largos dedos puntiagudos continuamente en movimiento, pero eso no arreglaba nada. Los dos parecían divertirse incluso con ese ir y venir, lo mismo que los entusiasmaba el viento y la agitación de la noche. «¡Marchaos!», gritó K. «Si habéis venido a mi encuentro, ¿por qué no me habéis traído el bastón? ¿Con qué voy a arrearos ahora hasta casa?» Ellos se escondieron detrás de Barnabas, pero no tenían tanto miedo como para no poner sus faroles, a izquierda y derecha, sobre los hombros de su protector; evidentemente, él se los sacudió enseguida. «Barnabas», dijo K. y le pesaba en el alma que él, evidentemente, no lo comprendiera; que en momentos de calma su chaqueta reluciera hermosamente, pero, cuando las cosas se ponían serias, no se pudiera esperar de él ninguna ayuda, sino solo una resistencia muda, una resistencia contra la que no se podía luchar, porque Barnabas mismo estaba indefenso; solo su sonrisa relucía, pero eso servía de tan poco como las estrellas de lo alto contra el viento tormentoso de abajo. «Mira lo que me escribe el señor», dijo K., poniéndole la carta ante la cara. «Está mal informado. No estoy haciendo ningún trabajo de agrimensura, y para qué sirven los ayudantes puedes verlo por ti mismo. Un trabajo que no hago, evidentemente, no puedo interrumpirlo, con lo que ni siquiera puedo provocar la irritación de ese señor... ¿Cómo podría merecer su reconocimiento? Y dejar de preocuparme no podré hacerlo nunca.» «Transmitiré ese mensaje», dijo Barnabas, que durante todo el tiempo había mantenido los ojos apartados de la carta, que de todos modos tampoco hubiera podido leer, porque la tenía delante mismo de la cara. «Ay», dijo K., «me prometes que lo transmitirás, pero ¿puedo creerte realmente? Necesito tanto un mensajero digno de confianza... ¡Ahora más que nunca!» K. se mordió los labios con impaciencia. «Señor», dijo Barnabas inclinando suavemente el cuello y K. casi se hubiera dejado convencer otra vez y le hubiera creído, «lo transmitiré sin falta, y también transmitiré lo que me encargaste la última vez.» «¡Cómo!», exclamó K. «¿No lo has transmitido aún? ¿No fuiste al día siguiente al castillo?» «No», dijo Barnabas, «mi buen padre es anciano, ya lo has visto, había precisamente mucho trabajo y tuve que ayudarlo, pero ahora volveré pronto al castillo.» «¿Pero qué haces, hombre incomprensible?», exclamó K., golpeándose la frente. «¿No son más importantes los asuntos de Klamm que todo lo demás? ¿Tienes un alto puesto de mensajero y lo desempeñas tan vergonzosamente? ¿A quién le interesa el trabajo de tu padre? Klamm espera las noticias y, en lugar de correr como un condenado, ¿prefieres sacar estiércol del establo?» «Mi padre es zapatero», dijo Barnabas imperturbable, «tenía encargos de Brunswick, y yo soy su oficial.» «Zapatero... Encargos... Brunswick», exclamó K. irritado, como si dejara cada palabra inutilizable para siempre. «¿Quién necesita botas aquí, en estos caminos eternamente desiertos? ¿Y qué me importa toda esa zapatería? Te confié un mensaje, no para que lo olvidaras y confundieras en un banco de zapatero, sino para que lo llevaras inmediatamente a ese señor.» K. se calmó entonces un tanto, al recordar que, probablemente, Klamm no había estado en todo aquel tiempo en el castillo sino en la Posada de los Señores, pero Barnabas lo irritó de nuevo cuando, para probar que lo recordaba bien, se puso a recitar el primer mensaje de K. «Basta, no quiero saber nada», dijo K. «No te enfades, señor», dijo Barnabas y, como si inconscientemente quisiera castigar a K., apartó la vista y bajó los ojos, pero sin duda era solo de aturdimiento por los gritos de K. «No estoy enfadado contigo», dijo K., y su agitación se volvió entonces contra él mismo. «No contigo, pero es mala cosa para mí tener solo un mensajero como tú para las cosas importantes.» «Mira», dijo Barnabas, y pareció como si, para defender su honor de mensajero, dijera más de lo que debía: «la verdad es que Klamm no espera noticias, y hasta se irrita cuando llego. "Otra vez noticias", dijo una vez, y la mayoría de las veces, cuando me ve venir de lejos, se va a la habitación de al lado y no me recibe. Tampoco está previsto que yo deba llevar enseguida cualquier mensaje; si lo estuviera, iría naturalmente enseguida, pero no está previsto y, si yo no fuera nunca, nadie me lo reprocharía. Cuando llevo un mensaje, lo hago voluntariamente.» «Está bien», dijo K., observando a Barnabas y apartando deliberadamente los ojos de los ayudantes, que, alternativamente, salían de detrás de las espaldas de Barnabas como de un foso y volvían a desaparecer con un silbido que imitaba al viento, como si se hubieran asustado al ver a K.; así se divirtieron largo rato. «Qué ocurre cuando estás con Klamm no lo sé; dudo de que tú puedas darte cuenta de todo y, aunque pudieras, no podríamos mejorar nada.

Pero llevar un mensaje sí que puedes y yo te lo pido. Un mensaje muy breve. ¿Podrás llevarlo mañana enseguida y mañana mismo darme la respuesta o, por lo menos, decirme cómo has sido recibido? Sería para mí muy valioso. Y quizá tenga aún oportunidad de agradecértelo como es debido, o quizá tengas ya ahora algún deseo que yo pueda satisfacer.» «Naturalmente, cumpliré el encargo», dijo Barnabas. «¿Y te esforzarás por hacerlo lo mejor posible, dárselo a Klamm en persona, recibir de Klamm en persona la respuesta y enseguida, enseguida mismo, mañana, por la mañana ya? ¿Lo harás?» «Haré todo lo que pueda», dijo Barnabas, «pero lo hago siempre.» «No discutamos más», dijo K., «este es el encargo: "El agrimensor K. ruega al señor director que le permita hablarle personalmente, y acepta de antemano todas las condiciones que esa autorización pueda llevar consigo. Se ve forzado a ese ruego porque, hasta ahora, todos los intermediarios han fracasado por completo, y aduce como prueba el que, hasta ahora, no ha realizado el más mínimo trabajo de agrimensura y, según le ha comunicado el alcalde de la comunidad, no lo realizará nunca; por ello ha leído con vergüenza y desesperación la última carta del señor director: solo una visita personal al señor director podría ser de ayuda. El agrimensor sabe lo mucho que pide, pero se esforzará por hacer que las molestias para el señor director sean las menores posibles, se somete a cualquier limitación de tiempo y también, por ejemplo, del número de palabras si se estimara necesaria; cree que podría bastarle con diez. Con profundo respeto y la mayor impaciencia, aguarda su respuesta".» K. había hablado olvidándose de sí mismo, como si estuviera ante la puerta de Klamm y hablase con el portero. «Ha resultado mucho más largo de lo que pensaba», dijo luego, «pero debes comunicarlo verbalmente, no quiero escribir una carta, porque solo seguiría otra vez el camino interminable de los expedientes.» De modo que K. garabateó el mensaje solo para Barnabas en un trozo de papel, sobre la espalda de uno de los ayudantes, mientras el otro iluminaba, pero pudo escribirlo ya al dictado de Barnabas, que lo había retenido todo y lo recitaba de una manera escolar y exacta, sin dejar que lo molestaran las intervenciones equivocadas de los ayudantes. «Tienes una memoria excepcional», dijo K., dándole el papel, «pero por favor muéstrate también excepcional en lo demás. ¿Y tus deseos? ¿No los tienes? Dicho francamente, me tranquilizaría un tanto con respecto a la suerte de mi mensaje si tuvieras alguno...» Al principio, Barnabas guardó silencio, pero luego dijo: «Mis hermanas te envían saludos». «Tus hermanas», dijo K., «sí, esas muchachas altas y fuertes.» «Las dos te envían saludos, pero especialmente Amalia», dijo Barnabas; «es también la que me ha traído hoy esa carta para ti del castillo.» Atendiendo sobre todo a esta última información, K. preguntó: «¿No podría llevar ella también mi mensaje al castillo? ¿O no podríais ir los dos y probar ambos suerte?». «Amalia no puede entrar en las oficinas», dijo Barnabas, «si no, lo haría desde luego de muy buena gana.» «Tal vez vaya yo mañana a vuestra casa», dijo K., «pero ven tú primero con la respuesta. Te esperaré en la escuela. Saluda también de mi parte a tus hermanas.» La promesa de K. pareció hacer muy feliz a Barnabas y, tras el apretón de manos de despedida, le rozó aún fugazmente el hombro. Como si todo fuera ahora otra vez como cuando Barnabas entró por vez primera en la posada, con todo esplendor, entre los aldeanos, K. aceptó ese roce, aunque sonriendo, como una distinción. De mejor humor, dejó que los ayudantes hicieran lo que quisieran en el camino de vuelta.

11

En la escuela

Llegó a casa completamente helado; reinaba la oscuridad
por todas partes y las velas de los faroles se habían consumido; guiado por los ayudantes, que conocían ya el lugar, se abrió camino a tientas hacia un aula. «Es la primera cosa que habéis hecho bien», dijo recordando la
carta de Klamm. Todavía semidormida, Frieda gritó desde un rincón: «¡Dejad dormir a K.! ¡No lo molestéis!».
Así pues, K. ocupaba sus pensamientos, aunque, vencida
por el sueño, no hubiera sido capaz de esperarlo. Encendieron la luz, aunque sin subir mucho la llama, porque en
la lámpara había poco petróleo. Su reciente instalación tenía aún muchas deficiencias. Había calefacción, pero la
gran sala, que se utilizaba también como gimnasio –había
aparatos dispersos colgando del techo–, había consumido
ya toda la reserva de leña; según aseguraron a K., antes
había estado muy agradablemente caldeada, pero por des
gracia ahora se había enfriado. Había una gran reserva
de leña en un cobertizo, pero el cobertizo estaba cerrado
y la llave la tenía el maestro, que solo permitía sacar leña
para la calefacción durante las horas de clase. Habría resultado soportable si hubieran tenido camas y hubieran
podido refugiarse en ellas. Pero en ese aspecto no había
más que un jergón de paja, loablemente limpio y cubier-
to con una toquilla de lana de Frieda, pero sin cobertor y
con solo dos mantas ásperas y rígidas que apenas abriga-
ban. Y hasta aquel pobre jergón de paja era contemplado
con avidez por los ayudantes, que naturalmente no tenían
esperanzas de dormir nunca en él. Frieda miró temerosa
a K.; que sabía hacer habitable una habitación, aunque
fuera la más miserable, lo había demostrado ya en la Posada del Puente, pero ahora no había podido hacer nada,

al carecer por completo de medios. «El único adorno de nuestra habitación son los aparatos gimnásticos», dijo, sonriendo penosamente entre lágrimas. Sin embargo, con respecto a las deficiencias más graves, camas y calefacción, prometió que se remediarían sin falta al día siguiente y rogó a K. que tuviera paciencia hasta entonces. Ni una palabra, ni una insinuación, ni un gesto permitían deducir que abrigase contra K. el más mínimo rencor, a pesar de que K., como él tenía que confesarse, la había sacado no solo de la Posada de los Señores sino también, ahora, de la Posada del Puente. Por ello, K. se esforzaba por encontrarlo todo soportable, lo que tampoco le resultaba tan difícil, porque, con el pensamiento, iba con Barnabas repitiendo palabra por palabra su mensaje, pero no tal como se lo había confiado sino como creía que resonaría ante Klamm. Al mismo tiempo, sin embargo, se alegraba también sinceramente del café que Frieda estaba haciendo sobre el infiernillo de alcohol y seguía, apoyado en aquella estufa que se enfriaba, los movimientos ágiles y experimentados con que ella extendía sobre la mesa del maestro el inevitable mantel blanco y ponía encima una taza de café floreada, pan y tocino, e incluso una lata de sardinas. Ahora todo estaba listo; tampoco Frieda había comido nada aún, porque había esperado a K. Había dos sillas, en ellas se sentaron K. y Frieda a la mesa, y los ayudantes lo hicieron a sus pies en la tarima, pero no se estaban quietos nunca y hasta comiendo molestaban; a pesar de que habían recibido abundantemente de todo y distaban mucho de haber terminado, se levantaban de cuando en cuando para comprobar si quedaba mucho aún en la mesa y podían esperar algo más. K. no se preocupaba de ellos, y solo la risa de Frieda le hacía notar su presencia. Cubrió con la suya, acariciándola, la mano que ella tenía sobre la mesa, y le preguntó en voz baja por qué perdonaba a los ayudantes tantas cosas y aceptaba incluso, con benevolencia, sus malos hábitos. De esa forma nunca se librarían de ellos, mientras que, mediante un trato algo más duro, como merecía realmente su comportamiento, podrían tenerlos a raya o, lo que era más probable y mejor aún, quitarles de tal modo el gusto por su empleo que, finalmente, se escaparan. No parecía que la estancia en la escuela fuera a ser muy agradable, aunque no durase mucho, pero apenas sentirían las deficiencias si los ayudantes se iban y ellos dos se quedaban solos en aquella casa silenciosa. ¿No notaba cómo los ayudantes se volvían cada día más insolentes, como si los animase solo la presencia de Frieda y la esperanza de que, delante de ella, K. no actuaría con tanta firmeza como lo hubiera hecho en otro caso? Por lo demás, tal vez hubiera medios muy sencillos para desembarazarse de ellos sin ceremonias y tal vez los conocía Frieda, que al fin y al cabo conocía también cuáles eran las circunstancias. A los ayudantes se les haría probablemente un favor si se los expulsaba de algún modo, porque la vida que llevaban no era tan agradable, e incluso la ociosidad de que hasta entonces habían disfrutado iba a cesar, al menos en parte, porque tendrían que trabajar, ya que Frieda, después de las emociones de los últimos días, tenía que cuidarse, y él, K., estaría ocupado en encontrar salida a su difícil situación. Por el contrario, cuando los ayudantes se fueran, se sentiría tan aliviado que podría desempeñar fácilmente todos los trabajos de bedel, con independencia del resto.

Frieda, que lo había escuchado con atención, le acarició lentamente el brazo y dijo que todo aquello era también lo que ella pensaba, pero tal vez él sobrevalorase los malos hábitos de los ayudantes; eran unos muchachos jóvenes, alegres y un tanto simples, por primera vez al servicio de un forastero, liberados de la severa disciplina del castillo y, por ello, continuamente un tanto excitados y asombrados, y en ese estado hacían a veces tonterías, por las que era natural irritarse, pero más razonable aún reírse. Muchas veces, ella no podía evitar hacerlo. No obstante, estaba totalmente de acuerdo con K. en que lo mejor sería hacer que se fueran y quedarse ellos dos solos. Se acercó más a K. y hundió el rostro en su hombro. Y entonces, de una forma tan difícilmente comprensible que K.

tuvo que inclinarse hacia ella, dijo que no conocía ningún remedio contra los ayudantes y temía que todo lo que había propuesto K. fracasara. Por lo que ella sabía, el propio K. había pedido aquellos ayudantes, ahora los tenía y tendría que conservarlos. Lo mejor sería tomárselos a la ligera, como ligeros eran ellos, y de esa forma resultaría más fácil soportarlos.

K. no se contentó con la respuesta y, medio en broma medio en serio, dijo que ella parecía estar confabulada con ellos o, por lo menos, tenerles un gran afecto; la verdad era que eran muchachos apuestos, pero no había nadie de quien no fuera posible deshacerse con un poco de buena voluntad, y él se lo demostraría con los ayudantes.

Frieda dijo que le quedaría muy agradecida si lo conseguía. Por lo demás, a partir de entonces no se reiría ya de ellos ni intercambiaría palabras inútiles. Además, tampoco encontraba ya en ellos motivo para reírse, no era realmente cosa baladí ser observada continuamente por dos hombres y había aprendido a verlos con los ojos de él. Y realmente se estremeció ligeramente cuando los ayudantes volvieron a levantarse, en parte para inspeccionar lo que quedaba de comida y en parte para saber la causa de aquel continuo cuchicheo.

K. aprovechó la ocasión para que Frieda se hartara de los ayudantes, la atrajo hacia sí y, muy juntos, terminaron de comer. Hubieran debido irse a dormir y todos estaban muy cansados: uno de los ayudantes incluso se había dormido sobre la comida, lo que divirtió mucho al otro, que quiso que contemplasen la estúpida cara del que dormía, aunque no lo consiguió; K. y Frieda, distantes, siguieron sentados en alto. Con aquel frío, que se hacía insoportable, también ellos vacilaban en irse a dormir, y finalmente K. dijo que habría que encender la estufa porque, si no, sería imposible dormir. Buscó un hacha, los ayudantes sabían dónde había una y se la trajeron, y entonces fueron al cobertizo de la leña. En poco tiempo estuvo rota la ligera puerta y, encantados, como si nunca hubieran vivido nada tan hermoso, persiguiéndose y tropezando, los dos ayudantes comenzaron a llevar leña al aula; pronto hubo un gran montón, encendieron la estufa, todos se situaron alrededor de ella, los ayudantes recibieron una manta para envolverse, que les bastaba de sobra, porque se convino en que uno velara siempre para mantener el fuego, y pronto hizo tanto calor junto a la estufa que no hicieron falta ya las mantas, apagaron la lámpara y, felices por el calor y el silencio, K. y Frieda se echaron a dormir.

Cuando K., durante la noche, se despertó por algún ruido y, con su primer movimiento inseguro, todavía en sueños, buscó a tientas a Frieda, se dio cuenta de que, en lugar de Frieda, tenía a su lado a un ayudante. Probablemente a consecuencia de la excitabilidad del súbito despertar, aquello le dio el mayor susto que hasta entonces había tenido en el pueblo. Se incorporó a medias con un grito y, sin darse cuenta, dio al ayudante tal puñetazo que este se echó a llorar. Por lo demás, todo se aclaró enseguida. Frieda se había despertado porque −al menos eso le había parecido− un gran animal, probablemente un gato, había saltado sobre su pecho, desapareciendo enseguida. Frieda se había levantado y registrado toda el aula, buscándolo. Un ayudante había aprovechado la ocasión para procurarse un rato el placer del jergón de paja, lo que ahora pagaba amargamente. Frieda, sin embargo, no pudo encontrar nada, tal vez había sido solo una ilusión, y volvió junto a K.; en el camino, como si hubiera olvidado la conversación de aquella tarde, acarició, para consolarlo, los cabellos del ayudante acurrucado y gimoteante. K. no dijo nada, pero ordenó a los ayudantes que dejaran de atizar el fuego, porque, después de utilizar casi toda la leña reunida, hacía ya demasiado calor.

Por la mañana, ninguno se despertó hasta que llegaron los primeros escolares, que rodearon curiosos los lechos. Fue desagradable porque, como consecuencia del gran calor −que sin embargo entonces, de mañana, había dejado paso a un frío sensible–, todos se habían quitado la ropa, salvo la camisa, y precisamente cuando empezaban a vestirse apareció en la puerta Gisa, la maestra, una muchacha rubia, alta y hermosa, aunque un tanto estirada. Estaba visiblemente preparada para encontrarse con el nuevo bedel, y sin duda había recibido también instrucciones del maestro, porque ya desde el umbral dijo: «Esto no puedo tolerarlo. Estaría bueno. Solo tienen permiso para dormir en el aula, pero no tengo por qué dar clases en su alcoba. La familia de un bedel, en la cama hasta bien entrada la mañana, ¡qué vergüenza!». «Bueno, acerca de eso se podrían decir muchas cosas, sobre todo con respecto a la familia y las camas», pensó K., mientras él y Frieda –no se podía utilizar para eso a los ayudantes, que, echados en el suelo, miraban con la boca abierta a la maestra y los niños– levantaban apresuradamente las barras y el caballo de gimnasia, los cubrían con las mantas y, de ese modo, formaban un pequeño recinto en el que, a salvo de las miradas de los niños, pudieran al menos vestirse. De todas formas, no tuvieron un momento de tranquilidad: primero buscó pelea la maestra porque en el lavamanos no había agua limpia... Precisamente había pensado K. en ir a buscar el lavamanos para él y para Frieda, pero renunció de momento, a fin de no irritar demasiado a la maestra; sin embargo, la renuncia no sirvió de nada, ya que, poco después, ella armó un gran escándalo porque, desgraciadamente, habían olvidado quitar de la mesa los restos de la cena; la maestra los apartó con una regla y todo cayó al suelo; que el aceite de las sardinas y los restos de café se derramasen y la cafetera se hiciera añicos no le preocupó; el bedel pondría orden enseguida. Todavía sin vestir del todo, K. y Frieda, apoyados en las barras de gimnasia, contemplaron la aniquilación de sus pequeñas propiedades; los ayudantes, que, evidentemente, no pensaban vestirse, miraban entre las mantas, con gran diversión de los niños. Lo que más dolió a Frieda fue, naturalmente, la pérdida de la cafetera; solo cuando K., para consolarla, le aseguró que iría inmediatamente a ver al alcalde a fin de pedir y obtener reparación, se recuperó hasta el punto de que, tan solo con blusa y enagua, salió del cercado para, por lo menos, recoger la manta e impedir que siguiera manchándose. Lo logró, a pesar de que la maestra, para asustarla, no dejaba de golpear con la regla contra la mesa, destrozándole los nervios. Cuando K. y Frieda se hubieron vestido, no solo tuvieron que obligar a vestirse con órdenes y golpes a los ayudantes, que estaban como entumecidos por los acontecimientos, sino, en parte, vestirlos ellos mismos. Luego, cuando todos estuvieron listos, K. asignó los trabajos: los ayudantes buscarían leña y encenderían la estufa, pero primero en la otra aula, en la que amenazaban peligros aún mayores, porque en ella estaba ya probablemente el maestro; Frieda limpiaría el suelo y K. traería agua y, en general, pondría orden; de momento no se podía pensar en desayunar. Sin embargo, para informarse del humor de la maestra, K. quiso ser el primero en salir, y dijo que los otros lo siguieran cuando los llamase; tomó esas medidas, por una parte, porque no quería que la situación se agravase desde el principio por las estupideces de los ayudantes, y por otra, porque, en lo posible, quería cuidar de Frieda, ya que ella tenía su orgullo, pero él ninguno; ella era sensible, él no; ella pensaba solo en los pequeños horrores cotidianos, él en cambio en Barnabas y el futuro. Frieda siguió exactamente sus instrucciones, sin quitarle ojo. Apenas había salido él, la maestra, entre risas de los niños, que a partir de entonces no cesaron, dijo: «Vaya, ¿ha dormido bien?». Y como K. no le prestó atención, porque en realidad no se trataba de una pregunta, y se dirigió al lavabo, la maestra le preguntó: «¿Qué le ha hecho a mi Mieze?». Un gran gato, viejo y abotargado, estaba echado perezosamente sobre la mesa y la maestra le examinaba una pata, aparentemente algo herida. Así pues, Frieda tenía razón: verdad era que el gato no había saltado sobre ella, porque sin duda no podía saltar ya, pero había pasado por encima, asustado por la presencia humana en una casa generalmente vacía, había corrido a esconderse y, con esa prisa desacostumbrada, se había lastimado. K. trató de explicárselo a la maestra tranquilamente, pero ella entendió solo el resultado final y dijo: «Bueno, lo han lastimado, y con eso han hecho su presentación aquí. Mire», y llamó a K. al estrado, le enseñó la zarpa y, antes de que él pudiera darse cuenta, le hizo con las garras estrías en el dorso de la mano; las garras eran ya romas, pero la maestra, sin preocuparse esta vez del gato, había apretado tanto que dejaron unos surcos sangrientos. «Y ahora váyase a trabajar», dijo ella impaciente, volviendo a inclinarse sobre el gato. Frieda, que, con los ayudantes, lo había visto todo desde detrás de las barras, gritó al ver la sangre. K. enseñó la mano a los niños y dijo: «Mirad lo que me ha hecho un gato malo e hipócrita». Evidentemente, no lo decía por los niños, cuyos gritos y risas se habían hecho ya tan espontáneos que no necesitaban motivo ni estímulo, y nada que se dijera podía imponerse ni influirlos. Sin embargo, como la maestra solo respondió a la ofensa con una breve mirada de soslayo y, por lo demás, seguía ocupada con el gato, y como su primera cólera parecía haberse calmado con aquel castigo sangriento, K. llamó a Frieda y a los ayudantes, y el trabajo comenzó.

Cuando K. había sacado afuera el cubo del agua sucia, había regresado con agua limpia y había empezado a barrer el aula, un muchacho de unos doce años salió de su banco, le rozó la mano y dijo algo totalmente incomprensible con aquel enorme ruido. Entonces, súbitamente, todo ruido cesó. K. se dio la vuelta. Había ocurrido lo que había temido toda la mañana. En la puerta estaba el maestro, y aquel hombre pequeño tenía agarrado por el cuello con cada mano a un ayudante. Sin duda los había atrapado mientras buscaban leña, porque gritó con voz poderosa, haciendo una pausa después de cada palabra: «¿Quién se ha atrevido a entrar por la fuerza en el cobertizo de la leña? ¿Dónde está, que lo hago pedazos?». Entonces Frieda se levantó del suelo, que estaba tratando de fregar a los pies de la maestra, miró a K. como si quisiera reunir fuerzas y dijo, mientras en su mirada y actitud había algo de su antigua superioridad. «Yo, señor maestro. No pude hacer otra cosa. Para que las aulas estuvieran calientes temprano, era preciso abrir el cobertizo, no me atreví a ir a pedirle la llave de noche, mi prometido estaba en la Posada de los Señores y era posible que pernoctara allí, de manera que tuve que tomar yo la decisión. Si he obrado mal, perdone mi inexperiencia; mi prometido ya me riñó bastante cuando vio lo ocurrido. Incluso me prohibió encender la estufa temprano, porque creía que, al cerrar el cobertizo, usted había dado a entender que no quería que la calefacción se encendiera antes de que usted llegara. Así pues, que no se haya encendido la calefacción es culpa suya, pero que se haya entrado por la fuerza en el cobertizo es culpa mía.» «¿Quién rompió la puerta?», preguntó el maestro a los ayudantes, que seguían tratando inútilmente de librarse a sacudidas de sus manos. «El señor», dijeron los dos y, para que no hubiera duda alguna, señalaron a K. Frieda se rió y su risa pareció más convincente aún que sus palabras; luego comenzó a retorcer sobre el cubo el trapo con que había fregado el suelo, como si, con su explicación, hubiera terminado el incidente y lo que habían dicho los ayudantes no fuera más que una broma, y solo cuando había vuelto a arrodillarse para seguir trabajando dijo: «Nuestros ayudantes son niños que, a pesar de su edad, deberían estar en esos bancos escolares. A última hora de la tarde abrí yo sola la puerta con el hacha, fue muy fácil y para ello no los necesité, solo me hubieran estorbado. Sin embargo, cuando, por la noche, mi prometido volvió y salió para inspeccionar los daños y, si era posible, arreglar la puerta, los ayudantes corrieron tras él, probablemente porque tenían miedo de quedarse aquí solos, vieron a mi prometido trabajando en la puerta rota y por eso dicen ahora... Bueno, son niños». Los ayudantes negaban sin cesar con la cabeza durante las explicaciones de Frieda, seguían señalando a K. y se esforzaban, con muecas silenciosas, por que Frieda cambiase de opinión, pero, como no lo consiguieron, se conformaron por fin, consideraron las palabras de Frieda como una orden y no respondieron ya a la nueva pregunta del maestro. «Bueno», dijo el maestro, «¿así que habéis mentido? O que, por lo menos, ¿habéis acusado al bedel a la ligera?» Ellos siguieron callados, pero su temblor y sus miradas temerosas parecían indicar una conciencia culpable. «Entonces os azotaré inmediatamente», dijo el maestro, y envió a un niño a la otra aula para que trajera la vara de mimbre. Cuando la trajo, Frieda gritó: «Los ayudantes han dicho la verdad», tiró el trapo desesperada dentro del cubo, de forma que el agua salpicó muy alto, y corrió a esconderse detrás de las barras. «Qué gente más embustera», dijo la maestra, que acababa de terminar de vendar la pata del gato y cogió al animal en su regazo, para el que resultaba casi demasiado grande.

«De manera que nos queda el señor bedel», dijo el maestro, soltando a los ayudantes y volviéndose hacia K., que, durante todo aquel tiempo, había estado escuchando, apoyado en la escoba. «Un señor bedel que, por cobardía, permite tranquilamente que se acuse falsamente a otros de sus propias granujadas.» «Bueno», dijo K., que se dio cuenta de que la intervención de Frieda había aplacado un tanto, a pesar de todo, la cólera sin límites del maestro, «si mis ayudantes hubieran recibido unos azotes, no lo habría lamentado: si en diez ocasiones en que los han merecido han sido perdonados, bien pueden ser castigados una vez injustamente. Pero también, en general, hubiera preferido evitar un enfrentamiento directo entre usted, señor maestro, y yo, y tal vez lo hubiera preferido usted también. Pero como ahora Frieda me ha sacrificado por los ayudantes» –K. hizo una pausa y, en el silencio, se oyó a Frieda sollozar tras las mantas–, «naturalmente hay que aclarar el asunto.» «Inaudito», dijo la maestra. «Soy por completo de su misma opinión, señorita Gisa», dijo el maestro. «Usted, bedel, naturalmente queda despedido en el acto, por su escandalosa infracción disciplinaria; la sanción que seguirá me la reservo aún, pero ahora salga inmediatamente de esta casa con todas sus pertenencias.

Para nosotros será un verdadero alivio y las clases podrán comenzar por fin. ¡De manera que andando!» «No me moveré de aquí», dijo K. «Usted es mi superior jerárquico, pero no quien me ha asignado este puesto; es el señor alcalde, y solo de él aceptaré el despido. Sin embargo, sin duda no me dio este puesto para que me muriera de frío con mi gente, sino –como usted mismo dijo– para evitar actos desesperados e irreflexivos por mi parte. Despedirme de pronto estaría por ello en franca contradicción con sus intenciones; mientras no escuche otra cosa de sus propios labios, no lo creeré. Por lo demás, probablemente será también muy provechoso para usted que yo no obedezca su imprudente orden de despido.» «¿De manera que no la obedece?», preguntó el maestro. K. negó con la cabeza. «Piénselo bien», dijo el maestro. «Sus decisiones no son siempre las más acertadas, piense por ejemplo en la tarde de ayer, en que rehusó ser interrogado.» «¿Por qué menciona eso ahora?», preguntó K. «Porque me apetece», dijo el maestro, «y ahora lo repito por última vez: ¡fuera!» Sin embargo, como tampoco eso tuvo ningún efecto, el maestro se dirigió a la tarima y consultó en voz baja con la maestra; ella dijo algo de la policía, pero el maestro lo rechazó, y finalmente se pusieron de acuerdo: el maestro dijo a los niños que se trasladaran a su aula, para dar la clase con los otros, y ese cambio los alegró a todos; el aula se vació enseguida entre risas y gritos, y el maestro y la maestra salieron los últimos. La maestra llevaba el libro escolar y, sobre él, con toda su corpulencia, al gato, totalmente indiferente. Al maestro le hubiera gustado dejar al gato allí, pero una insinuación al respecto fue rechazada por la maestra con decisión, mencionando la crueldad de K., de manera que este, además de todas las molestias, cargó aún al maestro con el gato. Ello influyó sin duda en las últimas palabras que el maestro le dirigió desde la puerta: «La señorita deja esta aula con los niños, obligada a ello porque usted, de forma recalcitrante, rehúsa obedecer mi orden de despido y porque nadie puede pedir que ella, una muchacha joven, dé clases en medio de su sucia administración familiar. Así pues, se queda solo y, sin ser molestado por la repulsión de espectadores decentes, podrá sentirse a sus anchas. Pero no será por mucho tiempo, se lo aseguro». Y salió dando un portazo.

Los ayudantes

Apenas habían salido todos, K. dijo a los ayudantes:
«¡Fuera!». Estupefactos por aquella orden inesperada, la
obedecieron, pero cuando K. cerró tras ellos la puerta,
quisieron volver, y se pusieron a gimotear y a dar golpes
en la puerta. «Quedáis despedidos», gritó K., «nunca más
os tomaré a mi servicio.» Aquello, evidentemente, no quisieron admitirlo y martillearon con manos y pies en la puerta. «¡Queremos volver contigo, señor!», gritaban, como si
K. fuera tierra firme y ellos se estuvieran hundiendo entre
las olas. Pero K. no tuvo compasión y aguardó impaciente
a que aquel ruido insoportable obligase al maestro a intervenir. Lo que ocurrió pronto. «¡Deje entrar a sus malditos
ayudantes!», gritó el maestro. «Los he despedido», gritó
K., lo que tuvo el deseado efecto secundario de demostrar
al maestro lo que ocurría cuando se era suficientemente
fuerte, no solo para despedir a alguien sino para hacer
cumplir también la orden de despido. El maestro trató de
calmar a los ayudantes con buenas palabras: si esperaban
tranquilamente, K. terminaría por dejarlos entrar de nuevo. Luego se fue. Y quizá se habría hecho entonces el silencio si K. no hubiera empezado a gritarles otra vez que
estaban definitivamente despedidos y no tenían ni la menor probabilidad de ser admitidos nuevamente. Entonces
ellos comenzaron otra vez a armar estrépito como antes.
Volvió el maestro, pero no trató más con ellos sino que
los echó de la casa, al parecer con su temida vara de
mimbre.

Pronto aparecieron en las ventanas del aula de gimnasia, golpearon en los cristales y gritaron, pero sus palabras
ya no se entendían. Sin embargo, no permanecieron allí
mucho tiempo, porque en la nieve profunda no podían dar

saltos como les exigía su inquietud. Por eso se apresuraron a ir a la verja del jardín de la escuela y se subieron de un salto al muro inferior de piedra, desde donde, aunque fuera de lejos, tenían mejor vista sobre las aulas; corrieron de un lado a otro, agarrándose a la verja, y se detuvieron luego otra vez, tendiendo hacia K., suplicantes, sus manos. Así estuvieron largo rato, sin tener en cuenta la inutilidad de sus esfuerzos; estaban como obcecados y desde luego no cejaron cuando K. bajó las cortinas de las ventanas para librarse de su vista.

En la habitación ahora en penumbra, K. fue hacia las barras para ver qué hacía Frieda. Ante sus ojos, ella se levantó, se arregló el pelo, se secó el rostro y, en silencio, se puso a hacer café. A pesar de que ella lo sabía ya todo, K. la informó expresamente de que había despedido a los ayudantes. Frieda se limitó a asentir con la cabeza. K. se sentó en un banco de la escuela y observó los cansados movimientos de ella. Siempre habían sido su frescura y su decisión las que embellecían su cuerpo insignificante, pero esa belleza había desaparecido. Pocos días de convivencia con K. habían bastado para ello. El trabajo en la taberna no había sido fácil, pero era probablemente más apropiado para Frieda. ¿O era el alejamiento de Klamm la verdadera causa de su decaimiento? La proximidad de Klamm la había hecho insensatamente fascinante, esa fascinación había atraído a K., y ahora se marchitaba entre sus brazos.

«Frieda», dijo K. Ella dejó inmediatamente el molinillo de café y se sentó junto a K. en el banco. «¿Estás enfadado conmigo?», preguntó. «No», dijo K., «creo que no es culpa tuya. Vivías contenta en la Posada de los Señores. Hubiera debido dejarte allí.» «Sí», dijo Frieda, mirando tristemente al vacío. «Hubieras debido dejarme allí. No soy digna de vivir contigo. Libre de mí, tal vez podrías lograr todo lo que quieres. Por consideración hacia mí te sometes a ese maestro tiránico, aceptas este puesto miserable y te esfuerzas fatigosamente por tener una conversación con Klamm. Todo por mí, y yo te lo pago muy mal.»

«No», dijo K., pasando consoladoramente el brazo alrededor de ella, «todo eso son nimiedades que no me duelen y a Klamm no quiero verlo solo por ti. ¡Y cuántas cosas has hecho ya por mí! Antes de conocerte, deambulaba completamente perdido. Nadie me aceptaba y, cuando trataba de imponerme, se despedían de mí a toda prisa. Y cuando hubiera podido encontrar reposo con alguien, se trataba de personas de las que huía a mi vez, como la gente de Barnabas.» «¿Huiste de ellos? ¿De verdad? ¡Querido!», lo interrumpió Frieda vivamente, volviendo luego a hundirse en su fatiga tras el «Sí» titubeante de K. Sin embargo, tampoco K. tenía ya decisión para explicar por qué, gracias a su relación con Frieda, todo había sido mejor para él. Retiró despacio su brazo y los dos permanecieron un rato en silencio, hasta que Frieda, como si el brazo de K. le hubiera dado un calor al que no podía renunciar, dijo: «No soportaré esta vida de aquí. Si quieres conservarme, tendremos que emigrar a alguna parte, al sur de Francia, a España». «Emigrar no puedo», dijo K., «he venido aquí para quedarme. Y me quedaré aquí.» Y con una contradicción que no se molestó en explicar, añadió, como si hablara consigo mismo: «¿Qué podría atraerme en esta tierra, salvo el deseo de quedarme? Al fin y al cabo es tu tierra. Solo echas en falta a Klamm y eso hace que tus pensamientos sean desesperados». «¿Echar de menos a Klamm?», dijo Frieda. «Klamm hay de sobra, demasiados Klamm; para escapar de él quiero irme. No es a Klamm sino a ti a quien echo de menos. Por ti quiero irme; porque no puedo hartarme de ti, aquí donde todos tiran de mí. Prefiero que me arranquen esta máscara bonita, prefiero que mi cuerpo enferme y poder vivir en paz junto a ti.» K. solo oyó una cosa. «¿Está Klamm todavía en relación contigo?», preguntó enseguida. «¿Te llama?» «De Klamm no sé nada», dijo Frieda, «ahora hablo de otros, por ejemplo de los ayudantes.» «Ah, los ayudantes», dijo K. sorprendido. «¿Te persiguen?» «¿No lo has notado?», preguntó Frieda. «No», dijo K., tratando inútilmente de recordar detalles, «sin duda son muchachos inoportunos y ansiosos, pero no he notado que se atrevieran a acercársete.» «¿No?», dijo Frieda. «¿No notaste cómo era imposible apartarlos de nuestra habitación en la Posada del Puente, cómo vigilaban celosos nuestras relaciones, cómo, recientemente, uno de ellos se acostó en mi lugar en el jergón de paja, cómo declararon contra ti, para echarte, para perjudicarte y quedarse solos conmigo? ¿No has notado nada de todo eso?» K. miró a Frieda sin responder. Aquellas acusaciones contra los ayudantes eran sin duda exactas, pero todas podían interpretarse también de una manera mucho más inocente, por la forma de ser ridícula, infantil, inquieta e incontrolada de los dos. ¿Y no hablaba en contra de aquella acusación el hecho de que siempre se hubieran esforzado por ir a todas partes con K. en lugar de permanecer con Frieda? K. dijo algo al respecto. «Hipocresía», dijo Frieda. «¿No lo has comprendido? ¿Y por qué los has echado, si no es por esas razones?» Y fue a la ventana, corrió un poco la cortina hacia un lado, miró afuera y llamó a K. Los ayudantes permanecían todavía fuera junto a la verja; por muy cansados que estuvieran, evidentemente, seguían todavía reuniendo de cuando en cuando todas sus fuerzas y tendiendo los brazos, suplicantes, hacia la escuela. Uno de ellos, para no tener que agarrarse continuamente, había enganchado su chaqueta, por detrás, a uno de los barrotes de la verja.

«¡Pobres! ¡Pobres!», dijo Frieda. «¿Que por qué los he echado?», preguntó K. «El motivo inmediato has sido tú.» «¿Yo?», preguntó Frieda sin apartar la mirada de afuera. «Tu manera demasiado amable de tratarlos», dijo K., «el perdón de sus malos hábitos, las risas, el acariciarles el pelo, tu continua compasión por ellos – "Pobres, pobres", acabas de decir–, y finalmente el último incidente, en el que yo no te resulté un precio demasiado elevado para salvarlos de unos azotes.» «Eso es precisamente de lo que estoy hablando», dijo Frieda, «eso es lo que me hace desgraciada, lo que me aparta de ti..., cuando no conozco mayor felicidad que estar contigo, continuamente, sin interrupción, sin fin, mientras sueño que no hay en la tierra ningún sitio tranquilo para nuestro amor, ni en el pueblo ni en otra parte, y me imagino una tumba, profunda y estrecha, en donde estamos abrazados como con tenazas, yo entierro mi rostro en ti y tú en mí, y nadie podrá vernos jamás. Aquí, en cambio... ¡Mira a esos ayudantes! Cuando juntan sus manos no es por ti sino por mí.» «Pero no soy yo quien los mira», dijo K., «sino tú.» «Claro que soy yo», dijo Frieda, casi enfadada, «de eso es de lo que te hablo sin cesar; ¿qué importaría, si no, que los ayudantes me persiguieran, aunque fueran enviados de Klamm?» «Enviados de Klamm», dijo K., a quien esa designación, por natural que le pareciera enseguida, sorprendió mucho. «Enviados de Klamm, desde luego», dijo Frieda; «aunque lo sean, son también muchachos tontos, que necesitan aún azotes para ser educados. Qué chicos más feos y cetrinos son y qué espantoso es el contraste entre sus rostros, que hace pensar en adultos, en estudiantes casi, y su comportamiento infantil y estúpido. ¿Crees que no lo veo? Pero de eso se trata precisamente: no es que me repugnen sino que me avergüenzo de ellos. Tengo que mirarlos sin cesar. Cuando habría que encolerizarse con ellos, yo me río. Cuando habría que pegarles, yo les acaricio el pelo. Y cuando de noche estoy acostada a tu lado, no puedo dormir y tengo que mirar por encima de ti cómo uno duerme envuelto en la manta y el otro está arrodillado ante la estufa abierta, cuidando del fuego, y tengo que inclinarme hacia delante de forma que casi te despierto. Y no es el gato el que me asusta –conozco los gatos y conozco también el dormitar inquieto, continuamente perturbado, de la taberna–, no es el gato el que me asusta, sino yo misma. Y para ello no hace falta ese monstruo de gato, me sobresalto con el más mínimo ruido. Unas veces temo que te despiertes y todo haya terminado, y otras me levanto de un salto y enciendo la vela para que te despiertes deprisa y puedas protegerme.» «No sabía nada de todo eso», dijo K., «solo por intuición los he echado, pero ahora se han ido y quizá sea todo para mejor.» «Sí, por fin se han ido», dijo Frieda, pero tenía el rostro atormentado y no alegre, «aunque no sabemos quiénes son. Enviados de Klamm, así los llamo en mis pensamientos por juego, pero quizá lo sean realmente. Sus ojos, esos ojos ingenuos y sin embargo chispeantes, me recuerdan de algún modo los ojos de Klamm; sí, eso es, es la mirada de Klamm la que a veces me traspasa desde esos ojos. Y por eso es inexacto que diga que me avergüenzo de ellos. Solo quisiera que fuera así. Sé, desde luego, que en otro lugar y en otras personas esa conducta sería estúpida y chocante, pero en ellos no es así, y contemplo con respeto y admiración sus estupideces. Sin embargo, si son enviados de Klamm, ¿quién nos librará de ellos? ¿Y sería bueno librarse de ellos? ¿No tendrías que hacerlos entrar rápidamente y sentirte feliz si lo hicieran?» «¿Quieres que los haga entrar otra vez?», preguntó K. «No, no», dijo Frieda, «no hay nada que quiera menos. Su vista, si se precipitaran aquí, su alegría al volver a verme, sus saltos de un lado a otro como niños y su estirar los brazos como hombres... quizá no podría soportarlo. Sin embargo, cuando pienso que tú, si sigues mostrándote duro con ellos, tal vez te estés cerrando el paso de Klamm, quiero protegerte por todos los medios de esas consecuencias. Y entonces quiero que los dejes entrar. Que entren rápidamente. No tengas consideraciones conmigo, ¿qué importo yo? Me defenderé mientras pueda, y si llegara a perder, perdería sabiendo que también eso habría ocurrido por ti.» «Me confirmas en mi opinión con respecto a los ayudantes», dijo K., «y nunca volverán a entrar aquí con mi consentimiento. El hecho de que los haya expulsado prueba, sin embargo, que es posible dominarlos y, además, que no tienen nada que ver esencialmente con Klamm. Anoche mismo recibí una carta de Klamm por la que se puede ver que está muy mal informado sobre ellos y de la que hay que deducir además que le son totalmente indiferentes, porque, si no fuera así, hubiera podido obtener noticias exactas sobre ellos. El hecho de que veas a Klamm en ellos no demuestra nada, porque todavía, por desgracia, estás influida por la posadera y ves a Klamm por todas partes. Todavía eres la amante de Klamm y distas mucho aún de ser mi mujer. Eso me entristece a veces, es como si lo hubiera perdido todo, y entonces tengo la sensación de que acabo de llegar al pueblo, pero no lleno de esperanzas, como estaba realmente entonces, sino sabiendo que me esperan decepciones que tendré que saborear una tras otra hasta las heces. Sin embargo, solo ocurre en ocasiones», añadió K., sonriendo, cuando vio que Frieda se derrumbaba ante sus palabras, «y, en el fondo, solo demuestra algo bueno: lo mucho que significas para mí. Y si me pides que elija entre tú y los ayudantes, solo con eso han perdido ya los ayudantes. ¡Qué idea, elegir entre tú y los ayudantes! Ahora quiero deshacerme definitivamente de ellos. Por lo demás, ¿quién sabe si la debilidad que nos ha acometido a los dos no se debe a que todavía no hemos desayunado?» «Es posible», dijo Frieda sonriendo cansadamente y poniéndose a trabajar. También K. volvió a coger la escoba.

13

Hans

Al cabo de un rato llamaron suavemente. «¡Barnabas!»,
gritó K., tiró la escoba y, en un par de saltos, estuvo junto a la puerta. Frieda lo miró, más asustada por aquel
nombre que por cualquier otra cosa. Con sus manos inseguras, K. no pudo abrir la cerradura enseguida. «Ya
abro», repetía continuamente, en lugar de preguntar
quién era realmente el que llamaba. Y entonces vio cómo,
por la puerta abierta de par en par, no entraba Barnabas,
sino aquel chico pequeño que ya antes había querido hablarle. K., sin embargo, no tenía ganas de recordarlo.
«¿Qué quieres?», dijo, «la clase es al lado.» «De ella vengo», dijo el muchacho, mirando tranquilamente con sus
grandes ojos castaños a K. y quedándose allí de pie, con
los brazos pegados al cuerpo. «Entonces ¿qué quieres?
¡Vamos!», dijo K., inclinándose un poco hacia delante,
porque el muchacho hablaba en voz baja. «¿Puedo ayudarte?», preguntó el muchacho. «Quiere ayudarnos», dijo
K. a Frieda, y luego, al muchacho: «¿Cómo te llamas?».
«Hans Brunswick», dijo el muchacho, «alumno de cuarto; soy hijo de Otto Brunswick, maestro zapatero de la
calle Madeleine.» «Vaya, así que te llamas Brunswick»,
dijo K., mostrándose más amable. Resultó que Hans se
había impresionado tanto por los surcos sangrientos del
arañazo que la maestra había hecho a K. en la mano, que
había decidido ponerse de su lado. Por su propia iniciativa, se había escapado del aula contigua como un desertor,
exponiéndose a un grave castigo. Quizá fueran esas ideas
de muchacho las que dominaban en él sobre todo, pero
en concordancia con ellas estaba también la seriedad que
se desprendía de cuanto hacía. Solo al principio lo había
cohibido la timidez, pero pronto se acostumbró a K. y

Frieda y, cuando le dieron un buen café caliente, se mostró vivo y confiado, y sus preguntas se hicieron apasionadas e insistentes, como si quisiera saber cuanto antes lo más importante a fin de poder decidir por sí mismo sobre K. y Frieda. Había también algo de autoritario en su forma de ser, pero estaba tan mezclado con su inocencia infantil que uno se sometía a ello de buena gana, medio sinceramente y medio en broma. En cualquier caso, reclamaba toda la atención; todos los trabajos se habían interrumpido y el desayuno se prolongaba. A pesar de que estaba sentado en un banco de la escuela –K. arriba, en la mesa del profesor, y Frieda en una silla a su lado–, parecía como si Hans fuera el maestro, como si examinara y juzgara las respuestas, y una ligera sonrisa en torno a sus labios blandos parecía indicar que sabía muy bien que solo se trataba de un juego pero por ello se mostraba tanto más serio en todo lo que hacía, y tal vez no fuera una sonrisa sino la felicidad de la infancia lo que asomaba a sus labios. De forma sorprendentemente tardía, confesó que conocía a K. desde que, una vez, entró en casa de Lasemann. K. se sintió encantado al oírlo. «¿Eras tú el que jugaba a los pies de aquella mujer?», preguntó. «Sí», dijo Hans, «era mi madre.» Y entonces tuvo que hablar de su madre, pero lo hizo solo titubeando y tras repetidas invitaciones, y se vio que era un muchacho pequeño en el que a veces, sobre todo en sus preguntas y tal vez como anticipación del futuro, pero quizá también como consecuencia de una ilusión del oyente inquieto y tenso, parecía hablar un hombre enérgico, inteligente y previsor, que sin embargo luego, sin transición, volvía a ser enseguida un escolar que no comprendía muchas preguntas, interpretaba mal otras y, en su despreocupación infantil, hablaba demasiado bajo, a pesar de señalársele varias veces ese defecto, y que finalmente, como por terquedad, se callaba por completo ante algunas preguntas insistentes, y lo hacía sin ninguna turbación, como jamás hubiera podido hacerlo un adulto. Era como si, en su opinión, solo él pudiera hacer preguntas, y las preguntas de los otros infringieran alguna norma y fueran una pérdida de tiempo. Entonces podía quedarse largo rato sentado en silencio, con el cuerpo erguido, la cabeza baja y el labio inferior adelantado. A Frieda le gustaba tanto, que a menudo le hacía preguntas con las que esperaba que él mantuviera silencio de esa forma. A veces lo conseguía, pero a K. lo irritaba. En conjunto se enteraron de pocas cosas: la madre del chico estaba algo enferma, pero no pudieron saber de qué enfermedad se trataba; la niña que la señora Brunswick había tenido sobre su regazo era la hermana de Hans y se llamaba Frieda (Hans acogió con desagrado que el nombre fuera el mismo de la mujer que lo interrogaba), todos vivían en el pueblo, pero no en casa de Lasemann; solo había estado allí de visita para bañarse, porque Lasemann tenía aquella gran tina, en la que a los niños pequeños, entre los que Hans no se contaba, les gustaba especialmente bañarse y jugar; de su padre hablaba Hans respetuosamente o con miedo, pero solo cuando no se hablaba también de su madre; en comparación con la de ella, la importancia de su padre era evidentemente menor, y por lo demás todas las preguntas sobre su vida familiar, cualquiera que fuera el modo de formularlas, quedaban sin respuesta; del oficio de su padre solo supieron que era el zapatero más importante del lugar, nadie podía comparársele, como repetía Hans a preguntas totalmente distintas; incluso daba trabajo a otros zapateros, por ejemplo al padre de Barnabas, pero en este último caso Brunswick lo hacía por bondad especial, o al menos así lo indicaba un orgulloso movimiento de cabeza de Hans, que hizo que Frieda bajara de un salto hasta él y le diera un beso. La pregunta de si había estado ya en el castillo solo la respondió después de repetírsela muchas veces, y lo hizo con un «No»; la misma pregunta en relación con su madre no la respondió. Finalmente K. se cansó, también a él le parecían inútiles las preguntas, en eso daba la razón al chico, y además había algo de vergonzoso en querer saber secretos de familia por medio de aquel niño inocente, y resultaba doblemente vergonzoso porque no se averiguaba nada.

Y cuando K., para terminar, preguntó al muchacho en qué quería ayudar, no lo asombró ya oír que Hans solo quería ayudarle en su trabajo, para que el maestro y la maestra dejaran de hacer a K. reproches. K. explicó a Hans que no necesitaba su ayuda; hacer reproches era parte sin duda del carácter del maestro, y ni siquiera con el trabajo más minucioso sería posible evitarlos, el trabajo en sí no era difícil, y solo como consecuencia de circunstancias casuales estaba aquel día retrasado; por lo demás, aquellos reproches no hacían a K. el mismo efecto que a un escolar, se los sacudía de encima, le eran casi indiferentes, y además esperaba poder librarse pronto por completo del maestro. Así pues, como se trataba de ayudarlo contra el maestro, K. le daba las gracias más sinceras, pero Hans podía volver a su clase, y ojalá no fuera castigado. A pesar de que K. no lo subrayó y solo involuntariamente insinuó que era únicamente la ayuda contra el maestro la que no necesitaba, mientras que dejaba abierta la cuestión de otra clase de ayuda, Hans lo entendió claramente y preguntó si K. no necesitaba tal vez esa otra ayuda; él lo ayudaría de muy buena gana y, si no podía, se lo pediría a su madre y, sin duda, lo lograría. También cuando su padre tenía preocupaciones pedía ayuda a su madre. Y su madre había preguntado una vez por K.; ella misma apenas iba a la casa y solo excepcionalmente había estado aquella vez en la de Lasemann, pero él, Hans, iba a menudo allí, para jugar con los hijos de Lasemann, y su madre le había preguntado si había vuelto alguna vez el agrimensor. Ahora bien, a su madre, como estaba débil y cansada, no se le debía hacer preguntas inútiles, y por eso él había dicho sencillamente que no había visto allí al agrimensor y no se había seguido hablando del tema; sin embargo, cuando ahora lo había encontrado en la escuela, había tenido que hablarle para poder informar a su madre. Porque eso era lo que a su madre le gustaba más, que se atendiera a sus deseos sin que ella diera una orden expresa. A eso K., tras reflexionar brevemente, dijo que no necesitaba ayuda; tenía todo lo que necesitaba, pero era muy amable por parte de Hans que quisiera ayudarlo y le agradecía sus buenas intenciones, era posible que más adelante necesitara algo, y entonces recurriría a él, tenía su dirección. En cambio, tal vez él, K., pudiera ayudar un poco, le daba pena que la madre de Hans estuviera enferma, sin que, aparentemente, nadie conociera su enfermedad; en esos casos descuidados podía producirse a menudo un empeoramiento considerable de una dolencia leve en sí. Ahora bien, él, K., tenía algunos conocimientos médicos y, lo que era más valioso aún, experiencia en el trato con enfermos. Muchas cosas que no habían conseguido los médicos las había conseguido él. En su tierra, por sus facultades curativas, lo llamaban siempre «hierba amarga». En cualquier caso, le gustaría ver a la madre de Hans y hablar con ella. Quizá pudiera darle algún buen consejo; simplemente por Hans lo haría de buena gana. Los ojos de Hans se iluminaron al principio al oír su ofrecimiento, lo que indujo a K. a ser más insistente, pero el resultado no fue satisfactorio, porque, a diversas preguntas, Hans dijo, sin parecer siquiera muy triste, que su madre no podía recibir ninguna visita extraña, porque necesitaba muchos cuidados; a pesar de que K., aquella vez, apenas había hablado con ella, luego había tenido que pasar unos días en cama, lo que evidentemente le ocurría a menudo. Su padre se había irritado entonces mucho con K. y sin duda no le permitiría nunca que visitara a su madre; en efecto, había querido ir a ver a K., para castigarlo por su conducta y solo su madre había podido contenerlo. Sobre todo, sin embargo, su madre no quería por lo general hablar con nadie y el haber preguntado por K. no era una excepción a la regla, al contrario; precisamente al hablar de él hubiera podido expresar su deseo de verlo, pero no lo había hecho, manifestando así claramente su voluntad. Solo quería saber de K., pero no hablar con él. Por lo demás, lo que ella padecía no era una verdadera enfermedad, su madre conocía muy bien la causa de su estado y muchas veces aludía a que probablemente era el aire de allí lo que no soportaba, pero sin embargo no quería abandonar el lugar, por el padre y por los hijos, y además se encontraba ya mejor que antes. Eso fue aproximadamente lo que supo K.; la capacidad de reflexión de Hans aumentaba visiblemente cuando tenía que proteger de él a su madre, de aquel K. al que, al parecer, había querido ayudar; con la buena intención de mantener a K. lejos de su madre, contradijo incluso, en muchos aspectos, sus propias declaraciones anteriores, por ejemplo en relación con la enfermedad de ella. Sin embargo, K. se dio cuenta también de que Hans seguía bien dispuesto hacia él y solo cuando se trataba de su madre se olvidaba de todo lo demás; siempre que alguien decía algo de su madre estaba equivocado; ahora había sido K., pero podía ser también, por ejemplo, su padre. K. quiso poner a prueba esto último y dijo que era sin duda muy sensato por parte del padre de Hans proteger a la madre de toda molestia, y que si él, K., hubiera sospechado algo así, no se habría atrevido desde luego a hablar con su madre, y le rogaba que ahora, aunque tardíamente, lo disculpara en su casa. En cambio no podía comprender por qué el padre, si la causa del mal era tan clara como Hans decía, impedía a la madre recuperarse cambiando de aires; se podía decir que la retenía, porque si ella no se iba era solo por los niños y por él; sin embargo, a los niños podía llevárselos con ella, no necesitaba quedarse mucho tiempo, ni ir muy lejos; ya arriba en el castillo el aire era totalmente distinto. El padre no debía temer los gastos del viaje; al fin y al cabo era el zapatero más importante del lugar y, sin duda, tenían también, él o la madre, parientes o conocidos en el castillo que los acogerían con gusto. ¿Por qué no la dejaba irse? No debía subestimar una dolencia de esa índole; K. solo había visto a la madre fugazmente, pero su palidez y debilidad evidentes lo habían inducido a hablarle; ya entonces se había asombrado de que el padre hubiera dejado a aquella mujer enferma en el aire viciado de la sala común de baños y lavado, y que tampoco se hubiera privado de hablar en voz muy alta. El padre, sin duda, no sabía de qué se trataba; aunque la enfermedad hubiera mejorado quizá en los últimos tiempos, una enfermedad así tenía sus caprichos, pero finalmente, si no se la combatía, podía manifestarse con fuerza redoblada y entonces no tendría ya remedio. Si K. no podía hablar con la madre, quizá fuera bueno que hablase sin embargo con el padre para llamar su atención sobre todo aquello.

Hans había escuchado con atención, comprendido la mayor parte y sentido con intensidad la amenaza contenida en el resto que no comprendía. Sin embargo, dijo que con su padre no podía hablar K., porque su padre sentía aversión hacia él y lo trataría probablemente como el maestro. Lo dijo sonriente y tímido cuando hablaba de K. y con tristeza y vehemencia cuando mencionaba a su padre. Sin embargo, añadió que quizá K. pudiera hablar con su madre, pero sin que su padre se enterara. Luego, con la mirada fija, Hans reflexionó un poco, exactamente como una mujer que quiere hacer algo prohibido y busca la posibilidad de hacerlo sin ser castigada, y dijo que quizá sería posible pasado mañana: su padre iría por la noche a la Posada de los Señores porque tenía que hablar con gente, y entonces él, Hans, vendría de noche y llevaría a K. hasta su madre, siempre que, desde luego, ella lo consintiera, lo que seguía siendo muy improbable. Sobre todo, ella no hacía nada contra la voluntad de su padre, se sometía a él en todo, incluso en cosas que hasta él, Hans, veía claramente que no eran razonables. Realmente, Hans buscaba ahora la ayuda de K. contra su padre, era como si se hubiera engañado a sí mismo al creer que quería ayudar a K., mientras que lo que había querido averiguar era si quizá, como nadie de su antiguo entorno podía ayudarlo, aquel forastero súbitamente aparecido y mencionado por su madre podría hacerlo. Ni de su apariencia ni de sus palabras se había podido apenas deducir hasta entonces hasta qué punto era inconscientemente reservado, casi retorcido, aquel muchacho; solo se notaba por aquellas confesiones literalmente posteriores, provocadas intencionalmente o por azar. Y ahora estaba reflexionando, en su larga conversación con K., acerca de las dificultades que habría que vencer; a pesar de la mejor voluntad de Hans, eran dificultades casi insuperables; totalmente sumergido en sus pensamientos y, sin embargo, buscando ayuda, no dejaba de mirar a K. continuamente con ojos inquietos y parpadeantes. Antes de que su padre se fuera, le dijo, no debería decir nada a su madre, porque de otro modo lo sabría su padre y todo sería imposible; así pues, solo debería mencionarlo más tarde, pero también, por consideración a su madre, no de forma súbita ni apresurada, sino lentamente y en ocasión propicia; solo entonces debería pedir el consentimiento de su madre y solo entonces podría ir a buscar a K., pero ¿no sería ya demasiado tarde? ¿No amenazaría ya el regreso de su padre? No, era imposible. K., por el contrario, le demostró que no era imposible. No había que temer por la falta de tiempo: una entrevista breve, un breve encuentro bastaría, y no hacía falta que Hans fuera a buscarlo a él. K. esperaría escondido en algún lado, en las proximidades de la casa, y a un signo de Hans acudiría enseguida. No, dijo Hans, K. no debía aguardar junto a la casa –otra vez lo dominaba su susceptibilidad por todo lo que afectaba a su madre–; sin que su madre lo supiera no debía ponerse K. en camino, Hans no podía concertar con K. ese acuerdo a escondidas de su madre; recogería a K. en la escuela cuando su madre lo supiera y autorizase, pero no antes. Estaba bien, dijo K., pero entonces sería realmente peligroso; sería posible que el padre lo descubriera a él en la casa y, aunque eso no ocurriera, la madre, por temor, no dejaría entrar a K. y todo fracasaría por culpa del padre. Hans volvió a defenderse y la disputa continuó. Hacía rato que K. había hecho que Hans se acercara a la mesa, lo había sentado en sus rodillas y lo había acariciado varias veces para tranquilizarlo. Esa proximidad contribuyó también, a pesar de la resistencia ocasional de Hans, a crear un entendimiento. Finalmente, se pusieron de acuerdo en lo siguiente: Hans diría primero a su madre toda la verdad; sin embargo, para facilitar su consentimiento, añadiría que K. quería hablar también con Brunswick, aunque no de la madre, sino de sus propios asuntos. Esto era exacto, porque, en el curso de la conversación, a K. se le había ocurrido que Brunswick, aunque fuera una persona peligrosa y malvada, no podía ser su enemigo, porque al fin y al cabo –al menos según la información facilitada por el alcalde–, era el jefe de los que, aunque por razones políticas, habían pedido que se contratase un agrimensor. Así pues, la llegada de K. al pueblo tenía que haber sido bien recibida por Brunswick, aunque su mala acogida del primer día y la aversión de que hablaba Hans eran casi incomprensibles, pero quizá Brunswick estaba precisamente molesto porque K. no se hubiera dirigido ante todo a él en busca de ayuda, o tal vez había algún otro malentendido que podría aclararse con unas palabras. Sin embargo, cuando eso ocurriera, K. podría encontrar muy bien en Brunswick un apoyo contra el maestro, incluso contra el alcalde; se podría dejar al descubierto todo el engaño administrativo –pues ¿qué otra cosa era?– con el que el alcalde y el maestro lo mantenían alejado de las autoridades del castillo, forzándolo a desempeñar aquel puesto de bedel y, si se produjera nuevamente una lucha entre Brunswick y el alcalde a causa de K., Brunswick tendría que atraer a K. a su lado, K. se convertiría en huésped de su casa, el poder de Brunswick se pondría a su disposición, a pesar del alcalde, y quién sabe adónde llegaría así y, en cualquier caso, estaría cerca de la mujer... Así jugaba con sus sueños y ellos con él, mientras que Hans, pensando solo en su madre, observaba preocupado el silencio de K., como se hace ante un médico hundido en sus reflexiones para encontrar remedio en un caso difícil. Hans estuvo de acuerdo con la propuesta de K. de hablar con Brunswick del puesto de agrimensor, aunque solo porque, de esa forma, su madre estaría protegida de su padre, y además se trataba de un caso de necesidad que cabía esperar que no se daría. Preguntó solo cómo explicaría K. la hora tardía de su visita a su padre y se conformó finalmente, aunque con el rostro un tanto sombrío, con que K. diría que su insoportable puesto de bedel y el trato deshonroso que el maestro lc daba le habían hecho olvidar, con súbita desesperación, toda reserva.

Cuando por fin, hasta donde podía verse, se había pensado en todo y, al menos, no se excluía la posibilidad de éxito, Hans, liberado de la carga de reflexionar, se puso más alegre, charló todavía un rato infantilmente, primero con K. y luego con Frieda, que durante largo rato había permanecido allí sentada como si pensara en cosas completamente ajenas, y que solo ahora volvía a participar en la conversación. Entre otras cosas, ella le preguntó qué quería ser; él no lo pensó mucho y dijo que quería hacerse un hombre como K. Cuando ella le preguntó entonces por qué motivos, no supo evidentemente qué responder, y a la pregunta de si quería ser, por ejemplo, bedel, respondió con una negativa decidida. Solo cuando le siguieron preguntando supieron mediante qué rodeo había llegado a desear aquello. La situación actual de K. no era en modo alguno envidiable, sino despreciable y triste, eso lo veía Hans muy bien, y para darse cuenta no necesitaba observar a otra gente; él mismo hubiera preferido proteger a su madre de toda mirada y de toda palabra de K. Sin embargo, había venido a ver a K. y a pedirle ayuda, y se sintió feliz cuando él dio su consentimiento; también creía reconocer algo parecido en otras personas y, sobre todo, su madre misma había mencionado a K. De esa contradicción había surgido en él la creencia de que, sin duda, K. era ahora pequeño y horrible, pero en un futuro, aunque casi inimaginablemente lejano, los superaría a todos. Y precisamente esa lejanía francamente disparatada y el orgulloso desarrollo que debía llevar a ella atraían a Hans, y por ese precio estaba dispuesto incluso a tomar en consideración al K. actual. Lo especialmente infantil y precoz de ese deseo consistía en que Hans miraba a K. desde arriba, como a un muchacho cuyo futuro se extendiera más allá del suyo, el futuro de un niño pequeño. Y había también en él una seriedad casi triste cuando, obligado siempre por preguntas de Frieda, hablaba de esas cosas.

Solo K. volvió a alegrarlo cuando dijo que sabía por qué lo envidiaba: era por su hermoso bastón de nudos, que estaba sobre la mesa y con el que Hans había estado jugando distraído durante la conversación. Ahora bien, K. sabía fabricar esos bastones y, cuando su plan hubiera triunfado, haría para Hans otro más bonito aún. Ahora ya no resultaba claro si Hans no había querido hablar realmente solo del bastón, tanto se alegró de la promesa de K.; y se despidió contento, después de estrechar con firmeza la mano de K., diciéndole: «Entonces, hasta pasado mañana».

14

El reproche de Frieda

Ya era hora de que Hans se fuera, porque, poco después, el maestro abrió la puerta de par en par y gritó, al ver a K. y a Frieda sentados pacíficamente a la mesa: «¡Perdonad la molestia! ¡Pero decidme cuándo vais a poner orden de una vez! Ahí al lado estamos amontonados y la enseñanza se resiente, mientras vosotros os explayáis y estiráis en este gran gimnasio y, para tener más sitio aún, hasta habéis despedido a los ayudantes. Ahora, sin embargo, haced el favor de levantaros y moveros». Y luego, dirigiéndose solo a K.: «Tráeme un refrigerio^c de la Posada del Puente». Todo aquello lo había gritado colérico, pero sus palabras eran relativamente suaves, incluso el tuteo de por sí grosero. K. estaba dispuesto a obedecer enseguida, y solo para sondear al maestro dijo: «Yo estoy despedido». «Despedido o no, tráeme ese refrigerio», dijo el maestro. «Si estoy o no despedido es precisamente lo que quiero saber», dijo K. «¿Pero qué dices?», dijo el maestro. «Tú rechazaste el despido.» «¿Y eso basta para anularlo?», preguntó K. «Para mí no», dijo el maestro, «puedes creerme, pero sí, incomprensiblemente, para el alcalde. Y ahora vete corriendo, porque si no te expulsaré de verdad.» K. estaba contento; así pues, el maestro había hablado entretanto con el alcalde, o quizá no había hablado pero se había resignado con el previsible criterio del alcalde, y ese criterio le era favorable. Quiso apresurarse en buscar el refrigerio, pero desde el pasillo lo volvió a llamar el maestro, ya fuera porque solo había querido poner a prueba, mediante aquella orden especial, la voluntad de servir de K., a fin de poder actuar luego en consecuencia, o porque le habían entrado nuevas ganas de mandar y le divertía ver correr a K. apresuradamente, para luego, a una orden suya, regresar, como un camarero, de forma igualmente apresurada. K., por su parte, sabía que ceder demasiado lo convertiría en esclavo y víctima eterna del maestro, pero quería aceptar ahora con paciencia, hasta cierto límite, sus caprichos, porque aunque el maestro, como se había visto, no podía despedirlo legalmente, sin duda podía hacerle el puesto tan penoso que le resultara insoportable. Sin embargo, precisamente ese puesto le importaba a K. más que antes. La conversación con Hans le había dado nuevas esperanzas, desde luego improbables, totalmente inmotivadas, pero imposibles de olvidar, que casi hacían desaparecer a Barnabas. Si se entregaba a ellas, y la verdad es que no podía hacer otra cosa, tendría que concentrar todas sus fuerzas, no preocuparse de nada más, ni de la comida, ni de la vivienda, ni de las autoridades del pueblo, ni siquiera de Frieda, y en el fondo solo Frieda importaba, porque todo lo demás le preocupaba solo en relación con ella. Por eso tenía que tratar de conservar aquel puesto, que daba a Frieda cierta seguridad, y no debía lamentar, teniendo en cuenta ese objetivo, verse obligado a tolerar al maestro más cosas de las que, de otro modo, le hubiera tolerado. Todo ello no le resultaba demasiado penoso, formaba parte de la serie de pequeños sufrimientos continuos de la vida, no era nada en comparación con aquello a lo que K. aspiraba; al fin y al cabo no había ido allí para llevar una vida de tranquilidad[c] y honores.

Y por eso, lo mismo que había querido correr enseguida a la posada, se mostró igualmente dispuesto a obedecer el cambio de la orden y arreglar primero el aula, para que la maestra pudiera trasladarse de nuevo a ella. Pero había que hacerlo muy rápidamente, porque luego tendría que ir a buscar el refrigerio y el maestro tenía ya mucha hambre y mucha sed. K. le aseguró que todo se haría según sus deseos y, por un momento, el maestro miró cómo K. se apresuraba, quitaba las camas, ordenaba los aparatos de gimnasia y barría a toda prisa, mientras Frieda fregaba y frotaba la tarima. Su celo pareció satisfacerle, dijo además que había un montón de leña para la calefacción delante de la puerta –sin duda no quería permitir que K. entrase en el cobertizo– y, amenazando con volver enseguida, se fue al otro lado con los niños.

Tras un rato de trabajar en silencio, Frieda preguntó por qué K. se sometía ahora tanto al maestro. Era sin duda una pregunta compasiva y preocupada, pero K., que pensó en qué poco había conseguido Frieda protegerlo, como le había prometido al principio, de las órdenes y violencias del maestro, dijo solo lacónicamente que, ahora que era bedel, tenía que desempeñar las labores propias de su cargo. Luego reinó otra vez el silencio, hasta que K. recordó, precisamente por aquella conversación, que Frieda había estado ya perdida largo rato en sus preocupaciones, sobre todo durante toda la conversación con Hans, y le preguntó, mientras entraba la leña, en qué pensaba. Ella, levantando despacio los ojos hacia él, respondió que en nada concreto; solo pensaba en la posadera y en lo que había de cierto en muchas de las cosas que decía. Únicamente cuando K. insistió respondió ella, tras varias negativas, con más detalle, sin interrumpir sin embargo su trabajo, lo que no hacía por celo, ya que el trabajo no avanzaba, sino para no verse obligada a mirar a K. Y entonces contó cómo, durante la conversación de K. con Hans, al principio había escuchado tranquilamente y cómo luego, por las propias palabras de K., se había sobresaltado, había comenzado a prestar más atención al sentido de esas palabras y, a partir de entonces, no había podido dejar de ver en ellas la confirmación de una advertencia que tenía que agradecer a la posadera y en cuya exactitud no había querido creer hasta ahora. K., molesto por aquellos circunloquios y más irritado que conmovido por aquella voz triste y llorosa –sobre todo porque la posadera volvía a mezclarse en su vida, al menos en el recuerdo, ya que en persona había tenido hasta entonces poco éxito–, tiró al suelo la leña que llevaba en brazos, se sentó encima y, con palabras severas, exigió claridad absoluta. «Ya a menudo», comenzó Frieda, «desde el principio mismo, la posadera se esforzó por hacerme dudar de ti; no decía que mentías: al contrario, decía que eras infantilmente sincero pero que tu forma de ser era tan distinta de la nuestra que, hasta cuando hablabas sinceramente, nos resultaba difícil creerte y, si algún buen amigo no nos salvaba, solo podríamos acostumbrarnos a ello por amarga experiencia. Incluso a ella, que tanta vista tenía para conocer a los hombres, le había pasado lo mismo. Sin embargo, después de su última conversación contigo en la Posada del Puente –me limito a repetir sus malignas palabras–, se había dado cuenta de tus intrigas, y ya no podías engañarla, aunque te esforzaras por ocultar tus intenciones. "No obstante, no oculta nada", decía una y otra vez, y añadía: "En cualquier caso, esfuérzate por escucharlo de verdad; no solo superficialmente sino de verdad". No era otra cosa lo que había hecho la posadera y, al hacerlo, había sacado las siguientes conclusiones con respecto a ti. Tú te habías arrimado a mí –la posadera utilizó esa palabra despectiva– solo porque me crucé casualmente en tu camino, no te desagradé exactamente y, de forma por completo equivocada, consideras a una sirvienta de taberna como la víctima predestinada de cualquier cliente que alargue la mano. Además, como supo la posadera por el posadero de la Posada de los Señores, querías pasar la noche allí por algún motivo, y solo podías conseguirlo gracias a mí. Todo ello hubiera sido razón suficiente para que te convirtieras en mi amante de esa noche, pero, para que eso se tradujera en algo más, hacía falta también algo más, y ese algo más era Klamm. La posadera no pretende saber lo que quieres de Klamm; solo pretende que tú, antes de conocerme, te esforzabas ya tan violentamente por llegar hasta Klamm como luego. La diferencia consistía solo en que antes no tenías esperanzas y ahora creías tener en mí un medio seguro para abrirte camino realmente hasta Klamm, rápidamente y hasta con ventaja. ¡Cómo me asusté –aunque solo fugazmente, sin un motivo profundo– cuando hoy dijiste que, antes de conocerme, habías andado perdido por aquí! Eran quizá las mismas palabras que había utilizado la posadera; también ella dijo que solo desde que me conociste tuviste conciencia de tu objetivo. Ello se debió a que creíste haber conquistado conmigo a una amante de Klamm y tener así una prenda que él solo podría rescatar al más alto precio. Negociar ese precio con Klamm era tu única aspiración. Como yo no te importaba nada, pero sí, y todo, ese precio, estabas dispuesto a cualquier acuerdo con respecto a mí, pero te obstinabas en lo relativo al precio. Por eso te es indiferente que perdiera mi colocación en la Posada de los Señores; indiferente que tuviera que dejar también la Posada del Puente; indiferente que deba realizar duros trabajos de bedel; no muestras cariño, ni siquiera tienes tiempo para mí, me abandonas a los ayudantes, no conoces los celos, mi único valor para ti es que era la amante de Klamm y, en tu ignorancia, te esfuerzas por que no pueda olvidar a Klamm, para que al final no me resista demasiado cuando llegue el momento decisivo; sin embargo, luchas también contra la posadera, la única a la que consideras capaz de arrancarme de ti, y por eso has exacerbado tu disputa con ella, a fin de tener que dejar, conmigo, la Posada del Puente; no dudas de que yo, siempre que solo de mí dependa, seré propiedad tuya en cualquier circunstancia. Te imaginas como un negocio tu entrevista con Klamm: como un tira y afloja. Calculas todas las posibilidades y, siempre que consigas tu precio, estás dispuesto a todo: si Klamm me quiere, me entregarás a él; si quiere que te quedes conmigo, te quedarás; si quiere que me rechaces, me rechazarás, pero estás dispuesto también a representar un papel: si te resulta conveniente, fingirás que me quieres, tratarás de combatir su indiferencia poniendo de relieve tu insignificancia y avergonzándolo por el hecho de ser tú su sucesor o transmitiéndole las confesiones de amor por él que realmente te he hecho y rogándole que vuelva a tomarme, aunque desde luego a cambio de un precio; y, si ninguna otra cosa da resultado, le mendigarás sencillamente en nombre del matrimonio K. Sin embargo, concluyó la posadera, cuando comprendas que te has equivocado en todo, en tus suposiciones y en tus esperanzas, y en tu idea de Klamm y de sus relaciones conmigo, entonces comenzará mi infierno, porque no seré más que una propiedad con la que tendrás que conformarte, pero una propiedad que habrá resultado no tener valor y a la que tratarás en consecuencia, porque tus sentimientos hacia mí son solo los de un propietario.»

Tenso, con la boca apretada, K. la había escuchado con atención; los leños que tenía debajo habían rodado y casi se había caído al suelo, pero no se había dado cuenta; solo entonces se levantó, se sentó en la tarima, cogió la mano de Frieda, que trataba débilmente de apartarse de él, y dijo: «No siempre he podido distinguir en tu relato entre tu opinión y la de la posadera». «Solo era la opinión de la posadera», dijo Frieda; «yo lo escuché todo porque la venero, pero por primera vez en mi vida rechacé por completo su opinión. Tan lamentable me parecía cuanto ella decía, tan lejos de toda comprensión de lo que había entre nosotros. Más bien me parecía exacto todo lo contrario de lo que ella hablaba. Pensé en aquella mañana triste después de nuestra primera noche. En cómo te arrodillaste a mi lado, con aquella mirada, como si todo estuviera perdido. Y en cómo resultó realmente que yo, por mucho que me esforzara, no te ayudaba sino que era un estorbo. Por mí, la posadera se convirtió en tu enemiga, una enemiga poderosa a la que todavía subestimas; a causa de mí, por quien tenías que preocuparte, tuviste que luchar por tu puesto, estuviste en desventaja con respecto al alcalde, tuviste que someterte al maestro, te viste entregado a los ayudantes y, lo que era peor aún: por mí te enfrentaste quizá con Klamm. El que continuamente quisieras llegar hasta él no era más que un débil esfuerzo por aplacarlo de algún modo. Y me dije que la posadera, que sin duda sabía todo eso mejor que yo, solo quería, con sus insinuaciones, evitar que yo me hiciera demasiados reproches. Mi amor por ti me hubiera ayudado a soportar todo eso, te hubiera ayudado en definitiva a ti también a progresar, si no aquí en el pueblo, en otra parte; ya ha dado una prueba de su fuerza al salvarte de la familia de Barnabas.» «Así pues, esa era entonces tu opinión», dijo K., «¿y qué ha cambiado desde entonces?» «No lo sé», dijo Frieda, mirando la mano de K., que retenía la suya, «tal vez no haya cambiado nada; cuando estás tan cerca y me preguntas tan tranquilo, creo que nada ha cambiado. Pero en realidad», apartó la mano de K., se sentó ante él muy erguida y lloró, sin taparse la cara; le mostró el rostro desnudo inundado por las lágrimas, como si no llorase por sí misma y, por ello, no tuviera nada que ocultar, sino que llorase por haber sido traicionada y, por eso, él mereciera también el espectáculo de su desolación, «todo ha cambiado desde que te he oído hablar con ese muchacho. Qué inocentemente has comenzado; le has preguntado por sus circunstancias familiares, por esto y por aquello; me parecía como si hubieras entrado en la taberna, de forma confiada y sincera, y buscaras mi mirada con insistencia infantil. No había ninguna diferencia con respecto a entonces, y solo deseaba que la posadera pudiera estar aquí, te escuchara y tratase luego de aferrarse a su opinión. Pero de repente, no sé cómo ocurrió, me di cuenta de con qué intenciones hablabas con el muchacho. Mediante tus palabras de simpatía te ganabas su confianza, nada fácil de ganar, para dirigirte sin obstáculos hacia tu objetivo, que cada vez veía yo más claro. Y ese objetivo era esa mujer. De tus palabras aparentemente preocupadas por ella se deducía únicamente, de forma totalmente franca, tu preocupación por tus propios asuntos. Engañabas a esa mujer antes de haberla conquistado. En tus palabras yo no escuchaba solo mi pasado sino también mi futuro; era como si la posadera se sentase a mi lado y me lo explicara todo, y yo tratase con todas mis fuerzas de apartarme, pero comprendiera claramente lo desesperado del esfuerzo; y, sin embargo, no era realmente yo la engañada, ni siquiera era engañada yo, sino aquella mujer desconocida. Y cuando reaccioné y pregunté a Hans qué quería ser y él dijo que quería ser como tú, es decir, que te pertenecía ya por completo, ¿qué diferencia había entre él, aquel buen muchacho del que tú abusabas, y yo aquel día en la taberna?»

«Todo lo que dices», dijo K., que, acostumbrado a los reproches, se había recuperado enseguida, «es exacto hasta cierto punto; no es falso sino solo malévolo. Son ideas de la posadera, mi enemiga, aunque creas que son tuyas, y eso me consuela. Sin embargo, son ideas instructivas, todavía se puede aprender mucho de la posadera. A mí no me lo dijo, aunque, por lo demás, no me ahorró nada; evidentemente te confió esa arma con la esperanza de que la utilizaras contra mí en algún momento especialmente difícil o decisivo; si yo abuso de ti, ella lo hace también. Sin embargo, piensa, Frieda: aunque todo eso fuera tan cierto como la posadera dice, solo sería muy grave en un caso: el de que tú no me quisieras. Entonces y solo entonces te habría conquistado yo con cálculo y astucia, para aprovecharme luego de esa propiedad conquistada. Quizá entonces formara parte incluso de mi plan el que, para atraer tu compasión, apareciera ante ti del brazo de Olga, y la posadera se ha olvidado de apuntarlo en mi pasivo. Sin embargo, si no se trata de ese caso grave, ni de que un astuto animal de presa se haya apoderado de ti, sino de que tú viniste hacia mí, como yo fui hacia ti y nos encontramos, olvidados ambos de nosotros mismos, dime, Frieda, ¿qué pasa entonces? Yo dirijo mis asuntos lo mismo que los tuyos, no hay diferencia alguna y solo una enemiga puede establecer una distinción. Eso vale en todo y también con respecto a Hans. Por lo demás, al juzgar mi conversación con Hans, tu delicadeza te hace exagerar mucho, porque, aunque las intenciones de Hans y las mías no coincidan totalmente, la cosa no va tan lejos que exista una contraposición entre ellas; además, nuestra falta de acuerdo no ha escapado a Hans y, si lo crees, subestimas mucho a ese hombrecito precavido, e incluso aunque todo se le hubiera escapado, confío en que de ello no resulte ningún mal para nadie.»

«Es tan difícil saber dónde estamos, K.», dijo Frieda suspirando; «no he sentido, desde luego, ninguna desconfianza hacia ti y, si la posadera me ha contagiado algo parecido, me sentiré feliz de rechazarlo y pedirte perdón de rodillas, como hago en realidad todo el tiempo, aunque diga cosas tan perversas. Es cierto, sin embargo, que me ocultas muchas cosas; vienes y vas, pero no sé de dónde ni adónde. Antes, cuando llamó Hans, gritaste incluso el nombre de Barnabas. Si me hubieras llamado alguna vez tan amorosamente como cuando, por razones que no comprendo, gritaste ese nombre odiado... Si no tienes confianza en mí, ¿cómo no ha de surgir en mí la desconfianza? Estoy totalmente abandonada a la posadera, a la que, con tu comportamiento, pareces confirmar en sus opiniones. No en todo, no quiero decir que las confirmes en todo; al fin y al cabo, ¿no echaste por mí a los ayudantes? ¡Ay, si supieras con qué ansia busco en todo lo que haces y dices, aunque me torture, algo bueno para mí!» «Sobre todo, Frieda», dijo K., «yo no te escondo ni lo más mínimo. Cómo me odia la posadera y cómo se esfuerza por arrancarte de mí, con qué medios tan despreciables lo hace y cómo cedes tú ante ella, Frieda, cómo cedes. Dime, ¿en qué te oculto yo alguna cosa? Que quiero llegar hasta Klamm lo sabes, que tú no puedes ayudarme y que, por consiguiente, tengo que lograrlo por mí mismo, lo sabes también; y que hasta ahora no lo he conseguido, lo ves. ¿Debo humillarme doblemente hablándote de intentos inútiles que, en la realidad, me han humillado ya lo suficiente? ¿Tengo que jactarme, por ejemplo, de haber esperado en vano una larga noche ante la portezuela del trineo de Klamm? Feliz de no tener que pensar ya en esas cosas, me apresuro a venir a ti y entonces me encuentro con todo eso amenazante que me dices. ¿Barnabas? Desde luego, lo aguardo. Es el mensajero de Klamm y no he sido yo quien lo ha establecido así.» «Otra vez Barnabas», exclamó Frieda, «no puedo creer que sea un buen mensajero.» «Tal vez tengas razón», dijo K., «pero es el único que me envían.» «Tanto peor», dijo Frieda, «y tanto más deberías guardarte de él.» «Por desgracia, hasta ahora no me ha dado motivo», dijo K. sonriendo, «viene raras veces y lo que trae es insignificante; solo el hecho de que venga directamente de Klamm lo hace valioso.»

«Date cuenta», dijo Frieda: «ni siquiera es ya Klamm tu objetivo, y quizá sea eso lo que más me intranquiliza; que, pasando por encima de mí, quisieras llegar hasta Klamm era ya suficientemente malo, pero que ahora parezcas apartarte de Klamm es mucho peor aún, algo que ni siquiera la posadera había previsto. Según ella, mi felicidad, una felicidad incierta pero sin embargo muy real, terminaría el día en que comprendieras definitivamente que tus esperanzas de ver a Klamm eran inútiles. Ahora, sin embargo, ni siquiera aguardas ya ese día; de pronto aparece un muchachito y empiezas a luchar con él por su madre, como si lo hicieras por el aire que respiras.» «Has comprendido bien mi conversación con Hans», dijo K., «así ha sido realmente. Sin embargo, ¿ha desaparecido para ti de tal modo tu vida anterior (salvo, naturalmente, la posadera, que no se deja rechazar así) que ya no sabes cómo hay que luchar para avanzar, sobre todo si se empieza tan abajo? ¿No sabes que hay que utilizar todo lo que ofrece cualquier esperanza? Y esa mujer viene del castillo, ella misma me lo dijo cuando me extravié el primer día en casa de Lasemann. ¿Qué sería más lógico que pedirle consejo o incluso ayuda? Si la posadera conoce muy bien todos los obstáculos que separan de Klamm, esa mujer conoce probablemente el camino, porque al fin y al cabo lo ha recorrido.» «¿El camino hacia Klamm?», preguntó Frieda. «Hacia Klamm, desde luego, ¿hacia quién si no?», dijo K. Luego se puso en pie de un salto: «Ya es hora de que vaya a buscar el tentempié». Con insistencia mucho mayor que la que el motivo justificaba, Frieda le rogó que se quedase, como si solo eso pudiera corroborar todas las cosas consoladoras que él le había dicho. K., sin embargo, se acordó del maestro, señaló la puerta, que en cualquier momento podía abrirse con ruido atronador, le prometió volver enseguida y le dijo que ni siquiera tenía que encender la calefacción, porque él mismo se ocuparía. Finalmente, Frieda se resignó en silencio. Cuando K. iba con paso pesado por la nieve –hacía mucho que el camino hubiera debido quedar despejado, era curioso lo lentamente que progresaba el trabajo−, vio a uno de los ayudantes, muerto de cansancio, agarrado a la verja. Solo uno, ¿dónde estaría el otro? ¿Había quebrantado K. al menos la resistencia de uno de ellos? El que quedaba, evidentemente, seguía insistiendo con ansia; como se vio cuando, animado por la aparición de K., comenzó otra vez a extender los brazos y revolver ansiosamente los ojos. «Su tenacidad es ejemplar», se dijo K., aunque no pudo menos de añadir: «Pero se va a morir de frío en la verja». Exteriormente, sin embargo, se limitó a amenazar al ayudante con el puño, lo que excluía cualquier aproximación, y efectivamente el ayudante retrocedió aún, temeroso, un trecho considerable. En aquel momento, Frieda abrió una ventana para, como había convenido con K., ventilar antes de que encendieran la calefacción. Enseguida, el ayudante dejó a K. e, irresistiblemente atraído, se deslizó hacia la ventana. Con el rostro deformado de amabilidad hacia el ayudante y de suplicante desamparo hacia K., ella agitó un poco la mano arriba, por fuera de la ventana, sin que resultara claro si se trataba de un rechazo o de un saludo, pero el ayudante no se dejó disuadir por ello de acercarse más. Entonces Frieda cerró apresuradamente la ventana exterior, pero se quedó detrás, con la mano en la manilla, la cabeza inclinada a un lado, los ojos muy abiertos y una sonrisa congelada. ¿Sabía que con ello atraía al ayudante más que ahuyentarlo? K., sin embargo, no miró ya hacia atrás; quería apresurarse cuanto pudiera y regresar pronto.

15

Con Amalia

Por fin −era ya oscuro, última hora de la tarde− K. había despejado el sendero del jardín, había acumulado y apisonado la nieve a ambos lados, y había acabado ya el trabajo del día. Estaba junto a la puerta del jardín, solo. Había echado al ayudante hacía horas, lo había perseguido un buen trecho, pero luego él se había escondido en algún lado entre los jardincitos y las cabañas; le había sido imposible encontrarlo y el ayudante no había vuelto a aparecer desde entonces. Frieda estaba en casa, lavando la ropa o, todavía, el gato de Gisa; había sido una muestra de mucha confianza por parte de Gisa el haber confiado a Frieda ese trabajo, de todas formas poco agradable e impropio, y que K. no habría tolerado si no hubiera sido muy aconsejable, tras las diversas negligencias ocurridas en el servicio, aprovechar cualquier oportunidad para que Gisa se sintiera agradecida. Gisa había presenciado satisfecha cómo K. había bajado la pequeña bañera de niño del desván, había calentado agua y, finalmente, había metido cuidadosamente al gato en ella. Entonces Gisa había confiado a Frieda el gato por completo, había venido Schwarzer, al que K. conoció en su primera noche y que había saludado a K. con una mezcla de timidez, cuya causa estaba en aquella noche, y de enorme desprecio, como correspondía hacia un bedel, entrando luego con Gisa en la otra aula. Allí seguían los dos aún. Como habían contado en la Posada del Puente, Schwarzer, que era sin embargo hijo de un alcaide, vivía desde hacía tiempo en el pueblo por amor a Gisa, y había conseguido, gracias a sus relaciones, ser nombrado por la comunidad maestro auxiliar, aunque su manera de desempeñar ese puesto consistía principalmente en no faltar a casi ninguna de las clases de Gisa, ya fuera sentado en un banco entre los niños o, mejor, sentado en la tarima a los pies de Gisa. No molestaba en absoluto, los niños se habían acostumbrado hacía tiempo a él, lo que resultaba quizá más fácil aún porque Schwarzer no sentía afecto ni tenía comprensión hacia los niños, apenas hablaba con ellos, se limitaba a dar las clases de gimnasia de Gisa y, por lo demás, se sentía contento de vivir en la proximidad, en el aire y en el calor de Gisa. Su mayor placer consistía en sentarse junto a ella y corregir con Gisa los cuadernos escolares. También aquel día estaban ocupados en ello, Schwarzer había traído un gran montón de cuadernos, porque el maestro le daba siempre también los suyos y, mientras había habido luz, K. había visto a los dos trabajando ante una mesita junto a la ventana, cabeza con cabeza, inmóviles, aunque ahora solo se veían allí dos velas que temblaban. Era un amor serio y silencioso el que los unía, y el tono lo marcaba Gisa, cuyo fuerte temperamento, a veces desatado, desbordaba todos los límites, pero no hubiera tolerado nada parecido en otros o en otro momento, y por eso el impulsivo Schwarzer tenía que someterse, andar despacio, hablar despacio y callar mucho; pero, como podía verse, era ampliamente recompensado por la presencia sencilla y tranquila de Gisa. Sin embargo, tal vez Gisa no lo amaba; en cualquier caso sus ojos redondos y grises, que literalmente no parpadeaban nunca y parecían revolverse en las órbitas, no daban respuesta a sus preguntas, y solo se veía que toleraba a Schwarzer sin resistencia, pero no sabía apreciar el honor de ser amada por el hijo de un alcaide y desplazaba imperturbable su cuerpo lleno y opulento, tanto si Schwarzer la seguía con la mirada como si no. Schwarzer, en cambio, se imponía por ella el sacrificio permanente de quedarse en el pueblo; a los mensajeros de su padre que, con frecuencia, venían a buscarlo, los despachaba tan irritado como si el breve recuerdo del castillo y de sus deberes de hijo que ellos le traían fuera una perturbación sensible e irreparable de su felicidad. Y, sin embargo, en realidad tenía mucho tiempo libre, porque Gisa, en general, no aparecía más que durante las horas de clases y para corregir los cuadernos, lo que sin duda no hacía por cálculo sino porque le gustaba sobre todo la comodidad y, por ello, estar sola, y probablemente nunca era más feliz que cuando podía echarse en el sofá, junto al gato, que no molestaba nada puesto que apenas se podía mover. De esa forma, Schwarzer pasaba una gran parte del día ocioso, pero también eso le gustaba, porque siempre tenía la posibilidad, que aprovechaba con mucha frecuencia, de ir a la calle del León, en donde vivía Gisa, subir al pequeño desván, escuchar junto a la puerta siempre cerrada y volver a irse, después de comprobar sin excepción que en la habitación reinaba el silencio más completo e incomprensible. De todas formas, también en él se manifestaban a veces, aunque nunca en presencia de Gisa, las consecuencias de esa forma de vivir, en accesos ridículos en que su orgullo de funcionario se despertaba por unos momentos, un orgullo que, evidentemente, se compaginaba muy mal con su posición; de todas formas, la cosa no terminaba muy bien la mayoría de las veces, como había podido comprobar ya K.

Solo era sorprendente que, al menos en la Posada del Puente, se hablase de Schwarzer con cierto respeto, hasta cuando se trataba de cosas más ridículas que respetables, respeto que incluía también a Gisa. Con todo, era un error que Schwarzer, como maestro auxiliar, creyera estar infinitamente por encima de K.; esa superioridad no existía: un bedel es para los maestros, y mucho más para un maestro del tipo de Schwarzer, una persona muy importante a la que no se puede despreciar impunemente y, si por intereses de clase, no se podía renunciar a ese desprecio, había que hacerlo soportable con compensaciones apropiadas. K. quería pensar en ello en la primera oportunidad, y Schwarzer estaba todavía en deuda con él desde aquella primera noche, deuda que no había disminuido por el hecho de que los días siguientes hubieran justificado realmente la acogida de Schwarzer. Porque no había que olvidar que aquella acogida, probablemente, había marcado todo lo que había seguido después. A causa de Schwarzer y de forma totalmente absurda, toda la atención de la administración se había dirigido, ya desde los primeros momentos, hacia K., cuando, todavía totalmente forastero en el pueblo, sin conocidos, sin refugio, agotado por la marcha y totalmente desvalido sobre su jergón de paja, estaba a merced de cualquier intervención administrativa. Solo una noche más tarde, todo hubiera podido desarrollarse de una forma distinta, tranquilamente y casi en secreto. En cualquier caso, nadie habría sabido de él, nadie habría sospechado o, por lo menos, no hubiera titubeado en aceptarlo por un día en su casa como caminante, habría visto que era persona útil y digna de confianza, se hubiera corrido la voz en la vecindad y, probablemente, K. habría encontrado pronto algún empleo como criado. Naturalmente, eso no habría pasado inadvertido a la administración. Sin embargo, una cosa era que, por su causa, hubieran despertado en plena noche a la secretaría central o a quien estuviera al teléfono, exigido una decisión inmediata, exigido con aparente humildad pero con insistencia implacable, y que además fuera Schwarzer, probablemente poco apreciado en las alturas, quien lo hubiera hecho, y otra muy distinta que K. hubiera ido al día siguiente a ver al alcalde, en horas laborables, presentándose debidamente como un caminante que tiene ya un lugar donde dormir en casa de algún miembro de la comunidad y que probablemente seguirá su camino al día siguiente, a no ser en el caso muy improbable de encontrar trabajo, naturalmente solo por unos días, porque más tiempo no hubiera querido permanecer de ningún modo. De esa forma o parecida hubieran sido las cosas de no haber sido por Schwarzer. La administración habría seguido ocupándose del asunto, pero tranquilamente, por las vías oficiales, sin sentirse molesta por la impaciencia del interesado, que probablemente aborrece especialmente. Ahora bien, K. era inocente de todo aquello, la culpa era de Schwarzer, pero Schwarzer era hijo de un alcaide y, exteriormente, había actuado de forma correcta, de manera que era K. quien tenía que pagarlo. ¿Y cuál era el ridículo motivo de todo aquello? Tal vez el mal humor de Gisa ese día, a consecuencia del cual Schwarzer había vagado de noche sin poder dormir, y se había desquitado luego de sus sufrimientos con K. Evidentemente, se podía decir también, por otro lado, que K. debía mucho a ese comportamiento de Schwarzer. Solo gracias a él había sido posible lo que K. nunca habría logrado o nunca se habría atrevido a lograr, y la administración, por su parte, difícilmente hubiera reconocido: el hecho de que, desde el principio mismo y sin pestañear, se había enfrentado abiertamente y cara a cara con la administración, en la medida en que ésta era capaz de hacerlo. Pero se trataba de un regalo poco grato; sin duda ahorraba a K. muchas mentiras y tapujos, pero lo dejaba también casi indefenso y, en cualquier caso, lo situaba en desventaja en la lucha, lo que hubiera podido hacerlo desesperar si no hubiera tenido que decirse que la diferencia de poder[c] entre la administración y él era tan enorme que todas las mentiras y astucias de que hubiera sido capaz no habrían podido disminuirla esencialmente a su favor y, relativamente, hubieran sido siempre insignificantes. Sin embargo, solo se trataba de un pensamiento con el que K. se consolaba a sí mismo; Schwarzer seguía estando en deuda con él; antes había perjudicado a K., pero quizá próximamente pudiera ayudarlo, K. seguiría necesitando ayuda hasta en las cosas más pequeñas, en los requisitos más elementales; así, por ejemplo, Barnabas parecía haber vuelto a incumplir sus obligaciones. A causa de Frieda, K. había titubeado todo el día en ir a casa de Barnabas a preguntar; para no tener que recibirlo delante de Frieda, K. había estado trabajando en el exterior y, después del trabajo, se había quedado allí aguardando a Barnabas, pero Barnabas no venía. No le quedaba otro remedio que ir a ver a sus hermanas, solo por un momento, solo desde el umbral quería preguntarles cuándo volvería Barnabas. Y K. clavó la pala en la nieve y se fue corriendo. Llegó a casa de Barnabas sin aliento, la puerta se abrió cuando él llamó brevemente, y K.

preguntó, sin prestar atención a quién estaba en el cuarto: «¿No ha llegado aún Barnabas?». Solo entonces se dio cuenta de que Olga no estaba allí; los dos ancianos estaban sentados otra vez en penumbra, junto a la distante mesa, no habían comprendido lo que pasaba en la puerta y comenzaban a volver lentamente el rostro hacia ella y, finalmente, Amalia estaba acostada bajo unas mantas en el banco que había junto a la estufa y, asustada por la aparición de K., se había incorporado, llevándose la mano a la frente. Si Olga hubiera estado allí, habría respondido enseguida y K. hubiera podido irse otra vez, pero de esa forma tuvo que dar al menos unos pasos hacia Amalia, tenderle la mano, que ella estrechó en silencio, y rogarle que evitara que sus espantados padres se movieran para nada, lo que ella hizo con unas palabras. K. se enteró de que Olga estaba cortando leña en el patio. Amalia, agotada —no dijo la razón—, había tenido que acostarse hacía poco y Barnabas no había vuelto aún, pero llegaría muy pronto, porque nunca pasaba la noche en el castillo. K. le agradeció la información y dijo que se iba, pero Amalia le preguntó si no quería aguardar a Olga; sin embargo, él dijo que, por desgracia, no tenía tiempo, y entonces Amalia le preguntó si había hablado ya aquel día con Olga; él dijo que no, asombrado, y le preguntó si Olga tenía algo especial que comunicarle; Amalia torció la boca, como ligeramente irritada, hizo a K. un gesto de asentimiento silencioso, que era claramente una despedida, y volvió a acostarse. Desde su posición de reposo lo miró, como si se asombrara de que estuviera todavía allí. Su mirada era fría, clara, inmutable como siempre, y no se dirigía francamente a lo que observaba sino que —resultaba molesto— pasaba por su lado, de forma apenas perceptible pero indudable, y la causa no parecía ser la debilidad, ni la turbación, ni la insinceridad, sino un deseo de soledad más fuerte que cualquier otro, del que quizá ella misma solo así se daba cuenta. K. creía recordar que, ya la primera noche, aquella mirada le había preocupado; en efecto, la impresión muy negativa que le había causado enseguida aquella familia se debía a esa mirada, que en sí misma no era desagradable sino orgullosa y sincera en su propia reserva. «Estás siempre tan triste, Amalia», dijo K., «¿hay algo que te atormente? ¿No me lo puedes decir? Nunca he visto muchachas del campo como tú. Solo hoy, solo ahora me he dado cuenta realmente. ¿Eres del pueblo? ¿Naciste aquí?» Amalia asintió, como si K. solo hubiera formulado la última pregunta, y luego dijo: «Entonces ¿vas a esperar a Olga?». «No sé por qué me preguntas siempre lo mismo», dijo K., «no puedo quedarme más tiempo aquí, porque en casa me aguarda mi prometida.» Amalia se apoyó en un codo; no sabía nada de ninguna prometida. K. le dijo el nombre, pero Amalia no la conocía. Preguntó si Olga sabía de ese noviazgo, K. creía que sí, al fin y al cabo Olga lo había visto con Frieda, y en el pueblo esas noticias se sabían deprisa. Amalia, sin embargo, le aseguró que Olga no lo sabía y que eso la haría muy desgraciada, porque parecía amar a K. No había hablado abiertamente de ello, porque era muy reservada, pero el amor se traicionaba involuntariamente. K. estaba seguro de que Amalia se equivocaba. Amalia sonrió y esa sonrisa, aunque triste, iluminó su rostro sombríamente contraído, hizo que el mutismo hablara, volvió familiar lo extraño y reveló un secreto, la revelación de algo hasta entonces guardado, que sin duda podría recuperarse, pero nunca por completo. Amalia dijo que, indudablemente, no se equivocaba. Incluso sabía más aún, sabía que también K. sentía inclinación por Olga y que sus visitas, que tenían por pretexto cualquier mensaje de Barnabas, solo se debían en realidad a Olga. Sin embargo, ahora que Amalia lo sabía todo, él no debía tomárselo tan en serio y debía venir con más frecuencia. Solo había querido decirle eso. K. negó con la cabeza y le recordó su compromiso matrimonial. Amalia no pareció prestar mucha atención a ese compromiso, lo decisivo para ella era la impresión inmediata que le causaba K., ahora solo ante ella, y únicamente preguntó cuándo había conocido K. a esa muchacha; al fin y al cabo él llevaba pocos días en el pueblo. K. le habló de aquella noche en la Posada de los Señores, a lo que Amalia solo dijo lacónicamente que ella había estado en contra de que lo llevaran a la posada. Puso por testigo a Olga, que, con los brazos cargados de leña, entraba en aquel momento, fresca y curtida por el aire frío, viva y vigorosa, como transformada por el trabajo, en comparación con su habitual postración en la habitación. Arrojó al suelo la leña, saludó con desenvoltura a K. y le preguntó enseguida por Frieda. K. intercambió una mirada cómplice con Amalia, pero ella no pareció darse por aludida. Un tanto irritado por ello, K. habló de Frieda con más detalle de lo que hubiera hecho de otro modo, describió las difíciles condiciones en que ella tenía que llevar una especie de economía doméstica en la escuela y, por la precipitación de su relato –al fin y al cabo quería volver a casa enseguida–, se olvidó de sí mismo hasta tal punto que, al despedirse, invitó a las hermanas a que lo visitaran. Luego, sin embargo, se asustó e inmovilizó, mientras que Amalia, sin darle tiempo a añadir palabra, aceptaba inmediatamente la invitación, por lo que Olga tuvo que unirse a ella, y así lo hizo. K., sin embargo, apurado siempre por la idea de que tenía que despedirse rápidamente e inquieto ante la mirada de Amalia, no vaciló en confesar sin rodeos que su invitación había sido totalmente irreflexiva e inspirada solo por sus sentimientos personales pero, por desgracia, no podía mantenerla, porque existía una gran enemistad, para él totalmente incomprensible, entre Frieda y la familia de Barnabas. «No es enemistad», dijo Amalia, levantándose del banco y arrojando el cobertor a su espalda, «no es nada tan importante, sino la reiteración de una opinión general. Y ahora vete, vete con tu novia, ya veo que tienes prisa. No temas tampoco que vayamos nosotras; lo he dicho solo en broma, por maldad. Tú, sin embargo, puedes venir a menudo a visitarnos, porque no hay ningún obstáculo, siempre puedes tomar como pretexto los mensajes de Barnabas. Te lo facilitaré además diciéndote que Barnabas, aunque traiga un mensaje del castillo para ti, no puede ir luego hasta la escuela para comunicártelo. El pobre no puede correr tanto de un lado a otro, ese servicio lo agota y tendrás que venir tú mismo a buscar el mensaje.» K. nunca había oído decir a Amalia tantas cosas juntas, y también su forma de hablar sonaba distinta de otras veces; tenía cierta grandeza, que no solo notó K. sino también, evidentemente, Olga, su hermana acostumbrada a ella, que estaba de pie algo apartada, con las manos en el regazo, otra vez en su actitud habitual, con las piernas separadas y un tanto inclinada hacia delante, con los ojos fijos en Amalia mientras esta solo miraba a K. «Es un error», dijo K., «un gran error, que creas que no aguardo seriamente a Barnabas; arreglar mis asuntos con la administración es mi mayor deseo, en realidad el único. Y Barnabas tiene que ayudarme a ello. Es verdad que me ha defraudado ya dos veces, pero fue más por culpa mía que suya, ocurrió en la confusión de los primeros momentos, en aquella época creía poder lograrlo todo con un pequeño paseo vespertino y le guardé rencor porque lo imposible resultó efectivamente imposible. Eso me influyó incluso al juzgar a vuestra familia, a vosotros. Pero es cosa pasada, ahora creo comprenderos mejor; vosotros sois...», K. buscó la palabra exacta pero no la encontró enseguida y se contentó con cualquiera, «vosotros sois quizá más bondadosos que ninguno de los habitantes del pueblo que hasta ahora he conocido. Sin embargo, Amalia, te equivocas otra vez cuando desprecias la importancia que para mí tiene no los servicios de tu hermano sino su significación. Quizá no conoces las actividades de Barnabas y entonces está bien y dejaré las cosas como están, pero quizá las conoces —y esa es la impresión que tengo— y entonces sería malo, porque significaría que tu hermano me engaña.» «Quédate tranquilo», dijo Amalia, «no las conozco y nada podría inducirme a que me las dieran a conocer, nada podría moverme a ello, ni siquiera la consideración hacia ti, por quien haría muchas cosas, porque, como has dicho, somos buena gente. Pero los asuntos de mi hermano son cosa suya, no sé de ellos más de lo que, en contra de mi voluntad, oigo casualmente aquí o allá. En cambio, Olga podría darte información completa, porque goza de su confianza.» Y Amalia se fue, primero hacia sus padres, para cuchichear con ellos, y luego a la cocina; se fue sin despedirse de K., como si supiera que él se quedaría largo rato aún y fuera innecesario despedirse.

16

K. se quedó allí, con expresión algo asombrada; Olga se
rió de él, lo atrajo hacia el banco de la estufa y parecía
sentirse realmente feliz de poder estar a solas con él, pero
era una felicidad tranquila, desde luego no turbada por
los celos. Y precisamente ese alejamiento de los celos y,
por ello, también de toda la severidad cotidiana hacía
bien a K.; le gustaba mirar aquellos ojos azules, no se-
ductores, ni dominantes, sino tímidamente tranquilos, tímidamente firmes. Era como si las advertencias de Frieda
y de la posadera no lo hubieran hecho más sensible sino
más atento y receptivo para todo lo que allí había. Y se
rió con Olga cuando ella se maravilló de que hubiera llamado precisamente a Amalia bondadosa, porque Amalia
era muchas cosas, pero bondadosa no. Entonces K. le explicó que el cumplido iba dirigido naturalmente a ella, a
Olga, pero Amalia era tan dominante que no solo se apro-
piaba de todo lo que se decía en su presencia, sino que,
espontáneamente, uno le atribuía cualquier cosa. «Es verdad», dijo Olga poniéndose más seria, «más verdad de lo
que crees. Amalia es más joven que yo, más joven también que Barnabas, pero en la familia es ella quien decide, en lo bueno y en lo malo y, evidentemente, soporta
también lo bueno y lo malo más que todos los demás.»
K. consideró aquello exagerado; Amalia acababa de decir,
por ejemplo, que ella no se ocupaba de los asuntos de su
hermano y que Olga, en cambio, lo sabía todo al respecto. «¿Cómo podría explicártelo?», dijo Olga, «Amalia no
se ocupa ni de Barnabas ni de mí, en realidad no se ocupa de nadie salvo de nuestros padres, los cuida de noche
y de día, ahora mismo acaba de preguntarles otra vez qué
deseaban y se ha ido a la cocina a prepararles la comida,
y por ellos se ha forzado a levantarse, porque desde el me-

diodía se siente mal y ha estado acostada en ese banco. Sin embargo, aunque no se ocupe de nosotros, dependemos de ella como si fuera la mayor y, si nos aconsejara en nuestras cosas, sin duda le haríamos caso, pero no lo hace; para ella somos extraños. Tú tienes mucha experiencia con las personas, vienes de lejos, ¿no te parece que ella es especialmente inteligente?» «Me parece que es especialmente desgraciada», dijo K., «pero ¿cómo concuerda con ese respeto vuestro el que Barnabas[c] desempeñe esas funciones de mensajero que Amalia desaprueba y tal vez incluso desprecia?» «Si supiera qué otra cosa hacer, Barnabas abandonaría inmediatamente ese servicio de mensajero, que no le agrada en absoluto.» «¿No es zapatero de profesión?», preguntó K. «Desde luego», dijo Olga, «trabaja además para Brunswick y, si quisiera, tendría trabajo día y noche y podría ganar mucho.» «Pues entonces», dijo K., «tendría algo para sustituir al servicio de mensajero.» «¿Al servicio de mensajero?», preguntó Olga asombrada. «¿Crees que lo aceptó para ganar dinero?» «Quizá no», dijo K., «pero acabas de decir que no le satisface.» «No le satisface por muchas razones», dijo Olga, «pero es un servicio del castillo, al fin y al cabo un servicio del castillo, o al menos habría que creerlo así.» «¿Cómo?», dijo K. «¿Hasta de eso dudáis?» «Bueno», dijo Olga, «en realidad no; Barnabas va a la secretaría, trata a los criados como iguales, ve también de lejos a algunos funcionarios, recibe cartas relativamente importantes, incluso se le confían mensajes para transmitirlos oralmente, y eso es mucho y podríamos estar orgullosos de que haya logrado tanto siendo tan joven.» K. asintió; ya no pensaba en volver a casa. «¿Tiene librea propia?», preguntó. «¿Quieres decir casaca?», dijo Olga. «No, se la hizo Amalia antes de ser mensajero. Pero has tocado un punto sensible. Hace ya mucho tiempo que Barnabas hubiera debido recibir de la administración no una librea, porque no las hay en el castillo, sino un traje; se lo han prometido, pero en ese aspecto son muy lentos en el castillo, y lo malo es que nadie sabe qué quiere decir esa lentitud; puede significar que el asunto sigue su curso oficial, pero también que ese curso no ha comenzado siquiera, es decir, que, por ejemplo, se quiere poner primero a prueba a Barnabas, pero en definitiva puede significar también que el trámite oficial ha terminado y que, por alguna razón, se ha revocado la promesa y Barnabas no recibirá nunca su traje. De eso no se puede saber más, o solo se podrá saber después de mucho tiempo. Aquí tenemos un dicho que quizá conozcas: "Las decisiones oficiales son tímidas como doncellas".» «Es una observación acertada», dijo K., que tomaba el asunto más seriamente aún que Olga, «una observación acertada, y es posible que las decisiones tengan otras cosas en común con las doncellas.» «Quizá», dijo Olga, «aunque naturalmente no sé en qué sentido lo dices. Quizá lo digas incluso como un cumplido. Pero en lo que se refiere al traje oficial, es precisamente una de las preocupaciones de Barnabas y, como compartimos nuestras preocupaciones, también lo es nuestra. Por qué no le dan un traje oficial es algo que nos preguntamos en vano. Ahora bien, todo ese asunto no es sencillo. Los funcionarios, por ejemplo, no parecen tener traje oficial; por lo que sabemos aquí y por lo que cuenta Barnabas, llevan trajes corrientes, aunque elegantes. Además, ya has visto a Klamm. Barnabas, naturalmente, no es funcionario, ni siquiera de la más baja categoría, y ni siquiera se atreve a desear serlo. Sin embargo, tampoco los criados de categoría superior, a los que, evidentemente, no se ve en el pueblo, tienen, según Barnabas, un traje oficial; se podría pensar que eso supone cierto consuelo, pero resulta engañoso, porque ¿es Barnabas un criado de categoría superior? No, por mucha inclinación que una sienta hacia él no puede decir eso, no es un criado de categoría superior, y ya el hecho de que venga al pueblo, de que incluso viva aquí, lo prueba; los criados de categoría superior son todavía más reservados que los funcionarios, tal vez justificadamente; tal vez sean incluso superiores a muchos funcionarios y hay algo que lo abona: trabajan menos y, según Barnabas, es un magnífico espectáculo ver a esos hombres elegidos, altos y fuertes, deambular lentamente por los pasillos; Barnabas siempre los anda rondando. En pocas palabras, no se puede decir que Barnabas sea un criado de categoría superior. De modo que podría ser uno de los criados inferiores, pero precisamente esos llevan un traje oficial, al menos cuando bajan al pueblo; no es una verdadera librea, y hay también muchas diferencias entre ellos, pero de todas formas los trajes de los criados del castillo se reconocen enseguida, tú los has visto en la Posada de los Señores. Lo más llamativo en esos trajes es que, la mayoría de las veces, son muy ajustados; un campesino o un artesano no podría llevar esos trajes. Pues bien, Barnabas tampoco tiene un traje de esos; no es algo vergonzoso ni degradante, se podría soportar pero –especialmente en las horas tristes, de las que Barnabas y yo tenemos bastantes– hace dudar de todo. ¿Es siquiera un servicio del castillo lo que hace Barnabas?, nos preguntamos entonces; desde luego, va a las secretarías, pero ¿son las secretarías el verdadero castillo? Y aunque haya secretarías que pertenezcan al castillo, ¿pertenecen a él las secretarías en que puede penetrar Barnabas? Él entra en las secretarías, pero solo en una parte de ellas, hay barreras y, detrás de esas barreras, hay otras secretarías. No es que se le prohíba abiertamente continuar, pero no puede hacerlo cuando ha visto ya a sus superiores, han hablado con él y lo han despedido. Además, siempre lo observan o, por lo menos, así lo cree. E incluso aunque siguiera adelante, ¿de qué le serviría si no tuviera un encargo oficial y fuera solo un intruso? No debes imaginarte esas barreras como una frontera bien delimitada, me dice siempre Barnabas. También hay barreras en las secretarías en que entra; así pues, hay barreras que él atraviesa y que no son diferentes de las que no ha atravesado aún y, por ello, tampoco hay que suponer de antemano que detrás de estas últimas barreras haya otras secretarías esencialmente distintas de aquellas en las que Barnabas ha estado. Solo en sus horas de tristeza lo cree así. Y la duda persiste, no es posible evitarlo. Barnabas habla con funcionarios, Barnabas recibe mensajes. Pero ¿de qué funcionarios, de qué mensajes se trata? Ahora, según dice, está asignado a Klamm y recibe personalmente de él los encargos. Eso sería mucho, porque ni siquiera criados de categoría superior llegan tan lejos; casi sería demasiado, resulta angustioso. Imagínate, estar asignado directamente a Klamm, hablar con él cara a cara. Sin embargo, ¿es realmente así? Bueno, es así, pero ¿por qué duda entonces Barnabas de que el funcionario al que allí llaman Klamm sea realmente Klamm?» «Olga», dijo K., «no bromees; ¿cómo puede haber dudas sobre el aspecto de Klamm? Se sabe cómo es, yo mismo lo he visto.» «Claro que no, K.», dijo Olga, «no es una broma sino mi más sincera preocupación. Sin embargo, no te lo cuento para aliviar mi corazón y lastrar el tuyo, sino porque me has preguntado por Barnabas; Amalia me ha encargado que te lo cuente y creo que para ti será también útil saber más. Y también lo hago por Barnabas, para que no pongas en él demasiadas esperanzas, te defraude y él mismo sufra por tu decepción. Es muy sensible; por ejemplo no ha dormido esta noche porque ayer tarde estabas descontento de él y al parecer dijiste que era malo para ti no tener otro mensajero que él. Esas palabras le han quitado el sueño, aunque tú seguramente no notarías su excitación: los mensajeros del castillo tienen que dominarse mucho. Pero las cosas no son fáciles para él, ni siquiera contigo. En tu opinión, no exiges mucho de él, pero tienes determinadas ideas de lo que son los servicios de un mensajero y conforme a ellas mides tus exigencias. Sin embargo, en el castillo tienen otras ideas de ese servicio, que no concuerdan con las tuyas, ni siquiera aunque Barnabas se sacrificara totalmente a tu servicio, a lo que, por desgracia, parece dispuesto a veces. Habría que conformarse y no se podría decir nada en contra si no fuera por el problema de saber si es realmente un servicio de mensajero lo que él hace. Ante ti, naturalmente, no puede expresar ninguna duda al respecto, porque si lo hiciera eso significaría para él socavar su existencia entera e infringir groseramente leyes a las que se cree sometido; ni siquiera conmigo habla francamente, y tengo que disipar sus dudas con mis caricias y mis besos, e incluso entonces se resiste a confesar que esas dudas son tales. Tiene algo de Amalia en la sangre. Y sin duda no me lo dice todo, aunque sea su confidente. Sin embargo, hablamos de Klamm; yo no he visto todavía a Klamm, tú sabes que Frieda me tiene poca simpatía y nunca me hubiera permitido verlo, pero, naturalmente, en el pueblo su aspecto es conocido, algunos lo han visto, todos han oído hablar de él y de ese aspecto; de los rumores y también de algunas opiniones secundarias deformadoras se ha creado una imagen de Klamm que, sin duda, es exacta en sus rasgos esenciales. Pero solo en sus rasgos esenciales. Por lo demás es una imagen cambiante y quizá ni siquiera tan cambiante como el verdadero aspecto de Klamm. Al parecer, Klamm tiene un aspecto cuando viene al pueblo muy distinto de cuando se va, un aspecto antes de beber cerveza y otro después, uno despierto y otro dormido, uno cuando está solo y otro cuando conversa y, lo que es comprensible, casi un aspecto esencialmente distinto cuando se encuentra allí arriba en el castillo. E incluso dentro del pueblo se habla de diferencias bastante grandes, diferencias de tamaño, de actitud, de grosor, de barba; solo con respecto a su vestimenta, afortunadamente, las descripciones son unánimes; siempre lleva el mismo traje, un traje de chaqueta negro de largos faldones. Ahora bien, todas esas diferencias no se deben a ninguna magia sino que son muy comprensibles, se deben al humor del momento, el grado de excitación, las innumerables gradaciones de esperanza o desesperación en que se encuentra el espectador que, además, la mayoría de las veces solo puede ver a Klamm unos segundos. Te cuento todo esto como Barnabas me lo ha contado a menudo y, en general, es posible contentarse con ello cuando no se está directa y personalmente afectado por la cuestión. Nosotros no podemos hacerlo, pero para Barnabas es vital poder hablar realmente con Klamm o no.» «Para mí no lo es menos», dijo K., y los dos se acercaron más aún en el banco de la estufa. K. se sentía evidentemente impresionado por todas aquellas noticias desfavorables que Olga le contaba, pero veía también una compensación, en gran parte, en el hecho de que encontrara a personas a las que, al menos exteriormente, les pasaba lo mismo que a él; a las que, por consiguiente, podía unirse, y con las que podía entenderse en muchas cosas y no solo en algunas como con Frieda. Era verdad que, poco a poco, perdía la esperanza de que los mensajes de Barnabas tuvieran éxito, pero, cuanto peor le iba a Barnabas allí arriba, tanto más se acercaba a él abajo; nunca hubiera pensado K. que en el pueblo mismo pudiera surgir un anhelo tan desgraciado como el de Barnabas y su hermana. Aunque, indudablemente, distaba mucho aún de haber sido suficientemente aclarado, y en definitiva podía transformarse en su contrario, y no debía uno dejarse seducir enseguida por la forma de ser evidentemente inocente de Olga para creer también en la sinceridad de Barnabas. «Barnabas conoce muy bien esas descripciones del aspecto de Klamm», continuó Olga, «ha reunido y comparado muchas, quizá demasiadas, ha visto o ha creído ver una vez a Klamm en el pueblo por la ventana de un coche y, por consiguiente, estaba suficientemente preparado para reconocerlo y, sin embargo –¿cómo te lo explicas?–, cuando llegó en el castillo a una secretaría y, entre muchos funcionarios, le señalaron uno diciéndole que era Klamm, no lo reconoció y tampoco pudo hacerse luego a la idea de que fuera Klamm. Ahora bien, si preguntas a Barnabas en qué se diferenciaba aquel hombre de la idea habitual que se tiene de Klamm, no te sabe responder y responde más bien describiendo al funcionario del castillo, pero esa descripción coincide exactamente con la de Klamm, tal como nosotros lo conocemos. "Entonces, Barnabas", le digo, "¿por qué dudas? ¿Por qué te atormentas?" Y él, con evidente incomodidad, comienza a enumerar peculiaridades de los funcionarios del castillo que, sin embargo, parece estarse inventando más que describiendo y que, además, son insignificantes –se refieren, por ejemplo, a una forma especial de inclinar la cabeza o simplemente a un chaleco desabrochado– y no se pueden tomar en serio. Todavía más importante me parece la forma en que Klamm trata a Barnabas. Barnabas me la ha descrito a menudo, incluso me la ha dibujado. Normalmente llevan a Barnabas a una gran oficina, pero no es la oficina de Klamm, no es la oficina de nadie. Esa oficina está dividida a lo largo, en dos partes, por un pupitre que va de pared a pared: una parte estrecha en la que apenas pueden cruzarse dos personas, que es el espacio destinado a los funcionarios, y otra ancha, que es el de los interesados en algún asunto, los espectadores, los criados y los mensajeros. Sobre el pupitre hay grandes libros abiertos, unos al lado de otros, en la mayoría de los cuales leen, de pie, los funcionarios. No se quedan siempre delante del mismo libro, pero no cambian los libros sino los puestos, y lo que más asombra a Barnabas es cómo tienen que apretarse, precisamente por la estrechez del espacio, para hacer esos cambios de lugar. Delante, muy cerca del pupitre, hay mesitas bajas, en las que se sientan escribientes que, cuando los funcionarios lo desean, escriben a su dictado. Barnabas se asombra siempre de la forma en que eso ocurre. No se produce ninguna orden expresa del funcionario, ni este dicta en voz alta, apenas se nota que esté dictando, más bien parece que el funcionario sigue leyendo como antes, solo que al hacerlo susurra y el escribiente lo oye. A menudo el funcionario dicta tan bajo que el escribiente, sentado, no puede oírlo, y entonces tiene que ponerse en pie de un salto, captar lo dictado, sentarse rápidamente y anotarlo, volver a ponerse en pie de un salto y así sucesivamente. ¡Qué curioso resulta! Casi incomprensible. Barnabas, desde luego, tiene tiempo suficiente para observar todo eso, porque allí, en el espacio para los espectadores, se queda de pie durante horas y a veces días, antes de que la mirada de Klamm se pose sobre él. E incluso cuando Klamm lo ha visto ya y Barnabas se yergue y se cuadra, no se decide nada, porque Klamm puede dejarlo y volver a su libro, olvidándose de él, eso sucede a menudo. ¿Qué servicio de mensajero es ese tan poco importante? Me entristece que Barnabas diga que va a ir temprano al castillo. Ese camino probablemente inútil por completo, ese día probablemente perdido, esa esperanza probablemente vana... ¿Para qué todo eso? Mientras que aquí se acumula el trabajo de zapatero, que nadie hace y a cuya realización presiona Brunswick.» «Bueno», dijo K., «Barnabas tiene que aguardar mucho antes de que se le confíe algún encargo. Eso es comprensible, parece haber un exceso de empleados, no todo el mundo puede recibir un encargo todos los días y no deberíais quejaros de ello, porque sin duda les pasa a todos. Sin embargo, también Barnabas recibe en definitiva encargos, a mí me ha traído ya dos cartas.» «Es posible que nos quejemos sin motivo», dijo Olga, «especialmente yo, que solo sé todo eso de oídas y, como muchacha, no puedo comprenderlo tan bien como Barnabas, que además se guarda muchas cosas. Pero escucha ahora lo que pasa con las cartas, por ejemplo con las cartas para ti. Esas cartas no las recibe Barnabas directamente de Klamm sino de un escribiente. Un día cualquiera, a una hora cualquiera −por eso el servicio, aunque parezca suave, es muy fatigoso, porque Barnabas tiene que prestar atención continuamente−, el escribiente se acuerda de él y le hace un gesto. Klamm no parece haberlo provocado y lee tranquilamente su libro, aunque a veces, pero eso lo hace de todas maneras a menudo, se está limpiando precisamente las gafas cuando llega Barnabas y quizá lo vea entonces, si es que puede ver sin gafas; Barnabas lo duda: Klamm tiene entonces los ojos casi cerrados, parece dormitar y estar limpiando las gafas solo en sueños. Entretanto, el escribiente busca entre los muchos expedientes y cartas que tiene bajo la mesa una carta para ti; no se trata, pues, de una carta que acabe de escribir, sino, a juzgar por el aspecto del sobre, de una carta muy antigua que lleva ya mucho tiempo allí. Sin embargo, si se trata de una carta antigua, ¿por qué hacen esperar a Barnabas tanto tiempo? ¿Y a ti? Y, por último, a la carta también, porque entonces ya ha perdido actualidad. Y con ello dan a Barnabas la reputación de ser un mensajero malo y lento. El escribiente, sin embargo, no se complica la vida, entrega la carta a Barnabas, le dice: "De Klamm para K.", y despide a Barnabas. Solo entonces vuelve Barnabas a casa, sin aliento, con la carta finalmente atrapada bajo la camisa, contra el cuerpo desnudo, y nos sentamos aquí en el banco como ahora y él me cuenta y lo analizamos todo detalladamente y evaluamos lo que ha logrado, y decidimos por fin que ha sido muy poco, y ese poco, dudoso, y Barnabas deja la carta y no tiene ganas de entregarla, pero tampoco de irse a dormir, se dedica a su trabajo de zapatero y se pasa la noche en ese taburete. Así son las cosas, K., esos son mis secretos, y seguramente no te asombrarás ya de que Amalia renuncie a ellos.» «¿Y la carta?», preguntó K. «¿La carta?», dijo Olga. «Después de algún tiempo, cuando ha molestado suficientemente a Barnabas, y pueden haber pasado días y semanas, él coge la carta y va a entregarla. En esas cosas exteriores depende mucho de mí. Cuando he superado la primera impresión que me causa su relato, puedo recuperarme, de lo que él, probablemente porque sabe más aún, no es capaz. Y por eso puedo decirle una y otra vez algo así como: "¿Qué quieres realmente, Barnabas? ¿Con qué carrera, con qué objetivo sueñas? ¿Quieres llegar quizá tan lejos que tengas que abandonarnos, que abandonarme por completo? ¿Es ese tu objetivo? ¿No es esto lo que tengo que creer, ya que de otro modo sería incomprensible por qué estás tan espantosamente descontento de lo que ya has logrado? Mira a tu alrededor si alguno de nuestros vecinos ha llegado tan lejos. Evidentemente, su situación es distinta de la nuestra y no tienen motivo para esforzarse más allá de sus asuntos, pero, sin hacer comparaciones, se ve que en tu caso todo va del mejor modo. Hay obstáculos, cosas dudosas, decepciones, pero eso solo significa lo que ya sabíamos antes, que no te regalan nada, que por el contrario tienes que luchar por cada nimiedad, una razón más para estar orgulloso y no abatido. ¿Y no luchas también por nosotros? ¿No significa eso nada para ti? ¿No te da eso nuevas fuerzas? Y el que yo me sienta feliz y esté casi orgullosa de tener un hermano así, ¿no te da seguridad? Verdaderamente, no es lo que has logrado en el castillo sino lo que yo he logrado contigo lo que me decepciona. Puedes ir al castillo, visitas continuamente las secretarías, pasas días enteros en la misma oficina que Klamm, eres un mensajero oficialmente reconocido, tienes derecho a un traje oficial, recibes cartas importantes para entregar, todo eso eres, todo eso puedes hacer, y entonces bajas y, en lugar de abrazarnos llorando de felicidad, al verme parece abandonarte todo tu valor, dudas de todo, solo te atrae trabajar como zapatero, y esa carta, esa garantía de nuestro porvenir, la dejas ahí". Así le hablo y, después de habérselo repetido durante días, acaba por coger la carta suspirando y marcharse. Pero probablemente no es siquiera el efecto de mis palabras, sino que se siente impulsado a ir otra vez al castillo y no se atrevería a hacerlo sin haber cumplido el encargo.» «Tienes razón en todo lo que dices», dijo K., «lo has resumido con una exactitud admirable. ¡Con qué claridad piensas!» «No», dijo Olga, «te engañas y quizá lo engañe así también a él. ¿Qué ha conseguido Barnabas? Puede entrar en una secretaría, pero ni siquiera parece ser una secretaría sino más bien una antesala de las secretarías, y quizá ni siquiera eso, tal vez una oficina en la que se retiene a todos los que no pueden entrar en las verdaderas secretarías. Él habla con Klamm, pero ¿es Klamm? ¿No será alguien que solo se parece a Klamm? Un secretario quizá, en el mejor de los casos, que se parece un poco a Klamm y se esfuerza por parecerse todavía más y se da importancia al estilo somnoliento y soñador de Klamm. Ese aspecto de su forma de ser es el más fácil de imitar, muchos lo intentan, pero de imitar el resto se guardan prudentemente. Y un hombre tan a menudo esperado y tan rara vez encontrado como Klamm adopta fácilmente en la imaginación de la gente diversas figuras. Klamm tiene, por ejemplo, un secretario de pueblo llamado Momus. ¿Ah, lo conoces? También él se mantiene muy apartado, pero yo le he visto algunas veces. Un señor joven y robusto, ¿no?

Y que probablemente no se parece en nada a Klamm. Y, sin embargo, puedes encontrar en el pueblo gente que jura que Momus es Klamm y no otro. Así fomenta la gente su propia confusión. ¿Y por qué tendría que ser de otra forma en el castillo? Alguien dijo a Barnabas que ese funcionario era Klamm y, realmente, existe cierto parecido entre los dos, pero es un parecido que Barnabas pone siempre en duda. Y todo avala su duda. ¿Tendría Klamm que meterse en una oficina común, entre otros funcionarios, con un lápiz detrás de la oreja? Es sumamente improbable. Barnabas suele decir a veces –y eso es ya ser optimista–, de forma un poco infantil: "Ese funcionario se parece mucho a Klamm; si tuviera su propia secretaría, su propia mesa y en la puerta su nombre... no tendría ya dudas". Eso es infantil, pero también razonable. Pero mucho más razonable sería que Barnabas, cuando está arriba, preguntara enseguida a varias personas qué pasa realmente; por lo que dice, hay gente suficiente en la oficina. Y si sus declaraciones no fueran mucho más fiables que las del que, sin haberle preguntado, le señaló a Klamm, su diversidad debería ofrecer al menos algunos puntos de apoyo y de comparación. Eso no es idea mía sino de Barnabas, pero no se atreve a realizarla; por miedo a que, por alguna infracción involuntaria de reglamentos que desconoce, pudiera perder su puesto, no se atreve a dirigir la palabra a nadie, tan inseguro se siente; sin embargo, esa inseguridad en realidad lamentable[c] me ilustra sobre su posición más claramente que todas las descripciones. Qué dudoso y amenazador debe parecerle todo allí para que ni siquiera se atreva a abrir la boca para hacer una pregunta inocente. Si pienso en ello, me reprocho dejarlo solo en esas oficinas desconocidas en que las cosas son de tal forma, que incluso él, que es más temerario que cobarde, tiembla probablemente de miedo.»

«Creo que ahora has llegado a lo decisivo», dijo K. «Es eso. Después de todo lo que me has contado, ahora creo ver claro. Barnabas es demasiado joven para esa tarea. No se puede tomar en serio sin más nada de lo que él cuenta. Como allí arriba se muere de miedo, no puede observar nada, y si, a pesar de ello, se le obliga aquí a informar, cuenta historias confusas. No me extraña. El respeto a las autoridades es innato en vosotros, se os inculca además por todos lados durante toda la vida y de las formas más variadas, y vosotros mismos contribuís todo lo que podéis. Sin embargo, en el fondo no digo nada en contra; si una administración es buena, ¿por qué no habría que tenerle respeto? Sin embargo, no se puede enviar de pronto al castillo a un joven inexperto como Barnabas, que no ha salido del ámbito del pueblo, y pretender exigirle informes fieles e investigar cada una de sus palabras como si fuera una revelación y hacer depender de su interpretación la felicidad de una vida. Nada podría ser más equivocado. Evidentemente, también yo, lo mismo que tú, me he dejado inducir a error por él y no solo he puesto en él esperanzas sino que he sufrido por él decepciones, ambas cosas a causa solo de sus palabras, es decir, casi infundadas.» Olga callaba. «No me resulta fácil», dijo K., «hacerte perder la confianza en tu hermano, porque veo cómo lo quieres y lo que de él esperas. Sin embargo, es algo que tiene que ocurrir aunque solo sea por tu amor y tus esperanzas. Porque ya ves, siempre hay algo —no sé qué es— que te impide reconocer plenamente lo que Barnabas no ha logrado sino que le ha sido dado. Él puede entrar en las secretarías o, si quieres, en una antesala; es una antesala, pero hay puertas en ella que llevan más allá,ᶜ barreras que pueden atravesarse si se tiene habilidad para hacerlo. Para mí, por ejemplo, esa antesala es totalmente inaccesible, al menos de momento. No sé con quién habla allí Barnabas, tal vez ese escribiente sea el más subalterno de todos, pero, aunque lo sea, puede conducirle al que está por encima y, si no puede conducir a él, al menos podrá decir su nombre y, si no puede decir su nombre, podrá indicar a alguien que pueda decir su nombre. Puede ser que el supuesto Klamm no tenga lo más mínimo que ver con el verdadero, el parecido puede existir para los ojos ciegos de excitación de Barnabas, puede ser que se trate del más subalterno de los funcionarios, puede no ser siquiera un funcionario, pero desempeña alguna función junto a ese pupitre, lee algo en su gran libro, susurra algo al escribiente, piensa en algo cuando, cada mucho tiempo, su mirada cae sobre Barnabas, y aunque todo eso no fuera cierto y sus actos no significaran nada, alguien lo ha puesto allí y lo ha hecho con alguna intención. Quiero decir con todo eso que hay allí algo, algo que se le ofrece a Barnabas y si, con ello, no puede lograr otra cosa que dudas, temores y desesperación es solo por su culpa. Y además, he partido de la base más desfavorable, que es incluso muy inverosímil. Porque al fin y al cabo tenemos las cartas en nuestras manos, en las que, verdad es, no confío mucho, pero sí mucho más que en las palabras de Barnabas. Aunque sean cartas antiguas y sin valor, sacadas al azar de un montón de cartas igualmente sin valor, al azar y con no mayor discernimiento que el que en las ferias utilizan los canarios para escoger entre un montón de papeletas el porvenir de cualquiera, aunque así sea, esas cartas guardan al menos alguna relación con mi trabajo, son visiblemente para mí, aunque quizá no me aprovechen, son, como han asegurado el alcalde y su mujer, de la propia mano de Klamm y, otra vez según el alcalde, tienen sin duda un significado privado y poco claro, pero sin embargo importante.» «¿Dijo eso el alcalde?», preguntó Olga. «Sí, lo dijo», respondió K. «Se lo contaré a Barnabas», dijo Olga deprisa, «eso lo animará mucho.» «No necesita que lo animen», dijo K., «animarlo significa decirle que tiene razón, que debe continuar de la misma forma que hasta ahora, pero precisamente de esa forma no logrará nunca nada; por mucho que animes a alguien que tiene los ojos vendados a mirar a través del pañuelo, nunca verá nada; solo si le quitas el pañuelo podrá ver. Barnabas necesita ayuda y no ánimos. Piensa solo en esto: allí arriba está la administración con su grandeza inextricable −antes de venir aquí yo creía tener una idea aproximada de ella, qué infantil era todo−, así pues, allí está la administración y Barnabas se enfrenta con ella, nadie más, solo él, miserablemente solo, y es ya demasiado honor para él no tener que pasarse la vida perdido en algún rincón oscuro de las secretarías.» «No creas, K.», dijo Olga, «que subestimamos la dificultad de la tarea que ha asumido Barnabas. Como tú mismo has dicho, no nos falta respeto por la administración.» «Pero es un respeto mal orientado», dijo K., «el respeto puesto en un lugar inadecuado deshonra a su objeto. ¿Puede llamarse aún respeto el que Barnabas abuse del regalo de poder entrar en esa oficina para pasar allí los días sin hacer nada o el que, cuando baja, calumnie y menosprecie a aquellos ante quienes ha temblado, o el que, por desesperación o cansancio, no lleve inmediatamente las cartas ni transmita inmediatamente los mensajes que se le confían? Eso no es respeto. Sin embargo, el reproche va más lejos y también te afecta a ti, Olga, no puedo dejarte fuera; a pesar de que crees sentir respeto hacia la administración, has enviado al castillo a Barnabas, no obstante su juventud, debilidad y desamparo o, por lo menos, no lo has retenido.»

«El reproche que me haces», dijo Olga, «me lo hago yo también, desde siempre. Sin embargo, no se me puede reprochar el haber enviado a Barnabas al castillo; yo no lo envié sino que fue él por sí mismo, aunque yo hubiera debido retenerlo por todos los medios, con persuasión, con astucia, con fuerza. Hubiera debido retenerlo, pero, si hoy fuera aquel día, el día de aquella decisión, y sintiera la necesidad de nuestra familia como entonces y ahora, y si Barnabas, claramente consciente de todas sus responsabilidades y peligros, volviera a separarse de mí para irse, sonriente y amable, tampoco hoy lo retendría, a pesar de todas las experiencias posteriores, y creo que, en mi lugar, tampoco podrías hacer otra cosa. Tú no conoces nuestra necesidad, y por eso eres injusto con nosotros, sobre todo con Barnabas. En aquella época teníamos más esperanzas que ahora, pero nuestras esperanzas tampoco eran entonces grandes; grande era nuestra necesidad y lo ha seguido siendo. ¿No te ha hablado Frieda de nosotros?» «Solo ha hecho alusiones», dijo K., «nada concreto, pero simplemente oír vuestro nombre la irrita.» «¿Y tampoco la posadera te ha contado nada?» «No, nada.» «Naturalmente, ¡quién podría contar algo! Todo el mundo sabe algo de nosotros: o la verdad, cuando es accesible a la gente o, por lo menos, algún rumor recogido o, la mayoría de las veces, inventado, y todos piensan en nosotros más de lo necesario, pero no hablan nunca francamente, se guardan de hablar de esas cosas. Y tienen razón. Resulta difícil conseguir que hablen,[c] ni siquiera contigo, K., y es posible también que, cuando los hayas oído, te vayas y no quieras saber nunca nada de nosotros, por poco que parezca afectarte. Entonces te habremos perdido, a ti que, lo confieso, significas ahora para mí casi más que el actual servicio del castillo de Barnabas. Y, sin embargo –esa contradicción lleva atormentándome toda la noche– tienes que saber, porque si no, no podrás comprender nuestra situación y, lo que me resultaría especialmente doloroso, seguirías siendo injusto con Barnabas, nos faltaría el necesario acuerdo y no podrías ayudarnos ni aceptar nuestra ayuda, la no oficial. Sin embargo, queda una pregunta: ¿quieres saberlo realmente?» «¿Por qué me preguntas eso?», dijo K. «Si es necesario, quiero saberlo, pero ¿por qué me lo preguntas?» «Por superstición», dijo Olga. «Te verás arrastrado a nuestros asuntos siendo inocente y no mucho más culpable que Barnabas.» «Cuéntame deprisa», dijo K.; «no tengo miedo. Con tus miedos de mujer haces las cosas peores de lo que son.»

17

El secreto de Amalia

«Juzga por ti mismo», dijo Olga; «por lo demás, parece muy sencillo y no se comprende enseguida cómo puede tener gran importancia. Hay un funcionario en el castillo que se llama Sortini.» «He oído hablar de él», dijo K., «intervino en mi contratación.» «No lo creo», dijo Olga. «Sortini apenas aparece en público. ¿No te confundes con Sordini, con *d*?» «Tienes razón», dijo K., «fue Sordini.» «Sí», dijo Olga, «Sordini es muy conocido, uno de los funcionarios más diligentes y del que se habla mucho; Sortini, en cambio, vive muy retirado y es desconocido para la mayoría. Hace más de tres años lo vi por primera y última vez. Fue un tres de julio, en una fiesta de la asociación de bomberos;[c] el castillo participaba también y había costeado una nueva bomba de incendios. Sortini, que al parecer se ocupaba en parte de la lucha contra incendios, aunque quizá fuera solo por delegación –la mayoría de las veces los funcionarios se sustituyen unos a otros y es difícil saber qué es de la competencia de este o aquel funcionario–, intervino en la entrega de la bomba; naturalmente habían venido también otras personas del castillo, funcionarios y criados, y Sortini, como corresponde a su carácter, se quedó en segundo plano. Es un hombre pequeño, débil y pensativo, y algo que llamó la atención de todos fue su forma de arrugar la frente: todas las arrugas –y eran muchas, a pesar de que seguramente no tiene más de cuarenta años– iban en abanico de la frente a la base de la nariz, yo no había visto nunca nada parecido. Así pues, había una fiesta. Las dos, Amalia y yo, nos habíamos alegrado desde hacía semanas, nuestros vestidos de domingo habían sido en parte arreglados: especialmente el de Amalia era muy bonito, la blusa blanca muy ahuecada por delante, con hilera tras hilera de encajes, nuestra madre había prestado para ello todos los suyos, yo estaba celosa y me pasé llorando la mitad de la noche anterior a la fiesta. Solo de mañana, cuando vino a visitarnos la posadera de la Posada del Puente...» «¿La posadera de la Posada del Puente?», preguntó K. «Sí», dijo Olga, «era muy amiga nuestra, de forma que vino y tuvo que reconocer que Amalia había resultado favorecida y por eso, para tranquilizarme, me prestó su propio collar de granates de Bohemia. Cuando estábamos a punto de irnos y Amalia estaba delante de mí, mientras todos la admiraban, nuestro padre dijo: "Yo creo, y fijaos en lo que digo, que Amalia va a encontrar novio", y entonces, no sé por qué, me quité aquel collar que era mi orgullo, sin ninguna envidia ya, y se lo puse a Amalia. Me inclinaba ante su triunfo y creía que todo el mundo tenía que inclinarse ante ella; quizá nos sorprendía que tuviera un aspecto distinto del de costumbre, porque en realidad no era guapa, pero su mirada sombría, que desde entonces ha conservado así, pasaba muy por encima de nosotros y uno se inclinaba ante ella casi real e involuntariamente. Todos se dieron cuenta, y también Lasemann y su mujer, que vinieron a recogernos.» «¿Lasemann?», preguntó K. «Sí, Lasemann», dijo Olga, «estábamos muy bien considerados y la fiesta, por ejemplo, no hubiera podido comenzar sin nosotros, porque nuestro padre era tercer jefe de ejercicios de los bomberos.» «¿Tan fuerte era vuestro padre aún?», preguntó K. «¿Nuestro padre?», preguntó Olga, como si no entendiera muy bien. «Hace tres años era aún, por decirlo así, un hombre joven; por ejemplo, en un incendio en la Posada de los Señores, sacó corriendo sobre sus espaldas a un funcionario, el pesado Galater. Yo misma estaba allí; no hubo realmente riesgo de incendio, solo empezó a humear la leña seca que había junto a una estufa, pero Galater tuvo miedo, pidió socorro por la ventana, vinieron los bomberos y mi padre tuvo que sacarlo, aunque ya habían apagado el fuego. Ahora bien, Galater es un hombre que se mueve con dificultad y que, en casos

209

así, tiene que ser prudente. Solo cuento esto a causa de mi padre: no han pasado mucho más de tres años y míralo cómo está ahí sentado.» Solo entonces vio K. que Amalia estaba otra vez en la habitación, aunque muy distante, junto a la mesa de sus padres; estaba dando de comer a su madre, que no podía mover sus reumáticos brazos, y hablaba mientras tanto con su padre para que tuviera un poco de paciencia aún con la comida, enseguida le daría ella de comer también. Sin embargo, no tuvo éxito con aquella exhortación, porque su padre, muy ansioso ya por comerse su sopa, venció su debilidad física y trató de sorber la sopa de la cuchara o de bebérsela del plato, y gruñó de cólera al no conseguir ni una cosa ni otra: la cuchara estaba vacía mucho antes de que llegara a su boca, y tampoco era nunca la boca sino el colgante bigote lo que metía en la sopa, goteando y salpicando por todos lados, salvo dentro de su boca. «¿Eso es lo que han hecho con él tres años?», preguntó K., pero seguía sin sentir compasión alguna por aquellos ancianos y por todo aquel rincón de la mesa familiar; solo repugnancia. «Tres años», dijo Olga despacio, «o, más exactamente, unas horas de una fiesta. La fiesta era en un prado delante del pueblo, junto al arroyo, había ya una gran multitud cuando llegamos, también había venido mucha gente de los pueblos vecinos y el ruido nos trastornaba. Primero, naturalmente, nuestro padre nos llevó a ver la bomba de incendios y se rió de alegría al verla; aquella nueva bomba lo hacía feliz, comenzó a tocarla y a darnos explicaciones, no toleraba ninguna contradicción ni reticencia en nosotros; cuando había algo que ver bajo la bomba, todos teníamos que inclinarnos y casi arrastrarnos bajo ella, y Barnabas, que se negó, recibió por ello unos azotes. Amalia era la única que no se ocupaba de la bomba, estaba allí muy tiesa con su hermoso vestido y nadie se atrevía a decirle nada; yo fui varias veces hacia ella y la cogí del brazo, pero Amalia guardaba silencio. Todavía hoy no puedo explicarme cómo pudimos estar tanto tiempo ante la bomba de incendios y que solo cuando nuestro padre se separó de ella nos diéramos cuenta de la presencia de Sortini, que evidentemente llevaba todo el rato detrás de la bomba, apoyado en una palanca. Desde luego, el ruido era espantoso, no solo como suele ser en las fiestas; en efecto, el castillo había regalado también a los bomberos algunas trompetas, instrumentos especiales en los que, con el más mínimo esfuerzo –un niño era capaz de ello– se podía producir los sonidos más salvajes; cuando se oían, se creía que los turcos estaban allí, y no era posible acostumbrarse; a cada nuevo trompetazo se encogía uno. Y, como se trataba de trompetas nuevas, todo el mundo quería probarlas y, como era una fiesta popular, se les permitía. Precisamente alrededor de nosotros, quizá los había atraído Amalia, había algunos de esos trompetistas, era difícil no perder la cabeza y si además había que prestar atención a las órdenes de nuestro padre en relación con la bomba, no se podía hacer otra cosa, y por eso durante un tiempo tan inusitadamente largo no vimos a Sortini, al que antes no conocíamos en absoluto. "Ahí está Sortini", susurró por fin Lasemann a nuestro padre, yo estaba presente. Nuestro padre se inclinó profundamente y, excitado, nos hizo un gesto también para que nos inclináramos. Sin conocerlo antes, nuestro padre, había venerado a Sortini de siempre como experto en asuntos de lucha contra incendios y en casa nos había hablado con frecuencia de él; por eso era para nosotros muy sorprendente y significativo ver ahora a Sortini en persona. Sortini, sin embargo, no se preocupó de nosotros, lo que no era una peculiaridad suya: la mayoría de los funcionarios parecen indiferentes en público, y además él estaba cansado y solo su deber oficial lo retenía allí abajo: no son los peores funcionarios los que sienten esos deberes de representación como especialmente penosos; otros funcionarios y criados, ya que estaban allí, se mezclaban con la gente, pero él se quedó junto a la bomba de incendios y, con su silencio, alejaba a todos los que trataban de acercarse con algún ruego o adulación. Por eso se dio cuenta de nuestra presencia más tarde aún que nosotros de la suya. Solo cuando nos inclinamos respetuosos y nuestro padre trató de disculparnos, dirigió la vista hacia nosotros, nos fue mirando sucesivamente uno por uno, cansado, como si suspirase por el hecho de que junto a cada uno hubiera siempre otro, hasta que se detuvo en Amalia, hacia la que tuvo que levantar los ojos, porque era más alta que él. Entonces, apoyándose, saltó sobre la lanza de la bomba para aproximarse a ella; nosotros no lo comprendimos al principio y quisimos acercarnos a él, siguiendo a nuestro padre, pero Sortini nos detuvo alzando una mano y nos indicó con un gesto que nos alejáramos. Eso fue todo. Luego nos burlamos mucho de Amalia, diciéndole que efectivamente había encontrado un novio; en nuestra irreflexión, estuvimos muy alegres toda la tarde, pero Amalia se mostró más silenciosa que nunca. "Se ha enamorado como una loca de Sortini", dijo Brunswick, que siempre es un poco grosero y no comprende un carácter como el de Amalia, pero en aquella ocasión su observación nos pareció casi acertada; en general todos hicimos un poco el tonto ese día y todos, salvo Amalia, estábamos aturdidos por el vino dulce del castillo, cuando, después de medianoche, llegamos a casa.» «¿Y Sortini?», preguntó K. «Sí, Sortini...», dijo Olga, «a Sortini lo vi al pasar varias veces aún durante la fiesta, estaba sentado en la lanza, tenía los brazos cruzados sobre el pecho y permaneció así hasta que fue a buscarlo el coche del castillo. Ni siquiera fue a ver los ejercicios de los bomberos, en los que nuestro padre, precisamente esperando que Sortini lo viera, se distinguió entre todos los de su edad.» «¿Y no habéis vuelto a saber de Sortini?», preguntó K. «Pareces sentir por él una gran veneración.» «Sí, veneración», dijo Olga, «sí, y también hemos sabido de él. A la mañana siguiente fuimos despertados de nuestro etílico sueño por un grito de Amalia; los otros volvieron a dejarse caer enseguida en la cama, pero yo estaba completamente despierta y corrí hacia Amalia; ella estaba junto a la ventana, con una carta en la mano que acababa de entregarle un hombre por aquella ventana; el hombre

aguardaba la respuesta. Amalia había leído ya la carta
–era breve– y la sostenía con una mano que colgaba iner-
te; ¡cómo la quería yo cuando estaba tan cansada! Me
arrodillé a su lado y leí la carta. Apenas había terminado,
Amalia, después de dirigirme una mirada rápida, volvió a
cogerla, pero no pudo forzarse a leerla de nuevo, la rompió, arrojó los trozos al rostro del hombre que había fuera y cerró la ventana. Fue aquella la mañana decisiva. La
llamo decisiva, pero cada instante de la tarde anterior lo
fue igualmente.» «¿Y qué decía la carta?», preguntó K.
«Sí, eso no lo he dicho aún», dijo Olga. «La carta de Sortini estaba dirigida a la muchacha del collar de granates.
Su contenido no puedo reproducirlo. Era una invitación
para ir a verlo a la Posada de los Señores y decía que
Amalia debía ir inmediatamente, porque dentro de media
hora Sortini tenía que partir. La carta estaba redactada en
los términos más vulgares que he visto nunca y que solo
adiviné a medias por el contexto. Quien no conociera a
Amalia y solo hubiera leído esa carta, habría tenido que
considerar deshonrada a la muchacha a quien alguien se
atrevía a escribir así, aunque ni siquiera hubiera sido ro-
zada. Y no era una carta de amor, no había en ella ningún cumplido; más bien Sortini estaba evidentemente enfadado por el hecho de que la visión de Amalia lo hubiera
cautivado, apartándolo de sus ocupaciones. Luego nos dijimos que Sortini, probablemente, había querido volver al
castillo aquella misma noche, solo por Amalia se había
quedado en el pueblo, y por la mañana, lleno de cólera
por no haber podido olvidar a Amalia tampoco de noche,
había escrito la carta. Hasta la persona de más sangre fría
tenía que indignarse con aquella carta, pero en otras muchachas distintas de Amalia habría predominado el miedo ante aquel tono maligno y amenazador; en el caso de
Amalia, todo se quedó en indignación. El miedo no lo conocía, ni por ella ni por otros. Y mientras yo me acurru-
caba otra vez en mi cama, repitiéndome la frase final in-
terrumpida: "Así pues, ven enseguida, porque si no...",
Amalia permaneció en el banco de la ventana, mirando

afuera, como si esperase otros mensajeros y estuviera dispuesta a tratarlos igual que al primero.» «De manera que así son los funcionarios», dijo K. titubeando, «y entre ellos se encuentran esos ejemplares. ¿Qué hizo tu padre? Espero que se quejara firmemente de Sortini ante la autoridad competente, a menos que prefiriese el camino más breve y seguro de la Posada de los Señores. Lo más desagradable en esa historia no es la ofensa a Amalia, que podía repararse fácilmente; no sé por qué le das precisamente una importancia tan exagerada; ¿por qué habría de comprometer Sortini a Amalia para siempre con una carta así? Por tu relato se podría creer eso, pero no es posible: Amalia podía conseguir fácilmente una reparación y, en unos días, el caso se habría olvidado; Sortini no comprometió a Amalia sino que se comprometió a sí mismo. Por eso, lo que me asusta es Sortini, la posibilidad de que existan tales abusos de poder. Lo que en ese caso fracasó, porque lo dijo sin rodeos, era totalmente transparente y encontró en Amalia un adversario superior, en otros mil casos puede tener éxito pleno, en circunstancias solo algo más desfavorables, y quedar oculto a todas las miradas, incluida la de la víctima del abuso.» «Calla», dijo Olga. «Amalia nos está mirando.» Amalia había terminado de alimentar a sus padres y estaba ahora desnudando a su madre, acababa de soltarle la falda, puso los brazos de su madre alrededor de su propio cuello, la levantó de esa forma un poco, le bajó la falda y volvió a sentar a su madre suavemente. El padre, siempre descontento de que atendiera a la madre en primer lugar, lo que evidentemente ocurría solo porque la madre estaba aún más desvalida que él, trató de desnudarse por sí mismo, quizá también para castigar a su hija por su supuesta lentitud, pero, aunque comenzó por lo más innecesario y más fácil, unas pantuflas demasiado grandes en las que sus pies flotaban, no consiguió quitárselas de ningún modo, tuvo que renunciar pronto con un ronco estertor y volvió a apoyarse rígido en su silla. «No te das cuenta de lo decisivo», dijo Olga. «Es posible que tengas razón en todo, pero lo decisivo fue que Amalia no llegara a ir a la Posada de los Señores; la forma de tratar al mensajero hubiera podido pasar aún, se hubiera podido disimular; sin embargo, por el hecho de que ella no fuera, la maldición cayó sobre nuestra familia[c] y entonces también aquella forma de tratar al mensajero fue algo imperdonable, incluso lo que pasó al primer plano para la gente.» «¡Cómo!», exclamó K., bajando enseguida la voz porque Olga alzó las manos suplicante. «Tú, su hermana, ¿no insinuarás que Amalia habría debido seguir a Sortini y correr a la Posada de los Señores?» «No», dijo Olga, «que me vea libre de una sospecha así, cómo puedes creer eso. No conozco a nadie que tenga tanta razón como Amalia en todo lo que hace. Si ella hubiera ido a la Posada de los Señores, evidentemente le habría dado también la razón; pero el hecho de no ir fue heroico. Por lo que a mí se refiere, te confieso francamente que si hubiera recibido una carta así, habría ido. No hubiera soportado el temor de lo que pudiera acontecer, solo Amalia era capaz de hacerlo. Había muchas escapatorias; otra muchacha, por ejemplo, se hubiera engalanado y con ello habría pasado algún tiempo, y entonces habría ido a la Posada de los Señores y se habría enterado de que Sortini se había ido ya, quizá de que se había ido inmediatamente después de haber enviado al mensajero, algo que incluso es muy probable, porque los humores de los señores son fugaces. Sin embargo, Amalia no hizo eso ni nada semejante, estaba demasiado profundamente ofendida y respondió sin reservas. Si hubiera obrado de algún modo aparentemente consecuente, si se hubiera limitado a traspasar el umbral de la Posada de los Señores, el destino hubiera podido desviarse; tenemos aquí abogados muy listos, que saben hacer de nada lo que se quiera, pero en aquel caso no existía siquiera esa nada favorable, al contrario, estaban la humillación de la carta de Sortini y la ofensa al mensajero.» «¿Pero qué destino?», dijo K. «¿Qué abogados? No se podía acusar ni mucho menos castigar a Amalia por ese comportamiento criminal de Sortini.» «Sí», dijo

Olga, «se podía, aunque evidentemente no mediante un procedimiento ajustado a derecho, y tampoco se la castigó inmediatamente, aunque se la castigara de otra forma, y con ella a toda nuestra familia, y lo duro que es ese castigo solo ahora empiezas a comprenderlo. A ti te parece injusto y monstruoso, y esa es una opinión totalmente aislada en el pueblo, opinión que nos es muy favorable y debería consolarnos, y así ocurriría realmente si no se basara evidentemente en errores. Te lo puedo demostrar con facilidad, y perdona si hablo para ello de Frieda, pero entre Frieda y Klamm, prescindiendo de la forma que adoptó en definitiva, pasó algo muy semejante a lo que pasó entre Amalia y Sortini y, sin embargo, aunque al principio pudieras estar asustado, ahora lo encuentras bien. Y no se trata de costumbre, la costumbre no puede embotar tanto cuando se trata de juicios sencillos; se trata sencillamente de evitar errores.» «No, Olga», dijo K., «no sé por qué metes a Frieda en esto, su caso era totalmente distinto; no mezcles cosas tan esencialmente distintas y sigue contando.» «Por favor», dijo Olga, «no lo tomes a mal si insisto en la comparación, todavía sigue habiendo un resto de errores con respecto a Frieda si crees que tienes que defenderla de una comparación. No hay que defenderla ni elogiarla. Si comparo los dos casos, no quiero decir que sean iguales; tienen tanto que ver entre sí como el blanco y el negro, y el blanco es Frieda. En el peor de los casos, se puede uno reír de ella, como hice yo descortésmente –luego lo he lamentado mucho– en la taberna, y el que se ríe es malvado o envidioso, pero en cualquier caso es posible reírse. A Amalia, en cambio, si no se está unida a ella por la sangre, solo se la puede despreciar. Por eso somos casos fundamentalmente diferentes, como tú dices, pero también parecidos.» «Tampoco son parecidos», dijo K., sacudiendo involuntariamente la cabeza, «deja a Frieda de lado. Frieda no recibió una carta tan clara como Amalia de Sortini, y Frieda amaba realmente a Klamm y quien lo dude puede preguntárselo: todavía hoy lo ama.» «¿Son diferencias muy grandes?», preguntó Olga. «¿Crees que Klamm no hubiera podido escribir a Frieda de la misma forma? Cuando los señores se levantan de su escritorio, son así; no se encuentran a gusto en el mundo, y entonces dicen, distraídos, las mayores groserías, no todos, pero sí muchos de ellos. La carta de Amalia puede haber sido redactada con el pensamiento, con una falta total de respeto hacia lo realmente escrito en el papel. ¡Qué sabemos nosotros de lo que piensan los señores! ¿No has escuchado tú mismo o has oído contar en qué tono se dirigía Klamm a Frieda? De Klamm se sabe que es muy grosero; al parecer no habla durante horas y luego, de pronto, dice una grosería tan grande que te estremeces. De Sortini no se sabe eso y, en general, se sabe muy poco de él. En realidad, solo se sabe que su nombre es parecido al de Sordini y, si no fuera por ese parecido de los nombres, probablemente no se le conocería en absoluto. También como experto en lucha contra incendios se le confunde probablemente con Sordini, que es el verdadero experto y aprovecha esa semejanza de nombres para descargar especialmente sobre Sortini los deberes de representación, y para poder seguir con su trabajo sin ser molestado. Cuando un hombre tan poco hábil para el mundo como Sortini se siente de pronto lleno de amor por una muchacha de pueblo, la cosa adopta naturalmente otras formas que si se trata del ayudante de carpintero de al lado. Hay que pensar también que entre un funcionario y la hija de un zapatero hay una gran distancia, distancia que hay que franquear de algún modo; Sortini lo intentó de esa forma, otro podría hacerlo de otra. Es cierto que se dice que todos pertenecemos al castillo y que no existe distancia alguna ni hay nada que franquear, y quizá sea verdad normalmente, pero por desgracia hemos tenido oportunidad de ver que no lo es cuando se trata de algo que importa. En cualquier caso, después de todo eso la forma de actuar de Sortini te resultará más comprensible y menos monstruosa y, realmente, comparada con la de Klamm, es mucho más comprensible y, aunque una se vea afectada muy de cerca, mucho más soportable. Si Klamm escribe una carta tierna, resulta más penosa que la más grosera de Sortini. Compréndeme bien, no me atrevo a juzgar a Klamm; solo comparo porque tú te resistes a la comparación. Klamm es como un comandante de mujeres, ordena tan pronto a esta como a aquella que acuda, no soporta a ninguna mucho tiempo y, lo mismo que les ordena que vengan, les ordena que se vayan. Klamm no se molestaría siquiera en escribir una carta. Y, por comparación, resulta más monstruoso todavía que Sortini, que vive totalmente retirado y cuyas relaciones con las mujeres son al menos desconocidas: se sienta y, con su hermosa letra de funcionario, escribe una carta tan horrible. Y, si no hay ninguna diferencia a favor de Klamm sino al contrario, ¿sería la causa el amor de Frieda? La relación de las mujeres con los funcionarios es, créeme, muy difícil o, mejor dicho, siempre muy fácil de juzgar. Nunca falta el amor. No hay funcionarios infelices. En ese aspecto, no es ningún elogio decir de una muchacha –no hablo solo de Frieda, ni mucho menos– que solo se entregó a un funcionario porque lo amaba. Lo amaba y se entregó a él, fue así, pero no hay nada que elogiar en ello. Sin embargo, Amalia no amaba a Sortini, objetarás. Bueno, no lo amaba, pero quizá sí, ¿quién podría decidirlo? Ni siquiera ella misma. ¿Cómo podría creer que lo amaba si lo rechazó con más fuerza de la que probablemente se ha utilizado nunca para rechazar a un funcionario? Barnabas dice que todavía tiembla a veces al recordar el gesto con que ella, hace tres años, cerró de golpe la ventana. Eso es también verdad, y por eso no se debe hacer preguntas a Amalia; terminó con Sortini y es lo único que sabe; si lo ama o no, ella no lo sabe. Sin embargo, sabemos que las mujeres no pueden evitar amar a los funcionarios cuando ellos se vuelven hacia ellas, incluso los aman antes, por mucho que quieran negarlo, y Sortini no solo se volvió hacia ella sino que saltó sobre la lanza de la bomba de incendios al ver a Amalia, saltó sobre la lanza con sus piernas entumecidas por el trabajo de oficina. Sin embargo, Amalia es una excepción, me dirás. Sí, lo es, lo demostró cuando se negó a ir con Sortini y eso es excepción suficiente; pero que, además, no hubiera amado a Sortini sería casi demasiado excepcional, no sería ya comprensible. Sin duda aquella tarde estábamos ciegos, pero el hecho de que, a través de toda la niebla, creyéramos notar algo del enamoramiento de Amalia demostraba indudablemente cierto juicio. Sin embargo, si se considera todo eso, ¿qué diferencia queda entre Frieda y Amalia? Únicamente que Frieda hizo lo que Amalia rehusó.» «Puede ser», dijo K.; «sin embargo, para mí, la diferencia principal es que Frieda es mi prometida y Amalia, en el fondo, solo me preocupa porque es la hermana de Barnabas, el mensajero del castillo, y el destino de ella está quizá entretejido con el de él. Si un funcionario hubiera cometido con ella una injusticia tan clamorosa como la que, según tu relato, me pareció al principio, me habría preocupado mucho, pero también mucho más como cuestión pública que como sufrimiento personal de Amalia. Ahora bien, según tu relato, el cuadro se cambia en otro para mí no totalmente comprensible, pero, al ser tú quien lo describe, de una forma suficientemente verosímil, y por eso voy a olvidarme por completo y de buena gana de ese asunto; yo no soy bombero, ¿qué me importa a mí Sortini? Sin embargo, evidentemente me preocupa Frieda y me resulta extraño que tú, en quien confío plenamente y en quien siempre quiero confiar, trates continuamente de atacarla y de hacerme sospechar de ella, utilizando indirectamente a Amalia. No supongo que lo hagas intencionadamente ni mucho menos con mala intención, porque de otro modo hace tiempo que habría tenido que irme: no lo haces con intención, sino que las circunstancias te inducen a ello: por amor a Amalia quieres situarla por encima de las demás mujeres y, como en Amalia misma no encuentras para ello suficientes cosas que elogiar, tratas de empequeñecer a otras mujeres. El acto de Amalia fue notable, pero, cuanto más hablas de él, tanto menos puede decidirse si fue grande o pequeño, inteligente o necio, heroico o cobarde; sus motivos los guarda Amalia en su pecho y nadie se los arrancará. Frieda, en cambio, no ha hecho nada de notable y ha seguido solo su corazón; para cualquiera que se ocupe de ello de buena voluntad resulta claro, todo el mundo puede comprobarlo y no hay lugar para cotilleos. Sin embargo, no quiero ni rebajar a Amalia ni defender a Frieda, sino explicarte solo cuál es mi conducta hacia Frieda y cómo todo ataque a Frieda es también un ataque a mi propia existencia. Yo he venido aquí por mi propia voluntad, y por mi propia voluntad me he aferrado aquí, pero todo lo que desde entonces me ha ocurrido y, sobre todo, mis perspectivas futuras –que, por tristes que puedan ser, existen–, todo eso se lo debo a Frieda y esto no se puede discutir. Es verdad que fui contratado aquí como agrimensor, pero solo aparentemente; jugaron conmigo, me expulsaron de todas las casas, todavía hoy juegan conmigo, pero, por molesto que eso sea, he ganado en cierto modo en amplitud^c y eso ya significa algo; por insignificante que sea, tengo ya un hogar, un puesto y un verdadero trabajo, tengo una prometida que, cuando tengo otros asuntos, se ocupa de mi trabajo profesional, me casaré con ella y me convertiré en miembro de la comunidad; y además de mis relaciones oficiales, tengo otras, hasta ahora evidentemente no aprovechables, con Klamm. ¿Te parece poco? Y, cuando vengo a veros, ¿a quién saludo? ¿A quién confías tú la historia de vuestra familia? ¿De quién esperas la posibilidad, aunque sea una posibilidad remota e improbable, de alguna ayuda? Indudablemente no de mí, el agrimensor, a quien, por ejemplo, hace una semana Lasemann y Brunswick expulsaron por la fuerza de sus casas, sino de un hombre que tiene ya algo de poder, pero ese poder se lo debo precisamente a Frieda, a Frieda, que es tan modesta que, si trataras de preguntarle algo parecido, no querría, sin duda, saber de ello lo más mínimo. Y, sin embargo, teniendo en cuenta todo eso, parece que Frieda, con su inocencia, ha hecho más que Amalia con todo su orgullo, porque ya ves, tengo la impresión de que buscas ayuda para Amalia. ¿Y de quién? En realidad, de nadie más que

Frieda.» «¿He hablado realmente tan mal de Frieda?», dijo Olga. «Desde luego no quería hacerlo y tampoco creía haberlo hecho, pero es posible; nuestra situación es tal que estamos enemistados con todo el mundo y, si empezamos a lamentarnos, nos dejamos arrastrar y no sabemos adónde. Además tienes razón: ahora hay una gran diferencia entre nosotros y Frieda, y por una vez es bueno subrayarlo. Hace tres años, éramos hijas de burgueses y Frieda, la huérfana, era criada en la Posada del Puente; nosotras pasábamos por su lado sin rozarla siquiera con la mirada, sin duda éramos demasiado orgullosas, pero habíamos sido educadas así. Aquella noche en la Posada de los Señores, quizá te dieras cuenta de la situación actual: Frieda con el látigo en la mano y yo con el montón de criados. Pero las cosas son aún peores. Frieda puede despreciarnos, lo que corresponde a su posición, porque las relaciones reales la obligan a ello. Pero ¡quién no nos desprecia! Quien decida despreciarnos se encontrará enseguida en numerosa compañía. ¿Conoces a la sucesora de Frieda? Se llama Pepi. Yo no la he conocido hasta anteayer, antes era camarera de habitaciones. Pero sin duda supera a Frieda en su desprecio hacia mí. Me vio por la ventana cuando fui a buscar cerveza, corrió a la puerta y la cerró; yo tuve que rogarle mucho rato y prometerle la cinta que llevaba en el pelo para que me abriera. Sin embargo, cuando se la di, la tiró a un rincón. Ahora bien, ella puede despreciarme, al fin y al cabo estoy en parte a merced de su voluntad y ella está en la taberna de la Posada de los Señores; evidentemente, solo está allí provisionalmente y, sin duda, no tiene las cualidades necesarias para ser empleada de forma permanente. Basta oír la forma en que el posadero habla con Pepi y compararla con la forma en que hablaba a Frieda. Pero eso no impide a Pepi despreciar también a Amalia, a Amalia, cuya mirada bastaría para hacer salir de la sala a la pequeña Pepi, con todas sus trenzas y lacitos, más deprisa de lo que podría hacerlo nunca con sus piernecitas gruesas. Qué cotilleos más irritantes tuve que oírle ayer otra vez sobre Amalia, hasta que finalmente los huéspedes se pusieron de mi parte, evidentemente de la forma en que ya viste una vez.» «Qué intimidada estás», dijo K., «solo he querido situar a Frieda en el lugar que le corresponde, pero no rebajaros a vosotros, como tú interpretas ahora. También para mí, no te lo he ocultado, vuestra familia tiene algo de especial; pero no entiendo cómo ese algo podría dar motivo para el desprecio.» «Ay, K.», dijo Olga, «me temo que tú también lo comprenderás; ¿no puedes comprender de algún modo que la conducta de Amalia con Sortini fuera el primer motivo de ese desprecio?» «Eso sería demasiado extraño», dijo K. «Se podría admirar o condenar a Amalia por ello, pero ¿despreciarla? Y si, por un sentimiento para mí incomprensible, se despreciara realmente a Amalia, ¿por qué habría de extenderse ese desprecio a vosotros, su familia inocente? El que, por ejemplo, Pepi te desprecie resulta muy fuerte y, cuando vuelva a la Posada de los Señores, le pagaré con la misma moneda.» «Si quisieras cambiar la forma de pensar de todos los que nos desprecian», dijo Olga, «sería un trabajo duro, porque todo tiene su origen en el castillo. Todavía me acuerdo muy bien de la tarde que siguió a aquella mañana. Brunswick, que en aquella época era ayudante nuestro, había venido como todos los días, nuestro padre le había dado trabajo y lo había enviado a casa, y todos estábamos sentados desayunando, todos, salvo Amalia y yo, muy animados, mi padre hablaba continuamente de la fiesta y tenía diversos planes con respecto a la lucha contra incendios; en efecto, el castillo tiene sus propios bomberos, que habían enviado a la fiesta una delegación con la que se había hablado de muchas cosas; los señores del castillo presentes habían presenciado la actuación de nuestros bomberos, habían hablado muy favorablemente de ella, la habían comparado con las actuaciones de los bomberos del castillo y el resultado nos había sido favorable; se había hablado de la necesidad de reorganizar el servicio de bomberos del castillo, para ello hacían falta instructores del pueblo y sin duda entraban en consideración algunos, pero nuestro padre tenía la esperanza de que la elección recaería sobre él. De eso hablaba entonces y estaba allí sentado, de la forma que nos era tan querida, explayándose en la mesa, con los brazos abarcando la mitad de ella y, al mirar por la ventana abierta al cielo, su rostro era muy joven y alegremente esperanzado; nunca más volvería a verlo así. Entonces Amalia, con una superioridad que no le conocíamos, dijo que no había que confiar mucho en esos discursos de los señores; en tales ocasiones, los señores solían decir fácilmente algo agradable, pero que significaba poco o nada; apenas dicho lo olvidaban para siempre, y en la próxima oportunidad uno se dejaba embaucar de nuevo. Nuestra madre le prohibió hablar así, pero nuestro padre se limitó a reírse de la sabihondez y gran experiencia de ella, mas luego se detuvo y pareció buscar algo cuya falta no había notado hasta entonces, Brunswick había dicho algo de un mensajero y una carta rota, y preguntó si sabíamos de eso, a quién afectaba y de qué se trataba. Nosotros guardamos silencio: Barnabas, entonces joven como un corderito, dijo algo especialmente tonto o atrevido, se habló de otra cosa y el asunto quedó olvidado.»

18

El castigo de Amalia

«Sin embargo, poco después nos acribillaron por todas partes con preguntas sobre la historia de la carta, venían amigos y enemigos, conocidos y extraños, pero no se quedaban mucho tiempo, los mejores amigos eran los que más aprisa se despedían; Lasemann, por lo demás siempre lento y digno, entró como si solo quisiera comprobar las dimensiones de la habitación, echó una ojeada a su alrededor y eso fue todo; pareció un horrible juego de niños cuando huyó y nuestro padre se separó de los demás y corrió tras él hasta el umbral, renunciando luego; Brunswick anunció a nuestro padre que quería independizarse, lo dijo de forma completamente sincera, es un tipo inteligente que supo aprovechar el momento; los clientes venían a buscar en el almacén de nuestro padre las botas que habían dejado para que las arreglara, al principio nuestro padre trató de disuadirlos –y todos lo apoyamos con todas nuestras fuerzas– pero luego renunció y ayudó en silencio a la gentea buscarlas; en el libro de encargos se iba tachando renglón tras renglón, se devolvieron las reservas de cuero que la gente tenía depositadas con nosotros, se pagaron las deudas, todo se desarrolló sin la más mínima disputa, se sentían contentos cuando conseguían romper rápida y completamente la relación con nosotros, y si al hacerlo sufrían alguna pérdida, no la tomaban en consideración. Y finalmente, lo que era de prever, apareció Seemann, el jefe de los bomberos; todavía veo la escena, Seemann, grande y fuerte, aunque un tanto encorvado y enfermo de los pulmones, siempre serio, no sabía reírse, delante de mi padre, a quien admiraba y a quien, en momentos de confianza, dejó entrever la posibilidad de ocupar el puesto de subjefe, y al que ahora tenía que comunicar que la asociación lo había excluido y exigía que devolviera su diploma. La gente que estaba en aquel momento en nuestra casa dejó de ocuparse de sus asuntos y formó un círculo en torno a los dos hombres. Seemann no puede decir nada, no hace más que dar golpes en la espalda a mi padre, como si quisiera sacar de él las palabras que él mismo tiene que decir pero no puede encontrar. Al mismo tiempo se ríe continuamente, con lo que, sin duda, quiere tranquilizarse y tranquilizar algo a todos, pero como no sabe reírse y nunca se le ha oído reír, a nadie se le ocurre que aquello pueda ser una risa. Nuestro padre, sin embargo, está ya, desde aquel día, demasiado cansado y desesperado para poder ayudar a Seemann; efectivamente, parece demasiado cansado para pensar siquiera en qué ocurre. Todos estábamos igualmente desesperados, pero, como éramos jóvenes, no podíamos creer en un derrumbamiento tan completo y no dejábamos de pensar que, entre la serie de visitantes, vendría por fin alguno que daría la voz de alto y obligaría a que todo se desarrollase en sentido inverso. Seemann, a nuestro juicio, resultaba especialmente adecuado para ello. Aguardábamos con expectación que, de aquella risa continua, se desprendiera por fin alguna palabra clara. De qué podía uno reírse sino de la estúpida injusticia que se estaba cometiendo con nosotros. "Señor jefe, señor jefe, dígaselo de una vez a la gente", pensábamos, y nos apretábamos contra él, lo que, sin embargo, solo lo hacía girar sobre sí mismo de una forma extraña. Finalmente, sin embargo, comenzó a hablar, no para satisfacer nuestros secretos deseos sino para responder a los gritos de aliento o de disgusto de la gente. Nosotros todavía teníamos esperanzas. Comenzó por hacer grandes elogios de mi padre. Lo llamó gloria de la asociación, modelo inigualable para las nuevas generaciones y miembro irremplazable cuya marcha destruiría casi la asociación. Todo habría sido muy bonito si hubiera acabado ahí. Pero siguió hablando. Si, no obstante, la asociación había decidido pedir a nuestro padre, aunque solo provisionalmente, que presentara la dimisión, podía comprenderse la gravedad de las razones que la obligaban a ello. Tal vez sin las brillantes actuaciones de nuestro padre en la fiesta del día anterior no hubiera habido que llegar tan lejos, pero precisamente esas actuaciones habían suscitado especialmente la atención oficial; la asociación estaba ahora a plena luz y debía cuidar de su pureza más aún que antes. Y entonces se había producido la ofensa al mensajero, la asociación no había encontrado otra salida y él, Seemann, había asumido la difícil tarea de comunicarlo. Rogaba a nuestro padre que no se lo hiciera más difícil aún. Qué contento estaba Seemann de haberlo dicho y, por la alegría, ni siquiera fue ya demasiado considerado: señaló el diploma, que colgaba de la pared, e hizo un gesto con el dedo. Nuestro padre asintió y fue a buscarlo, pero con sus manos temblorosas no podía descolgarlo, yo me subí en una silla y lo ayudé. Y a partir de ese momento todo acabó, ni siquiera sacó el diploma del marco, sino que se lo dio todo a Seemann, tal como estaba. Luego se sentó en un rincón, no se movió ni habló ya con nadie, y nosotros tuvimos que tratar solos con la gente, lo mejor que pudimos.» «¿Y en qué ves la influencia del castillo?», preguntó K. «De momento no parece haber intervenido. Lo que has contado hasta ahora solo es el miedo irreflexivo de la gente, la alegría por el mal ajeno, la amistad indigna de confianza, cosas que se encuentran en todas partes, y por parte de tu padre también –al menos me lo parece– cierta estrechez de miras, porque ¿qué era ese diploma? La confirmación de sus cualidades, y esas las conservaba; si ellas lo hacían indispensable, tanto mejor, y al jefe le habría puesto las cosas verdaderamente difíciles si, cuando dijo la segunda palabra, le hubiese tirado el diploma a los pies. Sin embargo, me parece especialmente significativo que no menciones para nada a Amalia; Amalia que, sin embargo, era la causa de todo, estaba probablemente tranquila al fondo, contemplando aquella devastación.» «No, no», dijo Olga, «no se puede hacer reproches a nadie, nadie podía actuar de otro modo, todo eso era ya influencia del castillo.» «Influencia del castillo», repitió Amalia, que había vuelto del patio sin ser notada; sus padres estaban en la cama hacía rato. «¿Estáis contando historias del castillo? ¿Seguís ahí? Sin embargo, querías despedirte enseguida, K., y son ya casi las diez. ¿Te preocupan esas historias? Hay gente aquí que se alimenta de ellas, se sientan como estáis vosotros y se regalan mutuamente. Sin embargo, no me pareces de esa clase de gente.» «Lo soy», dijo K., «soy precisamente de esa clase de gente; en cambio, la gente que no se ocupa de esas historias y deja solo que otros se ocupen de ellas no me impresiona mucho.» «Bueno», dijo Amalia, «pero los intereses de la gente son muy distintos; una vez oí hablar de un joven a quien la idea del castillo ocupaba día y noche, todo lo demás lo descuidaba, se temía por sus facultades ordinarias, porque toda su razón estaba arriba en el castillo, pero finalmente se descubrió que realmente no pensaba en el castillo sino solo en la hija de una fregona de las secretarías, que de todas maneras consiguió, y entonces todo se arregló otra vez.» «Creo que ese hombre me gustaría», dijo K. «Que te gustara ese hombre», dijo Amalia, «lo dudo, pero sí, quizá, su mujer. Pero no os molestéis, yo me voy a dormir de todas formas y tendré que apagar la luz, a causa de nuestros padres; se duermen profundamente enseguida, pero al cabo de una hora el verdadero sueño termina y entonces los molesta el menor resplandor. Buenas noches.» Y se hizo realmente oscuro enseguida; sin duda Amalia se estaba preparando su lecho en alguna parte, sobre el suelo, junto a la cama de sus padres. «¿Quién es ese joven de que hablaba?», preguntó K. «No sé», dijo Olga, «quizá Brunswick, aunque no concuerda mucho con su forma de ser, quizá otro. No es fácil entenderla bien, porque a menudo no se sabe si habla irónicamente o en serio; la mayoría de las veces es en serio, pero suena irónico.» «¡Déjate de explicaciones!», dijo K. «¿Cómo has llegado a depender tanto de ella? ¿Era ya así antes de la gran desgracia? ¿O solo después? ¿Y nunca has deseado independizarte de ella? Y esa dependencia ¿tiene algún motivo razonable? Ella es

la menor y, como tal, tiene que obedecer. Culpable o inocente, trajo la desgracia sobre vuestra familia. En lugar de
pediros por ello perdón cada día, a cada uno de vosotros,
lleva la cabeza más alta que nadie, no se ocupa de nada,
salvo apenas, por compasión, de sus padres, no quiere saber nada, según dice, y cuando, finalmente, habla con
vosotros, "la mayoría de las veces es en serio, pero suena
irónico". ¿O es que reina por su belleza, que a veces men-
cionas? Los tres sois muy parecidos, pero aquello en que
se diferencia de vosotros dos no la favorece nada, ya
cuando la vi por primera vez me asustó su mirada apática y sin amor. Y sin duda es la más joven, pero eso no se
nota en su aspecto exterior, tiene ese aspecto sin edad de
las mujeres que apenas envejecen, pero que apenas han
sido tampoco realmente jóvenes. Tú la ves todos los días
y no te das cuenta de la dureza de su rostro. Por eso, si
reflexiono, no puedo tomar muy en serio la inclinación de
Sortini; quizá con esa carta quería solo castigarla, no llamarla.» «De Sortini no quiero hablar», dijo Olga, «con
los señores del castillo todo es posible, tanto si se trata de
la muchacha más hermosa como de la más fea. Pero por
lo demás te equivocas por completo con Amalia. Ya ves,
no tengo ningún motivo para ganarte especialmente para
su causa y sin embargo lo intento, solo lo hago por ti.
Amalia fue de algún modo el motivo de nuestra desgracia, eso es cierto, pero ni siquiera nuestro padre, que sin
embargo fue el más gravemente afectado por esa desgracia y que nunca ha podido dominar mucho sus palabras,
y en casa en absoluto; ni siquiera nuestro padre, ni en los
peores tiempos, ha dicho una palabra de reproche a Amalia. Y eso, no porque aprobara su proceder; cómo hubiera podido aprobarlo él, un admirador de Sortini, ni de lejos podía comprenderlo, sin duda se hubiera sacrificado y
hubiera sacrificado a Sortini cuanto poseía, pero no como
sucedió realmente, a causa de la probable cólera de Sortini. Probable cólera, porque no supimos nada más de él; si
hasta entonces se había mantenido retirado, a partir de
entonces fue como si no existiera. Y hubieras tenido que

ver a Amalia en aquella época. Todos sabíamos que no vendría ningún castigo explícito. Solo nos abandonaban. La gente de aquí, lo mismo que el castillo. Sin embargo, aunque naturalmente se notaba el abandono de la gente, del castillo no se notaba nada. La verdad es que tampoco antes habíamos notado ninguna protección del castillo, ¿cómo hubiéramos podido notar entonces un cambio? Aquella calma era lo peor. No lo era, con mucho, el abandono de la gente; no lo habían hecho por convicción, probablemente tampoco tenían nada serio contra nosotros, todavía no existía el desprecio de hoy; solo lo habían hecho por miedo y ahora aguardaban a ver qué ocurriría. Tampoco teníamos que temer la miseria, todos nuestros deudores nos habían pagado, las liquidaciones nos habían sido ventajosas, si nos faltaban alimentos, nos ayudaban en secreto los parientes, era fácil, era época de cosecha, aunque es verdad que no teníamos campos y que no nos dejaban trabajar en ninguna parte,^c por primera vez en nuestra vida estábamos casi condenados al ocio. Y entonces permanecíamos sentados juntos allí, con las ventanas cerradas, en el calor de julio y agosto. No ocurrió nada. Ninguna citación, ninguna noticia, ninguna visita, nada.» «Bueno», dijo K., «si no ocurrió nada y tampoco era de esperar ningún castigo explícito, ¿de qué teníais miedo? ¡Qué clase de gente sois!» «¿Cómo podría explicártelo?», dijo Olga. «No temíamos nada que pudiera venir, sufríamos ya solo por el presente, estábamos en medio del castigo. La gente del pueblo esperaba únicamente que fuéramos a ella, que nuestro padre volviera a abrir su taller, que Amalia, que cosía vestidos muy bonitos, aunque solo para la gente más distinguida, volviera para recibir encargos, la gente lamentaba lo que había hecho; cuando, en un pueblo, una familia bien considerada se ve de pronto excluida, todo el mundo se ve perjudicado de algún modo; cuando renegaron de nosotros habían creído cumplir solo con su deber, en su lugar tampoco hubiéramos hecho otra cosa. Además, tampoco sabían exactamente de qué se había tratado: solo que un mensajero, con la mano llena de papeles rotos, había vuelto a la Posada de los Señores; Frieda lo había visto salir y luego volver, había cambiado con él unas palabras y difundido enseguida lo que había averiguado, pero tampoco por enemistad hacia nosotros, sino sencillamente porque era su deber, como hubiera sido en el mismo caso el deber de cualquier otro. Y la gente hubiera preferido, como ya he dicho, la solución feliz de todo el asunto. Si hubiéramos acudido de pronto con la noticia de que todo estaba arreglado, de que, por ejemplo, se había tratado solo de un malentendido ya totalmente aclarado, o de que, efectivamente, había sido una falta, pero esta había sido ya reparada o –incluso eso hubiera bastado a la gente– de que habíamos conseguido, mediante nuestras relaciones en el castillo, echar tierra al asunto... nos habrían vuelto a recibir, sin duda alguna, con los brazos abiertos, habría habido besos, abrazos, fiestas, he visto a veces algo así en otros casos. Pero ni siquiera esa noticia habría sido necesaria; si nos hubiéramos liberado y nos hubiésemos ofrecido, si hubiéramos reanudado las antiguas relaciones, sin dedicar ni una palabra a la historia de la carta, habría bastado; todos habrían renunciado con alegría a hablar del asunto; al fin y al cabo, además del miedo, había sido sobre todo lo desagradable del asunto la razón de que se hubieran apartado de nosotros, simplemente para no tener que oír del asunto, hablar de él, pensar en él, verse afectados por él. Si Frieda reveló el asunto, no lo hizo para regocijarse con él, sino para protegerse a sí misma y proteger de él a los otros, para prevenir a la comunidad de que había ocurrido algo de lo que había que mantenerse alejado de la forma más cuidadosa. No era de nosotros, como familia, de quienes se trataba, sino solo del asunto, y de nosotros solo a causa del asunto en que nos habíamos metido. Por eso, si hubiésemos vuelto a aparecer, si hubiésemos dejado el pasado en paz, si hubiésemos mostrado con nuestro comportamiento que habíamos superado el asunto, no importaba de qué forma, y de ese modo la opinión pública hubiera adquirido el convencimiento de que, cualquiera que hubiera sido, no se volvería a hablar del asunto, todo habría resultado bien también, por todas partes habríamos encontrado la antigua buena disposición; aunque solo hubiéramos olvidado el asunto de forma incompleta, lo habrían comprendido y nos habrían ayudado a olvidarlo por completo. En lugar de ello, sin embargo, nos quedábamos en casa. No sé qué esperábamos; sin duda la decisión de Amalia, que aquella mañana había tomado la dirección de la familia y la mantenía firmemente. Sin preparativos especiales, sin órdenes, sin ruegos, casi exclusivamente con su silencio. Los demás, evidentemente, teníamos muchas cosas sobre las que deliberar, era un continuo murmullo de la mañana a la noche, y a veces nuestro padre me llamaba, con súbita angustia, y yo me pasaba la mitad de la noche junto a su cabecera. O a veces nos acurrucábamos juntos, yo y Barnabas, que al fin y al cabo comprendía muy poco de todo aquello y, continuamente y con ardor, pedía explicaciones, siempre las mismas; sabía sin duda que los años despreocupados que esperaban a los de su edad no existían ya para él, de manera que nos sentábamos juntos, de forma muy parecida, K., a nosotros dos ahora, y nos olvidábamos de que se hacía de noche y volvía a amanecer. Nuestra madre era la más débil de todos, sin duda porque no solo compartía el sufrimiento común, sino también el de cada miembro de la familia, y así pudimos percibir con espanto en ella cambios que, como sospechábamos, iba a experimentar toda la familia. Su lugar preferido era el rincón de un sofá, hace tiempo que no lo tenemos, está en el salón de Brunswick; allí se sentaba y —no se sabía muy bien qué era— dormitaba o, como parecía indicar el movimiento de sus labios, sostenía largos monólogos. Al fin y al cabo, era muy natural que hablásemos siempre de la historia de la carta, a diestro y siniestro, con todos sus detalles seguros y todas sus posibilidades inseguras, y que nos superásemos siempre en encontrar medios para una buena solución; era natural e inevitable, pero no bueno; la verdad es que cada vez nos hundíamos más en lo que tratábamos de evitar. ¿Y de qué nos servían además aquellas magníficas ideas? Ninguna era realizable sin Amalia, todas eran solo deliberaciones, sin sentido porque sus resultados no llegaban hasta Amalia y porque, si hubieran llegado, no habrían encontrado otra cosa que silencio. Ahora bien, afortunadamente, hoy comprendo a Amalia mejor que entonces. Ella soportaba más que todos nosotros, es incomprensible cómo lo aguantó todo y que todavía hoy viva con nosotros. Nuestra madre soportaba quizá todo nuestro sufrimiento, lo soportaba porque había caído sobre ella, pero no por mucho tiempo; no se puede decir que todavía hoy lo soporte de algún modo, y ya entonces tenía trastornado el sentido. Sin embargo, Amalia no solo soportaba el sufrimiento, sino que tenía también discernimiento para penetrarlo; nosotros solo veíamos las consecuencias, ella veía el motivo; nosotros esperábamos algún pequeño remedio, ella sabía que todo estaba decidido; nosotros teníamos que murmurar, ella solo tenía que callar; ella miraba cara a cara a la verdad y vivía y soportaba esa vida, lo mismo entonces que hoy. Cuánto mejor nos iban las cosas que a ella, a pesar de toda nuestra miseria. Evidentemente, tuvimos que dejar nuestra casa, la ocupó Brunswick, nos asignaron esta cabaña, trajimos aquí nuestros enseres con un carrito de mano, en varios viajes; Barnabas y yo tirábamos, nuestro padre y Amalia empujaban detrás, nuestra madre, a la que habíamos traído ya al principio, nos recibía siempre, sentada en un cajón, con un lamento suave. Pero recuerdo que, incluso durante esos fatigosos viajes –que nos avergonzaban también mucho, porque con frecuencia encontrábamos carros de la cosecha cuyos ocupantes enmudecían al vernos y apartaban la mirada–, los dos, Barnabas y yo, incluso durante esos viajes no podíamos dejar de hablar de nuestras preocupaciones y planes, de forma que, a veces, nos deteníamos en nuestra conversación y solo un ¡eh! de nuestro padre nos recordaba nuestro deber. Pero todas aquellas conversaciones, incluso después de nuestro traslado, no cambiaron en nada nuestra vida, aunque, poco a poco, comenzamos a sentir la pobreza. Las ayudas de los parientes cesaron, nuestros recursos casi se habían acabado y precisamente en esa época comenzó a desarrollarse el desprecio hacia nosotros que tú conoces. Se dieron cuenta de que no teníamos fuerzas para salir de la historia de la carta y nos lo tomaron muy a mal; no se subestimaba lo pesado de nuestro destino, aunque no se conocía exactamente y, si lo hubiéramos superado, nos habrían elogiado en consecuencia, pero, como no lo conseguimos, hicieron definitivamente lo que hasta entonces solo habían hecho de modo provisional: nos excluyeron de todos los círculos; sabían que, probablemente, no hubieran soportado la prueba mejor que nosotros, pero por ello les era tanto más necesario separarse de nosotros por completo. No se hablaba ya de nosotros como seres humanos, no se pronunciaba ya nuestro apellido; si había que hablar de nosotros, nos llamaban Barnabas, el nombre más inocente de todos; hasta nuestra cabaña adquirió mala fama y, si haces examen de conciencia, tendrás que confesar que también tú, al entrar en ella por primera vez, creíste observar que ese desprecio estaba justificado; más tarde, cuando la gente venía otra vez en ocasiones a nuestra casa, arrugaba la nariz por cosas insignificantes, por ejemplo que colgara una lamparita de aceite ahí sobre la mesa. ¿Dónde podía colgar si no era sobre la mesa? Pero a ellos les parecía insoportable. Si colgásemos la lámpara en otro lado, su repugnancia no cambiaría. Todo lo que éramos y teníamos topaba con el mismo desprecio.»

19

Rogativas

«¿Y qué hacíamos nosotros entretanto? Lo peor que hubiéramos podido hacer; algo por lo que hubieran podido despreciarnos con más razón que por aquello por lo que realmente lo hacían: traicionamos a Amalia, nos libramos de su mandato silencioso, no podíamos seguir viviendo así, no podíamos vivir sin esperanzas, y comenzamos, cada uno a su manera, a rogar al castillo o a sitiarlo, para que nos perdonara. Sabíamos que no estábamos en condiciones de reparar nada, sabíamos también que la única relación esperanzadora que teníamos con el castillo, la de Sortini, aquel funcionario bien dispuesto hacia nuestro padre, se había vuelto inaccesible precisamente a causa de lo ocurrido, pero nos pusimos a trabajar. Comenzó nuestro padre, comenzaron las visitas de ruego al alcaide, los secretarios, los abogados, el escribiente; la mayoría de las veces no lo recibían y cuando, por astucia o casualidad, era recibido –al saberlo lanzábamos gritos de júbilo y nos frotábamos las manos–, lo despedían con la mayor rapidez y no volvían a recibirlo nunca. Además, era demasiado fácil responderle, para el castillo las cosas son siempre fáciles. ¿Qué quería? ¿Qué le había pasado? ¿Qué quería que le perdonasen? ¿Cuándo y quiénes habían levantado en el castillo ni un dedo contra él? Era verdad que se había empobrecido, que había perdido su clientela, etc., pero eran acontecimientos de la vida cotidiana, problemas del artesanado y del comercio: ¿iba a tener que ocuparse el castillo de todo? La verdad era que se ocupaba de todo, pero no podía intervenir groseramente en el desarrollo de las cosas, simplemente y con el único objeto de servir a los intereses de un solo hombre. ¿Tendría que enviar a sus funcionarios para que corrieran tras los clientes de nuestro padre y se los llevaran de nuevo por la fuerza? Sin embargo, si nuestro padre objetaba entonces –todas esas cosas las discutíamos detalladamente en casa, antes y después, metidos en un rincón, como escondidos de Amalia, que se daba cuenta de todo pero lo dejaba pasar–, si objetaba entonces que no se quejaba de su empobrecimiento, que todo lo que había perdido podría recuperarlo fácilmente, eso era secundario, con tal de que lo perdonaran, entonces ¿qué quería que le perdonaran?, le respondían, no se había presentado ninguna denuncia contra él, por lo menos no figuraba aún en los expedientes, al menos en los expedientes accesibles a la abogacía pública y, por consiguiente, en la medida en que podía verse, ni se había emprendido nada contra él, ni se estaba preparando nada. ¿Podía citar acaso alguna disposición oficial dirigida contra él? Nuestro padre no podía. ¿O se había producido la intervención de algún órgano oficial? De eso nada sabía nuestro padre. Entonces, si nada sabía y no había ocurrido nada, ¿qué quería? ¿Qué se le podía perdonar? Todo lo más, el que molestase sin objeto a los servicios oficiales; pero precisamente eso era imperdonable. Nuestro padre no cejaba, en aquella época era todavía muy vigoroso y la ociosidad forzosa le dejaba tiempo abundante. "Haré que Amalia recupere su honor, no pasará mucho tiempo", nos decía a Barnabas y a mí varias veces al día, pero solo en voz muy baja, para que Amalia no lo oyera; sin embargo, solo lo decía por Amalia, porque en realidad no pensaba en absoluto en recuperar ese honor, sino únicamente en el perdón. Ahora bien, para obtener el perdón tenía que determinar primero su culpa, y esta se la negaban los servicios oficiales. Tuvo la idea –y eso mostraba que estaba ya intelectualmente debilitado– de que le ocultaban su culpa porque no pagaba lo suficiente; hasta entonces solo había pagado las tasas establecidas, que por lo menos para nuestras circunstancias eran ya suficientemente elevadas. Sin embargo, entonces creyó que tenía que pagar más, lo que era sin duda muy equivocado, porque en nuestros servicios oficiales, por razones de simplicidad y para evitar palabras inútiles, se aceptan sobornos, pero con ellos no se consigue nada. Sin embargo, si esa era la esperanza de nuestro padre, no queríamos contrariarle. Vendimos lo que todavía nos quedaba –era solo casi lo indispensable– a fin de procurar a nuestro padre los medios para sus indagaciones, y durante mucho tiempo tuvimos cada día la satisfacción de que nuestro padre, cuando se ponía en camino de mañana, pudiera hacer sonar al menos unas monedas en su bolsa. Nosotros, evidentemente, pasábamos hambre todo el día, y lo único que lográbamos consiguiendo ese dinero era mantener en nuestro padre cierta alegre esperanza. Sin embargo, eso era apenas una ventaja. Se atormentaba con sus gestiones y lo que, sin dinero, hubiera tenido muy pronto el fin que merecía, no se acababa nunca. Como no se podía hacer realmente nada extraordinario con esos pagos suplementarios, a veces algún escribiente trataba de aparentar que hacía algo, prometía indagaciones, insinuaba que había encontrado ya algún rastro que iba a seguir, no porque fuera su deber sino en atención a nuestro padre... y nuestro padre, en lugar de dudar más aún, se volvía cada vez más crédulo. Volvía con una de esas promesas claramente sin sentido, como si otra vez trajera todas las bendiciones sobre la casa, y era penoso ver cómo, siempre a espaldas de Amalia, con una sonrisa torcida y los ojos muy abiertos, quería darnos a entender, señalando a Amalia, que la salvación de esta, que a nadie sorprendería más que a ella misma, era inminente gracias a los esfuerzos de él, pero todo era aún un secreto que debíamos guardar rigurosamente. Así habrían seguido las cosas sin duda mucho tiempo, si finalmente no hubiéramos sido totalmente incapaces de seguir proporcionando dinero a nuestro padre. Verdad era que, entretanto, Brunswick había aceptado como ayudante a Barnabas, después de muchos ruegos, aunque solo de tal modo que, al caer la noche, iba en la oscuridad a recoger los encargos y, otra vez en la oscuridad, llevaba el trabajo hecho –hay que reconocer que Brunswick aceptaba con ello, por nosotros, cierto riesgo para su negocio, pero en cambio pagaba muy poco a Barnabas, cuyo trabajo es impecable–, pero su salario bastaba apenas para que no nos muriésemos de hambre. Con la mayor consideración y tras muchos preparativos, anunciamos a nuestro padre el cese de nuestras ayudas financieras, pero él se lo tomó con mucha calma. No era ya capaz de comprender con la mente la inutilidad de sus intervenciones, pero estaba cansado de las decepciones continuas. Es verdad que dijo –no hablaba ya tan claramente como antes; antes había hablado casi demasiado claramente– que solo hubiera necesitado muy poco dinero, al día siguiente o ese mismo día lo habría averiguado ya todo, y ahora todo había resultado inútil, solo por el dinero había fracasado, etc., pero el tono con que lo dijo demostraba que no creía en todo aquello. Además, enseguida, inesperadamente, trazó nuevos planes. Puesto que no había conseguido probar su culpa y, como consecuencia, tampoco podía lograr más por las vías oficiales, tenía que pasar a las súplicas y dirigirse personalmente a los funcionarios. Sin duda había entre ellos algunos de alma buena y compasiva, que no podían dejarse ablandar en el servicio, pero sí fuera del servicio si se los sorprendía en el momento apropiado.»

Aquí, K., que hasta entonces había escuchado a Olga totalmente absorto, interrumpió su relato preguntando: «¿Y eso no te parece bien?». Sin duda la continuación del relato le daría la respuesta, pero quería saberla enseguida.

«No», dijo Olga, «no se puede hablar de compasión ni de nada parecido. Por jóvenes e inexpertos que fuéramos, eso al menos lo sabíamos, y también nuestro padre lo sabía, naturalmente, aunque lo había olvidado; eso, lo mismo que la mayor parte del resto. Se había trazado el plan de situarse en las proximidades del castillo, en la carretera por donde pasaban los coches de los funcionarios y, cada vez que pudiera, formular su solicitud de perdón. Dicho con franqueza, un plan totalmente irracional, aunque hubiera ocurrido lo imposible y su ruego hubiera llegado verdaderamente a oídos de algún funcionario. ¿Puede perdonar un solo funcionario? Eso podría ser, a lo sumo, competencia de toda la administración, pero ni siquiera esta, probablemente, puede perdonar, sino solo juzgar. Sin embargo, un funcionario, aunque bajase del coche y quisiera ocuparse del asunto, ¿podría hacerse una idea de él por lo que nuestro padre, aquel hombre pobre, cansado y envejecido, le murmurase? Los funcionarios son muy cultos, pero solo de una forma parcial; en su especialidad, un funcionario deduce enseguida de una sola palabra razonamientos enteros, pero ya se le puede explicar durante horas cosas de otro departamento: tal vez asienta cortésmente, pero no entenderá una palabra. Todo eso resulta evidente si uno mismo busca los pequeños asuntos administrativos que lo afectan, cosas mínimas que un funcionario resuelve encogiéndose de hombros; si trata de entenderlos a fondo, necesitará toda la vida y no llegará al final. Sin embargo, aunque nuestro padre hubiera tropezado con un funcionario competente, este no habría podido hacer nada sin los expedientes y, sobre todo, no en la carretera; un funcionario no puede perdonar, sino solo resolver administrativamente y, para ello, tiene que remitirse otra vez a la vía oficial, en la que nuestro padre había fracasado ya totalmente al tratar de lograr algo. ¡Qué lejos tenía que haber llegado ya nuestro padre para querer imponerse con ese nuevo plan! Si existiera alguna posibilidad de esa clase, aun la más lejana, la carretera pulularía de peticionarios, pero, como se trata de una imposibilidad que a uno le meten en la cabeza ya en la escuela más elemental, la carretera está completamente vacía. Tal vez eso confirmaba a nuestro padre en su esperanza, a la que alimentaba por todos los medios. Le hacía mucha falta; una razón sana no tenía que dejarse arrastrar a grandes lucubraciones, tenía que reconocer ya esa imposibilidad en lo más externo. Cuando los funcionarios se dirigen en coche al pueblo o vuelven al castillo, no hacen excursiones de placer; en el pueblo y en el castillo los aguarda su trabajo, y por eso van a la mayor velocidad. Tampoco se les ocurre mirar por la ventana del coche para buscar fuera pedigüeños, sino que los coches van atiborrados de expedientes que los funcionarios estudian.»

«Yo, sin embargo», dijo K., «vi el interior del trineo de un funcionario en el que no había expedientes.» El relato de Olga le abría un mundo tan vasto y casi tan increíble, que no podía evitar mezclarlo con sus pequeñas experiencias, para convencerse tanto de la existencia de ese mundo como de la suya propia.

«Es posible», dijo Olga, «pero entonces es peor aún, porque el funcionario tiene asuntos tan importantes que los expedientes son demasiado preciosos o demasiado voluminosos para poderlos llevar consigo, y esos funcionarios van entonces al galope. En cualquier caso, para nuestro padre nadie tenía tiempo. Y además, hay muchos accesos al castillo. Unas veces está uno de moda, y entonces la mayoría va por él, y otras otro, por el que todos se precipitan. No se ha averiguado aún con arreglo a qué criterios se realiza ese cambio. Unas veces, a las ocho de la mañana, todos van por una carretera: media hora más tarde todos otra vez por otra; diez minutos más tarde otra vez por una tercera; media hora más tarde quizá otra vez por la primera y siguen por ella todo el día, aunque a cada instante existe la posibilidad de un cambio. Es verdad que todas las carreteras de acceso se unen en las proximidades del pueblo, pero allí todos los coches van a toda velocidad, mientras que en las proximidades del castillo la velocidad es algo más moderada. Pero así como el orden de salida por las carreteras es irregular y no puede preverse, lo mismo ocurre con el número de coches. A menudo hay días en que no se ven coches, pero luego vuelven a pasar en gran número. E imagínate a nuestro padre frente a todo eso. Con su mejor traje –pronto será el único–, sale todos los días de casa, acompañado de nuestra bendición. Se lleva una pequeña insignia de bombero, que en realidad ha conservado sin derecho a ello, para ponérsela fuera del pueblo; tiene miedo de mostrarla en el pueblo mismo, aunque es tan pequeña que apenas se ve a dos pasos, pero en opinión de nuestro padre resulta apropiada para atraer sobre él la atención de los funcionarios que pasan. No lejos de la entrada del castillo hay un establecimiento de horticultura, pertenece a cierto Bertuch, suministra verduras al castillo, y allí, sobre la estrecha base de piedra de la verja del huerto, nuestro padre eligió su sitio. Bertuch lo toleró, porque en otro tiempo fue amigo de nuestro padre, que era también uno de sus clientes más fieles; tiene un pie algo deforme y creía que solo nuestro padre era capaz de hacerle botas apropiadas. Allí se sentaba nuestro padre día tras día, era un otoño gris y lluvioso, pero el tiempo que hacía lo dejaba totalmente indiferente; por las mañanas, a una hora determinada, ya tenía la mano en el tirador de la puerta y nos decía adiós con un gesto; por las noches volvía –parecía cada día más encorvado–, totalmente empapado, y se dejaba caer en un rincón. Al principio nos contaba los pequeños incidentes, por ejemplo que Bertuch, por compasión y vieja amistad, le había tirado una manta por encima de la verja, o que había creído reconocer a este o aquel funcionario en un coche que pasaba, o que algún cochero lo había reconocido a él y, bromeando, lo había rozado ligeramente con el látigo. Más tarde dejó de contar esas cosas, evidentemente no esperaba conseguir ya nada allí, solo consideraba su deber, su monótono oficio, ir allí y pasar allí el día. En aquella época comenzaron sus dolores reumáticos, el invierno se acercaba, cayeron nevadas tempranas, aquí el invierno comienza muy pronto; de vez en cuando él se sentaba en una piedra mojada por la lluvia, otras veces en la nieve. Por las noches gemía de dolor, por las mañanas se sentía a veces inseguro de si debía ir, pero luego se dominaba e iba. Nuestra madre se aferraba a él y no quería dejarlo ir; él, probablemente temeroso a causa de sus miembros que ya no le obedecían, le permitía que lo acompañase, de forma que también nuestra madre fue acometida por los dolores. A menudo íbamos a verlos, les llevábamos de comer o íbamos solo a visitarlos, o bien queríamos convencerlos para que volvieran a casa; cuántas veces los encontrábamos allí, hundidos los dos y apoyados el uno en el otro en su estrecho asiento, acurrucados bajo una delgada manta que apenas los cubría, a su alrededor nada más que el gris de la nieve y la niebla, y a la redonda y durante días ni una persona ni un coche; qué espectáculo, K., ¡qué espectáculo! Hasta que una mañana nuestro padre no pudo sacar ya sus piernas rígidas de la cama; estaba inconsolable, en su ligero delirio creía ver cómo, precisamente entonces, allí arriba, un coche se detenía junto a Bertuch, descendía un funcionario, buscaba a nuestro padre en la verja y, moviendo la cabeza enfadado, volvía al coche. Nuestro padre lanzaba tales gritos que era como si quisiera hacerse notar desde allí a los funcionarios de arriba y explicarles que no tenía la culpa de su ausencia. Que se convirtió en una larga ausencia: él no volvió más allí y, durante semanas, tuvo que guardar cama. Amalia se encargó del servicio, de los cuidados, del tratamiento, de todo y, con interrupciones, ha continuado haciéndolo realmente hasta hoy. Conoce hierbas medicinales que calman los dolores, casi no necesita dormir, nunca se asusta, no teme nada, nunca se impacienta, hace todo el trabajo de nuestros padres; mientras nosotros, sin poder ayudar en nada, revoloteábamos inquietos, ella permanecía fría y tranquila en todo. Sin embargo, cuando pasó lo peor y nuestro padre, con precaución y sostenido a derecha e izquierda, pudo volver a salir del lecho, Amalia se retiró enseguida y nos lo dejó.»

20

Los planes de Olga

«Ahora había que encontrar otra vez alguna ocupación para nuestro padre de la que todavía fuera capaz, alguna cosa que, al menos, lo mantuviera en la creencia de que servía para descargar a la familia de su culpa. En el fondo, no era difícil encontrar algo por el estilo, cualquier cosa era tan útil como sentarse ante el huerto de Bertuch, pero yo encontré algo que hasta a mí me dio esperanzas. Siempre que ante funcionarios o escribientes, o donde fuera, se había hablado de nuestra culpa, se había mencionado solo, una y otra vez, la ofensa al mensajero de Sortini; nadie se atrevía a ir más allá. Ahora bien, me dije, si la opinión general, aunque solo sea en apariencia, conoce únicamente la ofensa al mensajero, podríamos repararlo todo, aunque solo fuera también en apariencia, si consiguiéramos reconciliarnos con el mensajero. Al fin y al cabo no se ha presentado ninguna querella, según nos han explicado, ninguna oficina tiene en sus manos el asunto y, por consiguiente, el mensajero es libre de perdonar en lo que a su persona se refiere, y no se trata de más. Todo eso no podía tener importancia decisiva, era solo una apariencia y tampoco podía tener más que una apariencia por resultado, pero a nuestro padre lo alegraría y, con ello, quizá se podría poner en un aprieto a las muchas personas que le daban informaciones que tanto lo atormentaban. Lo primero era, evidentemente, encontrar al mensajero. Cuando le conté el plan a nuestro padre, al principio se enfadó mucho; efectivamente, se había vuelto sumamente obstinado: por una parte creía —eso se había desarrollado durante su enfermedad— que siempre le habíamos impedido alcanzar el éxito definitivo, primero interrumpiendo nuestra ayuda financiera y luego manteniéndolo en cama, y por otra no era ya capaz de aceptar por completo ideas ajenas. No había terminado yo de hablar cuando él había rechazado ya mi plan; en su opinión, debía seguir esperando junto al huerto de Bertuch y como, sin duda, no estaba ya en condiciones de ir diariamente allí, teníamos que llevarlo nosotros en el carrito de mano. Sin embargo, yo no cedí y poco a poco se fue reconciliando con la idea; lo único que le molestaba de ella era que, en aquello, dependía de mí por completo, porque solo yo había visto al mensajero y él no lo conocía. Evidentemente, todos los servidores se parecen, y tampoco yo estaba completamente segura de que reconocería a aquel. Comenzamos a ir a la Posada de los Señores y a buscar entre los servidores. Había sido servidor de Sortini y Sortini no bajaba ya al pueblo, pero esos señores cambian a menudo de servidores, se podía encontrar muy bien al mensajero en el grupo de otro señor y, si no se lo encontraba, quizá se podría tener noticias de él por otro servidor. Era cierto que, para ese fin, había que ir todas las noches a la Posada de los Señores y que en ninguna parte éramos bien vistos, y menos en un lugar así; no podíamos presentarnos como clientes de pago. Sin embargo, resultó que podían necesitarnos; sabes muy bien qué plaga eran los servidores para Frieda; en el fondo la mayoría de las veces son gente tranquila, mal acostumbrados por el servicio y que se han convertido en comodones; "¡Que tengas vida de servidor!" es una fórmula de bendición que utilizan los funcionarios y realmente, en lo que se refiere a vivir bien, los servidores son, al parecer, los verdaderos señores del castillo; saben también apreciarlo, y en el castillo, en donde viven sometidos a sus leyes, son silenciosos y dignos, muchas veces me lo han confirmado y también aquí se encuentran entre los servidores vestigios de ello; pero solo vestigios, porque normalmente, como las leyes del castillo no se aplican en absoluto, están como cambiados: son una gente salvaje e indisciplinada, dominada por sus instintos insaciables y no por las leyes. Su desvergüenza no conoce límites, y es una suerte para el pueblo que solo si se les ordena puedan dejar la Posada de los Señores, si bien en la posada misma hay que contemporizar con ellos; a Frieda eso le resultaba muy difícil y por eso se sintió muy satisfecha de poder utilizarme a mí para tranquilizar a los servidores; desde hace más de dos años, por lo menos dos veces por semana, paso la noche con ellos en la cuadra. Antes, cuando nuestro padre podía acompañarme aún a la Posada de los Señores, él dormía en algún lado en la taberna y aguardaba las noticias que yo le llevaría por la mañana. Eran poca cosa. Al mensajero que buscábamos no lo hemos encontrado hasta hoy; al parecer sigue estando al servicio de Sortini, que lo aprecia mucho y, al parecer, siguió a Sortini cuando este se retiró a las secretarías más alejadas. La mayoría de los servidores no lo han visto en tanto tiempo como nosotros, y si alguno pretende haberlo visto entretanto, se trata sin duda de un error. Así, mi plan ha fracasado real, aunque no totalmente; es verdad que no hemos encontrado al mensajero y los trayectos hasta la Posada de los Señores y las noches allí pasadas, y quizá incluso la compasión hacia mí, en la medida en que todavía es capaz de ella, han dado a nuestro padre el golpe de gracia, y que desde hace casi dos años está en el estado en que lo has visto; y sin embargo está quizá mejor que nuestra madre, cuyo fin aguardamos todos los días y solo se retrasa por los esfuerzos sobrehumanos de Amalia. Sin embargo, lo que he conseguido en la Posada de los Señores es cierta relación con el castillo; no me desprecies si digo que no me arrepiento de lo que he hecho. ¿Qué relación tan importante puede ser esa con el castillo?, te preguntarás quizá. Y tienes razón, no es una relación importante. Es verdad que ahora conozco a muchos servidores, casi a los servidores de todos los señores que en los últimos años han venido al pueblo y, si alguna vez tuviera que ir al castillo, no me sentiría allí extraña. Evidentemente, son solo servidores en el pueblo, pero en el castillo son muy distintos y probablemente no reconocen a nadie y muy especialmente a nadie que hayan tratado en el pueblo, aunque te hayan jurado cien veces en la cuadra que se alegrarán mucho de volver a verte en el castillo. Por lo demás, he aprendido también lo poco que significan todas esas promesas. Sin embargo, eso no es lo más importante. No solo tengo una relación con el castillo a través de los propios servidores, sino que quizá también –así lo espero– alguien, que me observa desde arriba y que observa lo que hago –y la administración de esos numerosos servidores es evidentemente una parte muy importante y seria del trabajo de la administración–, ese alguien que me observa así quizá llegue a tener de mí un juicio más favorable que otro, y reconozca quizá que yo, aunque sin duda de una forma lastimosa, lucho también por nuestra familia y continúo los esfuerzos de nuestro padre. Si miran las cosas así, quizá me perdonen también que acepte dinero de los servidores y lo utilice para nuestra familia. Y hay otra cosa que he logrado, aunque seguramente me la reprocharás también. He aprendido de los criados muchas cosas sobre cómo se puede, mediante rodeos, entrar al servicio del castillo sin seguir el procedimiento de ingreso oficial, difícil y que dura años; verdad es que no se es entonces empleado público, sino solo en secreto y semiadmitido, y no se tienen derechos ni obligaciones; no tener obligaciones es lo peor, pero se tiene una cosa: como se está cerca de todo, se puede conocer y aprovechar ocasiones favorables; no se es empleado, pero se puede encontrar casualmente algún trabajo: un empleado no está en ese momento a mano, hay una llamada, se apresura uno, y se convierte en lo que un instante antes no era, en empleado. De todas formas, ¿cuándo se encuentra una ocasión así? A veces enseguida, apenas se ha llegado, apenas se ha echado una ojeada alrededor se presenta ya la ocasión, aunque no todo el mundo tiene presencia de ánimo para aprovecharla siendo recién llegado; pero otras veces dura más años que el procedimiento público de ingreso, y alguien así semiadmitido no puede ser aceptado públicamente con arreglo a derecho. Hay también bastantes objeciones que oponer a eso; pero se disipan ante el hecho de que, en el ingreso oficial, la elección es muy difícil y un miembro de una familia de mala reputación está rechazado de antemano; una persona así se somete, por ejemplo, a ese proceso, tiembla durante años por los resultados, y por todas partes le preguntan con asombro, desde el primer día, cómo puede atreverse a hacer algo tan desesperado; él, sin embargo, confía, ¿cómo podría vivir si no?, pero al cabo de muchos años, tal vez ya anciano, se entera de que lo han rechazado, se entera de que todo se ha perdido y de que su vida ha sido inútil. También en esto hay, evidentemente, excepciones, y por eso se deja tentar la gente tan fácilmente. Ocurre que sean precisamente personas de mala fama las que en definitiva son aceptadas; hay funcionarios a los que, literalmente a su pesar, les gusta el olor de esa caza, en los exámenes de ingreso olfatean el aire, tuercen la boca, revuelven los ojos; un hombre así les parece, en cierto modo, enormemente apetitoso, y tienen que atenerse muy estrictamente a sus libros de leyes para poder resistirlo. A veces, es verdad, todo eso no ayuda al hombre a ser admitido sino solo a la interminable prolongación de su proceso de ingreso, que no termina sino que, tras la muerte del hombre, se ve simplemente interrumpido. Por ello, tanto la admisión legal como la otra están llenas de dificultades abiertas y ocultas y, antes de dejarse arrastrar a algo así, resulta muy aconsejable sopesarlo todo muy bien. No dejábamos de hacerlo Barnabas y yo. Siempre, cuando yo volvía de la Posada de los Señores, nos sentábamos juntos, yo le contaba lo más reciente que había sabido, hablábamos durante días enteros, y el trabajo permanecía en las manos de Barnabas más tiempo del conveniente. Y en eso he podido ser culpable, en el sentido que tú dices. Sabía, sin embargo, que no había que confiar mucho en lo que contaban los criados. Sabía que nunca tenían ganas de hablar del castillo, siempre desviaban la atención hacia otra cosa y había que mendigarles cada palabra, pero luego, evidentemente, cuando comenzaban, se dejaban arrastrar, decían tonterías, grandes cosas, y se superaban mutuamente en exageraciones e invenciones, de forma que, evidentemente, todo aquel griterío interminable, en el que se relevaban mutuamente en la oscura cuadra, solo contenía, en el mejor de los casos, algunas parcas insinuaciones de verdad. Yo, sin embargo, se lo contaba todo a Barnabas, tal como lo había entendido, y él, que todavía no era capaz de distinguir entre lo verdadero y lo falso y, como consecuencia de la situación de nuestra familia, se moría de ganas de saber esas cosas, lo absorbía todo, ardiendo en deseos de saber más. Y efectivamente, en Barnabas se basaba mi nuevo plan. De los criados no se podía sacar ya nada. Era imposible encontrar al mensajero de Sortini y no se le encontraría nunca; Sortini parecía retraerse cada vez más y, con él, también su mensajero; a menudo, su aspecto y su nombre habían caído ya en el olvido y, con frecuencia, yo tenía que describirlos largamente para conseguir solo que se los recordara con esfuerzo, pero sin poder decir nada de ellos. Y en cuanto a mi vida con los criados, naturalmente, yo no tenía ninguna influencia en cómo era juzgada, solo podía esperar que se aceptarían las cosas tal como yo las hacía y que, a cambio, se libraría a nuestra familia de algo de su culpa, pero de ello no tenía ningún signo externo. Sin embargo, no desistía, ya que, por mi parte, no veía otra posibilidad de lograr nada en el castillo para nosotros. Para Barnabas, sin embargo, vi una posibilidad. De los relatos de los criados se podía deducir, si se tenía ganas —y yo tenía muchas—, que alguien admitido al servicio del castillo podía conseguir muchas cosas para su familia. ¿Hasta qué punto eran creíbles esos relatos? Era imposible de determinar, pero era evidente que muy poco. Porque si, por ejemplo, un criado, al que yo nunca volvería a ver o al que, si volvía a verlo, apenas reconocería, me aseguraba solemnemente que ayudaría a mi hermano a conseguir un empleo en el castillo o que, al menos, si Barnabas iba de algún modo al castillo, lo sostendría, es decir le daría algo para reponerse, porque, según contaban los criados, solía ocurrir que los aspirantes a empleos se desmayaran o perdieran el sentido durante las larguísimas esperas y entonces estaban perdidos si no tenían amigos que los cuidaran... Cuando me contaban esas cosas y muchas otras, se trataba probablemente de advertencias justificadas, pero las correspondientes promesas eran totalmente vanas. No para Barnabas; yo le advertía que no se las creyera, pero el simple hecho de que se las contase bastaba para ganármelo para mis planes. Lo que yo añadía le impresionaba poco; lo que le impresionaba principalmente eran los relatos de los criados. Y, de esa forma, yo estaba realmente abandonada por completo a mí misma; con nuestros padres nadie podía entenderse salvo Amalia, y cuanto más proseguía yo, a mi modo, los antiguos planes de nuestro padre, tanto más se me cerraba Amalia; ante ti o los otros me habla, sola ya no; para los criados de la Posada de los Señores yo era un juguete que se esforzaban por romper con rabia; durante esos dos años no tuve con ellos ni una sola palabra de intimidad, nada más que cosas insidiosas, mentirosas o insensatas; de modo que solo me quedaba Barnabas, y Barnabas era todavía muy joven. Cuando, en mis relatos, veía el resplandor de sus ojos, que desde entonces ha conservado, me asustaba pero no cejaba, porque lo que estaba en juego me parecía demasiado importante. Evidentemente, yo no tenía los planes de mi padre, grandes aunque vanos, no tenía la decisión de los hombres; me limitaba a la reparación de la ofensa del mensajero y pretendía incluso que esa modestia se considerase un mérito. Sin embargo, lo que no había conseguido sola quería lograrlo ahora, de otro modo y con seguridad, por medio de Barnabas. Habíamos ofendido a un mensajero y lo habíamos ahuyentado de las primeras secretarías, ¿qué más natural que ofrecer, con la persona de Barnabas, un nuevo mensajero? Hacer el trabajo del mensajero ofendido por medio de Barnabas, permitiendo así que el ofendido permaneciera tranquilo en su lejanía, tanto como quisiera, tanto tiempo como necesitara para olvidar la ofensa. Comprendía muy bien que a pesar de toda la modestia de ese plan, también había en él arrogancia, que podía dar la impresión de que queríamos dictar a la administración la forma en que tenía que arreglar los asuntos de personal o dudábamos de que la administración, por sí sola, pudiera decidir lo mejor e, incluso, lo hubiera decidido hacía tiempo, antes de que nosotros hubiéramos tenido siquiera la idea de que había que hacer algo. Sin embargo, creía también que era imposible que la administración me interpretara tan mal o que, si lo hacía, lo hacía deliberadamente, es decir que, de antemano y sin más examen, todo lo que yo hiciera quedaba descartado. De modo que no cejé, y la ambición de Barnabas hizo el resto. En esa época de los preparativos, Barnabas se volvió tan orgulloso que encontraba demasiado sucio el trabajo de zapatero para él, un futuro empleado de secretaría, e incluso se atrevía a contradecir a Amalia, y de hecho, por principio, cuando ella, muy raras veces, le decía algo. Yo le permitía de buena gana ese pequeño placer, porque el primer día que fuimos al castillo, como era fácil de prever, el placer y el orgullo desaparecieron. Entonces comenzó ese servicio aparente del que ya te he hablado. Fue sorprendente cómo Barnabas, sin dificultades, entró por primera vez en el castillo o, mejor dicho, en aquella secretaría que, por decirlo así, se ha convertido en su lugar de trabajo. Ese éxito me volvió entonces casi loca; cuando Barnabas, por la noche, me lo susurró al llegar a casa, corrí a ver a Amalia, la cogí en mis brazos, la apreté contra un rincón y la besé con labios y dientes, de forma que lloró de susto y de dolor. Yo no podía decir nada por la excitación, y además hacía mucho tiempo que no hablábamos; yo lo iba aplazando de un día a otro. Evidentemente, los días que siguieron no hubo nada más que decir. Las cosas quedaron en lo que tan rápidamente se había conseguido. Durante dos años, Barnabas llevó aquella vida monótona y que encogía el corazón. Los criados no respondieron en absoluto; le di a Barnabas una cartita en la que lo recomendaba a su atención y les recordaba al mismo tiempo sus promesas, y Barnabas, en cuanto veía a un criado, sacaba la carta y se la tendía, pero, aunque sin duda tropezaba a veces con criados que no me conocían, y aunque para los conocidos aquella forma de mostrarles la carta en silencio –porque Barnabas, arriba, no se atreve a hablar– resultaba irritante, fue una vergüenza que nadie lo ayudara y fue un alivio, que evidentemente nos hubiéramos podido proporcionar nosotros mismos y desde hacía tiempo, el que un criado, al que quizá había presentado ya la carta varias veces, la arrugara y la tirase a un cesto de papeles. Se me ocurrió que casi hubiera podido decir al hacerlo: "Así debéis tratar también vuestras cartas". Aunque, por lo demás, toda esa época fue inútil, en Barnabas produjo un efecto favorable, si se quiere llamar favorable el que envejeciera prematuramente y se convirtiera prematuramente en hombre, incluso, en muchos aspectos, más serio y perspicaz de lo que comporta la madurez. A menudo, a mí me entristece mucho verlo y compararlo con el joven que era aún hace dos años. Y, sin embargo, no tengo el consuelo ni el apoyo que, como hombre, podría darme quizá. Sin mí, difícilmente hubiera ido al castillo pero, desde que está allá, se ha independizado. Soy su única confidente, pero sin duda me cuenta solo una pequeña parte de lo que le preocupa. Me habla mucho del castillo, pero, por sus relatos, por las pequeñas cosas que me cuenta, no se puede comprender, ni mucho menos, cómo eso puede haberlo cambiado. Especialmente, no se puede comprender por qué ahora, de hombre, ha perdido allí arriba por completo el valor que, de joven, era la desesperación de todos nosotros. Evidentemente, ese estar allí en vano, aguardando un cambio día tras día, y una y otra vez de nuevo y sin esperanza alguna, agota y hace dudar y, finalmente, incapacita incluso tanto para cualquier otra cosa como para ese mismo estar desesperado. Pero ¿por qué no ofreció Barnabas ya antes alguna resistencia? Sobre todo porque se dio cuenta pronto de que yo tenía razón y de que allí no había nada que pudiera satisfacer su ambición, pero sí quizá mejorar la situación de nuestra familia. Porque allí, exceptuados los caprichos de los servidores, todo se desarrolla muy modestamente; la ambición busca su satisfacción en el trabajo y como, al hacerlo, es el asunto mismo lo que predomina, esa ambición se pierde por completo, no hay allí lugar para deseos infantiles. Sin embargo, sin duda creía ver claramente Barnabas, según me contaba, qué grandes eran el poder y la sabiduría misma de aquellos funcionarios, aunque francamente discutibles, en cuyas oficinas podía estar. Cómo dictaban, rápidamente, con los ojos entornados y breves gestos de la mano; cómo, con el dedo índice, despachaban sin decir palabra a aquellos servidores refunfuñones, que en esos instantes, respirando con dificultad, sonreían felices; o cómo encontraban un pasaje importante en sus libros, golpeaban de plano en ellos y, en la medida en que la estrechez del espacio lo permitía, los otros acudían corriendo y estiraban el cuello para verlo. Esas y otras cosas parecidas hacían que Barnabas tuviera un alto concepto de aquellos hombres, y tuviera la impresión de que, si llegaba a atraer su atención y pudiera intercambiar con ellos unas palabras, no como extraño sino como compañero de secretaría —bien es verdad que de categoría subordinada—, podría conseguir cosas indescriptibles para nuestra familia. Pero las cosas no han llegado tan lejos y Barnabas no se atreve a hacer nada que pueda acercarlo, a pesar de que sabe muy bien que, pese a su juventud, ha ascendido dentro de nuestra familia, por nuestras desgraciadas circunstancias, a la posición cargada de responsabilidades de un padre de familia. Y ahora, para confesarte todavía lo último: tú llegaste hace una semana. En la Posada de los Señores oí mencionarlo a alguien, pero no me ocupé de ello: había venido un agrimensor, yo ni siquiera sabía qué era eso. Pero a la noche siguiente llega Barnabas antes de lo normal —yo solía andar, a una hora determinada, un trecho del camino para salir a su encuentro—, ve a Amalia en el cuarto, me lleva por ello a la calle, aprieta el rostro contra mi hombro y llora unos minutos. Es otra vez el muchacho de antes. Le ha ocurrido algo a lo que no sabe hacer frente. Es como si se hubiera abierto ante él de pronto un mundo totalmente nuevo y no pudiera soportar la felicidad y las preocupaciones de todas esas novedades. Y, sin embargo, lo único que le ha ocurrido es que ha recibido una carta para entregártela. Pero esa carta es, evidentemente, el primer trabajo que se le ha confiado nunca.»

Olga se interrumpió. Reinaba el silencio, salvo la respiración, a veces ronca, de los padres. K. dijo sin reflexionar, como para completar el relato de Olga: «Ante mí habéis fingido. Barnabas me entregó la carta como un viejo mensajero muy ocupado, y tú, lo mismo que Amalia, que por esa vez estaba también de acuerdo con vosotros, fingisteis que el servicio de mensajero y la carta eran solo algo secundario». «Tienes que distinguir entre nosotros», dijo Olga. «A causa de esas dos cartas, Barnabas volvió a ser un niño feliz, a pesar de todas las dudas que tiene sobre su actividad. Esas dudas solo las tiene ante él y ante mí, pero ante ti hace cuestión de honor presentarse como un auténtico mensajero. Así, por ejemplo, a pesar de que sus esperanzas de obtener un traje oficial aumenten, tuve que arreglarle los pantalones en dos horas a fin de que, por lo menos, fueran parecidos a los pantalones ceñidos del traje oficial y pudiera quedar bien ante ti, que, en ese aspecto, eras todavía, naturalmente, fácil de engañar. Ese es Barnabas. Amalia, sin embargo, desprecia realmente el servicio de mensajero y ahora, cuando él parece haber tenido algo de éxito, como puede comprender fácilmente al vernos a Barnabas y a mí sentados juntos y cuchicheando, ahora lo desprecia todavía más que antes. Por consiguiente, ella dice la verdad, nunca te engañes dudándolo. Sin embargo, cuando yo, K., hablo mal de las funciones de mensajero, no lo hago con intención de engañarte, sino por miedo. Esas dos cartas, que llegaron hasta aquí por mano de Barnabas son, desde hace tres años, el primer signo de gracia, aunque todavía bastante dudoso, que nuestra familia ha recibido. Ese cambio, si es que se trata de un cambio y no de una ilusión –las ilusiones son más corrientes que los cambios–, está en relación con tu llegada aquí, nuestro destino ha entrado en cierta dependencia de ti, quizá esas dos cartas sean solo un comienzo y la actividad de Barnabas se amplíe más allá de su servicio de mensajero contigo –así lo esperaremos mientras podamos–, pero de momento todo apunta solo hacia ti. Allí arriba tenemos que contentarnos con lo que nos asignen, pero aquí abajo quizá podamos hacer algo nosotros mismos: asegurarnos tu favor o, por lo menos, evitar tu aversión y, lo que es más importante, protegerte con todas nuestras fuerzas y experiencia, para que esa relación con el castillo –de la que quizá podríamos vivir– no se pierda. ¿Cómo orientar todo eso del mejor modo? De forma que no sospeches de nosotros cuando nos acerquemos a ti, porque aquí eres forastero y por eso, sin duda, lleno de sospechas hacia todo, lleno de sospechas justificadas. Además, la verdad es que nos desprecian y en ti influye la opinión general, especialmente la de tu novia. ¿Cómo podemos acercarnos a ti sin enfrentarnos, por ejemplo, con tu novia, aunque no tengamos en absoluto intención de ello, hiriéndote así? Y los mensajes, que yo, antes de que tú los recibieras, leí atentamente –Barnabas no los ha leído, como mensajero no puede hacerlo–, a primera vista no me parecieron muy importantes, sino anticuados, y perdían toda importancia al subordinarte al alcalde. ¿Cómo debíamos comportarnos a ese respecto contigo? Si subrayábamos su importancia, nos haríamos sospechosos de sobrestimar cosas evidentemente poco importantes, de querer presumir ante ti de ser los portadores de esas noticias, de perseguir nuestros fines y no los tuyos, incluso podríamos desvalorizar así a tus ojos los propios mensajes y, de esa forma, engañarte sin querer. Si no atribuíamos mucho valor a las cartas, nos haríamos igualmente sospechosos, pues ¿por qué nos ocupábamos entonces de entregar cartas sin importancia? ¿Por qué se contradecían nuestros hechos y nuestras palabras? ¿Por qué engañábamos así no solo al destinatario sino también a nuestro remitente, que sin duda no nos había entregado las cartas para que, con nuestras declaraciones, las desvalorizásemos ante su destinatario? Y mantener el término medio entre las exageraciones, es decir, juzgar exactamente esas cartas, resulta imposible; ellas mismas cambian continuamente de valor, las reflexiones a que dan lugar son infinitas y en qué punto te detengas estará determinado solo por la casualidad, es decir, también esa opinión es casual. Y si además se mezcla el miedo hacia ti, entonces todo se confunde; no debes juzgar mis palabras demasiado severamente. Cuando, por ejemplo, como ha ocurrido ya una vez, Barnabas vuelve con la noticia de que no estás contento de sus servicios de mensajero y, ante ese primer sobresalto y, por desgracia, también por falta de sensibilidad como mensajero, se ha ofrecido a dimitir de ese servicio, entonces soy capaz, para reparar la falta, de engañar, mentir, estafar o hacer cualquier maldad, si sirve de algo. Pero lo hago, o al menos así lo creo, tanto por ti como por nosotros.»

Llamaron. Olga corrió a la puerta y abrió. En la oscuridad, un rayo de luz cayó de una linterna sorda. El tardío visitante hizo preguntas en susurros y recibió una respuesta igualmente en susurros, pero no quiso contentarse con ella y pretendió entrar en la habitación. Olga, sin duda, no podía contenerlo y por eso llamó a Amalia, de la que esperaba evidentemente que, para proteger el sueño de sus padres, utilizaría todos los medios para alejar al visitante. Efectivamente, Amalia llegaba ya presurosa, empujó a un lado a Olga, salió a la calle y cerró la puerta tras sí. La cosa duró solo un instante, y enseguida Amalia volvió: tan deprisa había logrado lo que para Olga era imposible.

K. supo entonces por Olga que la visita tenía relación con él: había sido uno de los ayudantes, que lo buscaba por encargo de Frieda. Olga dijo que había querido proteger a K. del ayudante; si K. quería luego confesar a Frieda su visita, podría hacerlo, pero no debía descubrirla por los ayudantes; K. estuvo de acuerdo. Sin embargo, declinó la oferta de Olga de pasar allí la noche y aguardar a Barnabas; en principio, quizá la hubiera aceptado, porque era ya noche avanzada y le parecía que ahora, lo quisiera o no, estaba vinculado a aquella familia de tal modo que pasar la noche allí, quizá penoso por otras razones, era para él lo más natural en todo el pueblo, habida cuenta de esa vinculación, pero sin embargo rehusó; la visita del ayudante lo había asustado; no comprendía cómo Frieda, que conocía su voluntad, y los ayudantes, que habían aprendido a temerlo, se habían puesto de acuerdo nueva- mente de modo que Frieda no había vacilado en enviarle a un ayudante; a uno solo además, mientras que el otro, sin duda, se había quedado con ella. Le preguntó a Olga si tenía un látigo; no lo tenía, pero sí una buena vara de mimbre, que él cogió; luego preguntó si había otra sali- da de la casa; había una por el patio, pero había que tre- par luego la valla del vecino y atravesar su jardín para lle- gar a la calle. Eso quiso hacer K. Mientras Olga lo llevaba por el patio y hasta la valla, K. trató de tranquilizarla rá- pidamente en sus preocupaciones, y le explicó que no es- taba enfadado en absoluto por los pequeños retoques que ella había dado a su relato, sino que la entendía muy bien; le agradeció la confianza que tenía en él y que había pro- bado con ese relato, y le encargó que enviase a Barnabas a la escuela en cuanto volviera, aunque fuera de noche to- davía. Era cierto que los mensajes de Barnabas no eran su única esperanza, porque de otro modo su situación hu- biera sido muy mala, pero tampoco quería renunciar a ellos de ningún modo; quería atenerse a ellos sin olvidar a Olga, porque más importante casi que los mensajes era para él la propia Olga, su valor, su prudencia, su inteli- gencia, su sacrificio por la familia. Si tuviera que elegir entre Olga y Amalia, no tendría que pensarlo mucho. Y le apretó aún cariñosamente la mano, mientras se subía ya a la valla del jardín vecino.

Una vez en la calle, vio todavía más arriba, ante la casa de Barnabas, en la medida en que la oscura noche lo per- mitía, al ayudante que iba de un lado a otro; a veces se detenía y trataba de iluminar la sala a través de las corti- nas de la ventana. K. lo llamó; sin asustarse visiblemente, el ayudante dejó de espiar la casa y se acercó a K. «¿A quién buscas?», le preguntó K., probando en su muslo la flexibilidad de la vara de mimbre. «A ti», dijo el ayudante acercándose. «Pero ¿quién eres?», dijo K. de pronto, porque aquel no parecía su ayudante. Parecía más viejo, más cansado, más arrugado, pero de rostro más lleno, y también su forma de andar era muy distinta de la forma de andar viva, como de articulaciones electrizadas, de sus ayudantes; era lenta, un poco renqueante, más bien enfermiza. «¿No me conoces?», preguntó el hombre. «Soy Jeremias, tu antiguo ayudante.» «¿Ah, sí?», dijo K., sacando otra vez un poco la vara de mimbre que había escondido a su espalda. «Pero tienes un aspecto muy diferente.» «Quizá sea porque estoy solo», dijo Jeremias. «Cuando estoy solo, desaparece también mi alegre juventud.» «¿Dónde está Artur?», preguntó K. «¿Artur?», preguntó Jeremias. «¿Nuestro querido pequeño? Ha dejado el servicio. La verdad es que has sido un poco duro con nosotros. Esa alma delicada no lo ha soportado. Ha regresado al castillo y ha presentado una queja contra ti.» «¿Y tú?», preguntó K. «Yo he podido quedarme», dijo Jeremias: «Artur deposita su queja también en mi nombre.» «¿Y de qué os quejáis?», preguntó K. «De que tú», dijo Jeremias, «no sabes aguantar una broma. ¿Qué te hemos hecho? Hemos bromeado un poco, nos hemos reído un poco, nos hemos burlado un poco de tu novia. Todo lo demás ha estado de acuerdo con nuestro mandato. Cuando Galater nos envió a ti...» «¿Galater?», preguntó K. «Sí, Galater», dijo Jeremias, «en aquel momento reemplazaba a Klamm. Cuando nos envió a ti, dijo –y yo tomé buena nota de ello, porque a eso nos atuvimos–: "Vais a ir como ayudantes del agrimensor". Nosotros dijimos: "Pero si no sabemos nada de ese trabajo". Y él dijo entonces: "Eso no es lo más importante; si es necesario, se os enseñará. Lo importante es que lo animéis un poco. Según me informan, se lo toma todo demasiado en serio. Ha llegado al pueblo y lo ha considerado enseguida como un gran acontecimiento, cuando en realidad no es nada. Eso es lo que tenéis que enseñarle".» «Bueno», dijo K., «¿tenía razón Galater y habéis cumplido vuestro mandato?» «No lo sé», dijo Jeremias. «En tan poco tiempo tampoco era posible. Solo sé que has sido muy grosero y de eso nos quejamos. No comprendo cómo tú, que sin embargo eres solo un empleado también, y ni siquiera un empleado del castillo, no puedes comprender que un servicio así es un trabajo duro y que es muy injusto, caprichoso y casi infantil hacer el trabajo de quien trabaja tan difícil como tú lo has hecho. La desconsideración con que nos has dejado helarnos junto a la verja, o la forma en que casi mataste a golpes en el jergón a Artur, un hombre al que una palabra dura duele durante días enteros, o cómo una tarde me perseguiste de un lado a otro por la nieve, de forma que me hizo falta una hora para recuperarme de la persecución. ¡Ya no soy tan joven!» «Querido Jeremias», dijo K., «tienes razón en todo eso, pero deberías exponérselo a Galater. Os envió por su propia voluntad, no fui yo quien le pidió que os enviara. Y como yo no os pedí, podía devolveros otra vez, y hubiera preferido hacerlo pacíficamente y no con violencia, pero evidentemente vosotros no lo quisisteis de otro modo. Por lo demás, ¿por qué no me hablaste enseguida, cuando vinisteis a verme, tan francamente como ahora?» «Porque estaba de servicio», dijo Jeremias, «eso es evidente.» «¿Y ahora ya no estás de servicio?», preguntó K. «Ahora ya no», dijo Jeremias. «Artur ha renunciado en el castillo al servicio o, por lo menos, ha iniciado el procedimiento que nos librará definitivamente.» «Y, sin embargo, me buscas como si estuvieras de servicio», dijo K. «No», dijo Jeremias, «solo te busco para tranquilizar a Frieda. Cuando la dejaste por la chica de los Barnabas, se sintió muy desgraciada, pero no tanto por la pérdida como por tu traición, aunque es verdad que la había visto venir desde hacía tiempo y había sufrido ya mucho por ella. Yo acababa de volver a la ventana de la escuela, para ver si, quizá, te habías vuelto ya más razonable. Pero tú no estabas allí, solo Frieda que, sentada en un banco de la escuela, lloraba. Entonces fui a ella y nos pusimos de acuerdo. Ya está todo hecho. Seré camarero en las habitaciones de la Posada de los Señores, por lo menos mientras no se resuelva el asunto en el castillo, y Frieda estará otra vez en la taberna. Para Frieda será mejor. No sería razonable por su parte convertirse en tu mujer. Y tú tampoco has sabido comprender el sacrificio que ella quería hacer por ti. Sin embargo, la buena mujer tiene todavía escrúpulos: si no habrá sido injusta contigo; si, quizá, no estabas con los Barnabas... A pesar de que, naturalmente, no podía haber ninguna duda sobre dónde estabas, he venido sin embargo, para comprobarlo de una vez para siempre; porque, después de todas esas emociones, Frieda merece dormir tranquila de una vez, y la verdad es que yo también. De manera que he venido y no solo te he encontrado, sino que además he podido ver que esas muchachas te seguían como si las llevaras del ronzal. Especialmente la morena, un verdadero gato salvaje, se ha decidido ya por ti. Hay gustos para todo. En cualquier caso, no era necesario que dieras ese rodeo por el jardín de al lado, conozco ese camino.»

21

Así pues, había sucedido lo que era de prever pero imposible de evitar. Frieda le había dejado. No tenía por qué ser definitivo, tan grave no era; podía volver a conquistarla, ella se dejaba influir fácilmente por extraños, incluso por aquellos ayudantes, que consideraban la posición de Frieda semejante a la suya y, ahora que se habían despedido, habían convencido también a Frieda para que lo hiciera, pero bastaba con que K. se presentara ante ella y le recordara todo lo que hablaba a su favor y ella, arrepentida, volvería a ser suya, y más si él estaba en condiciones de justificar la visita a las muchachas con algún éxito debido a ellas. Sin embargo, a pesar de esas reflexiones con las que trataba de tranquilizarse con respecto a Frieda, no estaba tranquilo. Hacía poco se había jactado de Frieda ante Olga, llamándola su único apoyo, pero ese apoyo no era de lo más firme, no hacía falta la intervención de un poderoso para quitarle a Frieda, bastaba también con aquel ayudante, no muy presentable, con aquella carne que, a veces, daba la impresión de no estar verdaderamente viva.

Jeremias había comenzado ya a alejarse, y K. lo llamó: «Jeremias», dijo, «voy a ser totalmente franco contigo, respóndeme también sinceramente a una pregunta. Ya no tenemos una relación de señor y criado, de lo que no solo te alegras tú sino también yo, y por ello no tenemos motivo para engañarnos mutuamente. Aquí, ante tus ojos, rompo esta vara que te estaba destinada, porque no es por miedo a ti por lo que he elegido el camino a través del jardín, sino para sorprenderte y descargar sobre ti unas cuantas veces la vara. Bueno, no me lo tomes a mal, todo eso es cosa pasada; si no hubieras sido un criado que me impuso la administración, sino sencillamente un conocido, sin duda, aunque tu apariencia me molesta un poco a veces, nos hubiéramos llevado estupendamente. Y lo que en ese aspecto nos hemos perdido, podríamos recuperarlo ahora». «¿Tú crees?», dijo el ayudante, y cerró, bostezando, los cansados ojos. «Podría explicarte la cosa con más detalle, pero no tengo tiempo; tengo que ir a ver a Frieda, la pobre niña me espera, todavía no ha comenzado su servicio, el posadero, al que he convencido –ella, probablemente para olvidar, quería precipitarse enseguida al trabajo–, le ha dado aún un corto período de descanso, y queremos pasarlo al menos juntos. Por lo que se refiere a tu propuesta, sin duda no tengo motivo alguno para mentirte, pero tampoco lo tengo para confiarte nada. A mí me ocurre algo distinto que a ti. Mientras tuve contigo una relación de servicio, para mí eras, naturalmente, una persona muy importante, no por tus cualidades sino por ese mandato de servicio, y hubiera hecho por ti lo que quisieras; ahora, sin embargo, me resultas indiferente. Tampoco el haber roto la vara me conmueve, solo me recuerda qué señor tan brutal tenía, y no me incita a interesarme por ti.» «Hablas conmigo», dijo K., «como si fuera totalmente seguro que nunca tendrás nada que temer de mí. Sin embargo, las cosas no son así en realidad. Probablemente, todavía no estás libre de mí, las decisiones no se toman aquí tan deprisa.» «A veces más deprisa aún», lo interrumpió Jeremias. «A veces», dijo K., «pero nada indica que haya ocurrido ahora, al menos ni tú ni yo tenemos en la mano una decisión escrita. Así pues, el proceso está solo en curso, y todavía no he recurrido a mis relaciones, pero lo voy a hacer. Si la decisión te es desfavorable, no habrás hecho mucho para ganarte a tu señor, y tal vez haya sido incluso superfluo romper la vara de mimbre. Y sin duda te has llevado a Frieda, lo que se te ha subido especialmente a la cabeza, pero, con todo respeto hacia tu persona –que tengo, aunque tú no lo tengas ya por mí–, bastará con que diga unas palabras a Frieda para deshacer las mentiras con que la has cautivado. Y solo las mentiras pueden apartar a Frieda de mí.» «Esas amenazas no me asustan», dijo Jeremias. «Tú no me quieres por ayudante, me temes como ayudante. Temes a los ayudantes en general, y solo por miedo pegaste al bueno de Artur.» «Quizá», dijo K. «¿Pero le hizo menos daño por eso? Quizá pueda mostrarte de esa forma con frecuencia mi temor de ti. Si veo que la condición de ayudante te causa poco placer, a mí, por encima de todo temor, me causará placer obligarte a ella. Y esta vez me cuidaré de tenerte a ti solo, sin Artur, para poder dedicarte más atención.» «¿Crees», dijo Jeremias, «que me da el más mínimo miedo todo eso?» «Lo creo», dijo K., «algo de miedo tienes sin duda y, si eres listo, mucho. ¿Por qué, si no, no te acercaste ya antes a Frieda? Dime, ¿te gusta?» «¿Gustarme?», dijo Jeremias, «es una muchacha buena e inteligente, una antigua amante de Klamm, es decir, respetable en cualquier caso. Y si ella me ruega continuamente que la libre de ti, por qué no voy a complacerla, especialmente cuando a ti no te causo ningún mal, porque te has consolado con esas malditas Barnabas.» «Ahora veo tu miedo», dijo K., «un miedo absolutamente lamentable. Intentas atraparme con tus mentiras. Frieda solo ha pedido una cosa: ser librada de unos ayudantes que se habían vuelto salvajes y lascivos como perros, pero por desgracia no tuve tiempo de satisfacer por completo su ruego y estas son las consecuencias de mi descuido.»

«¡Señor agrimensor! ¡Señor agrimensor!», llamó alguien en la calle. Era Barnabas. Llegó sin aliento, pero no se olvidó de inclinarse ante K. «Lo he conseguido», dijo. «¿Qué has conseguido?», preguntó K. «¿Has presentado mi solicitud a Klamm?» «Eso no he podido», dijo Barnabas, «me he esforzado mucho, pero era imposible; me abrí paso, estuve el día entero, sin que me lo pidieran, tan cerca del pupitre, que un escribiente a quien le quitaba la luz incluso me empujó; intenté que advirtiera mi presencia, lo que nos está prohibido, levantando la mano cuando Klamm levantaba la vista; fui el que más tiempo se quedó en la secretaría, estaba ya solo allí con los servidores; incluso tuve una vez la alegría de ver cómo Klamm volvía, pero no era por mí, solo quería comprobar algo rápidamente en un libro, y volvió a irse; finalmente, el servidor, como yo seguía sin moverme, me echó casi a escobazos por la puerta. Todo eso lo confieso para que no vuelvas a estar descontento de lo que hago.» «¿De qué me sirve tu celo, Barnabas», dijo K., «si no consigues nada?» «Es que he conseguido algo», dijo Barnabas. «Cuando salía de mi secretaría –la llamo mi secretaría–, veo cómo, desde el fondo del pasillo, viene lentamente un señor, por lo demás todo estaba ya vacío, era ya muy tarde; decidí aguardarlo, era una buena oportunidad para quedarse aún, hubiera preferido quedarme allí siempre, para no tener que traerte la mala noticia. Pero de todas formas valía la pena aguardar a aquel señor, era Erlanger. ¿Lo conoces? Es uno de los primeros secretarios de Klamm. Un señor débil y pequeño, cojea un poco. Me reconoció enseguida, es famoso por su memoria y su conocimiento de las personas; se limita a fruncir las cejas y eso le basta para conocer a todos, a menudo también a personas a las que no ha visto y de las que solo ha oído o leído algo; a mí, por ejemplo, no debía de haberme visto nunca. Pero, aunque conozca a todos enseguida, pregunta primero, como si no estuviera seguro. "¿No eres Barnabas?", me dijo. Y luego me preguntó: "¿Conoces al agrimensor, no?". Y luego dijo: "Es una suerte. Ahora voy a la Posada de los Señores. El agrimensor debe ir a verme allí. Estoy en la habitación número 15. Pero tiene que ir enseguida. Tengo allí solo unas entrevistas, y a las cinco de la mañana volveré. Dile que tengo mucho interés en hablar con él".»

De pronto, Jeremias comenzó a correr. Barnabas, que, en su excitación, apenas se había fijado en él hasta entonces, preguntó: «¿Que le pasa a Jeremias?». «Quiere llegar antes que yo hasta Erlanger», dijo K., que corría ya tras Jeremias, lo atrapó, se colgó de su brazo y le dijo: «¿Te ha entrado de repente nostalgia de Frieda? La mía no es menor, de manera que iremos al mismo paso».

Ante la oscura Posada de los Señores había un grupito de hombres; dos o tres llevaban faroles, de forma que se podía reconocer algunos rostros. K. solo encontró uno conocido, Gerstäcker, el carretero. Gerstäcker lo saludó preguntándole: «¿Todavía estás en el pueblo?». «Sí», dijo K., «he venido para mucho tiempo.» «Eso no me concierne», dijo Gerstäcker, tosió con fuerza y se volvió hacia los otros.

Resultó que todos aguardaban a Erlanger. Erlanger había llegado ya, pero estaba tratando aún con Momus, antes de recibir a los interesados. La conversación general giraba sobre el hecho de no poder aguardar dentro de la casa, sino allí fuera, de pie en la nieve. Evidentemente, no era culpa de Erlanger, que era muy atento, seguramente no sabía nada y, sin duda, se hubiera irritado mucho si se lo hubieran dicho. Era culpa de la posadera de la Posada de los Señores, que en sus esfuerzos ya enfermizos por ser distinguida, no podía soportar que entraran varios interesados a la vez en la Posada de los Señores. «Si tiene que ser y tienen que venir», solía decir, «entonces, por el amor del cielo, que sea uno después de otro.» Y había conseguido que los interesados, que al principio habían aguardado en un pasillo, luego en la escalera, luego en el vestíbulo y por último en la taberna, fueran expulsados finalmente a la calle. Y ni siquiera eso le bastaba. Le resultaba insoportable estar siempre «sitiada» en su propia casa, como ella decía. Y le resultaba incomprensible por qué tenían que desplazarse siquiera los interesados. «Para ensuciar la escalera de la casa», había respondido un funcionario una vez a su pregunta, probablemente furioso, pero para ella había sido muy iluminador y le gustaba citar aquella frase. Se esforzaba por conseguir, lo que coincidía con los deseos de los interesados, que se construyera ante la Posada de los Señores un edificio en donde pudieran aguardar los interesados. Lo que hubiera preferido era que también las discusiones entre los interesados y los interrogatorios se celebraran fuera de la Posada de los Señores, pero a eso se oponían los funcionarios y, cuando los funcionarios se oponían seriamente, la posadera, naturalmente, no podía imponerse, aunque en las cuestiones secundarias, gracias a su celo infatigable y al mismo tiempo delicadamente femenino, ejerciera una especie de pequeña tiranía. Previsiblemente, la posadera tendría que seguir tolerando las discusiones e interrogatorios en la Posada de los Señores, porque los señores del castillo se negaban a salir de la posada cuando iban al pueblo para asuntos oficiales. Siempre tenían prisa, solo estaban en el pueblo de muy mala gana, no tenían el menor deseo de prolongar su estancia y no se les podía pedir además que, solo en atención a la tranquilidad de la Posada de los Señores, se trasladaran de cuando en cuando al otro lado de la calle, a alguna casa, con todos sus documentos, perdiendo así su tiempo. Lo que preferían los funcionarios era despachar los asuntos oficiales en la taberna o en sus propias habitaciones, si era posible durante la comida o en la cama, antes de dormirse, o por la mañana, cuando estaban demasiado cansados para levantarse y querían permanecer un rato más en el lecho. En cambio, la cuestión de la construcción de un edificio de espera parecía acercarse a una solución satisfactoria, aunque evidentemente para la posadera era un severo castigo –la gente se reía un poco de ello– el que precisamente el asunto del edificio de espera hiciera necesarias muchas conversaciones y los pasillos de la posada casi nunca se vaciaran.

De todas esas cosas se hablaba, a media voz, entre los que aguardaban. Lo que sorprendió a K. fue que el descontento fuera bastante grande, pero nadie tuviera nada que objetar a que Erlanger citara a los interesados en plena noche. Preguntó al respecto y le informaron de que incluso había que estar muy agradecidos por ello a Erlanger. Al fin y al cabo, eran exclusivamente su buena voluntad y la alta idea que tenía de su cargo las que lo inducían a ir siquiera al pueblo; si quisiera –y ello sería incluso más conforme con los reglamentos– podría enviar a algún secretario subalterno y hacer que levantara acta. Sin embargo, la mayoría de las veces se negaba a hacer eso, quería verlo y oírlo todo por sí mismo, y tenía que sacrificar para ello sus noches, porque en su horario oficial no había tiempo previsto para desplazarse al pueblo. K. objetó que también Klamm iba al pueblo de día, e incluso permanecía allí varios días; ¿era más imprescindible arriba Erlanger, que sin embargo era solo un secretario? Algunos se rieron con benevolencia, otros, los más numerosos, callaron perplejos y K. apenas recibió respuesta. Solo uno dijo titubeando que, naturalmente, Klamm era indispensable, tanto en el castillo como en el pueblo.

Entonces se abrió la puerta de entrada y apareció Momus entre dos criados con lámparas. «Los primeros admitidos a presencia del señor secretario Erlanger», dijo, «son Gerstäcker y K. ¿Están aquí los dos?» Ellos se presentaron, pero antes de ellos se deslizó en la casa Jeremias, diciendo: «Soy criado de este lugar», y siendo saludado por Momus, sonriente, con una palmada en la espalda. «Tendré que tener más cuidado con Jeremias», se dijo K., aunque sabía muy bien que Jeremias era probablemente mucho menos peligroso que Artur, que trabajaba en el castillo contra él. Quizá fuera incluso más inteligente dejarse atormentar por ellos como ayudantes que dejar que anduvieran incontrolados y se dedicaran libremente a sus intrigas, para las que parecían especialmente dotados.

Cuando K. pasó por delante de Momus, este fingió no haber reconocido hasta entonces en él al agrimensor: «¡Ah, el señor agrimensor!», dijo. «Le gusta muy poco ser interrogado, pero se apresura a venir al interrogatorio. Conmigo hubiera sido más sencillo. Aunque, evidentemente, es difícil elegir el interrogatorio apropiado.» Cuando K., al serle dirigida la palabra, fue a detenerse, Momus dijo: «¡Siga, siga! Entonces hubiera necesitado su respuesta, ahora ya no». Sin embargo, excitado por el comportamiento de Momus, K. dijo: «Solo pensáis en vosotros mismos. Yo no respondo solo porque alguien tenga un cargo, ni entonces ni ahora». Momus dijo: «¿Y en quién vamos a pensar si no? ¿Es que hay alguien más aquí? ¡Siga!».

En el zaguán lo recibió un criado y lo llevó por el camino que K. conocía ya a través del patio, y luego por la gran puerta y el pasillo bajo y un tanto inclinado. En los pisos altos, evidentemente, se alojaban solo los funcionarios superiores; los secretarios, en cambio, se alojaban en aquel pasillo, también Erlanger, aunque fuera uno de los más altos. El criado apagó su farol, porque había una intensa iluminación eléctrica. Todo era allí pequeño, pero delicadamente construido. El espacio estaba aprovechado al máximo. El pasillo bastaba apenas para poder ir erguido por él. A los lados, había casi una puerta al lado de otra. Las paredes laterales no llegaban hasta el techo; ello se debía probablemente a razones de ventilación, porque, sin duda, las pequeñas habitaciones de aquel pasillo profundo y semejante a un sótano no tenían ventanas. La desventaja de aquellas paredes que no llegaban al techo era el ruido en el pasillo y, necesariamente, también en las habitaciones. Muchas de estas parecían ocupadas, en la mayoría había gente aún despierta, se oían voces, martillazos, tintinear de vasos. Sin embargo, no se tenía la impresión de una especial alegría. Las voces eran sofocadas, apenas se entendía alguna palabra aquí o allá, y tampoco parecía tratarse de conversaciones, probablemente solo dictaba alguien, o leía en voz alta; precisamente en las habitaciones en que se escuchaba el sonido de platos y vasos no se oía una palabra, y los martillazos recordaron a K. lo que le habían contado en algún lado: que muchos funcionarios, para descansar de la constante tensión intelectual, se dedicaban de cuando en cuando a la carpintería, la mecánica de precisión y cosas parecidas. El pasillo mismo estaba vacío, solo ante una puerta había, sentado, un caballero alto, pálido y esbelto, con un abrigo de pieles bajo el que se veía un camisón; probablemente la habitación le había resultado demasiado sofocante y por eso se había sentado fuera y leía un periódico, pero no muy atentamente; bostezando, dejaba con frecuencia de leer, se inclinaba hacia delante y echaba una ojeada al pasillo; tal vez aguardaba a algún administrado al que había citado y que tardaba en llegar. Cuando habían pasado ya por su lado, el criado dijo a Gerstäcker, a propósito del caballero: «¡Pinzgauer!». Gerstäcker asintió con la cabeza. «Hace tiempo que no bajaba», dijo. «Mucho tiempo ya», confirmó el criado.

Finalmente llegaron a una puerta, que no se distinguía en nada de las otras y detrás de la cual, según dijo el criado, estaba Erlanger. El criado pidió a K. que lo subiera sobre sus hombros y miró desde arriba al cuarto por la abertura que quedaba hasta el techo. «Está echado en la cama», dijo el criado bajándose, «aunque está vestido, pero creo que dormita. A veces, aquí en el pueblo, lo acomete el cansancio debido a la distinta forma de vida. Tendremos que esperar. Cuando se despierte, llamará. Sin embargo, ya ha ocurrido que se haya pasado durmiendo toda su estancia en el pueblo y, al despertar, haya tenido que volver al castillo. Al fin y al cabo es un trabajo voluntario lo que realiza aquí.» «Será mejor que duerma a gusto», dijo Gerstäcker, «porque si, al despertar, le queda algo de tiempo aún para el trabajo, está de muy mal humor por haberse dormido, trata de resolverlo todo deprisa y apenas puede uno hablar.» «¿Viene usted por la asignación de tareas para la construcción?», preguntó el criado. Gerstäcker asintió, se llevó aparte al criado y le habló en voz baja, pero el criado apenas lo escuchó, mirando por encima de Gerstäcker, al que sobrepasaba en más de una cabeza, mientras se alisaba grave y lentamente el cabello.

22

Entonces K., mientras miraba a su alrededor sin buscar nada, vio muy lejos, en un recodo del pasillo, a Frieda; ella fingió no conocerlo y se limitó a mirarlo fijamente; llevaba en la mano una bandeja con platos vacíos. K. dijo al criado, que no le prestaba ninguna atención –cuanto más hablaba al criado, tanto más distraído parecía–, que volvía enseguida, y corrió hacia Frieda. Al llegar junto a ella, la sujetó por los hombros como si volviera a ser suya, y le hizo preguntas sin importancia, mientras la miraba inquisitivamente a los ojos. Sin embargo, la tensa actitud de ella apenas cambió; movió distraídamente de lugar los platos en la bandeja y dijo: «¿Qué quieres de mí? Vete con... bueno, ya sabes cómo se llaman; vienes de allí, lo veo». K. cambió rápidamente de tema; la conversación no debía comenzar tan súbitamente, ni tampoco por lo peor, por lo menos favorable para él. «Pensaba que estarías en la taberna», dijo. Frieda lo miró asombrada y luego le pasó suavemente la mano libre por la frente y la mejilla. Era como si se hubiese olvidado de su aspecto y quisiera volver a tomar conciencia, y también sus ojos tenían la expresión velada del recordar con esfuerzo. «Me han aceptado otra vez en la taberna», dijo entonces lentamente, como si careciera de importancia lo que decía pero, por debajo de sus palabras, estuviera conversando con K. y eso fuera lo más importante; «este trabajo de las habitaciones no me conviene, lo puede hacer cualquiera; cualquiera que sepa hacer una cama y poner una cara amable, y que no tema ser importunada por los clientes, sino que incluso lo provoque, cualquier muchacha así puede ser camarera. Pero en la taberna es distinto. Además, me han aceptado otra vez en ella, a pesar de que no la dejé muy honrosamente: es verdad que ahora tenía protección. Sin embargo, el posadero estaba contento de que la tuviera y, de esa forma, le fuera posible volver a tomarme. Incluso insistió para que aceptase el puesto; si piensas en lo que me recuerda la taberna, lo comprenderás. Finalmente lo acepté. Aquí solo estoy ayudando. Pepi ha rogado que no se le haga pasar la vergüenza de tener que dejar la taberna inmediatamente, y por eso, como ha sido muy trabajadora y se ha ocupado de todo en la medida de sus posibilidades, le hemos dado un plazo de veinticuatro horas.» «Todo se ha arreglado muy bien», dijo K., «pero dejaste por mí la taberna y ahora, poco antes de nuestra boda, ¿vuelves a ella?» «Es que no habrá boda», dijo Frieda. «¿Porque te he sido infiel?», preguntó K. Frieda asintió. «Mira, Frieda», dijo K., «sobre esa pretendida infidelidad hemos hablado a menudo, y siempre has acabado por comprender finalmente que era una sospecha injustificada. Desde entonces, nada ha cambiado por mi parte, todo ha seguido siendo tan inocente como era y no puede ser de otra forma. De manera que debe de haber cambiado algo por tu parte, a causa de insinuaciones ajenas o de otras cosas. En cualquier caso, eres injusta conmigo, porque, mira, ¿qué pasa con esas dos muchachas? Una, la morena –casi me avergüenzo de tener que defenderme tan detalladamente, pero tú lo provocas–, la morena no me resulta probablemente menos penosa que a ti; si puedo mantenerme lejos de ella de algún modo, lo hago, y la verdad es que ella me lo facilita: no podría ser más reservada.» «Sí», exclamó Frieda, y las palabras le venían involuntariamente; K. se alegraba de haber desviado su atención; ella era distinta de como quería ser; «a ti te parece reservada; llamas reservada a la más desvergonzada de todas y, por increíble que parezca, dices que es sincera; y no estás fingiendo, lo sé. La posadera de la Posada del Puente dice, hablando de ti: "No puedo soportarlo, pero tampoco abandonarlo; cuando se ve a un niño pequeño que todavía no anda bien y que se atreve a alejarse, resulta imposible dominarse y hay que intervenir".» «Acepta sus enseñanzas por esta vez», dijo K. sonriendo, «pero a esa muchacha, reservada o desvergonzada, podemos dejarla de lado, no quiero saber nada de ella.» «Pero ¿por qué dices que es reservada?», preguntó Frieda sin ceder; K. consideró aquella intervención como un signo favorable. «¿Lo has comprobado tú o es que, con ello, quieres rebajar a otras?» «Ni una cosa ni la otra», dijo K.; «la llamo así por agradecimiento, porque eso me facilita no tomarla en consideración y porque, si ella me hablase más a menudo, no habría nada capaz de hacer que yo fuera allá, lo que para mí sería una gran pérdida, porque, a causa de nuestro futuro común, tengo que ir, como ya sabes. Y por eso tengo que hablar también con la otra muchacha, a la que estimo por su diligencia, discreción y generosidad, pero de la que nadie podría decir que sea seductora.» «Los criados no son de esa opinión», dijo Frieda. «En esa y en muchas otras cuestiones», dijo K. «¿Pretendes deducir del gusto de los criados mi infidelidad?» Frieda guardó silencio y toleró que K. le quitase la bandeja de la mano, la dejase en el suelo, pasara el brazo bajo el suyo y, en aquella pequeña habitación, comenzara a pasear lentamente con ella de un lado a otro. «Tú no sabes qué es la fidelidad», dijo ella, defendiéndose un tanto de su proximidad; «la forma de comportarte con esas muchachas no es lo más importante; el que vayas siquiera a ver a esa familia y vuelvas, con el olor de su habitación en la ropa, es para mí una vergüenza insoportable. Y te vas de la escuela sin decir nada. E incluso te quedas con esa familia la mitad de la noche. Y, cuando preguntan por ti, haces que esas muchachas nieguen, nieguen apasionadamente que estés allí, sobre todo esa que es incomparablemente reservada. Por un camino secreto te deslizas fuera de su casa, tal vez incluso para proteger la reputación de esas muchachas... ¡La reputación de esas muchachas! ¡No, no hablemos más de eso!» «De eso no», dijo K., «pero sí de otra cosa, Frieda. De eso no hay nada que hablar. Sabes por qué tuve que ir allí. No me resultó fácil, pero me forcé. Y tú no deberías hacérmelo más difícil de lo que es. Hoy solo pensaba ir allí un instante y preguntar si Barnabas, que hubiera debido traerme hace tiempo un mensaje importante, había llegado por fin. No había llegado, pero, según me aseguraron y era verosímil, vendría muy pronto. No quería que me siguiera a la escuela, para que su presencia no te importunase. Pasaron las horas y, por desgracia, no vino. Sin embargo, vino otro al que aborrezco. No tenía ganas de dejar que me espiara, y por eso atravesé el jardín vecino, pero tampoco quería esconderme, sino que, en la calle, fui abiertamente hacia él, con una vara de mimbre flexible, lo confieso. Eso es todo y, por consiguiente, de eso no hay más que hablar, pero sí de otra cosa. ¿Qué pasa con los ayudantes, a los que me repugna casi tanto mencionar como a ti mencionar a esa familia? Compara tu relación con ellos con la forma en que yo me comporto con la familia. Comprendo tu repugnancia hacia la familia y puedo compartirla. Yo solo voy a verlos por ese asunto, y a veces me parece casi que soy injusto con ellos, que me estoy aprovechando. ¡Tú, en cambio, con tus ayudantes! No has negado que te persiguen, y has reconocido que te sientes atraída por ellos. Yo no me enfadé contigo, comprendí que había en juego fuerzas que te superaban, y me alegré de que, al menos, te defendieras; te ayudé a defenderte, y solo porque durante unas horas no lo he hecho, confiando en tu fidelidad pero esperando también que la casa estaría sin falta cerrada y que los ayudantes se habrían dado definitivamente a la fuga —me temo que sigo subestimándolos—, solo porque durante unas horas he dejado de hacer eso y ese Jeremias —bien mirado un tipo no muy sano y de cierta edad— ha tenido la desfachatez de acercarse a tu ventana, solo por eso, Frieda, tengo que perderte y escuchar como saludo: "Es que no habrá boda". ¿No sería yo en realidad quien tendría que hacerte reproches? Y, sin embargo, no te los hago, sigo sin hacértelos.» Y a K. le pareció otra vez conveniente distraer un tanto a Frieda de sus pensamientos y le pidió que le trajera algo de comer, porque desde el mediodía no había comido nada. Frieda, visiblemente aliviada también por la petición, asintió con la cabeza y corrió a buscar algo, no por el pasillo en donde K. suponía que estaba la cocina, sino bajando una escalera lateral. Pronto trajo un plato con fiambres y una botella de vino, pero sin duda se trataba solo de los restos de una comida; los distintos trozos habían sido rápidamente arreglados para que no se viera, incluso había pieles de salchicha olvidadas, y la botella había sido vaciada en sus tres cuartas partes. Sin embargo, K. no dijo nada al respecto y se puso a comer con apetito. «¿Has ido a la cocina?», preguntó. «No, a mi habitación», dijo ella, «tengo una habitación ahí abajo.» «Ojalá me hubieras llevado contigo», dijo K., «voy a bajar para sentarme un poco mientras como.» «Te traeré una silla», dijo Frieda, disponiéndose a salir. «Gracias», dio K., reteniéndola, «no voy a bajar ni necesito ya la silla.» Frieda soportó rebelde la presión de su mano y, con la cabeza muy baja, se mordió los labios. «Está bien, sí, él está abajo», dijo, «¿qué otra cosa podías esperar? Está en mi cama, se ha enfriado fuera, tenía escalofríos y apenas ha comido. En el fondo es todo culpa tuya: si no hubieras echado a los ayudantes y no hubieras corrido a ver a esa gente, ahora podríamos estar tranquilamente en la escuela. Solo tú has destruido nuestra felicidad. ¿Crees que Jeremias, mientras estaba en el servicio, se hubiera atrevido a llevarme con él? Pues entonces desconoces por completo el orden que aquí reina. Quería acercarse a mí, se atormentaba, me acechaba, pero solo era un juego, como juega un perro hambriento que, sin embargo, no se atreve a saltar sobre la mesa. Y a mí me pasaba lo mismo. Me sentía atraída hacia él, es un compañero de juegos de la infancia –jugábamos juntos en la ladera del cerro del castillo, eran tiempos hermosos, nunca me has preguntado por mi pasado–, pero todo eso no era decisivo mientras Jeremias estuviera a tu servicio, porque yo conocía mis deberes como futura mujer tuya. Sin embargo, entonces echaste a los ayudantes y además te jactas de ello, como si hubieras hecho algo por mí, aunque en cierto sentido sea verdad. En el caso de Artur, tus intenciones tuvieron éxito, aunque solo provisionalmente; él es delicado, no tiene la pasión de Jeremias, que no teme las dificultades, y además, con el puñetazo de aquella noche –un golpe dado también a nuestra felicidad– casi lo destruiste: se refugió en el castillo para quejarse y, aunque volverá pronto, ahora está lejos. Jeremias, sin embargo, se quedó. En el servicio, teme el menor parpadeo de su señor, pero fuera del servicio no teme a nada. Vino y me tomó; abandonada por ti, dominada por él, un viejo amigo, no pude contenerme. No abrí la puerta de la escuela; él rompió la ventana y me sacó. Nos refugiamos aquí; el posadero lo aprecia, y nada podría ser mejor acogido por los huéspedes que tener un criado así, de manera que nos aceptaron; no vive conmigo, pero tenemos una habitación común.» «A pesar de todo», dijo K., «no lamento haber echado de mi servicio a los ayudantes. Si esa relación es como tú la describes, es decir, si tu fidelidad está determinada solo por las obligaciones del servicio de los ayudantes, es una suerte que todo acabara. La felicidad de un matrimonio en medio de esos dos animales de presa, que solo obedecen al látigo, no hubiera sido muy grande. Y estoy también agradecido a esa familia, que, sin quererlo, ha contribuido a separarnos.» Guardaron silencio y volvieron a pasear juntos de un lado a otro, sin que se pudiera saber quién había comenzado ahora. Frieda, cerca de K., parecía molesta porque él no la cogiera de nuevo del brazo. «Y así todo se arreglaría», continuó K., «y podríamos despedirnos: tú te irías con tu señor Jeremias que, probablemente, se enfrió ya en el jardín de la escuela y al que, teniendo eso en cuenta, has dejado ya demasiado tiempo solo, y yo me iría solo a la escuela o, ya que sin ti no tengo nada que hacer allí, a algún otro lado donde me acogieran. Si, no obstante, titubeo, es porque, por mis buenas razones, sigo dudando un tanto de lo que me has contado. Yo tengo de Jeremias la impresión contraria. Mientras estuvo en el servicio, fue detrás de ti, y no creo que, a la larga, el servicio le hubiera impedido seriamente caer sobre ti. Ahora, sin embargo, desde que considera suspendido su servicio, las cosas son distintas. Perdóname que te lo explique del siguiente modo: desde que no eres ya la novia de su señor, no resultas tan atractiva para él como antes. Puedes ser una amiga de la infancia, pero, en mi opinión –en realidad, solo le conozco por una breve conversación de esta noche–, no da mucho valor a esas cuestiones sentimentales. No sé por qué te parece un personaje apasionado. Su forma de pensar me parece más bien especialmente fría. Con respecto a mí, ha recibido de Galater una misión que quizá no me sea muy favorable, y se esfuerza por realizarla, con cierto celo como tengo que reconocer –eso aquí no es tan raro–, y de ella forma parte destruir nuestra relación; quizá lo haya intentado de distintas formas: una de ellas era tratar de seducirte con su ardoroso languidecer; otra –y en ella lo ha apoyado la posadera– inventar historias sobre mi infidelidad; su intento ha tenido éxito, y puede haber ayudado cierto recuerdo de Klamm que lo rodea; es verdad que ha perdido su puesto, pero tal vez haya ocurrido precisamente en el momento en que ya no lo necesitaba; ha cosechado los frutos de su trabajo, sacándote por la ventana de la escuela, pero, con ello, su trabajo ha terminado y, al ser abandonado por su celo, se siente cansado; preferiría estar en el lugar de Artur, que no se queja sino que recibe elogios y nuevas tareas, pero hace falta que alguien se quede atrás para seguir la evolución de las cosas. Cuidarte es un deber un tanto molesto. De amor hacia ti no hay ni rastro, me lo ha confesado francamente; como amante de Klamm, le resultas naturalmente respetable, y sin duda le sienta muy bien meterse en tu habitación y sentirse un pequeño Klamm, pero eso es todo; tú misma no significas ahora nada para él, y solo como consecuencia de su tarea principal te ha traído aquí; para no intranquilizarte, se ha quedado él también, pero solo provisionalmente, mientras no tenga nuevas noticias del castillo y no le hayas curado de su enfriamiento.» «¡Cómo lo calumnias!», dijo Frieda, haciendo chocar entre sí sus pequeños puños. «¿Calumniarlo?», dijo K. «No, no quiero calumniarlo. Sin embargo, es posible que sea injusto con él, evidentemente es posible. Lo que he dicho de él es algo que no se ve claramente en la superficie, y puede interpretarse también de otra forma. Sin embargo, ¿calumniarlo? Calumniarlo solo podría tener por objeto luchar contra tu amor por él. Si fuera necesario y si la calumnia fuera un medio apropiado, no vacilaría en calumniarlo. Nadie podría condenarme por ello: a causa de sus mandados tiene tal ventaja sobre mí, que yo, abandonado exclusivamente a mí mismo, bien podría calumniarlo un poco. Sería un medio de defensa relativamente inocente y, en definitiva, impotente también. De manera que deja esos puños tranquilos.» Y K. tomó una mano de Frieda entre las suyas; Frieda quiso retirarla, pero sonriendo y sin esforzarse mucho. «Sin embargo, no tengo que calumniarlo», dijo K., «porque la verdad es que no le quieres; solo crees quererlo y me quedarás agradecida si te libro de esa ilusión. Mira, si alguien quisiera alejarte de mí, sin violencia pero con el cálculo más cuidadoso imaginable, lo haría por medio de esos dos ayudantes. Unos jóvenes aparentemente buenos, infantiles, alegres, irresponsables, venidos de lo alto, del castillo, con algunos recuerdos de infancia además; todo muy digno de ser amado, especialmente cuando yo soy algo así como lo contrario de todo eso, y en cambio me ocupo continuamente de asuntos que no te resultan totalmente comprensibles, que te resultan molestos, que me ponen en contacto con personas que te resultan odiosas y que, a pesar de ser yo inocente por completo, me contagian algo. Todo ello no es más que una explotación malévola, aunque muy inteligente, de los puntos débiles de nuestra relación. Toda relación tiene sus puntos débiles, incluso la nuestra; al fin y al cabo venimos cada uno de un mundo totalmente distinto y, desde que nos conocemos, la vida de cada uno de nosotros ha tomado un camino totalmente nuevo; todavía nos sentimos inseguros, todo es aún demasiado nuevo. No hablo de mí, eso no es importante: en el fondo, me he sentido siempre agasajado desde que por primera vez volviste hacia mí tus ojos, y no es difícil acostumbrarse a ser agasajado. Tú, en cambio, prescindiendo de todo lo demás, fuiste arrancada a Klamm; no puedo valorar lo que eso significa, pero sin embargo he ido teniendo poco a poco una idea de ello; vacilabas, no te encontrabas a ti misma y, aunque yo siempre estaba dispuesto a acogerte, no siempre estaba allí y, cuando lo estaba, a veces te retenían tus ensueños o algo más vivo, como la posadera... En pocas palabras, había momentos en que apartabas la mirada de mí, querías adentrarte en lo vago y lo indefinido, pobre niña, y en esos intervalos bastaba con que aparecieran personas apropiadas en la dirección en que mirabas para que te perdieras en ellas y sucumbieras a la ilusión de que lo que solo eran instantes, fantasmas y viejos recuerdos, en el fondo una vida de otro tiempo, ya pasada y cada vez más desaparecida, de que esa vida era tu verdadera vida actual. Un error, Frieda, nada más que la última dificultad, bien mirado despreciable, para nuestra unión definitiva. Vuelve a ti, domínate; aunque pensaras que los ayudantes habían sido enviados por Klamm —no es verdad en absoluto, vienen de Galater— y aunque, con ayuda de ese engaño, pudieran encantarte tanto que, incluso en su suciedad y su impudicia, creyeras encontrar rastros de Klamm, como alguien que cree encontrar en un montón de basura una piedra preciosa en otro tiempo perdida, cuando en realidad no podría encontrarla aunque realmente estuviera allí, se trata de tipos del género mozo de cuadra, salvo que no tienen la salud de esos mozos, un poco de aire fresco los enferma y los postra en un lecho que, sin embargo, saben buscar con astucia de criados.» Frieda había apoyado la cabeza en el hombro de K. y, abrazados, iban de un lado a otro en silencio. «Si al menos», dijo Frieda, lenta, tranquila, casi placenteramente, como si supiera que solo se le concedía un reposo muy breve en el hombro de K., pero quisiera disfrutar de él hasta el fin, «si al menos hubiéramos emigrado enseguida, aquella misma noche, podríamos estar en alguna parte seguros, siempre juntos, tu mano siempre suficientemente cerca para cogerla; cómo necesito tu proximidad, cómo, desde que te conozco, me siento abandonada sin ella; tu proximidad es, créeme, el único sueño que sueño y ningún otro.»

Entonces llamaron desde el pasillo lateral, era Jeremias, estaba allí en el escalón más bajo, iba solo en camisa, pero se había envuelto en una toquilla de Frieda. Tal como estaba allí, desgreñado, con la barba rala como empapada de lluvia, los ojos abiertos con esfuerzo, suplicantes y llenos de reproches, las oscuras mejillas enrojecidas pero como formadas por carne demasiado suelta, y las piernas desnudas temblando de frío, de forma que los largos flecos de la toquilla temblaban también, era como un enfermo huido del hospital, ante el que solo se podía pensar en volverlo a llevar a la cama. Así lo entendió también Frieda, que se soltó de K. y enseguida estuvo abajo al lado de Jeremias. La proximidad de ella, la forma cuidadosa en que lo envolvió mejor en la toquilla, la rapidez con que quiso hacerlo entrar enseguida en la habitación, parecieron dar más fuerzas a Jeremias, y fue como si solo entonces reconociera a K.: «Ah, señor agrimensor», dijo, acariciando, para calmarla, la mejilla de Frieda, que no quería permitir más conversación, «perdone la molestia. Sin embargo, no me siento nada bien, y esa es mi excusa. Creo que tengo fiebre, debo tomarme un té y sudar. La maldita verja del jardín de la escuela me va a dar que pensar aún, y luego, ya resfriado, he estado yendo esta noche de un lado a otro. Sin darse cuenta enseguida, uno sacrifica la salud por cosas que, verdaderamente, no valen la pena. Usted, sin embargo, señor agrimensor, no debe permitir que lo moleste; venga con nosotros a la habitación, haga su visita de enfermo y dígale mientras tanto a Frieda lo que todavía tenga que decirle. Cuando dos personas acostumbradas una a otra se separan, naturalmente tienen en los últimos momentos tantas cosas que decirse, que un tercero, sobre todo si está en cama esperando el prometido té, difícilmente puede comprenderlas. Pero venga y me estaré calladito». «Basta, basta», dijo Frieda tirándole del brazo, «tiene fiebre y no sabe lo que dice. Y tú, K., no vengas, te lo ruego. Es mi habitación y la de Jeremias o, mejor dicho, solo mi habitación; te prohíbo entrar. Me persigues: ay K., ¿por qué me persigues? Nunca, nunca volveré contigo, me estremezco al pensar en esa posibilidad. Vete con tus muchachas; vestidas solo con camisa se sientan a tu lado en el banco de la estufa, según me han contado, y cuando alguien va a buscarte, lo ahuyentan. Sin duda estás allí en tu casa, ya que tanto te atraen. Yo siempre te he apartado de allí; con poco éxito, pero te he apartado, pero eso ha terminado ya, eres libre. Te aguarda una hermosa vida; por una de ellas quizá tengas que pelearte un poco con los criados, pero en lo que se refiere a la otra, no hay nadie en el cielo y la tierra que te la envidie. Tu alianza está bendecida de antemano. No digas nada, es verdad que puedes desmentirlo todo, pero en definitiva nada ha sido desmentido. Imagínate, Jeremias, ¡lo ha desmentido todo!» Los dos se comprendieron con movimientos de cabeza y sonrisas. «Sin embargo», continuó Frieda, «suponiendo que él lo hubiera desmentido todo, ¿qué habría conseguido, qué me importa a mí? Pase lo que pase en casa de esas personas, es solo asunto suyo y no mío. El mío es cuidarte hasta que estés sano, como lo estabas en otro tiempo, antes de que K. te atormentara por mi causa.» «Así pues, ¿realmente no quiere venir, señor agrimensor?», preguntó Jeremias, pero fue empujado definitivamente por Frieda, que ni siquiera se volvió de nuevo a mirar a K. Se vio abajo una puertecita, más baja aún que las puertas del pasillo, y no solo Jeremias sino también Frieda tuvieron que inclinarse para entrar; dentro parecía haber claridad y calor, se oyeron unos susurros aún, probablemente cariñosas palabras para llevar a Jeremias a la cama, y la puerta se cerró.

23

Únicamente entonces se dio cuenta K. de lo silencioso que había quedado el pasillo, no solo en el tramo en que había estado con Frieda y que parecía pertenecer a las dependencias de servicio, sino también en el largo tramo de las habitaciones antes tan animadas. De manera que los señores se habían dormido por fin. También K. estaba muy cansado, tal vez por cansancio no se había defendido contra Jeremias como hubiera debido. Tal vez hubiera sido más inteligente seguir el ejemplo de Jeremias, quien, visiblemente, exageraba su resfriado —su deplorable estado no se debía a su resfriado, sino que era congénito y no desaparecería con una tisana—, y derrumbarse allí mismo en el pasillo, lo que ya de por sí le habría hecho mucho bien, dormitar un poco y quizá también ser cuidado un poco. Sin embargo, no le habría resultado tan bien como a Jeremias, que en esa rivalidad por conseguir la compasión, sin duda, y probablemente con razón, le habría vencido, como evidentemente también en cualquier otra lucha. K. estaba tan cansado que pensó si no podría tratar de entrar en alguna de aquellas habitaciones, de las que muchas, sin duda, estaban vacías, y dormir a gusto en una buena cama. En su opinión, eso hubiera podido resarcirlo de muchas cosas. Además tenía a mano un trago para dormir. Sobre la bandeja que Frieda había dejado en el suelo había una pequeña garrafa de ron. K. no vaciló en hacer el esfuerzo de volver sobre sus pasos y vació la botellita.

Ahora se sentía al menos suficientemente fuerte para presentarse ante Erlanger. Buscó la puerta de su habitación, pero, como el servidor y Gerstäcker habían desaparecido y todas las puertas eran iguales, no pudo encontrarla. Sin embargo, creía recordar aproximadamente el lugar del pasillo en que estaba esa puerta, y decidió abrir una que, en su opinión, era probablemente la que buscaba. El intento no podía ser muy peligroso; si era la habitación de Erlanger, él lo recibiría sin duda; si era la de otro, podría disculparse y volver a irse, y si el huésped dormía, lo que era más probable, la visita de K. no sería advertida; solo podía resultar mal si la habitación estaba vacía, porque, entonces, difícilmente podría resistir K. la tentación de echarse en la cama y dormir interminablemente. Miró otra vez a derecha e izquierda del pasillo, para ver si venía alguien que pudiera informarlo, evitando así un riesgo innecesario, pero el largo pasillo estaba silencioso y vacío. Entonces K. escuchó junto a la puerta, pero tampoco allí se oía ruido alguno. Llamó tan suavemente que alguien que durmiera no habría podido despertarse, y como tampoco ocurrió nada, abrió la puerta con el mayor cuidado. Lo recibió un ligero grito. Era una habitación pequeña, ocupada en más de la mitad por una amplia cama; sobre la mesilla de noche había una lámpara eléctrica encendida, y a su lado una bolsa de viaje. En la cama, pero totalmente oculto por el cobertor, alguien se agitó inquieto y susurró por el espacio que quedaba entre sábana y cobertor: «¿Quién es?». K. no podía irse ahora sin más; descontento, contempló aquella cama exuberante pero por desgracia no vacía, recordó la pregunta y dijo su nombre. Eso pareció tener un efecto favorable, porque el hombre de la cama apartó un tanto el cobertor de su rostro, aunque con miedo, dispuesto a volver a taparse enseguida si fuera había algo anormal. Luego, sin embargo, rechazó el cobertor sin vacilar y se incorporó. Desde luego no era Erlanger. Era un hombre pequeño, de buen aspecto, cuyo rostro mostraba cierta contradicción, porque las mejillas eran infantilmente redondas y los ojos infantilmente alegres, pero la alta frente, la nariz afilada y la estrecha boca, cuyos labios apenas podía juntar, y una barbilla casi inexistente nada tenían de infantil, sino que revelaban un pensamiento superior. Sin duda era la satisfacción de ello, la satisfacción de sí mismo, lo que le había conservado un resto importante de sana infancia. «¿Conoce a Friedrich?», preguntó. K. dijo que no. «Pues él lo conoce a usted», dijo el hombre sonriendo. K. asintió: gentes que lo conocieran no faltaban; ese era precisamente uno de los principales obstáculos que encontraba en su camino. «Soy su secretario», dijo el hombre, «me llamo Bürgel.» «Disculpe», dijo K., alargando la mano hacia el tirador, «por desgracia he confundido su puerta con otra. Me ha llamado el secretario Erlanger.» «¡Lástima!», dijo Bürgel. «No que lo hayan llamado en otra parte, sino que se haya equivocado de puerta. La verdad es que, una vez despierto, con absoluta seguridad no podré volver a dormirme. Pero eso no debe afligirlo, es mi desgracia personal. Además, ¿por qué no se pueden cerrar con cerrojo estas puertas? Evidentemente, hay alguna razón. Y es que, según un viejo proverbio, las puertas de los secretarios deben estar siempre abiertas. Sin embargo, no tendrían que tomárselo tan al pie de la letra.» Bürgel miró a K. interrogante y alegre: en contraste con sus lamentaciones, parecía francamente descansado; pero, sin duda, tan cansado como K. ahora no había estado Bürgel nunca. «¿Adónde quiere ir?», preguntó Bürgel. «Son las cuatro de la mañana. Tendría que despertar a cualquiera a quien quisiera ver, y no todo el mundo está tan acostumbrado como yo a ser molestado, nadie lo aceptaría tan pacientemente, los secretarios son gente nerviosa. Quédese un ratito. Hacia las cinco empieza a levantarse la gente, y entonces será el mejor momento para atender a su citación. De manera que suelte ese tirador de una vez y siéntese en algún lado; evidentemente, el sitio es estrecho, lo mejor será que lo haga al borde de la cama. ¿Le asombra que no tenga silla ni mesa? Bueno, pude elegir entre una habitación totalmente amueblada, con una estrecha cama de hotel, o esta cama grande con nada más que el lavabo. Elegí la cama grande; en una alcoba, la cama es sin duda lo principal. Ay, para quien pudiera estirarse y dormir bien, esta cama sería verdaderamente deliciosa. Sin embargo, también a mí, que estoy siempre fatigado y sin poder dormir, me hace bien; paso en ella gran parte del día, despacho en ella toda mi correspondencia y atiendo aquí a los administrados. Resulta muy bien. Es verdad que los administrados no tienen donde sentarse, pero se consuelan; les resulta más agradable estar de pie y que quien levanta el acta se encuentre a gusto, que sentarse ellos cómodamente y verse verbalmente maltratados. Además, solo puedo disponer de ese sitio al borde de la cama, pero no es un lugar oficial y solo lo destino a conversaciones nocturnas. Sin embargo, está usted muy callado, señor agrimensor.» «Estoy muy cansado», dijo K., que inmediata y groseramente, sin respeto alguno, se había sentado en la cama al ser invitado, apoyándose en un barrote. «Naturalmente», dijo Bürgel riéndose, «todo el mundo está aquí cansado. Por ejemplo, no es poco trabajo el que he realizado ayer y también hoy. Queda completamente excluido que me duerma ahora, pero, si eso ocurriera, lo que es sumamente improbable, y me durmiera aún mientras está usted aquí, quédese tranquilo y no abra la puerta. Sin embargo, no tenga miedo; sin duda no me dormiré y, en el mejor de los casos, solo unos minutos. Me ocurre que, probablemente porque estoy muy acostumbrado al trato con los administrados, cuando más fácilmente me duermo es cuando estoy acompañado.» «Duerma, por favor, señor secretario», dijo K., contento de la advertencia, «y yo también, si me lo permite, dormiré un poco.» «No, no», volvió a reírse Bürgel, «lamentablemente, no puedo dormir simplemente porque se me invite, solo durante una conversación puede surgir la ocasión para ello: lo que más me adormece es conversar. Sí, los nervios sufren en nuestra profesión. Yo, por ejemplo, soy secretario de enlace. ¿Sabe qué es eso? Bueno, represento el enlace más fuerte» —se frotó las manos rápidamente, con involuntaria alegría— «entre Friedrich y el pueblo, represento el enlace entre los secretarios del castillo y los del pueblo; la mayor parte del tiempo estoy en el pueblo, pero no de forma continua, tengo que estar dispuesto en todo momento a subir al castillo; ya ve esa bolsa de viaje: es una vida agitada, para la que no todo el mundo vale. Por otra parte, es cierto también que no podría prescindir ya de esta clase de trabajo; todos los demás me parecen insípidos. ¿Qué tal va su agrimensura?» «No hago esa clase de trabajo, no me emplean como agrimensor», dijo K., sin mucha conciencia del asunto; en realidad, solo ansiaba que Bürgel se durmiera, pero también lo hacía solo por cierto sentido del deber hacia sí mismo; en su interior creía saber que el momento en que Bürgel se dormiría estaba aún infinitamente lejano. «Eso es sorprendente», dijo Bürgel con un vivo movimiento de cabeza, sacando un cuaderno de debajo del cobertor para anotar algo. «Es usted agrimensor pero no trabaja como agrimensor.» K. asintió mecánicamente; había estirado el brazo izquierdo sobre el barrote de la cama y apoyado la cabeza en él; había intentado ponerse cómodo de diversas formas, pero esa posición era la más cómoda de todas; ahora podía también prestar mejor atención a lo que Bürgel decía. «Estoy dispuesto», continuó Bürgel, «a seguir este asunto. Entre nosotros las cosas no ocurren de tal forma que puedan quedar sin aprovechar competencias técnicas. Y también para usted debe de resultar mortificante. ¿No sufre por ello?» «Sufro por ello», dijo K. despacio, sonriendo para sus adentros, porque precisamente en aquel momento no sufría por ello lo más mínimo. Además, la oferta de Bürgel lo impresionaba poco. Era totalmente superficial. Sin saber nada de las circunstancias en que se había producido la contratación de K., de las dificultades con que tropezaba en la comunidad y en el castillo, de las complicaciones que se habían producido o anunciado ya durante su estancia allí..., sin saber nada de todo ello, incluso sin mostrar –lo que hubiera podido suponerse en un secretario– que tenía al menos una idea de ellas, se ofrecía a poner orden en el asunto, con un simple gesto de la mano y con ayuda de su pequeño cuaderno. «Parece haber tenido ya algunas decepciones», dijo sin embargo Bürgel, probando así que al menos conocía un poco a las personas; también K., desde que había entrado en la habitación, se animaba de cuando en cuando a no subestimar a Bürgel, pero en su estado le resultaba difícil juzgar acertadamente otra cosa que no fuera su propio cansancio. «No», dijo Bürgel, como si respondiera a un pensamiento de K. y, consideradamente, quisiera evitarle el esfuerzo de expresarlo, «no debe dejarse intimidar por las decepciones. La verdad es que muchas cosas parecen hechas aquí para intimidar y, cuando uno acaba de llegar, los obstáculos le parecen totalmente infranqueables. No voy a investigar qué es lo que pasa realmente con eso, tal vez la apariencia corresponda efectivamente a la realidad, en mi situación me falta la distancia necesaria para averiguarlo, pero fíjese, a veces hay sin embargo circunstancias que casi no coinciden con la situación general, circunstancias en que, con una palabra, con una mirada, con un signo de confianza, se puede conseguir más que con los esfuerzos agotadores de toda una vida. Es así sin lugar a dudas. Evidentemente, esas circunstancias concuerdan con la situación general, en la medida en que nunca se aprovechan. Sin embargo, por qué no se aprovechan es lo que me pregunto una y otra vez.» K. no lo sabía; sin duda se daba cuenta de que aquello de que le hablaba Bürgel probablemente le concernía mucho, pero sentía ahora una gran repugnancia hacia todas las cosas que le concernían; echó la cabeza un poco a un lado, como si con ello dejara paso libre a las preguntas de Bürgel y no pudiera ser alcanzado ya por ellas. «Es», continuó Bürgel, estirando los brazos y bostezando, lo que estaba en desconcertante contradicción con la seriedad de sus palabras, «es queja constante de los secretarios que se ven obligados a realizar la mayoría de los interrogatorios del pueblo en plena noche. Sin embargo, ¿por qué se quejan de ello? ¿Porque es demasiado cansado? ¿Porque preferirían emplear la noche en dormir? No, de eso sin duda no se quejan. Naturalmente, entre los secretarios los hay diligentes y menos diligentes, como en todas partes, pero de demasiado cansancio no se queja ninguno, ni mucho menos en público. Sencillamente, no es nuestro estilo. En ese sentido, no hacemos ninguna distinción entre el tiempo habitual y el tiempo de trabajo. Esas distinciones nos son ajenas. Entonces, ¿qué tienen los secretarios contra los interrogatorios nocturnos? ¿Es por consideración a los interesados? No, no, tampoco es eso. Los secretarios son desconsiderados con los interesados, pero no son en absoluto más desconsiderados que consigo mismos, sino solo igualmente desconsiderados. En realidad, esa desconsideración, es decir, la férrea observancia y cumplimiento del servicio, es la mayor consideración que podrían desear los administrados. En el fondo, eso –aunque un observador superficial, evidentemente, no lo note– se reconoce sin reservas; en efecto, por ejemplo en este caso son precisamente los interrogatorios nocturnos los mejor acogidos por los administrados, no hay básicamente quejas contra los interrogatorios nocturnos. ¿Por qué entonces esa repugnancia de los secretarios?» K. tampoco lo sabía, sabía muy poco, ni siquiera distinguía si Bürgel exigía seriamente una respuesta o solo lo aparentaba. «Si dejas que me acueste en tu cama», pensaba, «mañana al mediodía o, mejor aún, por la tarde, contestaré a todas tus preguntas.» Sin embargo, Bürgel no parecía prestarle atención; lo ocupaba demasiado la pregunta que se había hecho a sí mismo. «Por lo que sé y en la medida en que yo mismo lo he experimentado, los secretarios tienen con respecto a los interrogatorios nocturnos más o menos las siguientes reservas. La noche resulta menos apropiada para tratar con los administrados, porque de noche es difícil o francamente imposible conservar por completo el carácter oficial de las negociaciones. Eso no se debe a lo exterior; naturalmente, las formas pueden observarse, si se quiere, tan estrictamente como de día. De manera que no es eso; en cambio, el criterio oficial sufre de noche. Involuntariamente, uno se siente inclinado de noche a juzgar las cosas desde un punto de vista más privado, las alegaciones de las partes cobran más peso del que les corresponde, y se mezclan en el juicio consideraciones, que no son pertinentes, sobre la situación general de las partes, sus sufrimientos y preocupaciones; la necesaria barrera entre administrados y funcionarios, aunque exteriormente parezca intacta, se debilita, y en donde, normalmente, como debe ser, iban y venían solo preguntas y respuestas, parece producirse a veces un extraño y totalmente inadecuado intercambio de personas. Eso dicen al menos los secretarios, es decir, personas que, al fin y al cabo, por su profesión, están dotadas de una sensibilidad extraordinaria para esas cosas. Sin embargo, incluso ellos –de eso se ha hablado con frecuencia en nuestros círculos– se dan poca cuenta durante los interrogatorios nocturnos de esos efectos desfavorables; al contrario, se esfuerzan de antemano por contrarrestarlos y, en definitiva, creen haber realizado un trabajo especialmente satisfactorio. Sin embargo, si se leen luego las actas, con frecuencia se asombra uno de sus debilidades evidentes. Y se trata de errores, concretamente de ventajas para los administrados, una y otra vez de errores semiinjustificados y que, al menos según nuestros reglamentos, no pueden corregirse ya por el rápido procedimiento habitual. Sin duda alguna, serán corregidos alguna vez por una oficina de inspección, pero ello beneficiará solo al derecho y no podrá perjudicar ya a la parte interesada. En esas circunstancias, ¿no están muy justificadas las quejas de los secretarios?» K. había pasado ya un momento semidormido, y ahora se veía nuevamente molestado. «¿Por qué todo esto? ¿Por qué todo esto?», se preguntaba, contemplando a Bürgel con los párpados bajos, no como a un funcionario con el que se habla de cuestiones difíciles sino solo como a algo que impide dormir y cuyo sentido no se puede encontrar. Bürgel, sin embargo, totalmente entregado a sus pensamientos, sonreía como si acabara de conseguir desorientar un tanto a K. Sin embargo, estaba dispuesto a volver a traerlo al buen camino. «Bueno», dijo, «tampoco se puede calificar sin más esas quejas de justificadas. La verdad es que los interrogatorios nocturnos no están prescritos en ninguna parte y por lo tanto no se infringe ningún reglamento si se trata de evitarlos, pero las circunstancias, el exceso de trabajo, la forma de trabajar de los funcionarios del castillo, su difícil prescindibilidad, el reglamento que determina que el interrogatorio de las partes solo puede realizarse una vez terminada completamente la instrucción previa, pero debe hacerse inmediatamente después, todo eso y otras cosas hacen que los interrogatorios nocturnos sean una necesidad ineludible. Ahora bien, si se han convertido en una necesidad, ha sido también –lo afirmo–, al menos indirectamente, como resultado de los reglamentos, y criticar la existencia de los interrogatorios nocturnos significaría casi –naturalmente exagero un poco, y por eso, como tal exageración, puedo decirlo– significaría criticar incluso los reglamentos. En cambio, hay que reconocer que los secretarios deben, en el marco de los reglamentos, tratar de asegurarse lo mejor posible contra los interrogatorios nocturnos y sus desventajas, quizá solo aparentes. Es lo que hacen y, de hecho, en el mayor grado; solo aceptan temas de negociación de los que, en todos los sentidos, haya que temer lo menos posible, los examinan detenidamente antes de las negociaciones y, cuando el resultado del examen lo exige aunque sea en el último momento, rechazan cualquier acuerdo; se dan fuerzas citando a menudo diez veces a una de las partes antes de recibirla realmente, se hacen sustituir de buena gana por compañeros que no son competentes en el caso de que se trate y que, por ello, pueden tratarlo con mayor ligereza, fijan las negociaciones al menos para el comienzo o el final de la noche, evitando las horas intermedias... De esas medidas hay muchas más, y no es fácil evitarlas; los secretarios son casi tan resistentes como vulnerables.» K. dormía; no era un verdadero sueño, oía las palabras de Bürgel quizá mejor que durante la anterior vigilia, muerto de fatiga, pero había desaparecido su molesta conciencia, se sentía libre, no era Bürgel quien lo retenía ya, aunque a veces tanteara aún buscando a Bürgel, todavía no estaba en lo profundo del sueño, pero estaba sumergido en él, nadie debía arrebatárselo ya. Y le parecía haber conseguido una gran victoria y que había ya también alguien para celebrarlo y que él o algún otro levantaba una copa de champán en honor del vencedor. Y, para que todos supieran de qué se trataba, se repetían otra vez la lucha y la victoria o quizá no se repetían sino que tenían lugar entonces y se habían celebrado ya antes y no se dejaban de celebrar porque, felizmente, el resultado era seguro. Un secretario, desnudo, muy parecido a la estatua de un dios griego, era acosado por K. en la lucha. Resultaba muy divertido y K., en sueños, sonreía dulcemente cuando el secretario, asustado por los ataques de K., tenía que dejar una y otra vez su actitud orgullosa y utilizar rápidamente, por ejemplo, un brazo en alto y un puño cerrado para tapar sus desnudeces, aunque lo hacía cada vez más lentamente. La lucha no duró mucho tiempo; paso a paso, y eran pasos muy grandes, K. avanzaba. ¿Era siquiera una lucha? No había ningún obstáculo serio, solo de vez en cuando se oía el pipiar del secretario. Aquel dios griego pipiaba como una muchacha a la que hicieran cosquillas. Y finalmente desapareció: K. estaba solo en una gran habitación; dispuesto a la lucha, se dio la vuelta y buscó a su adversario, pero no había ya nadie, también los demás habían desaparecido y solo quedaba en el suelo, rota, la copa de champán: K. la aplastó con el pie por completo. Sin embargo, los añicos le pincharon, volvió a despertarse estremeciéndose, tenía náuseas como un niño pequeño al que despiertan, pero, al ver el pecho desnudo de Bürgel, le rozó el pensamiento: «¡Ahí tienes a tu dios griego! ¡Sácalo de la cama!». «Sin embargo», dijo Bürgel, con el rostro pensativamente levantado hacia el techo de la habitación, como si buscara en su memoria ejemplos sin encontrarlos, «a pesar de todas las medidas de seguridad, las partes tienen una posibilidad de aprovechar esas debilidades nocturnas de los secretarios, suponiendo siempre que se trate de debilidades. Evidentemente, una posibilidad muy rara o, mejor dicho, que casi nunca se da, consiste en que el interesado venga sin anunciarse en mitad de la noche. Quizá se asombrará usted de que eso, que parece tan sencillo, ocurra tan raras veces. Bueno, usted no está familiarizado con nuestras circunstancias. Sin embargo, debe de haberle llamado ya la atención la ausencia de lagunas en la organización oficial. Esa ausencia hace, sin embargo, que todo el que tiene alguna demanda o, por otras razones, debe ser interrogado sobre algo, reciba ya su citación inmediatamente, sin demora, la mayoría de las veces incluso antes de que haya preparado el asunto, sí, incluso antes de que sepa nada. No le toman declaración esa vez, la mayoría de las veces no se la toman, normalmente el asunto no está tan maduro, pero tiene ya su citación y no puede venir sin anunciarse, es decir, de forma totalmente inesperada, todo lo más puede venir en un momento inoportuno, pero entonces se le recuerda la fecha y la hora de la citación, y vuelve en el momento oportuno; por regla general se le despide, lo que no causa ya ninguna dificultad; la citación en manos de las partes y la anotación en el expediente son para los secretarios armas de defensa que quizá no sean siempre suficientes pero son poderosas. Es verdad que eso se refiere solo al secretario competente en ese momento para el asunto; todo el mundo puede acudir libremente a los otros secretarios, de forma inesperada, en plena noche. Sin embargo, casi nadie lo hace, porque casi no tiene sentido. En primer lugar, con ello se irritaría mucho al secretario competente; los secretarios, desde luego, no somos celosos entre nosotros en lo que al trabajo se refiere; al fin y al cabo, cada uno soporta una carga de trabajo calculada por exceso y asignada sin mezquindad, pero en lo que se refiere a las partes no podemos soportar en modo alguno injerencias en nuestra competencia. Más de uno ha perdido la partida porque, creyendo no poder avanzar en el servicio en que es competente, ha tratado de introducirse en otro en que no lo era. Por lo demás, esas tentativas deben fracasar también porque un secretario no competente, aunque sea abordado de noche por sorpresa y quiera ayudar con la mejor voluntad, difícilmente podrá intervenir más que cualquier abogado y, en el fondo, podrá hacerlo mucho menos, porque le faltará, aunque pudiera hacer algo, ya que conoce los secretos caminos del derecho mejor que todos los señores abogados..., le faltará sencillamente tiempo para asuntos en los que no es competente, no podrá dedicarles ni un momento. Con esas perspectivas, ¿quién emplearía sus noches en acudir a secretarios no competentes? También los administrados están totalmente ocupados cuando, además de a su profesión, tienen que atender las citaciones y las indicaciones de los servicios competentes; evidentemente "totalmente ocupados" en el sentido de los administrados, lo que, naturalmente, dista mucho de ser lo mismo que "totalmente ocupados" en el sentido de los secretarios.» K. asintió sonriendo, creía comprenderlo todo ahora exactamente, no porque le preocupara, sino porque estaba convencido de que, acto seguido, se quedaría completamente dormido, esta vez sin sueños ni molestias; entre los secretarios competentes por un lado y los no competentes por otro, y teniendo en cuenta la masa de administrados plenamente ocupados, se hundiría en un profundo sueño y, de esa forma, escaparía a todo. Se había acostumbrado ya tanto a la voz suave y satisfecha con la que Bürgel, evidentemente, se esforzaba en vano por dormir él, que esa voz más bien fomentaba su sueño que lo estorbaba. «Gira, molino, gira», pensó. «No giras más que por mí.» «¿Dónde está entonces», dijo Bürgel, jugando con dos dedos con su labio inferior, con los ojos muy abiertos y el cuello estirado, como si, después de una fatigosa caminata, se acercase a un punto de vista encantador, «dónde está entonces esa posibilidad mencionada, rara, que casi nunca se da? El secreto está en los reglamentos de competencia. Efectivamente, no hay, ni puede haber en una organización grande y viva, solo un secretario competente para cada asunto. Lo que ocurre es que un secretario tiene la competencia principal, pero muchos otros, para partes determinadas, tienen también una competencia, aunque menor. ¿Quién podría, aunque fuera el mayor trabajador, reunir en su escritorio todas las relaciones del incidente más mínimo? E incluso lo que he dicho de una competencia principal es demasiado. ¿No es hasta la más pequeña competencia una competencia total? ¿No es decisiva la pasión con que se trata un asunto? ¿Y no es esa pasión siempre la misma, no tiene siempre toda su fuerza? Puede haber en todo diferencias entre los secretarios y hay un sinnúmero de esas diferencias, pero no en la pasión; ninguno de ellos podrá contenerse si se le solicita que se ocupe de un caso sobre el que solo tenga aunque sea la más mínima competencia. Es verdad que, hacia fuera, hay que crear una posibilidad de negociación regular, y por eso aparece en primer plano para las partes un secretario determinado, al que deben atenerse oficialmente. Sin embargo, ese secretario ni siquiera tiene que ser el que posea para ese caso la mayor competencia; eso lo deciden la organización y sus necesidades especiales en cada momento. Esa es la situación. Y ahora, señor agrimensor, considere la posibilidad de que un administrado, por alguna circunstancia, a pesar de los obstáculos que le he descrito, en general plenamente suficientes, sorprenda en mitad de la noche a un secretario que tenga cierta competencia para el caso de que se trate. ¿Sin duda no habrá pensado en esa posibilidad? Se lo creo de buena gana. Tampoco es necesario pensar en ella, porque casi nunca se produce. Qué clase de granito especial y bien configurado, pequeño y hábil tendría que ser ese administrado para poder pasar a través del tamiz infranqueable. ¿Cree que no puede ocurrir? Tiene razón, no puede ocurrir. Pero una noche –¿quién puede responder de todo?– ocurre sin embargo. Es verdad que no tengo entre mis conocidos a nadie a quien le haya ocurrido; sin embargo, eso no prueba nada: mis conocidos, en comparación con las cifras que habría que considerar, son muy pocos, y además no es en absoluto seguro que un secretario al que le haya ocurrido algo así quiera confesarlo; al fin y al cabo es un asunto muy personal y que, en cierto modo, afecta estrechamente al pudor administrativo. De todas formas, mi experiencia prueba quizá que se trata de algo cuya existencia solo se basa realmente en rumores, sin ser confirmada por nada, y que por consiguiente resulta muy exagerado temerlo. Aunque verdaderamente ocurriera, se podría –hay que creerlo– hacerlo literalmente inofensivo probando, lo que es muy fácil, que no hay lugar para ello en el mundo. En cualquier caso, es enfermizo esconderse bajo los cobertores, por ejemplo, por miedo a eso, y no atreverse a mirar afuera. E incluso aunque lo totalmente improbable hubiera cobrado forma de repente, ¿se habría perdido todo? Al contrario. Que todo esté perdido es más improbable aún que lo más improbable. Evidentemente, cuando un administrado está en la habitación, la cosa es ya muy grave. Encoge el corazón. "¿Cuánto tiempo podrás resistir?", se pregunta uno. Sin embargo, eso se sabe, no habrá resistencia. Solo hace falta que se imagine claramente la situación. El administrado nunca visto, siempre esperado, esperado con auténticas ganas y considerado siempre, de forma sensata, como inaccesible, está ahí. Ya con su presencia muda invita a penetrar en su pobre vida, a instalarse allí como en una propiedad y a sufrir con ella sus vanas exigencias. Esa invitación en el silencio de la noche resulta cautivadora. Se responde a ella y, realmente, se deja de ser funcionario. Es una situación en la que pronto resulta imposible rechazar una demanda. Dicho exactamente, está uno desesperado; dicho más exactamente, es muy feliz. Desesperado porque esa indefensión con la que está uno aquí, aguardando la demanda del administrado y sabiendo que, una vez formulada, habrá que atenderla, aunque, al menos por lo que se puede juzgar, haga literalmente pedazos la organización administrativa... Eso es lo peor que se puede encontrar en la práctica. Sobre todo –por no hablar de otras cosas–, porque se trata de una promoción jerárquica, más allá de todo lo concebible, que momentáneamente se reivindica por la fuerza. De acuerdo con nuestro cargo, no podemos satisfacer demandas como las que aquí se tratan, pero gracias a la proximidad de esos administrados nocturnos, nuestras fuerzas administrativas aumentan en cierto modo y nos obligamos a cosas que están fuera de nuestro ámbito, las realizamos incluso; el administrado nos obliga en plena noche, como un salteador del bosque, a sacrificios de los que de otro modo nunca seríamos capaces... Bueno, así es cuando el administrado está todavía ahí y nos da fuerzas y nos obliga y nos anima y todo funciona de forma semiinconsciente, pero ¿qué ocurrirá luego, cuando eso haya pasado, los administrados, saciados y despreocupados, nos hayan dejado, y estemos aquí, solos, sin defensa en relación con nuestro abuso administrativo?... No resulta imaginable. Y sin embargo somos felices. Qué suicida puede ser la felicidad. Podríamos esforzarnos por mantener secreta para el administrado la verdadera situación. Por sí solo apenas suele darse cuenta de nada. En su opinión, probablemente solo por motivos indiferentes y casuales, se mete por agotamiento y decepción, agotado, decepcionado, sin consideraciones e indiferente, en otra habitación distinta de la que pretendía, y se ocupa con el pensamiento, si es que se ocupa, de su error o su cansancio. ¿No se le podría dejar así? No se puede. Con la charlatanería de quien es feliz, hay que explicárselo todo. Sin la menor consideración hacia sí mismo, hay que mostrarle detalladamente lo que ha ocurrido y por qué razón ha ocurrido, qué extraordinariamente rara y qué singularmente importante es la ocasión, hay que mostrarle cómo se encuentra torpemente metido en esa ocasión con todo su desamparo, un desamparo en el que no puede encontrarse ningún otro ser sino ese administrado, pero también cómo, si quiere, señor agrimensor, puede dominarlo todo y para ello no tiene que hacer otra cosa que formular de algún modo su petición, cuyo cumplimiento está ya dispuesto, hacia el que se tiende ya... Hay que mostrar todo eso, es la hora difícil de los funcionarios. Sin embargo, cuando se ha hecho, lo más necesario, señor agrimensor, ha ocurrido, y hay que conformarse y aguardar.»

K. no le oía ya; dormía, cerrado a todo lo que pasaba. Su cabeza, que al principio había reposado en el brazo izquierdo, sobre el barrote de la cama, se había deslizado en el sueño y colgaba ahora, inclinándose lentamente cada vez más; el apoyo del brazo arriba no bastaba ya, y K. buscó involuntariamente otro, apoyando la mano derecha en el cobertor, con lo que, casualmente, agarró el pie de Bürgel, que estaba debajo. Bürgel lo miró y le dejó el pie, por molesto que ello pudiera resultarle.

En ese momento dieron fuertes golpes en la pared de al lado, K. se sobresaltó y miró hacia ella. «¿No está ahí el agrimensor?», preguntaron. «Sí», dijo Bürgel, liberó su pie de K. y se estiró de pronto, violenta y caprichosamente, como un muchacho. «Entonces que venga de una vez», dijeron de nuevo; no tenían consideración alguna con Bürgel ni con el hecho de que quizá pudiera necesitar todavía a K. «Es Erlanger», dijo Bürgel susurrando; no parecía sorprenderle que Erlanger se encontrase en la habitación de al lado. «Vaya enseguida a verlo, está enfadado, trate de calmarlo. Duerme bien, pero hemos hablado en voz demasiado alta, no es posible dominarse ni dominar la voz cuando se habla de ciertas cosas. Bueno, vaya pues; no parece usted poder salir de su sueño. Váyase, ¿qué espera aún aquí? No, no tiene que disculparse de su amodorramiento, ¿por qué? Las fuerzas físicas solo llegan hasta cierto límite; no se puede hacer nada contra el hecho de que ese límite sea importante. No, no se puede hacer nada. Así corrige el mundo su propio curso y conserva el equilibrio. Se trata de un dispositivo excelente, una y otra vez inconcebiblemente excelente, aunque en otros aspectos desesperado. Ahora váyase, no sé por qué me mira así. Si se demora mucho, Erlanger arremeterá contra mí, y eso preferiría evitarlo. Vaya pues, ¿quién sabe qué le aguarda ahí? Aquí todo está lleno de oportunidades. Aunque, evidentemente, hay oportunidades que, en cierto modo, son demasiado importantes para ser utilizadas: hay cosas que solo fracasan por sí mismas. Sí, es asombroso. Además, ahora confío en poder dormir un poco. Evidentemente, son ya las cinco de la mañana y el ruido comenzará pronto. ¡Si quisiera marcharse de una vez!»

Aturdido por el súbito despertar de un sueño profundo, necesitado aún de sueño ilimitadamente y con el cuerpo dolorido por todas partes como consecuencia de la incómoda postura, K. no pudo decidirse en mucho rato a levantarse, se agarraba la frente y se miraba las rodillas. Ni siquiera las continuas despedidas de Bürgel hubieran podido hacer que se fuera; solo la sensación de la absoluta inutilidad de seguir en aquella habitación lo indujo lentamente a hacerlo. La habitación le parecía indescriptiblemente vacía. No sabía si se había vuelto así o si lo había sido siempre. Ni siquiera podría volver a dormirse allí. Ese convencimiento fue lo decisivo; sonriendo un poco, se puso en pie, se apoyó en cualquier parte en que pudo encontrar apoyo, en la cama, en la pared, en la puerta, y como si hiciera rato que se hubiera despedido ya de Bürgel, salió sin saludar.

24

Probablemente habría pasado con la misma indiferencia ante la habitación de Erlanger, si este no hubiera estado apostado en la puerta abierta y le hubiera hecho una señal. Una breve y única señal con el dedo índice. Erlanger estaba ya totalmente dispuesto para irse y llevaba un abrigo de piel negro, de cuello estrecho y abotonado. Un criado le estaba dando los guantes y sostenía un gorro de piel. «Hubiera debido venir usted hace tiempo», dijo Erlanger. K. fue a excusarse, pero Erlanger le indicó, con un parpadeo de cansancio, que renunciaba a ello. «Se trata de lo siguiente», dijo. «En la taberna prestaba antes servicio una tal Frieda; solo la conozco de nombre; a ella no, ni me interesa. Esa Frieda servía a veces cerveza a Klamm. Ahora parece haber allí otra muchacha. El cambio, naturalmente, carece de importancia, probablemente para todo el mundo y, sin lugar a dudas, para Klamm. Sin embargo, cuanto mayor es el trabajo, y el trabajo de Klamm es evidentemente el mayor de todos, tantas menos fuerzas quedan para defenderse del mundo exterior y, como consecuencia, cualquier cambio sin importancia de cosas sin importancia puede resultar una grave molestia. El menor cambio en la mesa de escribir, la eliminación de esta o de aquella mancha que había en ella desde siempre, todo puede molestar, y lo mismo una nueva sirvienta. Ahora bien, si eso molesta evidentemente a cualquier otra persona y en cualquier tipo de trabajo, a Klamm no, eso no se discute. Sin embargo, nosotros estamos obligados a velar por la comodidad de Klamm de tal forma, que incluso molestias que para él no lo son —probablemente para él no hay molestia alguna— tenemos que eliminarlas si nos parecen molestias posibles. No eliminamos esas molestias por él, por su trabajo, sino por nosotros mismos, por nuestra conciencia y nuestra tranquilidad. Por ello, esa Frieda debe volver inmediatamente a la taberna; tal vez moleste precisamente el que vuelva, y entonces volveremos a despedirla, pero provisionalmente debe volver. Usted, según me han dicho, vive con ella, por lo que debe hacer que vuelva inmediatamente. En esto no pueden tenerse en cuenta los sentimientos personales, eso es evidente, y por ello no me dejaré arrastrar a ninguna discusión sobre el asunto. Ya hago más de lo necesario al decirle que, si demuestra usted su eficacia en esa nimiedad, ello podrá resultarle útil para progresar. Y eso es todo lo que tengo que decirle.» Hizo un gesto de cabeza a K. como despedida, se puso el abrigo de piel que le tendía el criado y, seguido de este, salió al pasillo rápidamente, aunque cojeando un poco.

Allí se daban a veces órdenes que eran muy fáciles de cumplir, pero esa facilidad no alegró a K. No solo porque la orden concernía a Frieda, y sin duda se daba como tal orden, aunque a K. le parecía una burla, sino sobre todo porque K. se daba cuenta a raíz de ella de la inutilidad de todos sus esfuerzos. Las órdenes pasaban por encima de su cabeza, tanto las desfavorables como las favorables, y hasta las favorables tenían un núcleo desfavorable, pero en cualquier caso todas pasaban por encima de su cabeza y él estaba situado demasiado bajo para intervenir en ellas, y mucho más para silenciarlas y hacer que se escuchara su voz. Si Erlanger te rechaza con un gesto, ¿qué puedes hacer? Y si no te despide, ¿qué puedes decirle? Sin duda, K. tenía conciencia de que su cansancio le había perjudicado[c] más ese día que todas las circunstancias desfavorables, pero por qué no podía él, que había creído poder confiar en su cuerpo y que, sin ese convencimiento, no se hubiera puesto en camino, por qué no podía soportar algunas malas noches y una noche sin dormir, por qué estaba precisamente allí tan desesperadamente cansado, allí donde nadie estaba cansado o, mejor dicho, donde todo el mundo estaba siempre cansado, pero sin que eso perjudicara al trabajo, sino que más bien, aparentemente, lo favorecía. De ello había que deducir que era un cansancio de naturaleza muy distinta del de K. Se trataba indudablemente de un cansancio producido por un trabajo satisfactorio, de algo que por fuera parecía cansancio pero era realmente una calma indestructible, una indestructible paz. Si al mediodía uno está un poco cansado, eso forma parte del satisfactorio curso natural de la jornada. Para los señores de allí, siempre era mediodía, se dijo K.

Y concordaba muy bien con ello el que ahora, a las cinco de la mañana, a los dos lados, el pasillo se fuera animando por doquier. Aquella confusión de voces en las habitaciones tenía algo de sumamente alegre. Unas veces se oía como gritos de júbilo de niños que se preparasen a salir de excursión, otras se oía como un despertar en el gallinero, como la alegría de estar en total armonía con el alba; en algún lado, un señor imitó incluso el canto del gallo. El pasillo en sí seguía aún vacío, pero las puertas se movían ya; una y otra vez entreabrían alguna y la volvían a cerrar rápidamente; el pasillo zumbaba con ese abrir y cerrar de puertas, aquí y allá veía aparecer K. también arriba, en el espacio que dejaban las paredes que no llegaban hasta el techo, cabezas matutinamente desgreñadas que desaparecían enseguida. Desde lejos vino lentamente un pequeño carrito empujado por un servidor, que contenía expedientes. Un segundo servidor que marchaba a su lado llevaba un registro en la mano y, evidentemente, iba comparando los números de las puertas con los de los expedientes. El carrito se detenía ante la mayoría de las puertas; generalmente, la puerta se abría entonces y los correspondientes expedientes, a veces solo una hojita –en esos casos se entablaba una breve conversación entre la habitación y el pasillo; probablemente hacían reproches al servidor–, eran entregados en la habitación. Si la puerta permanecía cerrada, los expedientes se amontonaban cuidadosamente en el umbral. En esos casos, a K. le pareció que el movimiento de las puertas de alrededor no se detenía, a pesar de que también allí se habían distribuido ya expedientes, sino que más bien se intensificaba. Tal vez los otros miraban con ansia los expedientes del umbral, incomprensiblemente aún por recoger, sin poder entender que alguien que solo tuviera que abrir la puerta para entrar en posesión de sus expedientes no lo hiciera; tal vez era posible incluso que los expedientes definitivamente no recogidos fueran repartidos más tarde entre los otros señores, que querían convencerse ya, echando frecuentes ojeadas, de que los expedientes seguían en el umbral y, por consiguiente, aún había esperanza para ellos. Por lo demás, esos expedientes que quedaban en el suelo eran en su mayoría legajos especialmente gruesos, y K. supuso que se dejaban allí provisionalmente por cierta jactancia o maldad, o por justificado orgullo, a fin de animar a los compañeros. Reforzaba esa suposición el que a veces, siempre precisamente cuando K. no miraba, entraban de pronto y a toda prisa el bulto, antes expuesto a todas las miradas, y la puerta volvía a quedar tan inmóvil como antes; también las puertas de alrededor se calmaban entonces, decepcionadas o contentas de que aquel objeto de continua excitación hubiera sido finalmente eliminado, pero poco a poco volvían a ponerse en movimiento.

K. contemplaba todo aquello, no solo con curiosidad sino también con interés. Casi se sentía bien en medio de la agitación, miraba a un lado y a otro y seguía con la mirada –aunque a prudente distancia– a los servidores, que, evidentemente, se habían vuelto ya a menudo hacia él con mirada severa, cabeza inclinada y labios fruncidos, y contemplaba la distribución del trabajo. Cuanto más avanzaba esta, tanto menos fácilmente se hacía: o no concordaba del todo el registro, o los servidores no podían distinguir los expedientes o bien, por otras razones, los señores ponían reparos; en cualquier caso, ocurría que había que deshacer muchas asignaciones; entonces el carrito retrocedía y se negociaba, a través de la puerta entreabierta, la devolución de los expedientes. Esas negociaciones causaban de por sí grandes dificultades, pero sucedía con frecuencia que, cuando se trataba de una devolución, precisamente las puertas que más se habían movido antes permanecían ahora inflexiblemente cerradas, como si no quisieran saber ya nada del asunto. Solo entonces comenzaban las verdaderas dificultades. Quien creía tener derecho a los expedientes se impacientaba enormemente, hacía mucho ruido en su habitación, daba palmadas, golpeaba con los pies y gritaba en el pasillo, una y otra vez, un número de expediente determinado, a través de la puerta entreabierta. Entonces el carrito permanecía a menudo totalmente abandonado. Uno de los servidores se ocupaba de calmar al impaciente y el otro luchaba ante la puerta cerrada para conseguir la devolución. Los dos lo pasaban mal. El impaciente a menudo se impacientaba más aún con los intentos de calmarlo, no podía seguir escuchando las vanas palabras del servidor, no quería consuelo, quería los expedientes; uno de esos señores llegó a echar por la abertura de arriba toda una palangana de agua sobre el servidor. Sin embargo, el otro servidor, evidentemente el de mayor categoría, lo pasaba peor aún. Si el señor de que se trataba llegaba a negociar siquiera, se desarrollaban conversaciones neutras, en las que el servidor se remitía a su registro y el señor a sus observaciones preliminares y directamente a los expedientes que tenía que devolver, pero que, de momento, sostenía firmemente, de forma que apenas quedaba visible un ángulo para los ojos ansiosos del servidor. Además, para buscar nuevas pruebas, el servidor tenía que volver al carrito, que por sí solo había rodado siempre un trecho por el pasillo ligeramente inclinado, o tenía que ir al señor que reclamaba los expedientes e intercambiar las objeciones del propietario anterior por nuevas objeciones. Esas negociaciones duraban mucho tiempo, y a veces se llegaba a un acuerdo: un señor, por ejemplo, entregaba una parte de los expedientes o recibía como compensación otro, porque se había tratado solo de una confusión; ocurría también, sin embargo, que alguien tuviera que renunciar sin más a todos los expedientes reclamados, ya fuera porque las pruebas del servidor lo hubiesen acorralado o porque se cansara de aquel continuo negociar, pero entonces no daba los expedientes al servidor sino que, con súbita decisión, los arrojaba lejos en el pasillo, de forma que los bramantes se soltaban y volaban las hojas, y los servidores tenían muchas dificultades para volver a ordenarlo todo. Sin embargo, todo ello era relativamente más sencillo que cuando el servidor no recibía respuesta a sus solicitudes de restitución; entonces se quedaba ante la puerta cerrada, rogaba, protestaba, citaba su registro, se remitía a los reglamentos, todo en vano: en la habitación no se oía ruido alguno y, aparentemente, los servidores no tenían permiso para entrar en ella. Entonces, también el dominio de sí mismo abandonaba a veces a aquel excelente servidor, que se iba a su carrito, se sentaba sobre los expedientes, se enjugaba el sudor de la frente y, durante un rato, se limitaba a balancear las piernas con impotencia. El interés por el asunto era alrededor muy grande, por todas partes cuchicheaban, apenas había una puerta quieta y arriba, en el antepecho de la pared, rostros curiosamente casi envueltos por completo, que además no se quedaban quietos ni un momento, observaban lo que pasaba. En medio de aquella agitación, llamó la atención a K. que la puerta de Bürgel permaneciera cerrada todo el tiempo y que los servidores hubieran recorrido ese tramo del pasillo, pero sin dar a Bürgel expedientes. Quizá dormía todavía, lo que, de todas formas, hubiera significado un sueño muy sano en medio de aquel alboroto, pero ¿por qué no había recibido expedientes? Solo muy pocas habitaciones, y además probablemente desocupadas, habían sido omitidas de aquella forma. En cambio, en la habitación de Erlanger había ya un huésped nuevo y especialmente inquieto; Erlanger debía de haber sido literalmente echado por él en mitad de la noche; eso concordaba mal con la forma de ser fría y mundana de Erlanger, pero el hecho de haber tenido que esperar a K. en el umbral apuntaba en ese sentido.

Después de todas aquellas observaciones desviadas, la atención de K. volvía siempre enseguida al servidor; en el caso de aquel servidor no se aplicaba verdaderamente lo que habían contado a K. de los servidores en general, de su inactividad, su vida cómoda y su arrogancia; sin duda había excepciones entre los servidores o, lo que era más probable, diversos grupos entre ellos, porque allí, como observó K., había muchas categorías, de las que hasta entonces no había tenido indicación alguna. Especialmente la tenacidad de aquel servidor le gustó mucho. En la lucha con aquellas pequeñas habitaciones obstinadas –a K. le parecía a menudo que se trataba de una lucha con las habitaciones, porque a sus ocupantes apenas los veía– el servidor no cejaba. Se agotaba sin duda –¿quién no se hubiera agotado?–, pero se recuperaba pronto, se bajaba del carrito y se dirigía erguido, apretando los dientes, hacia la puerta que tenía que conquistar. Y ocurría que fuera rechazado dos o tres veces, aunque de manera muy simple, solo por aquel endemoniado silencio, y que, sin embargo, no se diera por vencido. Cuando veía que no podía lograr nada con un ataque directo, lo intentaba de otra forma; por ejemplo, si K. comprendía correctamente, por la astucia. Abandonaba aparentemente la puerta, dejándole recuperar en cierto modo su fuerza silenciosa, y se alejaba hacia otras puertas, pero al cabo de un rato regresaba y gritaba al otro servidor, llamando la atención y muy alto, y comenzaba a amontonar expedientes en el umbral de la puerta cerrada, como si hubiera cambiado de opinión y, con arreglo a derecho, no hubiera que quitar nada a aquel señor sino repartirle mucho más. Luego continuaba, pero siempre con los ojos en la puerta, y cuando el señor, como solía ocurrir, abría pronto la puerta con cautela para introducir en su habitación los expedientes, el servidor se plantaba allí en un par de saltos, metía el pie entre puerta y marco y obligaba así al señor a tratar con él al menos cara a cara, lo que normalmente llevaba a un resultado medianamente satisfactorio. Y si no lo conseguía o para una puerta determinada no le parecía la manera adecuada, lo intentaba de otra forma. Se dedicaba entonces, por ejemplo, al señor que reclamaba los expedientes. Apartaba a un lado al otro servidor, un auxiliar francamente inútil que trabajaba solo mecánicamente, y comenzaba a convencer por sí mismo al señor, le susurraba, en secreto, metiendo mucho la cabeza en la habitación, y probablemente le hacía promesas y le aseguraba también que en el siguiente reparto el otro señor sería debidamente castigado; al menos señalaba a menudo la puerta del adversario y se reía, en la medida en que se lo permitía el cansancio. Sin embargo, había casos, uno o dos, en que, evidentemente, renunciaba a todos los intentos, pero también entonces creía K. que se trataba solo de una renuncia aparente o, al menos, de una renuncia por motivos justificados, porque el servidor seguía tranquilamente su camino, toleraba sin volverse el alboroto del señor perjudicado, y solo un parpadeo a veces algo más largo indicaba que el ruido lo hacía padecer. Sin embargo, también el señor se calmaba entonces poco a poco; ocurría con sus gritos lo mismo que con el llanto continuo de los niños, que se va convirtiendo poco a poco en sollozos cada vez más aislados; pero incluso cuando todo había quedado completamente tranquilo se oía de nuevo, a veces, algún grito aislado o algún furtivo abrir y cerrar de puertas. En cualquier caso, se veía que también en ese caso el servidor había actuado probablemente de forma por completo correcta. Solo quedó finalmente un señor que no quería calmarse; callaba largo rato, pero solo para recuperarse, y luego comenzaba otra vez con la misma fuerza que antes. No resultaba muy claro por qué gritaba y se lamentaba así; quizá no fuera en absoluto por el reparto de expedientes. Entretanto, el servidor había terminado su trabajo, y solo quedaba en el carrito, por culpa del auxiliar, un único expediente, mejor dicho una hojita de un cuaderno, que ahora no sabían a quién atribuir. «Podría ser muy bien mi expediente», pasó por la cabeza de K. Al fin y al cabo, el alcalde había hablado siempre de un caso minúsculo. Y K., por caprichosa y ridícula que encontrase en el fondo su suposición, trató de acercarse al servidor, que contemplaba la hoja pensativamente; no fue muy fácil, porque el servidor no correspondía a la simpatía de K.; en medio del trabajo más duro, había encontrado siempre tiempo para mirar, enfadado o impaciente, a K., con nerviosos movimientos de cabeza. Solo ahora, después de terminar el reparto, parecía haberse olvidado un tanto de K., lo mismo que, por lo demás, parecía también más indiferente; su gran agotamiento lo hacía comprensible, y tampoco con la hoja de papel se esforzó mucho, quizá ni siquiera la leyó por completo sino que lo fingió solo y, aunque allí en el pasillo probablemente hubiera dado una alegría a cualquiera de los señores de las habitaciones asignándoles la hoja, se decidió a hacer otra cosa; estaba ya harto del reparto y, llevándose el índice a los labios, hizo signo a su acompañante de que guardase silencio y rompió la hoja en pedacitos –K. distaba mucho de haber llegado hasta él–, metiéndoselos en el bolsillo. Era sin duda la primera irregularidad que K. había visto allí en el trabajo administrativo, aunque era posible que la interpretara también mal. E, incluso aunque se tratase de una irregularidad, resultaba perdonable; dadas las circunstancias reinantes, el servidor no podía trabajar sin errores, y alguna vez la cólera y la inquietud acumuladas tenían que estallar, y si ello se expresaba solo en una hojita de papel rota resultaba aún bastante inocente. Todavía resonaba en el pasillo la voz del señor al que nada podía calmar, y sus compañeros, que en otros aspectos no se comportaban muy amistosamente entre sí, parecían ser totalmente de su opinión en cuanto al alboroto; poco a poco parecía como si el señor se hubiera encargado de la tarea de alborotar por todos, que solo con voces y movimientos de cabeza lo animaban a seguir haciéndolo. Sin embargo, el servidor no se ocupaba de ello en absoluto; había terminado su trabajo, señaló el asa del carrito para que la cogiera el otro servidor, y se fueron como habían venido, aunque más contentos, y tan deprisa que el carrito saltaba ante ellos. Solo una vez se sobresaltaron los dos y miraron atrás, cuando el señor que seguía gritando, ante cuya puerta rondaba K. porque le hubiera gustado comprender qué quería realmente aquel señor, no tuvo al parecer bastante; probablemente descubrió el botón de un timbre eléctrico y, sin duda encantado de verse así aliviado, comenzó a hacer sonar el timbre sin interrupción, en lugar de gritar. Entonces comenzó un gran murmullo en las otras habitaciones; parecía indicar aprobación, y el señor parecía estar haciendo algo que todos hubieran hecho de buena gana hacía rato y a lo que solo por razones desconocidas habían tenido que renunciar. ¿Era al servicio, tal vez a Frieda, a quien quería hacer venir el señor? En ese caso, ya podía cansarse de llamar. Frieda estaría ocupada envolviendo a Jeremias en paños húmedos, y aunque Jeremias estuviera ya curado, ella no tendría tiempo, porque entonces estaría en sus brazos. Sin embargo, el timbre produjo efecto inmediato. Ya venía apresuradamente a lo lejos el posadero de la Posada de los Señores, vestido de negro y abotonado como siempre; sin embargo, parecía haberse olvidado de su dignidad, de tanto como corría; tenía extendidos a medias los brazos, como si lo hubieran llamado a causa de una gran desgracia y viniera para agarrarla y ahogarla enseguida contra su pecho; y a cada pequeña irregularidad del sonido del timbre parecía dar un saltito en el aire y apresurarse todavía más. Un gran trecho detrás de él apareció su mujer: también ella corría con los brazos extendidos, pero sus pasos eran cortos y remilgados, y K. pensó que llegaría demasiado tarde y que el posadero habría hecho entretanto todo lo que hubiera que hacer. Y para dejar sitio al posadero en su carrera, K. se arrimó a la pared. Sin embargo, el posadero se detuvo precisamente junto a K., como si él fuera su objetivo, y enseguida estuvo allí también la posadera y los dos lo colmaron de reproches que, con la prisa y la sorpresa, no comprendió, sobre todo porque a ellos se mezclaba también el timbre del señor e incluso comenzaron a oírse otros timbres, no ya por necesidad sino por juego y exceso de alegría. K., como le interesaba mucho comprender exactamente cuál era su culpa, aceptó de buena gana que el posadero lo cogiera del brazo y saliera con él de aquel alboroto, que seguía aumentando, porque a sus espaldas −K. no se volvió porque el posadero y, más aún, la posadera, desde el otro lado no dejaban de hablarle– se abrían ahora de par en par las puertas, el pasillo se animaba, parecía desarrollarse un tráfico como el de una calleja estrecha y animada, y las puertas que había delante de ellos aguardaban con evidente impaciencia a que K. pasase de una vez por delante de ellas para dejar salir a los señores, y en medio de todo aquello sonaban los timbres, una y otra vez pulsados, como para celebrar una victoria. Entonces por fin –otra vez estaban en el patio silencioso y blanco, en donde aguardaban algunos trineos– K. supo, poco a poco, de qué se trataba. Ni el posadero ni la posadera podían comprender que se hubiera atrevido a hacer algo así. Pero ¿qué había hecho? K. lo preguntó una y otra vez, pero en largo rato no pudo averiguarlo, porque su culpa les parecía a aquellos dos más que evidente y, por ello, no creían ni de lejos en su buena fe. Solo lentamente lo descubrió todo. Había estado indebidamente en el pasillo; de hecho, solo tenía acceso todo lo más a la taberna y eso únicamente como gracia y hasta nueva orden. Si era citado por un señor, tenía que comparecer naturalmente en el lugar de la citación, pero teniendo conciencia siempre – ¿sin duda tenía al menos algún sentido común?– de que estaba en un lugar que no le correspondía y al que lo había llamado un señor, muy a disgusto, solo porque un asunto oficial lo exigía y disculpaba. Por ello, tenía que aparecer rápidamente, someterse al interrogatorio y luego, si era posible más deprisa aún, desaparecer. ¿No había experimentado en el pasillo la sensación de no encontrarse en absoluto donde debía? Pues si la había experimentado, ¿cómo había podido andar por allí como una vaca por un prado? ¿No había sido citado para un interrogatorio nocturno; y no sabía por qué se habían establecido esos interrogatorios nocturnos? Los interrogatorios nocturnos –y entonces K. recibió una nueva explicación de su sentido– solo tenían por objeto oír a administrados cuya contemplación de día resultaría para los señores totalmente insoportable, de una forma rápida, de noche, con luz artificial y con la posibilidad de que los señores olvi-

daran con el sueño, después del interrogatorio, toda feal-
dad. Sin embargo, el comportamiento de K. había burlado
todas las medidas de seguridad. Hasta los fantasmas desaparecían al amanecer, pero K. se había quedado allí,
con las manos en los bolsillos, como si esperase, ya que
no se iba él, a que se fuera todo el pasillo con todas las
habitaciones y señores. Y eso hubiera sido también –de
eso podía estar seguro– lo que con toda certeza habría
sucedido si hubiera habido alguna posibilidad, porque la
sensibilidad de los señores no conocía límites. Nadie hubiera echado por ejemplo a K., ni le hubiera dicho lo que
sin embargo era evidente: que se fuera de una vez; nadie
haría eso, a pesar de que, con la presencia de K., todos
temblaran probablemente de excitación y se les hubiera
amargado la mañana, su momento preferido. En lugar de
actuar contra K., preferían sufrir, en lo que influía sin embargo la esperanza de que K. tendría que comprender
poco a poco que hacía daño a la vista y, lo mismo que sufrían los señores, tendría que sufrir, de forma insoportable, al estar allí en el pasillo de mañana, de forma inconveniente y a la vista de todos. Vana esperanza. No sabían
o no querían saber, en su amabilidad y condescendencia,
que también había almas insensibles y duras, imposibles
de ablandar por ningún respeto. ¿No busca hasta la ma-
riposa nocturna, pobre bicho, cuando llega el día, un rincón tranquilo, y se aplasta, y quisiera desaparecer y se
siente infeliz al no poder hacerlo? K., en cambio, se situaba donde era más visible, y si con ello hubiera podido
impedir que amaneciera, lo habría hecho. No podía im-
pedirlo, pero retrasarlo y dificultarlo sí, por desgracia.
¿No había asistido a la distribución de los expedientes?
Algo a lo que nadie debía asistir, salvo los directamente
interesados. Algo que ni el posadero ni la posadera habían podido presenciar en su propia casa. De lo que solo
habían oído hablar por insinuaciones, como por ejemplo,
hoy, las del servidor. ¿No había notado con qué dificultades se había desarrollado la distribución de expedientes,
algo en sí incomprensible, porque cada uno de los seño-

res servía solo a la causa, nunca pensaba en su provecho particular y, por ello, tenía que contribuir con todas sus fuerzas a que la distribución de los expedientes, aquel trabajo importante y fundamental, se desarrollase rápida, fácilmente y sin errores? ¿Y no había sospechado K. siquiera remotamente que la causa principal de todas las dificultades era que la distribución había tenido que hacerse con las puertas semicerradas, sin posibilidad de una relación directa entre los señores, que naturalmente eran capaces de entenderse entre sí en un instante, mientras que la mediación de los servidores tenía que durar casi horas, nunca podía realizarse sin quejas, era un tormento permanente para señores y servidores, y probablemente tendría consecuencias perjudiciales incluso en la labor posterior? ¿Y por qué podían los señores entenderse entre sí? ¿No lo comprendía K. aún? Algo parecido no le había sucedido nunca a la posadera –y el posadero lo confirmó en cuanto a su persona– y, sin embargo, habían tenido que tratar con toda clase de personas tercas. Cosas que, por lo demás, nadie se atrevía a decir, había que decírselas a él abiertamente, porque, si no, no comprendía ni lo más indispensable. Pues bien, ya que había que decirlo: por su culpa, única y exclusivamente por su culpa, los señores no habían podido salir de sus habitaciones, porque por la mañana, poco después del sueño, eran demasiado pudorosos,[c] demasiado vulnerables para exponerse a miradas extrañas; se sentían literalmente, aunque estuvieran por completo vestidos, demasiado desnudos para mostrarse. Era difícil decir de qué se avergonzaban; tal vez aquellos eternos trabajadores se avergonzaban solo de haber dormido. Sin embargo, más aún que de mostrarse, se avergonzaban de ver personas extrañas; eso que habían superado felizmente con ayuda de los interrogatorios nocturnos, esa contemplación de los administrados que les resultaba tan difícilmente soportable, no querían que los acometiera de nuevo por la mañana, inesperadamente, con toda su verdad natural. Porque, sencillamente, era más fuerte que ellos. ¡Qué clase de hombre había que ser para no respetarlo! Bueno, había que ser un hombre como K. Alguien que, con aquella obtusa indiferencia y somnolencia, se situaba por encima de todo, de la ley y de la consideración humana más normal, a quien no importaba hacer casi imposible la distribución de expedientes y dañar la reputación de la casa, y que provocaba lo que nunca había ocurrido antes: que aquellos señores, sumidos en la desesperación, comenzaran a defenderse y, tras un esfuerzo por contenerse inconcebible para personas ordinarias, recurrieran al timbre y pidieran ayuda, a fin de echar a K., del que no podían deshacerse de otra manera. ¡Ellos, los señores, pidiendo ayuda! El posadero y la posadera y todo el personal habrían acudido mucho antes si se hubieran atrevido a aparecer de mañana ante los señores, sin ser llamados, aunque solo fuera para prestar ayuda y desaparecer luego enseguida. Temblando de indignación contra K., desconsolados por su impotencia, habían aguardado allí, a la entrada del pasillo, y el sonido del timbre, que en realidad no esperaban, había sido una liberación para ellos. ¡Ahora había pasado lo peor! ¡Si pudieran echar al menos una ojeada a la alegre actividad de los señores, por fin liberados de K.! Pero para K., evidentemente, la cosa no había terminado: sin duda tendría que responder de lo que había provocado.

Entretanto, habían llegado a la taberna; no resultaba muy claro por qué el posadero, a pesar de toda su cólera, había llevado a K. allí; tal vez se había dado cuenta de que el cansancio de K. le impedía de momento dejar la casa. Sin aguardar a que lo invitaran a sentarse, K. enseguida se derrumbó literalmente sobre uno de los toneles. Allí en la oscuridad se sentía bien. En la gran sala brillaba ahora solo una débil lámpara eléctrica sobre las espitas de la cerveza. También fuera reinaba aún una profunda oscuridad, parecía haber una tormenta de nieve. Si uno estaba allí bien abrigado, tenía que estar agradecido y cuidar de no ser expulsado. El posadero y la posadera seguían de pie ante él, como si representase todavía cierto peligro; como si, dado que era imposible fiarse de él, no pudiera excluirse que de pronto se levantara y volviera a tratar de penetrar en el pasillo. También ellos estaban cansados del sobresalto nocturno y por haberse levantado antes de tiempo, especialmente la posadera, que llevaba un vestido que crujía como seda, de amplia falda, castaño y un tanto desordenadamente abotonado y anudado –¿de dónde lo habría sacado con la prisa?–, que apoyaba la cabeza, como tronchada, contra el hombro de su marido, se secaba los ojos con un fino pañuelito y, mientras tanto, dirigía miradas infantiles y enojadas a K. Para tranquilizar al matrimonio, K. dijo que todo lo que le habían contado era completamente nuevo para él, pero que, a pesar de su desconocimiento de ello, no hubiera permanecido normalmente tanto tiempo en el pasillo, en donde realmente no tenía nada que hacer, y que desde luego no había querido importunar a nadie y todo ello había ocurrido solo por su enorme cansancio. Les agradecía que hubieran puesto fin a aquella penosa escena. Si se le pedían cuentas, lo aceptaría de buen grado, porque solo así podría impedir una mala interpretación general de su comportamiento. Únicamente el cansancio, y nada más, había sido la causa. Ese cansancio, sin embargo, se debía a que todavía no estaba acostumbrado al esfuerzo de los interrogatorios. Al fin y al cabo, no llevaba mucho tiempo allí. Cuando tuviera alguna experiencia, no volvería a ocurrir nada semejante. Quizá se tomaba los interrogatorios demasiado en serio, pero ello, en sí, no era sin duda un inconveniente. Había tenido que sufrir dos interrogatorios, uno tras otro: uno de Bürgel y otro de Erlanger; sobre todo el primero lo había agotado enormemente; el segundo, era verdad, no había durado mucho, Erlanger solo le había pedido un servicio, pero los dos juntos habían sido más de lo que él podía soportar, y tal vez algo así sería también demasiado para cualquier otro, por ejemplo el señor posadero. En realidad, del segundo interrogatorio había salido ya tambaleándose. Había sido casi como una especie de borrachera... Al fin y al cabo era la primera vez que veía y oía a aquellos dos señores, y había tenido que responderles. Por lo que sabía, todo se había desarrollado muy bien, pero entonces se había producido aquella desgracia que, sin embargo, no se le podía achacar después de lo ocurrido antes. Lamentablemente, solo Erlanger y Bürgel se habían dado cuenta de su estado y, sin duda, se habrían ocupado de él y evitado todo lo demás, pero Erlanger había tenido que irse inmediatamente después del interrogatorio, sin duda para dirigirse al castillo, y Bürgel, fatigado probablemente por ese mismo interrogatorio –¿cómo habría podido K. aguantarlo sin desfallecer?–, se había dormido y había seguido durmiendo incluso durante toda la distribución de los expedientes. Si K. hubiera tenido una posibilidad semejante, la habría aprovechado con alegría, renunciando de buena gana a todas las miradas prohibidas, y ello tanto más fácilmente cuanto que, en realidad, no estaba en condiciones de ver nada y, por ello, hasta los señores más sensibles hubieran podido mostrarse ante él sin temor.

La mención de los dos interrogatorios, sobre todo el de Erlanger, y el respeto con que hablaba K. de los señores le ganaron el favor del posadero. Pareció querer atender al ruego de K. de poner una tabla sobre los toneles y dormir allí al menos hasta el amanecer, pero la posadera estuvo claramente en contra, arreglándose en vano el vestido, de cuyo desorden solo ahora había cobrado conciencia; movía una y otra vez la cabeza, y evidentemente una antigua disputa relativa a la limpieza de la casa estaba a punto de estallar. Para K., con su cansancio, la conversación del matrimonio tenía una importancia enorme. Ser echado de allí otra vez le parecía una desgracia que superaba todo lo que había experimentado hasta entonces. Eso no podía ocurrir, aunque posadero y posadera se pusieran de acuerdo contra él. Al acecho, encogido sobre el barril, los miraba a los dos. Hasta que la posadera, con su extraordinaria sensibilidad, de la que K. se había dado cuenta hacía mucho, dio un paso hacia un lado y –probablemente estaba hablando ya de otras cosas con el posadero– exclamó: «¡Cómo me mira! ¡Échalo de una vez!».

Sin embargo, K., aprovechando la ocasión y ahora totalmente convencido, casi hasta la indiferencia, de que se
quedaría, dijo: «No te miro a ti, solo tu vestido». «¿Por
qué mi vestido?», preguntó la posadera nerviosa. K. se encogió de hombros. «Ven», dijo la posadera al posadero,
«ese bruto está borracho. Que duerma la borrachera.»
Y ordenó a Pepi –que desgreñada, cansada y sosteniendo
con indolencia una escoba en la mano, salió de la oscuridad al llamarla– que le arrojara a K. una almohada.

25

Cuando K. se despertó, creyó al principio no haber dormido apenas: la habitación no había cambiado, vacía y cálida, con todas las paredes en la oscuridad, la única lámpara incandescente sobre las espitas de cerveza, y la noche aún ante las ventanas. Sin embargo, cuando él se estiró, cayó la almohada y la tabla y los toneles crujieron, Pepi entró enseguida y entonces se enteró de que era ya de noche y había dormido mucho más de doce horas. La posadera había preguntado varias veces por él a lo largo del día, y también Gerstäcker, que, por la mañana, cuando K. había hablado con la posadera, había estado esperando en la oscuridad, ante una cerveza, pero sin atreverse luego a molestar a K., había venido entretanto una vez, para ver cómo seguía K., y finalmente, al parecer, también Frieda había venido y había permanecido junto a K. un momento, pero no había venido por su causa sino porque tenía muchas cosas que preparar allí, ya que por la noche reanudaría su antiguo servicio. «¿No te quiere ya?», le preguntó Pepi, mientras le traía café y pasteles. Sin embargo, no lo preguntaba ya malévolamente como antes, sino con tristeza, como si entretanto hubiera aprendido a conocer la maldad del mundo, ante la que cualquier maldad individual resulta inútil y sin sentido; hablaba a K. como a un compañero de sufrimientos y, cuando él probó el café y a ella le pareció que no lo encontraba suficientemente dulce, corrió y le trajo el azucarero lleno. Evidentemente, su tristeza no le había impedido acicalarse aquel día más aún quizá que la última vez; llevaba un montón de lazos y cintas entretejidos con el pelo; a lo largo de la frente y en las sienes, sus cabellos estaban cuidadosamente rizados y alrededor del cuello llevaba una cadenita que descendía por el profundo escote de su blusa. Cuando K.,

contento de haber dormido por fin a gusto y de poder tomarse un buen café, tendió la mano furtivamente hacia
uno de los lazos, tratando de soltarlo, Pepi le dijo cansada: «Déjame», y se sentó en un tonel junto a K. K. no
tuvo que preguntarle por qué sufría, porque ella misma
empezó a contárselo, con la mirada fija en la cafetera de
K., como si necesitase una distracción hasta cuando contaba; como si, hasta cuando se ocupaba de su propio sufrimiento, no pudiera entregarse a él por completo, porque ello era superior a sus fuerzas. Primero supo K. que,
en realidad, él tenía la culpa de la desgracia de Pepi, pero
que ella no le guardaba rencor. Y, durante su relato, Pepi
afirmaba vehementemente con la cabeza, para que K. no
la contradijera. Primero, él se había llevado a Frieda de la
taberna, haciendo así posible el ascenso de Pepi. De otro
modo no era imaginable qué hubiera podido mover a Frieda a renunciar a su puesto; estaba allí en la taberna como
una araña en su tela y tendía sus hilos por todas partes,
que solo ella conocía; sacarla de allí contra su voluntad
hubiera sido completamente imposible, solo el amor por
alguien inferior, es decir, algo incompatible con su situación, podía echarla de su puesto. ¿Y Pepi? ¿Había pensado alguna vez en obtener ella ese puesto? Era camarera de
habitaciones y tenía un puesto insignificante y de pocas
perspectivas; sueños de un gran porvenir los tenía como
cualquier muchacha, no se podía prohibir los sueños, pero
no pensaba seriamente en prosperar y se conformaba con
lo logrado. Y entonces Frieda desapareció de pronto de la
taberna, ocurrió tan de improviso que el posadero no encontró enseguida a mano una sustituta aceptable, buscó y
su mirada cayó sobre Pepi, quien, evidentemente, se había
adelantado a propósito. En aquella época amaba a K.
como nunca había amado a nadie; había estado meses abajo, en su habitación diminuta y oscura, y estaba dispuesta
a pasar allí años inadvertida y, en el peor de los casos, la
vida entera, y entonces había aparecido de pronto K., un
héroe, un libertador de doncellas,[c] y le había abierto el camino hacia la cumbre. Verdad era que él no sabía nada

de ella, que no lo había hecho por ella, pero eso no disminuía en nada su gratitud; durante la noche anterior a su designación —la designación no era aún segura pero sí muy probable—, se pasó horas hablando con él, susurrándole su agradecimiento al oído. Y, a sus ojos, el hecho de que fuera Frieda precisamente la carga que se había echado encima aumentaba su hazaña; había algo de inconcebible abnegación en el hecho de que, para hacer ascender a Pepi, hubiera hecho de Frieda su amante, una muchacha nada bonita, de cierta edad y delgada, con el cabello corto y ralo, y además una muchacha taimada, siempre con algún secreto, lo que sin duda iba bien con su aspecto; si de rostro y de cuerpo era sin duda lamentable, tenía que tener al menos otros secretos que nadie pudiera comprobar, por ejemplo su supuesta relación con Klamm. Y Pepi había tenido incluso pensamientos como el de si era posible que K. amase realmente a Frieda, si no se engañaba a sí mismo o tal vez engañaba solo a Frieda, y si quizá el único resultado de todo aquello no sería solo el ascenso de Pepi, y si no se daría cuenta K. de su error o no querría seguir ocultándolo y no vería ya a Frieda, sino solo a Pepi, lo que sin duda no podía ser una insensata ilusión de ella, porque, como muchacha, podía compararse muy bien con Frieda, cosa que nadie podía negar, y había sido sobre todo el puesto de Frieda, y el brillo que Frieda había sabido darle, lo que en aquel instante había deslumbrado a K. Y entonces Pepi había soñado que K., cuando ella tuviera el puesto, vendría a rogarle y ella tendría que optar entre escucharlo y perder su puesto, o rechazarlo y seguir ascendiendo. Y había decidido que renunciaría a todo para descender hasta él y enseñarle el verdadero amor, que nunca podría aprender con Frieda y que no depende de todos los honores del mundo. Sin embargo, las cosas ocurrieron de otra forma. ¿Y quién tuvo la culpa? K. sobre todo y luego, evidentemente, la astucia de Frieda. K. sobre todo, porque ¿qué es lo que quiere, qué clase de ser tan extraño es? ¿A qué aspira, cuáles son las cosas importantes que le preocupan y le hacen olvidar lo más próximo, lo mejor, lo más hermoso de todo? Pepi es la víctima y todo es estúpido y todo está perdido, y quien tuviera fuerzas para pegar fuego e incendiar la Posada de los Señores, pero por completo, de forma que no quedase rastro, de incendiarla como un papel en la estufa, ese sería ahora el elegido de Pepi. Sí, Pepi llegó a la taberna hace cuatro días, poco antes de la comida. El trabajo aquí no es fácil, es un trabajo casi mortífero, pero lo que se puede conseguir no es poco. Tampoco antes había vivido Pepi al día y, aunque ni en sus pensamientos más audaces hubiera pretendido nunca ese puesto, había observado con atención, sabía lo que el puesto traía consigo y no lo había aceptado desprevenida. Desprevenida no se puede aceptar, porque se perdería en las primeras horas. Sobre todo si quisiera comportarse una como las camareras de las habitaciones. Como camarera, una se ve, con el tiempo, totalmente perdida y olvidada; es un trabajo como el de una mina, al menos lo es en el pasillo de los secretarios; durante días enteros no se ve allí, salvo a los escasos administrados de día que van de un lado a otro en silencio sin atreverse a levantar la vista, a nadie más que a las otras dos o tres camareras, igualmente amargadas. Por la mañana no se puede salir siquiera de la habitación: los secretarios quieren estar solos y entre ellos, la comida se la llevan los criados de la cocina, las camareras de las habitaciones no tienen normalmente nada que ver con ello, y tampoco durante la hora de la comida pueden aparecer en el pasillo. Solo cuando los señores trabajan pueden las camareras arreglar los cuartos, pero naturalmente no los ocupados, solo los que acaban de desocuparse, y ese trabajo debe hacerse sin ningún ruido, para que el trabajo de los señores no se vea perturbado. Sin embargo ¿cómo es posible arreglar los cuartos sin hacer ruido, cuando los señores ocupan varios días las habitaciones, y además los criados, esa sucia gentuza, andan por ahí y, cuando por fin queda libre la habitación para las camareras, se encuentra en tal estado que ni un diluvio podría limpiarla? Verdaderamente, se trata de señores importantes, pero hay que vencer la repugnancia con esfuerzo para poder arreglar los cuartos que dejan. Las camareras no tienen un trabajo desmesurado, pero sí duro. Y jamás una palabra amable, nada más que reproches, sobre todo el más atormentador y frecuente: que han perdido expedientes al arreglar el cuarto. En realidad no pierden nada, entregan al posadero cualquier papelito, pero, sin duda, se pierden expedientes, aunque no por culpa de las camareras. Y entonces vienen comisiones y las camareras tienen que salir de sus habitaciones para que la comisión revuelva las camas; la verdad es que las camareras no tienen nada propio, sus cuatro cosas caben en un hatillo, pero la comisión rebusca durante horas. Naturalmente, no encuentra nada; ¿cómo iban a llegar allí los expedientes? Sin embargo, el resultado es otra vez solo insultos y amenazas de la decepcionada comisión, que el posadero transmite. Y nunca tranquilidad: ni de día ni de noche. Alboroto durante la mitad de la noche y alboroto desde las primeras horas del amanecer. Si por lo menos no hubiera que vivir allí, pero hay que hacerlo, porque en las horas intermedias corresponde a las camareras, sobre todo de noche, llevar, cuando se lo ordenan, pequeñas cosas de la cocina. De pronto, siempre, un golpe con el puño contra la puerta del cuarto de las camareras; dictan el encargo, hay que bajar corriendo a la cocina, sacudir al marmitón que duerme, colocar la bandeja con las cosas encargadas ante la puerta del cuarto de las camareras, de donde la recogen los criados... Qué triste es todo. Pero eso no es lo peor. Lo peor es que, cuando no llega ningún encargo, cuando es noche avanzada, cuando todos deberían dormir y la mayoría duerme realmente por fin, a veces alguien comienza a pasar silenciosamente ante la puerta de las camareras. Entonces las camareras salen de sus camas –las camas están unas encima de otras, hay muy poco espacio por todas partes, la habitación entera de las camareras no es otra cosa que un gran armario de tres cajones–, escuchan junto a la puerta, se arrodillan, se abrazan asustadas. Y continuamente se oye al que pasa silenciosamente ante la puerta. Todas serían felices si entrase de una vez, pero no ocurre nada, nadie entra. Y se dicen que no tiene por qué tratarse necesariamente de una amenaza, que quizá se trate solo de alguien que va de un lado a otro ante la puerta, pensando si encargar algo pero sin decidirse a ello. Quizá solo se trate de eso, pero quizá sea algo completamente distinto. En realidad no conocen a los señores en absoluto, apenas los han visto. En cualquier caso, las camareras se mueren de miedo allí dentro y, cuando fuera se hace por fin el silencio, se quedan apoyadas contra la pared, sin fuerzas para volver a subir a sus camas. Esa es la vida que aguarda otra vez a Pepi; esta misma noche debe volver a ocupar su lugar en la habitación de las camareras. ¿Y por qué? Por culpa de K. y de Frieda. Volver otra vez a esa vida de la que apenas ha escapado, a la que ha escapado sin duda con ayuda de K., pero también por sus propios y enormes esfuerzos. Porque en ese servicio las muchachas se abandonan, incluso las que más se cuidan normalmente. ¿Para quién van a acicalarse? Nadie las ve, en el mejor de los casos, el personal de la cocina; a quien eso le baste, que se acicale. Por lo demás, están siempre en su pequeña habitación o en las habitaciones de los señores, y entrar en estas aunque solo sea con un vestido limpio es una ligereza y un derroche. Y siempre con luz artificial y con un aire viciado –la calefacción está siempre encendida– y, en realidad, siempre cansadas. La única tarde libre de la semana es mejor pasarla durmiendo tranquila y sin miedo en algún recinto de la cocina. ¿Para quién acicalarse? Sí, apenas se viste una. Y entonces Pepi se ve trasladada de pronto a la taberna, en donde, para ganar méritos, hay que hacer exactamente lo contrario; en donde se está siempre expuesta a las miradas de la gente y, entre ellas, las de señores muy exigentes y atentos, y en donde, por ello, hay que tener siempre el aspecto más fino y agradable posible. Bueno, aquello sí que era un cambio. Y Pepi tiene que decir de sí misma que no descuidó nada. Lo que pudiera pasar luego no la preocupaba. Que tenía las cualidades necesarias para el puesto lo sabía, de eso estaba totalmente segura; esa convicción la tiene también ahora y nadie puede quitársela, ni siquiera hoy, en el día de su derrota. Solo la forma de demostrarlo en los primeros tiempos era lo difícil, porque ella era una pobre camarera de habitación, sin vestidos ni joyas, y porque los señores no tienen paciencia para esperar a que una cambie, sino que quieren tener sin transición una muchacha de taberna como es debido, y si no es así se alejan. Se podría pensar que sus exigencias no son muy grandes, porque Frieda podía satisfacerlas. Pero no es exacto. Pepi ha reflexionado sobre ello con frecuencia; al fin y al cabo se ha reunido a menudo con Frieda y durante algún tiempo incluso durmió con ella. No es fácil descubrir las intenciones de Frieda y quien no tiene mucho cuidado – ¿y qué señores tienen mucho cuidado? – se deja engañar fácilmente por ella. Nadie sabe mejor que Frieda qué aspecto tan lastimoso tiene; cuando, por ejemplo, se la ve soltarse el cabello, uno junta las manos de compasión; una muchacha así, si las cosas fueran como es debido, no debería ser siquiera camarera de habitaciones; ella lo sabe, y más de una noche ha llorado por ello, apretada contra Pepi y con los cabellos de Pepi alrededor de su propia cabeza. Sin embargo, cuando está de servicio, todas sus dudas desaparecen, se considera la más bella y sabe convencer a cada uno de la forma adecuada. Conoce a la gente y ese es su verdadero arte. Y miente rápidamente y engaña, para que la gente no tenga tiempo de mirarla mejor. Naturalmente, eso no basta a la larga; la gente tiene ojos y finalmente serían estos los que tendrían razón. Sin embargo, en el momento en que se da cuenta de ese peligro, ella tiene ya preparado otro recurso; en los últimos tiempos, por ejemplo, su relación con Klamm. ¡Su relación con Klamm! Si no crees en ella, puedes comprobarla: vete a Klamm y pregúntale. Qué astuto, qué astuto. Y si quizá no te atreves a ir a Klamm con una pregunta así y si quizá tampoco serías admitido con preguntas infinitamente más importantes y Klamm te resulta incluso totalmente inaccesible – solo a ti y a los que son igual que

tú, porque Frieda, por ejemplo, entra a verlo dando salti-
tos cuando quiere–, si es así, podrás comprobarlo a pesar
de todo; solo tendrás que esperar. Klamm podría tolerar
mucho tiempo un falso rumor así, sin duda se muere por
saber lo que se cuenta de él en la taberna y en las habitaciones de los huéspedes, todo eso tiene para él la mayor
importancia y, si fuera falso, lo desmentiría enseguida. Sin
embargo, no desmiente nada, luego no hay nada que des-
mentir y se trata de la verdad pura. Es cierto que lo único que se ve es que Frieda lleva la cerveza a la habitación
de Klamm y vuelve con el dinero, pero lo que no se ve lo
cuenta Frieda, y hay que creérselo. Y ni siquiera lo cuenta, no va a divulgar tales secretos, no, a su alrededor los
secretos se divulgan solos y, como se han divulgado, no
teme ya hablar de ellos, pero modestamente, sin afirmar
nada, refiriéndose solo a lo que de todas formas saben todos. No a todo; por ejemplo, de que Klamm, desde que
ella está en la taberna, bebe menos cerveza que antes, no
mucha menos, pero sin embargo claramente menos, de
eso no habla; puede haber varias razones, habrá llegado
un momento en que a Klamm le gusta menos la cerveza,
o tal vez, a causa de Frieda, se olvida incluso de su cerveza. En cualquier caso, por sorprendente que pueda ser,
Frieda es su amante. Sin embargo, lo que para Klamm basta, cómo no habría de maravillar también a los otros, y
así Frieda, antes de que se dé una cuenta, se ha convertido en una gran belleza, una muchacha exactamente como
necesita la taberna, sí, casi demasiado bella, demasiado
poderosa, apenas le basta ya la taberna. Y, efectivamente, a la gente le parece extraño; ser muchacha de taberna
es mucho y, teniéndolo en cuenta, la relación con Klamm
parece muy creíble; sin embargo, si esa muchacha de taberna es la amante de Klamm, ¿por qué la deja él tanto
tiempo en esa taberna? ¿Por qué no la asciende más? Se
puede decir mil veces a la gente que no hay en ello ninguna contradicción, que Klamm tiene sus razones para actuar así, o que de pronto, un día, tal vez en fecha muy
próxima, llegará el ascenso de Frieda, pero todo eso no

causa mucha impresión: la gente tiene ideas fijas y, a la larga, no se deja desviar de ellas por mucha habilidad que se tenga. La verdad es que nadie dudaba ya de que Frieda fuera la amante de Klamm; hasta los que, evidentemente, sabían más se habían cansado ya de dudar. «Hazte amante de Klamm, en nombre del diablo», piensan, «pero, si lo eres, queremos ver también cómo asciendes.» Sin embargo, no veían nada y Frieda seguía en la taberna como hasta entonces y, en secreto, estaba muy contenta además de que fuera así. Pero ante la gente perdía prestigio y, naturalmente, no podía dejar de darse cuenta; normalmente se da cuenta de las cosas incluso antes de que ocurran. Una muchacha realmente bella y amable, una vez adaptada a la taberna, no necesita recurrir a ninguna de sus habilidades; mientras siga siendo bella, si no ocurre algún incidente especialmente desgraciado, seguirá siendo muchacha de taberna. Sin embargo, una muchacha como Frieda debe seguir preocupándose de su puesto; naturalmente, y es comprensible, no lo muestra, sino que más bien suele quejarse y renegar de ese puesto. Pero, en secreto, observa continuamente el ambiente. Y así vio cómo la gente se volvía indiferente; la aparición de Frieda no era ya algo por lo que valiera la pena levantar la vista, y ni siquiera los criados se ocupaban ya de ella: comprensiblemente, se ocupaban de Olga y de muchachas así, y también por el comportamiento del posadero se daba cuenta Frieda de que ella era cada vez menos indispensable, no podía inventar continuamente nuevas historias de Klamm, todo tiene sus límites... Y la buena de Frieda se decidió a hacer algo nuevo. ¡Quién hubiera podido darse cuenta enseguida! Pepi lo sospechó pero, por desgracia, no se dio cuenta. Frieda se decidió a organizar un escándalo; ella, la amante de Klamm, se arrojará en brazos de cualquiera, posiblemente del más insignificante de todos. Eso causará sensación, se hablará de ello mucho tiempo y, finalmente, finalmente la gente volverá a recordar lo que significa ser la amante de Klamm y lo que significa rechazar ese honor en la embriaguez de un nuevo amor. Lo único difícil era encontrar el hombre apropiado para jugar con él a ese juego tan inteligente. No podía ser un conocido de Frieda, ni siquiera uno de los criados, que probablemente la hubiera mirado con los ojos muy abiertos y habría seguido su camino; sobre todo no habría demostrado suficiente seriedad y, a pesar de toda la elocuencia, hubiera sido imposible difundir que Frieda había sido atacada por él, no había podido defenderse y había sucumbido en un momento de desmayo. Y aunque tenía que ser alguien muy insignificante, tenía que ser también alguien del que se pudiera creer que, a pesar de sus modales toscos y groseros, solo suspiraba por Frieda y no tenía aspiración más alta que – ¡santo cielo!– casarse con Frieda. Sin embargo, aunque debía ser un hombre vulgar, si era posible aun inferior a un criado, muy inferior a un criado, debía ser también alguien del que no se riera cualquier muchacha y en el que tal vez otra muchacha sensata pudiera encontrar cierto atractivo. Pero ¿dónde encontrar un hombre así? Otra muchacha lo habría buscado en vano probablemente toda la vida. La suerte de Frieda le lleva al agrimensor a la taberna, quizá la noche misma en que se le ocurre el plan por primera vez. ¡El agrimensor! Sí, ¿en qué piensa K.? ¿Qué ideas especiales tiene en la cabeza? ¿Quiere lograr algo especial? ¿Un buen puesto, una distinción? ¿Quiere algo así? Bueno, entonces desde el principio mismo habría tenido que comportarse de otra forma. Él no es nada, da pena ver su situación. Es agrimensor, eso quizá sea algo y por consiguiente ha estudiado algo, pero si con ello no sabe qué hacer, vuelve otra vez a no ser nada. Y, sin embargo, plantea exigencias; sin la menor base, plantea exigencias, no abiertamente, pero se nota que tiene exigencias, lo que resulta irritante. ¿No sabe que hasta una camarera se compromete si habla largo rato con él? Y a pesar de todas sus pretensiones especiales, ya la primera noche cae en la más torpe de las trampas. ¿No le da vergüenza? ¿Qué le ha seducido tanto en Frieda? Ahora podría confesarlo. ¿Le ha podido gustar realmente ese ser delgado y amarillento? Ah, no, no la ha mirado siquiera; ella le ha dicho solo que era la amante de Klamm, eso resultaba para él una novedad y entonces estuvo perdido. Sin embargo, ella tenía que irse, para ella no había ahora sitio, naturalmente, en la Posada de los Señores. Pepi la vio aún por la mañana, antes de que se mudara; el personal había acudido, todo el mundo sentía curiosidad por el espectáculo. Y tan grande era aún el poder de ella, que la compadecían, todos, hasta sus enemigos la compadecían, tan exactos resultaron desde el principio mismo los cálculos de Frieda; entregarse a un hombre así parecía a todos algo inconcebible y un revés del destino; las pequeñas marmitonas, que naturalmente admiran a todas las muchachas de taberna, se mostraban inconsolables. Hasta Pepi se conmovió, ni siquiera ella pudo evitarlo por completo aunque su atención se dirigía realmente a otra cosa. Le sorprendió que Frieda no estuviera realmente triste. En el fondo, lo que había caído sobre ella era una desgracia espantosa y ella fingía efectivamente ser muy desgraciada, pero no bastaba: aquella representación no podía engañar a Pepi. ¿Qué era lo que mantenía a Frieda tan entera? ¿Acaso la felicidad de su nuevo amor? Esa consideración quedaba eliminada. ¿Entonces qué? ¿Qué le daba fuerzas para ser como siempre fríamente amable hasta con Pepi, que ya entonces pasaba por ser su sucesora? Pepi no tenía entonces tiempo de pensar en ello, tenía demasiado que hacer con los preparativos para su nuevo puesto. Probablemente tendría que ocuparlo dentro de unas horas y todavía no tenía un peinado bonito, un vestido elegante, ropa interior fina, zapatos que pudiera ponerse. Tenía que conseguir todo eso en unas horas: si no podía equiparse convenientemente, lo mejor sería renunciar sencillamente al puesto, porque sin duda lo perdería en la primera media hora. Bueno, en parte lo consiguió. Tiene especial talento para peinarse, una vez hasta la posadera la llamó para que la peinase, su mano tiene el don de la suavidad y, evidentemente, su abundante cabello puede arreglarse enseguida como se quiera. También para el vestido contó con ayuda. Sus dos compañeras le eran fieles, y para ellas era también cierto honor que una muchacha precisamente de su grupo se convirtiera en muchacha de taberna, y además Pepi, cuando hubiera llegado al poder, podría conseguir para ellas algunas ventajas. Una de las camareras tenía desde hacía tiempo una tela preciosa; era su tesoro, a menudo se la había dejado admirar a las otras, soñaba sin duda con utilizarla espléndidamente alguna vez para sí misma y –eso fue muy bonito por su parte–, ahora que Pepi la necesitaba, la sacrificó por ella. Y las dos la ayudaron a coser, con la mejor disposición; si hubieran cosido para ellas no habrían podido ser más diligentes. Incluso fue un trabajo muy alegre y satisfactorio. Estaban sentadas, cada una en su cama, situadas una encima de otra, cosían y cantaban, y se pasaban una a otra las piezas terminadas con sus adornos, arriba y abajo. Cuando Pepi piensa en ello, le pesa en el alma cada vez más que todo haya sido en vano y tenga que volver a sus amigas con las manos vacías. Qué desgracia, y con cuánta ligereza provocada, sobre todo por K. Cómo se alegraban todas entonces del vestido. Parecía la garantía del éxito y cuando encontraban otro lugar para ponerle una cintita, desaparecían las últimas dudas. ¿No es realmente bonito este vestido? Ahora está ya arrugado y un poco manchado, Pepi no tenía otro y debía llevarlo de día y de noche, pero todavía puede verse qué bonito es, ni siquiera la maldita Barnabas podría hacer otro mejor. Y el hecho de que, a voluntad, se pueda estrechar o soltar, arriba y abajo, es decir que no sea solo un vestido sino también transformable, es una característica muy especial y, en realidad, fue invención suya. Evidentemente, no resulta difícil coser para ella; Pepi no se jacta de ello, porque a cualquier muchacha sana le va todo bien. Mucho más difícil fue conseguir ropa interior y zapatos, y allí comenzó realmente su fracaso. También en eso la ayudaron sus amigas cuanto pudieron, pero no podían mucho. Solo pudieron reunir y remendar ropa vulgar y, en lugar de botitas de tacón, tuvo que conformarse con zapatillas de esas que es preferible esconder que mostrar. Consolaron a Pepi: Frieda tampoco andaba muy bien vestida, y a veces iba tan desastrada que los huéspedes preferían ser servidos por los mozos de la bodega y no por ella. Así era efectivamente, pero Frieda podía hacerlo porque gozaba ya de favor y consideración; si una señora se muestra un día sucia y descuidada, resulta tanto más atractiva, pero ¿una recién llegada como Pepi? Y, además, Frieda no sabía vestirse, porque carece de todo gusto; si alguien tiene la piel amarillenta, debe resignarse evidentemente a ella, pero no tiene por qué ponerse además, como Frieda, una blusa de color crema muy escotada de forma que a una se le salgan los ojos de las órbitas con tanto amarillo. Y aunque no hubiera sido así, Frieda era demasiado tacaña para vestirse bien: todo lo que ganaba se lo guardaba, nadie sabía para qué. En el servicio no necesitaba dinero, se las arreglaba con artimañas y mentiras; Pepi no quería ni podía seguir su ejemplo, y por eso resultaba justificado que se acicalase así, para hacerse valer desde el principio. Si hubiera podido hacerlo con mayores medios, habría resultado vencedora a pesar de toda la astucia de Frieda y a pesar de toda la necedad de K. La verdad es que comenzó muy bien. La poca práctica y escasos conocimientos que necesitaba los había aprendido ya antes. Apenas estuvo en la taberna, se adaptó. Nadie echó de menos a Frieda en el trabajo. Solo al segundo día preguntaron algunos huéspedes dónde estaba Frieda. No se cometió ningún error, el posadero estaba contento; el primer día, por miedo, había estado continuamente en la taberna, luego aparecía solo de vez en cuando y finalmente, como la caja cuadraba –los ingresos eran incluso, por término medio, algo mayores que en la época de Frieda–, lo dejó todo en manos de Pepi. Ella introdujo novedades. Frieda, no por diligencia sino por tacañería, por deseo de dominar y por miedo a ceder a nadie algunos de sus derechos, había vigilado también a los criados, al menos parcialmente y sobre todo cuando alguien la miraba; Pepi, en cambio, dejó ese trabajo por completo a los mozos de la bodega, que pueden hacerlo mucho mejor. Así le sobraba más tiempo para la sala de los señores, los huéspedes eran servidos rápidamente y, sin embargo, podía cruzar con cada uno de ellos unas palabras, no como Frieda que, al parecer, se reservaba por completo para Klamm y consideraba cualquier palabra, cualquier aproximación de otro como un agravio a Klamm. Eso, evidentemente, era también inteligente, porque cuando dejaba aproximarse a alguien, era un favor inaudito. Pepi, sin embargo, aborrecía tales artificios que, además, tampoco pueden utilizarse al principio. Era amable con todos y todos le correspondían con su amabilidad. Todos estaban visiblemente contentos del cambio; cuando aquellos señores cansados de trabajar podían sentarse por fin un rato con su cerveza, se los podía transformar literalmente con una palabra, con una mirada, con un encogimiento de hombros. Todas las manos acariciaban los rizos de Pepi, con tanto ardor, que ella tenía que rehacer su peinado diez veces al día; nadie resistía la seducción de aquellos rizos y lazos, ni siquiera el normalmente tan distraído K. Así pasaron unos días excitantes, llenos de trabajo pero también de éxitos. ¡Si no hubieran pasado tan rápidamente, si hubieran sido algunos más! Cuatro días son demasiado poco cuando una se esfuerza hasta el agotamiento, tal vez hubiera bastado ya un quinto día, pero cuatro fueron demasiado poco. Verdad es que Pepi, en cuatro días, se había ganado ya protectores y amigos y, si hubiera podido confiar en todas las miradas, habría flotado, cuando llegaba con las jarras de cerveza, en un mar de amistad; un escribiente llamado Bratmeier se ha encaprichado de ella, la ha obsequiado con esta cadenita y este dije, y le ha regalado, dentro del dije, su propio retrato, lo que ha sido una osadía... Todo eso y otras cosas han ocurrido, pero solo han sido cuatro días; en cuatro días, si Pepi se empeña, puede hacer que se olvide casi a Frieda, pero no por completo; tal vez en menos, si, previsoramente, Frieda no hubiera permanecido en labios de todos con su gran escándalo; con ello había renovado el interés de la gente, solo por curiosidad les hubiera gustado volver a verla; lo que les había resultado aburrido hasta el hastío había vuelto a tener atractivo para ellos a causa de K., que por lo demás les era totalmente indiferente; sin duda, no hubieran cambiado por ello a Pepi, mientras estuviera allí y causara efecto con su presencia, pero se trata en su mayoría de señores de cierta edad, de costumbres pesadas y que, para acostumbrarse a una nueva muchacha de taberna, necesitan tiempo y, aunque el cambio sea muy ventajoso, unos días; aun en contra de la voluntad de los señores hacen falta unos días, tal vez solo cinco, pero cuatro no bastan; y ella, a pesar de todo, seguía siendo considerada solo como provisional. Y luego, quizá la mayor desgracia: en esos cuatro días, Klamm, a pesar de haber estado en el pueblo los dos primeros, no fue a la Posada de los Señores. Si hubiera ido, habría sido la prueba decisiva para Pepi, una prueba que, por lo demás, era la que menos temía y de la que más bien se alegraba. No se habría convertido –lo mejor, evidentemente, es no hablar de esas cosas– en amante de Klamm, ni tampoco habría pretendido con mentiras que lo era, pero al menos habría sabido ponerle el vaso de cerveza sobre la mesa tan amablemente como Frieda; lo habría saludado graciosamente sin la exageración de Frieda y se habría despedido con gracia, y si Klamm busca algo en los ojos de una muchacha, lo habría encontrado en los ojos de Pepi hasta saciarse. Sin embargo, ¿por qué no fue Klamm? ¿Por casualidad? Pepi lo había creído también entonces. Durante esos dos días lo había esperado a cada momento, y hasta de noche lo esperaba. «Ahora vendrá Klamm», pensaba continuamente, e iba y venía sin más motivo que la inquietud de la espera y el deseo de ser la primera en verlo en cuanto llegara. Ese continuo desencanto la fatigaba mucho, y quizá por eso no rendía tanto como hubiera debido. Cuando tenía algo de tiempo, se metía en el pasillo, que el personal tenía severamente prohibido pisar, y allí se metía en un hueco y aguardaba. «Si viniera ahora Klamm», pensaba, «si pudiera sacar a ese señor de su habitación y llevarlo en mis brazos hasta abajo, a la sala.

No me derrumbaría bajo su peso, por grande que fuera.»
Sin embargo, Klamm no venía. En aquellos pasillos de
arriba reina un silencio tan grande que no es posible ima-
ginárselo si no se ha estado allí. Hay tanto silencio que no
se puede aguantar mucho tiempo; el silencio te expulsa.
Sin embargo, una y otra vez, aunque rechazada diez veces, diez veces vuelve Pepi a subir. La verdad es que no
tenía sentido. Si Klamm quería ir, iría; si no quería ir,
Pepi no podría atraerlo aunque se asfixiara casi en su hueco por las palpitaciones. No tenía sentido; pero, si él no
venía, casi nada tenía sentido. Y no vino. Hoy, Pepi sabe
por qué no vino. Frieda se habría divertido enormemente
si hubiera podido ver a Pepi allí arriba, en el pasillo, en
el hueco, con ambas manos sobre el corazón. Klamm no
vino porque Frieda no lo permitió. No lo consiguió con
ruegos: sus ruegos no llegan hasta Klamm. Sin embargo,
ella, esa araña, tiene relaciones que nadie conoce. Cuando Pepi dice algo a un huésped, se lo dice abiertamente y
también en la mesa vecina pueden oírlo; Frieda en cambio no tiene nada que decir: deja la cerveza sobre la mesa
y se va; solo susurra su enagua de seda, lo único en que
se gasta dinero. Sin embargo, cuando alguna vez dice
algo, no lo dice abiertamente; se lo susurra al huésped, inclinándose hacia él, de forma que en la mesa vecina agu-
zan el oído. Lo que dice es algo probablemente sin importancia, pero no siempre; ella tiene relaciones, refuerza
unas con otras y la mayoría fracasan – ¿quién podría ocuparse largo tiempo de Frieda? –, pero alguna se afianza
aquí o allá. Esas relaciones comenzó a utilizarlas entonces, K. le dio la posibilidad: en lugar de sentarse a su lado
y velar por ella, no está casi nunca en casa, anda de un
lado a otro, sostiene conversaciones aquí y allá, presta
atención a todo salvo a Frieda y, finalmente, para darle
más libertad aún, se traslada de la Posada del Puente a la
escuela vacía. Todo un hermoso comienzo de luna de miel.
Bueno, Pepi será sin duda la última en reprochar a K. que
no aguantara al lado de Frieda; no hay modo de aguan-
tarla. Sin embargo, ¿por qué no la ha dejado entonces por

completo, por qué ha vuelto a su lado una y otra vez, por qué, con sus correrías, ha dado la impresión de luchar por ella? Parecía como si solo en contacto con Frieda él hubiera descubierto su propia nulidad, quisiera hacerse digno de Frieda, subir de algún modo a su altura, y por eso renunciar provisionalmente a estar con ella para poder resarcirse luego tranquilamente de sus privaciones. Entretanto, Frieda no pierde tiempo, se instala en la escuela, a la que probablemente ha llevado a K., y observa la Posada de los Señores y observa a K. Tiene a mano excelentes mensajeros, los ayudantes de K., que él –lo que no se comprende, incluso conociendo a K. no se comprende– deja por completo a su merced. Los envía a sus antiguos amigos, les recuerda su existencia, se lamenta de que está prisionera de un hombre como K., denigra a Pepi, anuncia que ella volverá pronto, pide ayuda, les suplica que no revelen nada a Klamm, hace como si hubiera que proteger a Klamm y, por ello, no hubiera que permitir en modo alguno que vaya a la taberna. Lo que ante unos hace pasar por deseo de proteger a Klamm, lo utiliza ante la posadera como éxito suyo, haciéndole notar que Klamm no viene ya: ¿cómo podría venir cuando abajo solo sirve una tal Pepi? Es verdad que el posadero no tiene la culpa, esa Pepi era después de todo la mejor sustituta que se podía encontrar, pero no basta, ni siquiera por unos días. De toda esa actividad de Frieda, K. no sabe nada; cuando no anda por ahí, está echado a sus pies, sin sospechar nada, mientras ella cuenta las horas que la separan aún de la taberna. Sin embargo, los ayudantes no prestan solo ese servicio de mensajeros: sirven también para dar celos a K., para mantenerlo sobre ascuas. Frieda conoce a los ayudantes desde la infancia; desde luego no tienen secretos entre sí, pero en atención a K. comienzan a suspirar unos por otros y, para K., surge el peligro de que ello se convierta en un gran amor. Y K. lo hace todo por complacer a Frieda, hasta lo más contradictorio: deja que los ayudantes le den celos, pero tolera que los tres se queden juntos mientras él se va solo a sus correrías. Es casi como si Frieda fuera un tercer ayudante. Entonces Frieda, basándose en sus observaciones, se decide por fin a dar el gran golpe: decide volver. Y realmente ya es hora, y resulta admirable la forma en que Frieda, la muy astuta, se da cuenta y lo aprovecha; esa capacidad de observación y decisión es el arte inimitable de Frieda; si lo tuviera Pepi, qué distinta sería su vida. Si Frieda hubiera permanecido uno o dos días más en la escuela, no habría sido posible ya echar a Pepi, sería definitivamente muchacha de taberna, querida y respaldada por todos, y habría ganado dinero suficiente para completar brillantemente su insuficiente ajuar; uno o dos días y no sería posible mantener a Klamm con intrigas alejado de la sala, vendría, bebería; se sentiría cómodo y, si acaso se percataba de la ausencia de Frieda, se sentiría muy satisfecho del cambio; uno o dos días más y Frieda, con su escándalo, con sus relaciones, con los ayudantes, con todo, quedaría completamente olvidada y jamás volvería a aparecer. Entonces ¿podría Frieda quizá aferrarse más a K. y, suponiendo que fuera capaz de ello, aprender a amarlo realmente? No, tampoco. Porque tampoco K. necesitaría más de un día para hartarse de ella, para darse cuenta de la forma vergonzosa en que ella lo engaña en todo, en su supuesta belleza, en su supuesta fidelidad y, sobre todo, en el supuesto amor de Klamm; solo un día, nada más, necesitaría él para echarla de casa con todos sus sucios ayudantes, ni siquiera K. necesitaría más. Y entre esos dos peligros, cuando, literalmente, la tumba comienza a cerrarse sobre ella, K., en su ingenuidad, le deja abierto un último camino estrecho, y ella se escapa por él. De pronto –eso no lo esperaba ya nadie, es antinatural–, de pronto es ella la que echa a K., que todavía la ama y todavía la persigue y, con ayuda de la presión de amigos y ayudantes, ella aparece ante el posadero como salvadora, mucho más atractiva que antes por su escándalo, como se ha visto; la desean tanto los más bajos como los más altos, pero ha sucumbido solo por un instante a alguien bajo y pronto lo ha rechazado como era debido, y ahora es nuevamente inaccesible para él y para todos, lo mismo que antes, aunque antes se dudara con razón de todo ello y ahora se esté otra vez convencido. De manera que vuelve, y el posadero, echando una ojeada de soslayo a Pepi, titubea –¿debe sacrificar a quien ha probado su valía?–, pero pronto se convence, hay demasiadas cosas que hablan a favor de Frieda y, sobre todo, ella volverá a llevar a Klamm a la sala. En eso estamos esta noche. Pepi no va a aguardar a que Frieda venga y convierta la recuperación de su puesto en un triunfo. Pepi ha entregado ya la caja a la posadera, y puede irse. El cajón-cama de abajo está listo para ella en la habitación de las camareras, y ella irá allí, la saludarán llorando sus amigas, se arrancará el vestido del cuerpo y las cintas del cabello y lo pondrá todo en un rincón, donde quedará bien guardado y no le recordará innecesariamente tiempos que deben ser olvidados. Luego cogerá el gran cubo y la escoba, apretará los dientes y se pondrá a trabajar. Sin embargo, de momento tenía que contárselo todo a K., para que él, que sin ayuda tampoco ahora se habría dado cuenta de todo esto, comprenda de una vez claramente lo mal que ha tratado a Pepi y lo desgraciada que la ha hecho. Evidentemente, también han abusado de él.

Pepi había terminado. Inspirando profundamente, se secó unas lágrimas de los ojos y mejillas y miró a K. con la cabeza baja, como si quisiera decir que, en el fondo, no se trataba en absoluto de su desgracia; la soportaría y para ello no necesitaba ayuda ni consuelo de nadie, y menos de K.; a pesar de su juventud, conocía la vida, y su desgracia era solo una confirmación de ese conocimiento, pero se trataba de K., había querido pintarle su situación, incluso después del derrumbamiento de todas sus esperanzas había creído necesario hacerlo.

«Qué imaginación más desbordante tienes, Pepi», dijo K. «No es verdad que solo ahora hayas descubierto todas esas cosas; no son más que sueños de vuestra habitación de camareras de ahí abajo, oscura y estrecha, y allí tienen su lugar, pero aquí, en esta taberna abierta, resultan extraños. Con esas ideas no podías afianzarte aquí, eso es evidente. Ya tu vestido y tu peinado, de los que tanto te precias, no son más que engendros de esa oscuridad y esas camas de vuestra habitación; allí son sin duda muy bonitos, pero aquí todos, secreta o abiertamente, se ríen de ellos. ¿Y qué cuentas además? ¿De manera que han abusado de mí y me han engañado? No, querida Pepi, han abusado de mí tan poco como de ti y me han engañado tan poco como a ti. Es cierto: Frieda me ha dejado o, como tú dices, se ha fugado con uno de los ayudantes; ahí hay un vislumbre de verdad, y también es realmente muy improbable que ella se convierta todavía en mi mujer, pero es absolutamente falso que me habría hartado de ella o la habría echado ya al día siguiente, o que me habría engañado, como engaña quizá una mujer a su marido. Vosotras, las camareras de las habitaciones, estáis acostumbradas a mirar por el ojo de la cerradura, y por eso tenéis la costumbre de deducir de una pequeñez que realmente veis algo tan enorme como falso en su totalidad. La consecuencia es que, por ejemplo en este caso, yo sé mucho menos que tú. Disto mucho de poder explicar tan exactamente como tú por qué me ha dejado Frieda. La explicación más probable me parece esa que tú has insinuado pero sin mencionarla: que yo la he descuidado. Eso es verdad por desgracia: la he descuidado, pero por razones especiales que nada tienen que ver aquí; me sentiría feliz si ella volviera conmigo, pero enseguida volvería a empezar a descuidarla. Las cosas son así. Cuando ella estaba conmigo, anduve continuamente en esas correrías de las que te burlas; ahora que se ha ido, me encuentro casi desocupado, estoy cansado y deseo una ociosidad cada vez más completa. ¿No tienes ningún consejo que darme, Pepi?» «Sí», dijo Pepi de pronto, animándose y cogiendo a K. por los hombros, «los dos hemos sido engañados, quedémonos juntos: ven conmigo abajo con las muchachas.» «Mientras te quejes de haber sido engañada», dijo K., «no podré entenderme contigo. Continuamente quieres ser engañada, porque eso te halaga y te conmueve. Sin embargo, la verdad es que no eres la persona adecuada para ese puesto. Qué evidente debe de ser esto para que hasta yo, que en tu opinión soy el más ignorante de todos, lo vea tan claro. Eres una buena chica, Pepi, pero no es muy fácil darse cuenta; yo, por ejemplo, al principio te creí cruel y orgullosa, lo que no eres; es solo ese puesto lo que te trastorna, porque no eres adecuada para él. No quiero decir que sea demasiado elevado para ti, no es un puesto tan extraordinario; tal vez, bien mirado, sea algo más honroso que tu puesto anterior, pero en conjunto la diferencia no es grande, más bien los dos son tan semejantes que podrían confundirse, y hasta se podría decir que habría que preferir ser camarera de habitaciones a la taberna, porque allí, al menos, se trata con secretarios, mientras que aquí, aunque en la sala se sirva a los superiores jerárquicos de los secretarios, hay que tratar también con gente baja, por ejemplo conmigo; la verdad es que, legalmente, no puedo estar en otro lugar que no sea precisamente aquí en la taberna, y la posibilidad de tratar conmigo, ¿es un honor tan desmesurado? Solo a ti te lo parece, y quizá tienes también razones para ello. Sin embargo, precisamente por eso no eres la persona adecuada. Es un puesto como cualquier otro, pero para ti es el reino de los cielos, y como consecuencia te lo tomas todo con celo exagerado, te adornas como, en tu opinión, se adornan los ángeles –aunque en realidad sean muy distintos–, tiemblas por tu puesto, te sientes continuamente perseguida, tratas de ganarte a todos los que, en tu opinión, podrían apoyarte, con una amabilidad exagerada, pero los molestas así y los repeles, porque en la posada quieren tranquilidad y no tener que añadir a sus preocupaciones las preocupaciones de la muchacha que les sirve. Es posible que, después de la marcha de Frieda, ninguno de los altos huéspedes se diera cuenta realmente de ello, pero hoy lo saben y suspiran de veras por Frieda, porque, sin duda, Frieda lo hacía todo de una forma muy distinta. Sea ella como sea y cualquiera que sea su idea de su propio puesto, en el servicio actuaba con gran experiencia, frialdad y dominio de sí misma, como tú misma subrayas aunque sin aprovechar la lección. ¿Te has dado cuenta alguna vez de su mirada? No era ya la mirada de una muchacha de taberna, sino casi la de una posadera. Lo veía todo y, al mismo tiempo, veía a cada uno, y la mirada que cada uno recibía era suficiente para rendirlo. Qué importaba que quizá fuera un tanto delgada, un tanto madura, que se hubiera podido imaginar una cabellera más abundante..., son nimiedades comparadas con lo que realmente tenía, y quien se hubiera sentido molesto por esas deficiencias solo habría demostrado su falta de sensibilidad para cosas más importantes. A Klamm, sin duda, eso no se le puede reprochar, y solo tu punto de vista equivocado de muchacha joven e inexperta hace que no creas en el amor de Klamm por Frieda. Klamm te parece –con razón– inaccesible y por eso crees que tampoco Frieda habría podido acceder a Klamm. Te equivocas. En eso confiaría ya solo en la palabra de Frieda, aunque no tuviera pruebas irrefutables. Por increíble que te parezca y por poco que puedas conciliarlo con tus ideas del mundo de los funcionarios, de la distinción y de los efectos de la belleza femenina, es cierto; lo mismo que tú y yo estamos juntos aquí sentados y yo te cojo la mano entre las mías, también ellos, Klamm y Frieda, como la cosa más natural del mundo, se sentaban juntos y él venía voluntariamente, incluso se apresuraba, y nadie lo acechaba en el pasillo ni descuidaba por ello su trabajo habitual, y Klamm tenía que molestarse en venir, y los descuidos del vestido de Frieda, que a ti te habrían espantado, no lo molestaban en absoluto. ¡Tú no la crees! Y no sabes hasta qué punto te pones con ello en evidencia, y cómo muestras, precisamente con ello, tu falta de experiencia. Incluso quien no supiera nada de la relación con Klamm tendría que darse cuenta, por la forma de ser de Frieda, que la había formado alguien que era más que tú y que yo y que toda la gente del pueblo, y que sus conversaciones iban más allá de las bromas normales entre huéspedes y sirvientas que parecen ser el objetivo de tu vida. Sin em-

bargo, soy injusto contigo. La verdad es que tú misma te das cuenta muy bien de las cualidades de Frieda, eres consciente de sus dotes de observación, su fuerza para decidir, su influencia en las personas, pero lo interpretas todo equivocadamente, crees que lo utiliza todo egoístamente en provecho propio y para hacer el mal, o incluso como arma contra ti. No, Pepi, aunque ella tuviera esas flechas, no podría dispararlas a tan corta distancia. ¿Egoísta? Más bien se podría decir que, sacrificando lo que tenía y lo que podía esperar, nos dio a los dos la oportunidad de demostrar nuestra capacidad para puestos más altos, y que los dos la hemos decepcionado y la hemos obligado claramente a volver aquí. No sé si es así, y tampoco me resulta muy clara mi culpa, y solo cuando me comparo contigo se me ocurre; como si los dos nos hubiéramos esforzado demasiado, demasiado ruidosa, demasiado infantil y demasiado inexpertamente por lograr algo que, por ejemplo, con la tranquilidad de Frieda, con la objetividad de Frieda, se hubiera podido conseguir fácil y discretamente; por lograrlo llorando, arañando, tirando, como tira un niño de un mantel pero sin conseguir nada, limitándose a destruir toda la magnificencia y a hacérsela inaccesible para siempre... No sé si es así, pero que es más así que lo que tú cuentas, de eso estoy seguro.»
«Bueno», dijo Pepi. «Estás enamorado de Frieda porque se te ha ido, y no es difícil enamorarse de ella cuando se ha ido. Sin embargo, aunque las cosas sean como pretendes y tengas razón en todo, hasta cuando me ridiculizas... ¿qué vas a hacer ahora? Frieda te ha dejado y ni de acuerdo con mi explicación ni con la tuya tienes esperanzas de que vuelva a ti y, aunque volviera a ti, en algún lado tienes que pasar el tiempo, hace frío y no tienes trabajo ni cama; ven con nosotras: mis amigas te gustarán, haremos que te sientas cómodo, nos ayudarás en el trabajo, que realmente es demasiado duro para unas muchachas solas; las muchachas no estaremos abandonadas a nosotras mismas y no tendremos ya miedo de noche. ¡Ven con nosotras! También mis amigas conocen a Frieda, te contare-

mos historias de ella hasta que te hartes. ¡Ven! Tenemos
también retratos de Frieda y te los enseñaremos. En otro
tiempo, Frieda era más modesta que hoy, te costará trabajo reconocerla; todo lo más sus ojos, que ya entonces
acechaban. Entonces, ¿vienes?» «¿Está permitido? Ayer
hubo un gran escándalo porque me sorprendieron en
vuestro pasillo.» «Porque te sorprendieron; pero si estás
con nosotras no te sorprenderán nunca. Nadie sabrá de
ti, solo nosotras tres. Ay, será divertido. La vida me parece ya mucho más soportable que hace un momento.
Quizá no pierda tanto al tener que marcharme de aquí.
Sabes, las tres no nos aburríamos, hay que saber endulzar
la amargura de la vida, en la juventud nos la hacen ya suficientemente amarga para que no se nos estrague el pa-
ladar; las tres nos mantenemos juntas, vivimos lo mejor
posible allí; Henriette, sobre todo, te gustará, pero también Emilie, ya les he hablado de ti; allí se escuchan esas
historias con incredulidad, como si fuera de la habitación
no pudiera ocurrir nada en realidad, hace calor y hay
poco sitio, y además nos apretamos; no, aunque depen-
damos unas de otras, no nos hemos hartado, al contrario,
cuando pienso en mis amigas, casi me alegro de volver; por
qué habría de progresar yo más que ellas; eso era precisamente lo que nos mantenía unidas: que las tres teníamos el
futuro igualmente cerrado, pero entonces yo me escapé y
me separé de ellas; evidentemente, no las olvidé y mi primera preocupación fue saber cómo podría hacer algo por
ellas; mi propio puesto era todavía inseguro —hasta qué
punto era inseguro no lo sabía— pero hablé ya con la posadera de Henriette y Emilie. Por lo que se refiere a Henriette, la posadera no se mostró completamente inflexible,
pero en cuanto a Emilie, que es mucho mayor que nosotras
—tiene aproximadamente la edad de Frieda—, la verdad es
que no me dio esperanzas. Sin embargo, imagínate, no
quieren marcharse; saben que la vida que llevan es miserable, pero se han resignado a ella, esas almas buenas;
creo que, al despedirnos, sus lágrimas eran mucho más
por el pesar de que yo tuviera que dejar la habitación co-

mún, salir al frío de afuera —allí nos parece frío todo lo que está fuera de la habitación— y, en grandes espacios extraños y con grandes personas extrañas, tuviera que desenvolverme sin otro fin que ganarme la vida, lo que, hasta entonces, también había conseguido en el servicio común. Probablemente no se asombrarán en absoluto de verme volver, y solo por seguirme la corriente llorarán un poco y se lamentarán de mi destino. Sin embargo, entonces te verán y se darán cuenta de que ha sido bueno que me fuera. Que tengamos un hombre para ayudarnos y protegernos las hará felices, y estarán francamente encantadas de que eso deba ser un secreto y de que, por ese secreto, estemos más estrechamente unidas que antes. ¡Ven, por favor, ven con nosotras! No habrá para ti ninguna obligación, no estarás atado a nuestra habitación para siempre como nosotras. Cuando venga la primavera y encuentres un alojamiento en otra parte y no quieras estar ya con nosotras, podrás irte, aunque tendrás que guardar el secreto también entonces y no revelar nada, porque de lo contrario habría llegado nuestra última hora en la Posada de los Señores; y también por lo demás, naturalmente, cuando estés con nosotras, tendrás que ser precavido, no mostrarte en ningún lado que no consideremos sin peligro y, en general, seguir nuestros consejos; esa será tu única obligación y al fin y al cabo te interesa tanto como a nosotras, pero por lo demás serás totalmente libre, y el trabajo que te asignaremos no será demasiado pesado, no tengas miedo. ¿Vienes entonces?» «¿Cuánto falta aún para la primavera?», preguntó K. «¿Para la primavera?», repitió Pepi, «el invierno es largo aquí, es un invierno muy largo y monótono. Sin embargo, aquí abajo no nos quejamos, estamos protegidos de él. Bueno, alguna vez vendrán la primavera y el verano y, sin duda, tendrán su momento, pero en nuestro recuerdo, ahora, la primavera y el verano parecen tan cortos como si no durasen mucho más de dos días, e incluso en esos días, aun en los más hermosos, a veces cae la nieve.» Entonces se abrió la puerta y Pepi se sobresaltó, se había alejado demasiado de la taberna en sus pensamientos, pero no era Frieda, era la posadera. Esta fingió asombrarse de encontrar a K. todavía allí, K. se disculpó diciendo que había esperado a la posadera y, al mismo tiempo, le agradeció que le hubiera permitido pasar allí la noche. La posadera no comprendía por qué la había esperado. K. dijo que había tenido la impresión de que la posadera quería hablar aún con él, le pedía disculpas si había sido una equivocación; por lo demás, ahora tenía que irse de todas formas; había dejado la escuela, en donde era bedel, demasiado tiempo, y la culpa de todo la tenía la citación del día anterior; todavía era poca su experiencia en esas cosas, sin duda no volvería a ocurrir que causara a la señora posadera las molestias de ayer. Y se inclinó para irse. La posadera lo miró como si soñara. Por aquella mirada, K. se vio retenido más de lo que quería. Luego, ella sonrió un poco también y solo se despertó en cierto modo por el rostro asombrado de K.: era como si hubiera esperado una respuesta a su sonrisa y solo entonces, como la sonrisa no venía, se despertara. «Ayer, creo, tuviste la impertinencia de decir algo de mi vestido.» K. no podía acordarse. «¿No puedes acordarte? A la impertinencia se une además la cobardía.» K. se disculpó con el cansancio del día anterior, era muy posible que ayer hubiera disparatado un tanto, en cualquier caso no podía acordarse ya. Además, ¿qué hubiera podido decir de los vestidos de la señora posadera? Que eran los más bonitos que había visto nunca. Por lo menos, nunca había visto a una posadera trabajar con vestidos así. «Deja esas observaciones», dijo rápidamente la posadera, «no quiero escuchar de ti ni una palabra más sobre mis vestidos. No tienes por qué ocuparte de ellos. Te lo prohíbo de una vez para siempre.» K. se inclinó otra vez y se dirigió a la puerta. «¿Qué quieres decir», le gritó la posadera, «con eso de que nunca has visto a una posadera trabajar con vestidos así? ¿A qué vienen esas observaciones absurdas? Eso carece de todo sentido. ¿Qué quieres decir con ello?» K. se volvió y rogó a la posadera que no se excitara. Naturalmente que su observación no tenía sentido. Además, él no entendía nada de vestidos. En su situación, cualquier vestido limpio y sin remiendos le parecía precioso. Solo le había asombrado ver a la señora posadera en el pasillo, de noche, en medio de todos aquellos hombres apenas vestidos, con un traje de noche tan hermoso, nada más. «Entonces», dijo la posadera, «pareces acordarte por fin de tu observación de ayer. Y la completas con otras insensateces. Que no entiendes nada de vestidos es verdad. Pues entonces abstente también –y te lo digo en serio– de juzgar si un vestido es precioso, si un traje de noche está fuera de lugar y de todo lo demás. En general» –y fue como si la recorriera un escalofrío– «no tienes que ocuparte en absoluto de mis trajes, ¿me oyes?» Y cuando K., en silencio, fue a volverse de nuevo, le preguntó: «¿Dónde has aprendido algo sobre vestidos?». K. se encogió de hombros y dijo que no había aprendido nada. «Nada», dijo la posadera. «Y no tienes que pretenderlo. Ven conmigo a la oficina; te voy a enseñar algo para que, así lo espero, olvides para siempre tu insolencia.» Salió primera por la puerta; Pepi dio un salto hacia K. y, con el pretexto de que le pagase, se pusieron deprisa de acuerdo; era muy fácil, porque K. conocía el patio, cuyo gran portalón conducía a la calle lateral; junto al portalón había una puertecita, y detrás estaría Pepi aproximadamente una hora después, y la abriría cuando él diera tres golpes.

La oficina privada estaba frente a la taberna, solo había que atravesar el vestíbulo; la posadera estaba ya en la oficina iluminada, viendo venir impaciente a K. Pero hubo otra interferencia. Gerstäcker había estado esperando en el zaguán y quería hablar con K. No fue fácil librarse de él, y también la posadera ayudó, diciendo a Gerstäcker que era inoportuno. «Entonces ¿dónde? ¿Dónde entonces?», se oyó gritar aún a Gerstäcker, cuando la puerta estaba ya cerrada, y las voces se mezclaron desagradablemente con toses y suspiros.

Era una pequeña habitación demasiado caldeada. Contra las paredes más cortas había un pupitre y una caja de hierro, y contra las más largas, un armario y un sofá. Lo que ocupaba más espacio era el armario, no solo porque llenaba una pared larga, sino también porque su profundidad hacía muy angosto el cuarto, y se necesitaban tres puertas correderas para abrirlo por completo. La posadera señaló el diván, para que K. se sentara, y ella se sentó en la silla giratoria junto al pupitre. «¿Has aprendido alguna vez costura?», preguntó la posadera. «No, jamás», dijo K. «Entonces ¿qué eres realmente?» «Agrimensor.» «¿Y eso qué es?» K. se lo explicó, y la explicación hizo bostezar a la posadera. «No dices la verdad. ¿Por qué no dices la verdad?» «Tampoco tú la dices.» «¿Yo? Otra vez empiezas con tus insolencias. Y si no la digo... ¿tengo que responder ante ti?» «Tú no eres solo posadera como pretendes.» «Vaya, haces muchos descubrimientos. ¿Entonces qué soy? Tus insolencias empiezan a pasar de la raya.» «No sé qué eres además. Solo veo que eres una posadera pero llevas vestidos que no corresponden a una patrona y que, por lo que sé, tampoco lleva nadie en el pueblo.» «Ahora llegamos a lo esencial, la verdad es que no puedes callarte; tal vez no seas insolente, eres solo como un niño, que sabe alguna tontería y al que nada podría obligar a callarse. Habla pues. ¿Qué hay de especial en este vestido?» «Te enfadarás si te lo digo.» «No, solo me hará reír, será un disparate infantil. ¿Cómo son estos vestidos?» «Ya que quieres saberlo... Pues son de una buena tela, francamente costosa, pero son pasados de moda, recargados, a menudo demasiado retocados y usados, y no van bien con tus años, tu figura ni tu puesto. Me llamaron la atención en cuanto los vi por primera vez, hace aproximadamente una semana, aquí en el zaguán.» «Así que esas tenemos. ¿Son pasados de moda, recargados y qué más? ¿Y cómo sabes tú todo eso?» «Lo veo. Para eso no hace falta aprender.» «Lo ves y basta. No tienes que preguntar en ninguna parte y sabes enseguida lo que manda la moda. Entonces me vas a resultar indispensable, porque la verdad es que siento debilidad por los vestidos bonitos. ¿Y qué dirás si sabes que ese armario está lleno de vestidos?» Movió las puertas correderas y se vieron los vestidos unos contra otros, muy apretados a todo lo ancho y lo hondo del armario; en su mayoría eran vestidos oscuros, grises, castaños y negros, todos cuidadosamente colgados y desplegados. «Esos son mis vestidos, todos pasados de moda y recargados, como tú dices. Pero son solo los vestidos para los que no tengo sitio arriba, en mi habitación; allí tengo aún dos armarios llenos, dos armarios, cada uno casi tan grande como este. ¿Te asombra?» «No, me esperaba algo parecido; ya he dicho que no eres solo posadera sino que te propones algo distinto.» «Solo me propongo vestir bien y tú eres un tonto o un niño o alguien malvado y peligroso. ¡Vete, vete de una vez!» K. estaba ya en el zaguán y Gerstäcker lo agarró firmemente del brazo, mientras la posadera le gritaba: «Mañana me traerán un vestido nuevo, tal vez te haga llamar».

Gerstäcker, agitando furioso la mano, como si quisiera hacer callar desde lejos a la posadera que lo molestaba, pidió a K. que fuera con él. Al principio no quiso entrar en explicaciones más detalladas. Apenas hizo caso de la objeción de K. de que tenía que ir a la escuela. Solo cuando K. se negó a dejarse arrastrar por él, Gerstäcker le dijo que no se preocupara, que en su casa tendría cuanto le hiciera falta; podía renunciar a su puesto de bedel en la escuela; que fuera de una vez, llevaba todo el día esperándolo, su madre no sabía dónde estaba. K. le preguntó, cediendo lentamente, a cambio de qué le daría comida y alojamiento. Gerstäcker respondió solo, de pasada, que necesitaba a K. para que lo ayudara con los caballos, él mismo tenía ahora otras ocupaciones, y pidió a K. que hiciera el favor de no hacerse arrastrar y de no causarle dificultades innecesarias. Si quería una paga, le daría también una paga. Sin embargo, K. se detuvo a pesar de todos los tirones. Dijo que la verdad era que no sabía nada de caballos. Tampoco era necesario, dijo Gerstäcker impaciente, cruzando las manos con irritación, para inducir a K. a acompañarlo. «Sé por qué quieres llevarme contigo», dijo finalmente K. A Gerstäcker le era indiferente lo que K. supiera. «Crees que te puedo conseguir algo de Erlanger.» «Sin duda», dijo Gerstäcker, «qué otra cosa podría interesarme de ti.» K. se rió; se agarró al brazo de Gerstäcker y se dejó guiar por él a través de la oscuridad.

La habitación de la cabaña de Gerstäcker estaba solo mortecinamente iluminada por el fuego del hogar y por un cabo de vela, a cuya luz alguien, curvado en un hueco bajo las vigas del tejado que allí sobresalían torcidas, leía un libro. Era la madre de Gerstäcker. Tendió a K. una mano temblorosa y lo hizo sentarse a su lado; hablaba con dificultad, era difícil comprenderla, pero lo que dijo[c]

Notas

El castillo, tercera y última de las novelas de Kafka, inacabada como las demás, tampoco llegó a publicarse hasta después de la muerte del autor. Una vez más fue Max Brod, su albacea, quien editó esta novela, en la editorial Kurt Wolff –entonces con sede en Múnich–, en 1926, es decir, tan solo dos años después de la desaparición de Kafka. Esta primera edición incluía solo los primeros veintidós capítulos; los demás fueron añadidos en todas las ediciones ulteriores. Una vez traspasados los derechos de la editorial Kurt Wolff a los hermanos Schocken, esta casa editorial publicó la segunda edición del libro, ya como cuarto volumen de unas primeras *Obras Completas* en seis volúmenes (*Gesammelte Schriften*, Berlín, 1935). A esta edición siguió en 1946, como en el caso de *El desaparecido* y de *El proceso*, una tercera, de nuevo como cuarto volumen de unas *Obras Completas*, esta vez en diez volúmenes (Schocken Books, Nueva York, 1946-1954), siempre a cargo de Max Brod, y sin cambios respecto a la segunda edición. La cuarta edición es de 1951, como primer volumen de la edición de las *Obras Completas*, en diez tomos, a cuenta de S. Fischer, Frankfurt am Main, 1950-1958.

Los cuadernos manuscritos y hojas sueltas correspondientes a *El castillo* se encuentran, desde 1961, en la Bodleian Library de Oxford. A partir de ellos trabajó Brod para su edición, y a partir de los mismos Malcolm Pasley se encargó de la edición crítica –la llamada *Kritische Ausgabe. Schriften, Tagebücher, Briefe* (*Edición crítica. Escritos, diarios cartas*), en adelante denominada *KA*, editada por Jürgen Born, Gerhard Neumann, Malcolm Pasley y Jost Schillemeit, con el asesoramiento de Nahum Glatzer, Reiner Gruenter, Paul Raabe y Marthe Robert, y publicada en Frankfurt am Main por la editorial S. Fischer–, en cuyo marco la novela se publicó en 1982: esta edición constituye la base para la presente traducción de *El castillo*.

Las referencias del propio Kafka o de sus amigos íntimos que nos permiten establecer la fecha del inicio y el proceso de redacción de esta última novela de Kafka son más escasas aún que las que poseemos respecto a sus otras dos novelas. En el mes de marzo de 1922, Kafka debía de haber escrito ya por lo menos una parte de la novela, como se desprende de un pasaje del libro de Max Brod sobre nuestro autor: «El 15 de marzo de 1922 Franz me leyó el inicio de su novela *El castillo*».[1] El editor de *KA*, Malcolm Pasley, aduce además, para corroborar la veracidad de esta referencia, la entrada en los diarios inéditos de Brod del mismo 15 de marzo: «Por la mañana en casa de Kafka. Antes, en casa del médico. Me leyó el inicio de su nueva novela *El castillo*».[2]

Hay que recordar que, como ya sucedió con *El proceso*, la redacción de *El castillo* se corresponde con un período muy productivo en la vida de Kafka, después de un tiempo de relativa inactividad literaria. Así, en el caso que nos ocupa, es un hecho que no poseemos escrito alguno de Kafka atribuible con plena seguridad al año 1921 –y pocos de 1920–, y que la redacción de *El castillo*, simultánea a la redacción de una serie de narraciones –como era habitual en el modo de escribir de Kafka–, debe entenderse como síntoma de uno de esos momentos álgidos en la carrera literaria del autor, precisamente después de una de sus peores crisis de salud. En efecto: el 16 de enero de 1922, Kafka escribe en su diario: «Durante la última semana ha habido en mí como un hundimiento, tan total como solo lo fue acaso el que se produjo una noche hace dos años; no he vivido otro caso igual. Todo parecía entonces acabado, y tampoco ahora parecen muy diferentes las cosas». El 24 de enero, a causa de su lábil restablecimiento, da noticia de una prórroga de tres meses del período de baja que había obtenido de la compañía de seguros en la que trabajaba. Tres días más tarde Kafka partía a un lugar de reposo en la montaña, Spindlermühle, según recoge la carta enviada a Robert Klopstock: «El viernes viajo a Spindelmühle [*sic*], para dos semanas. Espero que sean mejores que las últimas tres semanas de insomnio».[3] Y parece, en efecto, que la estancia en

1. Max Brod, *Kafka, Eine Biographie*, Frankfurt am Main, S. Fischer, 1966; trad. cast.: Kafka, Buenos Aires, Emecé, 1951; la misma traducción fue reeditada en Madrid, Alianza, 1974; p. 215.

2. Traducimos de *KA*, *Das Schloss. Apparatband*, Frankfurt am Main, S. Fischer, 2.ª ed., 1983, p. 61.

3. Franz Kafka, *Briefe 1902-1924*, Frankfurt am Main, S. Fischer, 1975, p. 369.

Spindlermühle le resultó beneficiosa, pues el mismo día de su llegada escribe en el diario: «Consuelo de la escritura, más notable, más misterioso, quizá más peligroso, quizá más redentor: ese escapar de un salto de la fila de los asesinos mediante la observación de los hechos, logro de una especie más alta de observación, una especie más alta, no una especie más aguda, y cuanto más alta sea, cuanto más inalcanzable sea desde esas "filas", tanto más independiente, tanto más obedecerá a las leyes propias de su movimiento, tanto más imprevisible, alegre, ascendente será su camino». Todo parece indicar, pues, que Kafka había encontrado en ese lugar de reposo el estado de ánimo y las condiciones «óptimas» para retomar una actividad literaria que unas veces consideró «consuelo» y otras, con mayor énfasis, imprescindible para todo escritor verdadero, como leemos en una carta de solo unos meses más tarde (5 de julio de 1922) enviada a Max Brod: «En realidad, si el escritor quiere evitar la locura, no debería alejarse jamás de su escritorio, debería aferrarse a él con los dientes».

Todavía le dice a Robert Klopstock, en una carta del mes de marzo: «A este respecto debo aceptar que entre yo en Matlar [o Matliary, en el alto Tatra, donde había un sanatorio en el que Kafka permaneció entre diciembre de 1920 y agosto de 1921] y yo en Praga, hay verdaderamente una diferencia. Mientras tanto, después de haber sido fustigado durante períodos de delirio, he empezado a escribir y esta actividad literaria, que se presenta para la gente que me rodea de la manera más cruel (increíblemente cruel, es mejor no hablar de ello), resulta la cosa que más me importa en este mundo, un poco como el delirio es importante para el loco (si lo perdiera, "enloquecería") o para la mujer el embarazo. Esto no tiene nada que ver con el valor de lo que escribo, lo digo de nuevo en esta carta, el valor de lo que escribo es algo que conozco de sobra, pero conozco también el valor que posee para mí ... Y por esta razón, temblando de miedo ante el estorbo más pequeño, tengo mi trabajo agarrado con fuerza contra mí, y no solo mi trabajo, sino también la soledad que forma parte del mismo».[4]

4. Franz Kafka, *Briefe 1902-1924, locus cit.*, p. 431. Esta edición fecha la carta de Kafka a Klopstock en marzo de 1923; *KA* (*Das Schloss. Apparatband*, p. 63), remitiendo a una investigación de Hartmut Binder, la sitúa, sin lugar a dudas, en marzo de 1922.

Por otro lado, una entrada del 7 de marzo en los diarios advertía del pésimo estado de salud del escritor: «Anoche la peor noche de todas, como si todo hubiese acabado». Kafka era ya, por aquellas fechas, plenamente consciente de su deterioro físico irreversible, y esto explicaría su propósito de dedicarse enteramente a completar, en la medida de lo posible, el trabajo que tenía entre manos, que en este caso, siempre con suma probabilidad, debió de ser *El castillo*. Así, en otra carta escrita a Klopstock, posiblemente de abril del mismo año, Kafka dice: «Por lo menos durante un año quisiera encerrarme en mi cuaderno [se trata de los cuadernos con tapa de hule negro que solía usar para la redacción de sus escritos] y no hablar con nadie».[5]

La situación de Kafka, en efecto, debió de empeorar durante la primavera de 1922, porque sabemos que alcanzó la jubilación anticipada el primero de junio de ese año, después de lo cual se trasladó a la localidad de Planá, donde su hermana Ottla había alquilado una casa. Allí, durante los meses de junio, julio y agosto, Kafka siguió trabajando en *El castillo*, y hay pruebas de que, durante ese período, trabajó también en la revisión de dos narraciones, *Erstes Leid* (*Primer sufrimiento*) y *Ein Hungerkünstler* (*Un artista del hambre*), que habría empezado en mayo de 1922. A inicios de septiembre, cuando Kafka viajó por unos días a Praga a causa de una intervención quirúrgica a que fue sometido su padre, la redacción de la novela debía de haber alcanzado ya por lo menos el capítulo 23. Así parece demostrarlo el hecho de que, en una carta del mes de julio escrita una vez más a Robert Klopstock, hiciera mención explícita del «episodio de Bürgel», que forma parte de ese capítulo, antepenúltimo del libro: «Si estuviéramos en el buen camino, incluso un desfallecimiento como este sería infinitamente desesperante, pero como nos encontramos en un camino que conduce a un segundo camino, y luego a un tercero, y así sucesivamente, y puesto que el camino verdadero está todavía lejos de atisbarse y quizá no lo sea jamás, como, en consecuencia, estamos del todo entregados a la incertidumbre, aunque también, al mismo tiempo, a la inconcebible-

5. *Ibidem*, p. 374. También en este caso la datación en la edición es incorrecta: la atribuye al mes de mayo o junio, cuando Malcolm Pasley, más fiable de acuerdo con las fuentes de información de que dispuso, dice que fue escrita sin duda en el mes de abril.

mente bella diversidad, la realización de nuestras esperanzas, y en especial de aquellas esperanzas, es el milagro siempre esperado, pero también, a modo de compensación, siempre posible».[6]

Por otro lado, el 11 de septiembre, de regreso a Planá después de esta breve estancia en Praga, Kafka escribió una carta a Max Brod en la que se lee el siguiente pasaje: «Aquí estoy de regreso hace ya una semana [la que pasó en Praga], una semana que no ha transcurrido alegremente por cierto (pues he tenido que abandonar la historia del castillo, aparentemente para siempre; después del "desmoronamiento" que empezó una semana antes de mi partida no he podido volver a ella, a pesar de que la parte escrita en Planá no sea en modo alguno tan mala como lo que ya conoces [es decir, los capítulos que Kafka le había dejado leer a Brod, en Praga, antes del 15 de marzo de 1922]), no alegremente, como decía, pero muy tranquilamente, casi me he puesto gordo, hasta tal punto es cierto que nunca estoy tan tranquilo como cuando me encuentro solo con Ottla, sin mi cuñado y sin invitados».[7]

¿Abandonó Kafka verdaderamente en este momento la redacción de *El castillo*? ¿En qué momento escribió los pasajes que forman parte de los capítulos 24 y 25, según la edición *KA*? Lo más probable es que los escribiera antes de la fecha de esta carta, y que los situara más tarde al final de todo lo que llevaba escrito a primeros de septiembre de 1922, formando con ellos lo que hoy entendemos como capítulos 24 y 25.

Por lo que respecta a esta división capitular y a los títulos que llevan en nuestra edición (es decir, en *KA*), hay que decir que Kafka no llegó a fijar de modo definitivo o seguro ni una cosa ni la otra. Eso sí: recurrió a las líneas horizontales que siempre había usado para dar a entender un «cambio de capítulo»; escribió en varios casos la palabra *Kapitel* en el manuscrito, unas veces especificando el título del capítulo, y otras no; y dejó una lista aparte de quince epígrafes capitulares, contenida en el primer cuaderno manuscrito relativo a la novela. La lista es la siguiente:

1. *Ankunft* (Llegada)
2. *Barnabas*
3. *Frieda*

6. *Ibidem*, p. 398.
7. *Ibidem*, p. 413.

Además de esta lista, las líneas horizontales permiten establecer la separación entre los capítulos 15-16, 20-21, 21-22, 22-23, 23-24 y 24-25, sin que pueda otorgarse título alguno a los capítulos 16 y 21 a 25. Sí puede atribuirse título a los capítulos 17 a 20, pues los manuscritos demuestran que Kafka añadió más tarde, aunque no lo incluyera en la lista precedente, los siguientes epígrafes: (cap. 17:) *Kapitel Amalias Geheimnis* (El secreto de Amalia); (cap. 18:) *Kapitel: Amalias Strafe* (El castigo de Amalia); (cap. 19:) *Kapitel: Bittgänge* (Rogativas), y (cap. 20:) *Kapitel Olgas Pläne* (Los planes de Olga). Así quedan fijados los títulos de la edición alemana *KA*, y, por ellos, los de la presente edición.

Añadamos solo, porque posee una importancia del mayor relieve en la relación entre esta novela y la biografía de Kafka, que el autor –según se comprueba en los manuscritos– empezó a escribirla en primera persona, y solo cuando se encontraba ya redactando el tercer capítulo decidió transformar todos los pronombres *Ich* ('yo') y formas verbales de primera persona en los pronombres y formas verbales correspondientes a la tercera, así como incorporar la letra mayúscula (K.) para designar al protagonista de la novela: letra, como resulta obvio, que sigue remitiendo al propio escritor. Este es un recurso, por lo demás, que Kafka había utilizado con plena conciencia en muchas otras narraciones y novelas suyas. Es el caso, por citar el más evidente y comentado, de la analogía entre el apellido Samsa, el protagonista de *La transformación*, y el apellido Kafka: las *s* están en el lugar de las *k*, las *a* permanecen en el mismo lugar, y solo se produce la mutación de una *f* por una *m* de un apellido al otro. Señalemos por fin que las transiciones, que el lector observará en los primeros capítulos, entre las formas *tú*, *vos* y *usted*, siempre respetadas por nuestro traductor, obedecen, posiblemente, a las propias vacilaciones de Kafka durante la redacción de la novela; y que se trata de unas variaciones que quizás él mismo habría eliminado si hubiera revisado en vida la novela con la intención de publicarla.[8]

Aunque nuestra edición no pretende ser en ningún caso una edición comentada *in extenso* –y sí solamente una edición que aclare las razones filológicas por las que los textos se presentan del modo como lo hacen, siguiendo siempre los criterios de la edición alemana *KA*–, apuntaremos aquí los datos que se conocen acerca de la existencia o no de un referente concreto para la población y el castillo que constituyen el marco escénico de la novela.

Hay que decir, a este respecto, que solo en contadas ocasiones puede establecerse, en la obra de Kafka, una vinculación estrecha entre su obra narrativa y unos *realia* verosímiles, es decir, unos determinados marcos geográficos o arquitectónicos reales, conocidos o visitados por él. Así, por ejemplo, puede demostrarse que la distribución arquitectónica del piso en que se desarrolla *La transformación* es análoga, si no idéntica, a la distribución del piso que habitaba la familia Kafka cuando el escritor redactó esta narración, en la calle Niklas 36, de Praga. Para poner otro ejemplo tan simple cuanto incontrovertible, el puño que aparece en el escudo a que se refiere la narración póstuma *Das Stadtwappen* (*El escudo de la ciudad*), es un puño que aparece también en el escudo de la ciudad de Praga, que presenta tres torres en la parte superior y un brazo blandiendo una espa-

8. El primer traductor al castellano de *El castillo*, D. J. Vogelmann, incorporó algunas notas a su versión editada por Emecé, Buenos Aires. Entre ellas se encuentra una referente al asunto que acabamos de comentar en la que puede leerse: «Esta inmotivada transición del *vos* al *usted*, y otras de parecida índole, frecuentes en este libro, son en apariencia arbitrarias. Probablemente se deben tan solo a la falta de una ulterior revisión de la obra –publicada en edición póstuma– por su autor, ya que más adelante, al promediar el texto, alguna norma llega a estabilizarse al respecto». Véase Franz Kafka, *El castillo*, Buenos Aires, Emecé, 7.ª impresión, 1962, p. 19.

da, emergiendo de una ventana con rejas, en la parte inferior.[9] En muchos otros casos, sin embargo, el intento de establecer una relación causal entre ciertos elementos de la realidad y otros de la obra narrativa de Kafka, obedece más a intentos inspirados y meramente hipotéticos –sin duda remotamente verosímiles en algunos casos–, que a toda certidumbre biográfica o histórica. Es lo que sucedió, por ejemplo, con el célebre personaje llamado Odradek del cuento de Kafka «La preocupación del padre de familia» (de Un médico rural), en torno al cual se urdieron las hipótesis más laberínticas y arriesgadas, sin duda al estilo de la más pura tradición hermenéutico-rabínica en versión silvestre. Claro está que, en este caso, el propio Kafka dejó sembrado un extenso campo de dudas al iniciar este relato con las palabras: «Unos dicen que la palabra Odradek proviene del eslavo e intentan, basándose en ello, documentar su formación. Otros, en cambio, opinan que procede del alemán y solo recibió influencia del eslavo. No obstante, la imprecisión de ambas interpretaciones permite deducir con razón que ninguna es cierta, sobre todo porque con ninguna de las dos puede encontrarse un sentido a la palabra». O quizá despejó, con estas palabras introductorias a su narración, toda duda y toda pertinencia acerca de una investigación etimológica que pretendiera desprender el sentido de la narración del sentido que pudiera encontrarse a esta palabra. En suma, se trató de una de las bromas, o guiños, o antilección de exégesis literaria, que Kafka dejó mejor planteados en toda su obra –más incluso que la que se desprende de la exégesis que sigue a la parábola «Ante la Ley», en el penúltimo capítulo de El proceso–, pues la propia historia literaria no tardó en caer en la cuenta de que Odradek era, al parecer, el nombre –de misteriosa resonancia, eso sí– de una marca de motocicletas que circularon por la ciudad de Praga en vida de Kafka.[10]

No muy distinto –aunque en este caso no haya por parte de Kafka el menor asomo de humor– es lo que sucede con el lugar en que transcurre la novela El castillo. Algunos críticos, comen-

9. Véase Jiří Gruša, Franz Kafka aus Prag, Frankfurt am Main, S. Fischer, 1983, p. 42.

10. Véase, al respecto, Klaus Wagenbach, Franz Kafka. Bilder aus seinem Leben, Berlín, Klaus Wagenbach, 2.ª ed., 1995; trad. Franz Kafka. Imágenes de su vida, Barcelona, Galaxia Gutenberg/Círculo de Lectores, 1998, p. 47.

tadores y exegetas –como Hartmut Binder, el propio Klaus Wagenbach y Claude David (el editor de la edición francesa, no ba-
sada en *KA*, de Bibliothèque de la Pléiade), entre otros–, han querido ver la fuente de inspiración de este lugar emblemático en
Wossek, la aldea en la que el padre de Kafka pasó sus años de infancia y juventud. Según Wagenbach, existió en Wossek un castillo, o más bien una enorme residencia, edificada probablemente
en el siglo XVIII, que señoreó en sus tiempos al pueblo entero, con
independencia del hecho de que, hasta fecha relativamente moderna, albergó a los verdaderos «señores» del lugar, cuyos «sier-
vos» habitaban en viviendas diseminadas en la parte baja de la aldea, como suele ser el caso en toda topología urbanística de
estructura feudal. Unos y otros, a partir de este dato, se empeña-
ron en una investigación acerca de las posibilidades de que Kafka hubiera visitado ese lugar, en el que su abuelo paterno fue en-
terrado cuando el escritor contaba solo seis años. En realidad, ni
ha podido demostrarse que Kafka estuviera jamás en esta aldea,
ni se sabe si su padre le contó algo acerca de la presencia su-
puestamente enigmática y poderosa de esta residencia-castillo
próxima al lugar en que vivió de joven, ni, finalmente, importa
demasiado que una cosa o la otra, o las dos, pudieran demostrarse de modo irrebatible. En la medida en que Kafka nunca
indicó que el «modelo» para su castillo y su aldea fueran aquellos, cualquier lector, y también cualquier crítico, tiene derecho a
pensar que Kafka presentó en su libro, sin más, una aldea y un
castillo como los hay a miles repartidos por toda la geografía
europea con restos de arquitectura medieval, e incluso moderna.

Por esta razón no deja de sorprender también que Hartmut
Binder haya aventurado la hipótesis de que el castillo que da
nombre a esta novela sea el castillo de Wallenstein cercano a la
población de Friedland, lugar en el que Kafka pasó dos semanas en febrero de 1911, a raíz de cuya estancia escribió estas palabras a su hermana Ottla: «El castillo de Friedland. Las distintas posibilidades de verlo: desde el campo, desde un puente,
desde el parque, entre los árboles sin hojas, desde el bosque, a
través de los grandes abetos».[11] También resulta descabellado
sugerir que el puente que atraviesa K. al inicio de la novela ten-

11. Franz Kafka, *Briefe an Ottla und die Familie*, ed. Hartmut Binder y Klaus
Wagenbach, Frankfurt am Main, S. Fischer, 1974, p. 56.

ga algo que ver con el puente que había que atravesar –y que yo mismo atravesé tranquilamente una tarde de invierno de 1973, sin experimentar el más ligero desasosiego– para llegar a la población de Zürau (o Siřem, en lengua checa), en la que Ottla, la hermana mayor de Kafka, se embarcó en la explotación de una finca agrícola, y donde alquiló una vivienda, al lado mismo de la iglesia parroquial, en la que el escritor pasó una temporada, en otoño de 1917 –años antes de empezar siquiera a pensar en *El castillo*–, cuando le fue diagnosticada su tuberculosis.

Quizá lo más sencillo respecto a esta cuestión –por lo demás, una de las menos espinosas de todas las que presenta el complicado mundo semántico de Kafka– sea suponer que la primera y más permanente idea de ese castillo –que, en la novela, se define como «un conjunto de edificaciones»– se la ofreciera a Kafka la vista casi omnipresente de las grandes edificaciones civiles y religiosas del Hradschin de Praga, al otro lado del Moldava, lugar al que se accede, hoy todavía, por un tortuoso camino de escaleras y senderos empinados bordeados de casuchas.

Y quizá, como ya se ha dicho, lo más elemental de todo sea –cuestión que no habría que descuidar en la crítica kafkiana, donde a menudo aparecen evidencias que pueden y deben ser asumidas como tal cosa, sin mayor inquisición– suponer que Kafka, como había ya demostrado en *El desaparecido* y en *El proceso*, tuvo en la mente, ante todo, una compleja cuestión existencial, luego una enmarañada materia argumental, y solo en tercer lugar la necesidad de definir un espacio adecuado a ambos preliminares, que posiblemente inventó sobre la propia marcha de la redacción del libro.

PÁGINA 15, LÍNEA 9. *No se veía nada del cerro del castillo.* Por lo que se refiere a la posible localización de este castillo, véanse las consideraciones precedentes.

PÁGINA 15, LÍNEA 26. *con rostro de actor.* En términos muy parecidos («Me envían viejos actores de segunda») son caracterizados los dos hombres que, hacia el final de *El proceso*, se encargan de llevar al protagonista hasta las afueras de la ciudad y ejecutarlo.

PÁGINA 16, LÍNEA 30. *el agrimensor*. En su ensayo sobre «The World of Franz Kafka», Erich Heller escribe: «La palabra [*Landvermesser*, 'agrimensor'] suscita diversas asociaciones: ante todo, la que se deriva de la actividad profesional de un agrimensor. Esta actividad consiste precisamente en aquello que Kafka intenta desesperadamente y nunca consigue: acotar la vida terrenal dentro de unos límites claramente dibujados ... *Vermesser* [es decir, '-mensor', 'el que toma medidas'] alude también a *Vermessenheit* ['osadía', 'audacia', 'temeridad'], *Hybris*; al adjetivo *vermessen*, ['descarado']; al verbo *sich vermessen* ['ser culpable de arrogancia']; pero también a la expresión *sich im Mass vergreifen* [literalmente: 'equivocarse en las medidas', 'no aplicar la escala adecuada']» (en *The Disinherited Mind*, Cambridge, Bowes& Bowes, 1952, pp. 307 y ss.).

En el verano de 1912, durante una estancia en un sanatorio en Jungborn (montañas del Harz), Kafka conoció a un agrimensor de Silesia, con quien trabó una buena amistad y al que parece haberse referido, unos meses más tarde, en una carta a Felice Bauer. (Véase Franz Kafka, *Tagebücher 1910-1923*, ed. Max Brod, Nueva York-Frankfurt am Main, 1951, p. 672; sin embargo, la entrada no se encuentra en ninguna edición ulterior de los *Diarios*, tampoco en *KA*. Véase asimismo la carta del 18 de noviembre de 1912 a Felice Bauer: «estaba firmemente decidido a escribir a Silesia, como único medio de salvación, a un hombre con el que este verano había hecho buena amistad y quien, a lo largo de tardes enteras, había querido convertirme a Jesús».)

PÁGINA 17, LÍNEA 27. *un hombre de treinta y tantos años*. Cuando Kafka estaba redactando este pasaje de la novela contaba treinta y ocho años. No se olvide, por lo demás, que el escritor empezó esta novela usando el pronombre de primera persona, y solo la transformó en narración en tercera persona cuando había alcanzado ya el tercer capítulo.

PÁGINA 19, LÍNEA 17. *ratas que pasaban con rapidez*. Sobre el uso literario de los animales en la obra de Kafka, véase K.-H. Fingerhut, *Die Funktion der Tierfiguren im Werk Franz Kafkas*, Bonn, 1969, en especial, pp. 53-54, 71 y ss., 81-82, así como mi prólogo a Franz Kafka, *Bestiario. Once relatos de animales*, Barcelona, Anagrama, 1990.

PÁGINA 24, LÍNEA 18. *buscar nuevas relaciones.* Quizás *El castillo* pueda entenderse como una especie de *quête*, de búsqueda permanente, no ya de un Grial o algo parecido, sino de una colectividad (judía) legitimada, organizada y amistosa hacia un personaje central, K., que se encuentra desarraigado en el seno de la patria y de la comunidad de las que procede. Así lo entiende Christoph Stölzl en *Kafkas böses Böhmen. Zur sozialgeschichte eines Prager Juden*, Múnich, Text und Kritik, 1975, en especial pp. 108 y ss. A este respecto, conviene recordar que, cuando Kafka fue propuesto para ocupar la dirección de la revista *Der Jude* (El judío), respondiendo a la petición que Max Brod le había formulado, manifestó su absoluta falta de conciencia de pertenecer a ningún tipo de comunidad o sociedad: «Por lo que me concierne, es por desgracia una broma o una idea surgida entre dos sueños pensar que yo pueda ocupar la vacante de *Der Jude*. ¿Cómo podría yo soñar con una cosa así, con mi ignorancia ilimitada sobre todas las cosas, mi incapacidad absoluta de relación con los demás, *mi falta de toda tierra judía sólida bajo mis pies?* No, no» (cursivas mías). Ricard Torrents, en el estudio que cierra su edición de la *Carta al padre*, profundiza igualmente en las relaciones entre el argumento de *El castillo* y la búsqueda de «un suelo firme bajo los pies» (Franz Kafka, *Carta al padre*, Barcelona, Lumen, 1974, pp. 109-140). Véase también el apartado dedicado a la *quête* del libro de Marthe Robert, *L'Ancien et le nouveau. De Don Quichotte à Franz Kafka*, París, Grasset, 1963; trad. cast.: *Lo viejo y lo nuevo*, Caracas, Monte Ávila, 1975, 1993, pp. 202-219.

PÁGINA 35, LÍNEA 17. *Nunca.* En esta respuesta brutal y expeditiva se encuentra quizás el más claro punto en común entre esta novela de Kafka y la de Alfred Kubin, *Die andere Seite* (*La otra parte*), editada en Leipzig en 1909. Kafka no cita esta novela en sus diarios, ni consta que estuviera en su biblioteca, por lo menos según el registro de Jürgen Born (*Kafkas Bibliothek. Ein beschreibendes Verzeichnis*, Frankfurt am Main, S. Fischer, 1990), pero habla muy a menudo de Kubin en los diarios y en la correspondencia, de modo que no es inverosímil que ese autor, y en especial el libro citado, tengan algo que ver con el planteamiento de *El castillo* como una especie de lucha absurda contra un poder «invisible». En cualquier caso, la relación que se establece en la obra de Kubin entre el protagonista y el «aparato burocrático» que le rodea tiene muchos puntos en común con la que se observa entre K. y sus desventuras en *El castillo*. Véase A. Achleitner, «Kubin als Anreger Kafkas?», en *Welt und Wort*, núm. 10 (1955), p. 253.

PÁGINA 45, LÍNEA 11. *rubias*. Más adelante (véase p. 269), el personaje de Frieda se referirá a una de las hermanas como «la morena». Se trata, una vez más, de un lapsus de Kafka, que no revisó el texto de la novela.

PÁGINA 46, LÍNEA 15. *Posada de los Señores*. En alemán, *Herrenhof*. Así se llamaba un café de la ciudad de Viena que Kafka visitó posiblemente y del que, en cualquier caso, le hablaron a menudo Milena Jesenská, Franz Werfel, Rudolf Fuchs, Otto Pick, Anton Kuh y Otto Gross. Lo interesante de este dato es que el citado café Herrenhof, de Viena, rivalizaba con el famosísimo café Central, estableciendo una polaridad que puede tener algo que ver con la que se establece, en *El castillo*, entre esta Posada de los Señores y la posada pobre, o del Puente, que es la que alberga a K. al inicio de la novela. Véase Klaus Wagenbach, «Wo liegt Kafkas Schloss?», en J. Born y otros, *Kafka-Symposion*, Berlín, Klaus Wagenbach, 1965, p. 163.

PÁGINA 50, LÍNEA 38. *¿Conoce al señor Klamm?* Del mismo modo que muchos de los nombres de los personajes de las novelas y las narraciones de Kafka son, según confesión del propio autor, criptogramas de su nombre (Raban, Bendemann, Samsa, Gracchus...), así otros nombres de personajes no solo no están escogidos al azar, sino que poseen valor significativo, como ha sido ampliamente comentado. Respecto al nombre de Klamm, Marthe Robert escribe: «Los señores [del castillo] obedecen naturalmente del modo más estricto a las reglas de la nomenclatura épica: como sus homólogos divinos, tienen por nombre vocablos significativos, una especie de insignias parlantes ... El más importante de los "Señores" ... es también aquel cuyo nombre es más rico en significación ... La palabra *Klamm* es, en efecto, a la vez un sustantivo y un adjetivo; empleado como nombre, designa 'una garganta', 'un barranco', 'un desfiladero'; como adjetivo, significa 'la estrechez', 'la penuria', 'la falta de dinero', 'la hinchazón de un miembro a causa del frío'. En ambos casos expresa la idea de algo apretado y profundo, que une, separa, incomoda y enfría. Pero se halla también muy ligado con la palabra *Klammer*, que designa 'un gancho', 'un garfio', 'un paréntesis'; y con los verbos compuestos que significan 'incluir', 'excluir', 'agarrarse'. Si se relacionan todas estas asociaciones con la función principal de Klamm, que es la de presidir la unión entre parejas, habrá que aceptar que este Eros moderno, que convierte a sus fieles más bien en seres desgraciados, no pudo haber sido denominado con un nombre más feliz y más verdadero» (*L'Ancien et le nouveau, locus cit.*, pp. 223 y ss.).

PÁGINA 59, LÍNEA 25. *cuidarse la barba.* Los personajes con barba son recurrentes en la obra de Kafka, y el hecho de que la posean no es baladí. Pues este hecho no obedece solo a que los hombres de su época llevaran barba habitualmente, sino también a la pretensión, por parte del autor, de evocar unas costumbres y unos ambientes de etnia judía. Véase, a este respecto, lo que Kafka escribe a propósito de los personajes que aparecen al final del relato *En la colonia penitenciaria*: «eran trabajadores portuarios, hombres fornidos con barbas negras, cortas y lustrosas». Estos hombres aparecen en una taberna debajo de una de cuyas mesas se encuentra la lápida del «primer comandante» de la colonia, con un epitafio de resonancia obviamente bíblica: «Aquí yace el anterior comandante. Sus partidarios, a los que ahora no se les permite llevar nombre alguno, le cavaron esta tumba y pusieron la losa. Existe una profecía según la cual el comandante resucitará después de un número determinado de años y, desde esta casa, conducirá a sus partidarios a la reconquista de la colonia. ¡Creed y esperad!». Véase asimismo, para el valor simbólico de las barbas en la obra de Kafka, Martin Walser, *Beschreibung einer Form. Versuch über Franz Kafka*, Frankfurt am Main-Berlín-Viena, Ullstein, 1972; trad. cast.: *Descripción de una forma. Ensayo sobre Franz Kafka*, Buenos Aires, Sur, 1969, pp. 55 y ss.

PÁGINA 69, LÍNEA 3. *Ella lo salvó, sacrificándose al hacerlo.* No es del todo inverosímil pensar que la relación entre Frieda y K. tiene algo que ver con la relación que, mientras escribía *El castillo*, Franz Kafka mantenía con Milena Jesenská, una mujer casada. En una carta a Milena se lee: «Milena entre los salvadores, usted, que en su propio cuerpo no ha dejado de experimentar que solo se puede salvar a los demás a través de su ser y de ninguna otra forma. Sin embargo usted me ha salvado ahora a través de su ser y se propone en adelante seguir haciéndolo con otros, más pequeños e infinitos medios» (Franz Kafka, *Briefe an Milena*, Frankfurt am Main, S. Fischer, 1952, pp. 135, 199 y ss.).

PÁGINA 75, LÍNEA 23. *El armario estaba abarrotado de papeles*. Así estaba la mesa de Kafka, y todo su despacho, en el Instituto de Seguros de Accidentes de Trabajo, según manifiesta el escritor a Felice Bauer por lo menos en dos ocasiones. En carta del 3 de diciembre de 1912, escribe: «La mesa de mi despacho nunca ha estado ordenada, eso es verdad, pero es que ahora está cubierta por una caótica masa de papeles y documentos; de momento solo tengo idea de lo que se encuentra encima, lo que pueda haber debajo no me inspira sino presentimientos terroríficos». Y en la noche del 20 al 21 del mismo mes y año: «Mientras estoy en la oficina todavía me es dado defender –cierto que empleando a fondo mi influencia personal– mi mesa sepultada bajo montones de papeles atrasados, pero cuando me quedo en casa mi mesa es accesible a todo el mundo, con la irremediable consecuencia de que a lo largo del día se suceden sin interrupción pequeñas explosiones de atrasos, lo que, a mi regreso, puede convertirse en algo muy desagradable para mí». Parece evidente, una vez más, que muchos de los motivos narrativos relacionados con la burocracia en Kafka proceden de su experiencia personal en una compañía de seguros que, por lo demás, no era más que una pieza en una vasta red de sucursales esparcidas por todo el territorio del imperio austrohúngaro, y parte de la inmensa, laberíntica administración del mismo.

PÁGINA 85, LÍNEA 2. *agotadora para sus nervios*. También la correspondencia con Felice Bauer –que es la que sigue más de cerca la lucha de Kafka con sus condiciones de trabajo como abogado, y su lucha a muerte por conseguir sosiego para dedicarse a escribir– presenta ecos de esta «nerviosidad». Así, en la carta del 7 de marzo de 1913, Kafka le comenta a Felice la agradable experiencia de su trabajo ocasional como jardinero en las afueras de Praga, algo que Kafka parece haber planeado como compensación «tranquila» a la atormentada actividad en la oficina. Le dice: «Lo que me proponía principalmente [al trabajar como jardinero] era librarme durante unas horas de los tormentos de que me hago objeto a mí mismo; realizar, en contraposición al fantasmal trabajo en la oficina ... una labor tosca, honesta, callada, solitaria, sana, esforzada».

PÁGINA 86, LÍNEA 10. *el maestro*. Kafka tuvo siempre la impresión de que no había sido un buen escolar y tan solo un regular estudiante de derecho. El tema debió de obsesionarle –de una obsesión proceden casi todos los temas de su literatura–, y le dedicó, además de este recurrente *leitmotiv* de la novela *El castillo*, el cuento *El maestro de escuela rural*, escrito en 1914-1915. También nos consta que, en plena redacción de *El castillo*, escribió a Max Brod estas palabras: «Pero estoy como en la escuela, el maestro camina arriba y abajo, toda la clase ha terminado ya los deberes y ha regresado a su casa, menos yo que estoy aquí cansándome y consolidando las faltas en mi deber de matemáticas, haciendo esperar al maestro. Naturalmente, una cosa así acaba expiándose, como todas las ofensas infligidas a los maestros» (Franz Kafka, *Briefe 1902-1924, locus cit.*, pp. 370-371).

PÁGINA 116, LÍNEA 16. *Soy Pepi*. Así se llama también el personaje principal de la novela de Max Brod *Una muchacha de servicio checa*, publicada en 1909.

PÁGINA 118, LÍNEA 29. *Con las manos en los bolsillos*. Gilles Deleuze y Félix Guattari analizaron con enorme perspicacia –y un instrumental crítico que oscila entre la estilística de cuño tradicional francés y el más moderno método psicoanalítico– este gesto tan habitual en los personajes de Kafka, que se encuentra en muchísimos pasajes de toda su obra: véase *Kafka. Pour une littérature mineure*, París, Minuit, 1975.

PÁGINA 126, LÍNEA 37. *Soy Momus*. Dice de este nombre Marthe Robert: «Momus conserva el nombre mitológico que le designa como crítico del Olimpo (él es quien revela los defectos de los dioses y los abandona a la burla)» (*L'Ancien et le nouveau, locus cit.*, p. 224). En el *Diccionario de mitología griega y romana* de Pierre Grimal (Barcelona, Paidós, 1981, p. 365) leemos: «Momo [que en griego no es nombre masculino, sino femenino] es la personificación del Sarcasmo ... Cuando la Tierra, fatigada por el peso que debía soportar debido a que los hombres se multiplicaban con demasiada rapidez, pidió a Zeus que disminuyese su número, el dios envió una guerra a la Humanidad: fue la guerra de Tebas. Pero como el remedio era insuficiente, pensó en exterminar a los humanos con sus rayos o ahogarlos en masa. Entonces Momo le aconsejó un medio más seguro: dar a Tetis en matrimonio a un mortal y engendrar una hija (Helena), que provocaría la discordia entre Asia y Europa. Así se explicaba a veces el origen de la guerra de Troya».

PÁGINA 171, LÍNEA 17. *un refrigerio* (en alemán: *Gabelfrühstück*). Es lo que solía comerse en Praga hacia las once o doce del mediodía, porque el almuerzo, entre la gente empleada, no se hacía hasta las dos o las tres de la tarde. Esta nota sería, de todos modos, superflua si no fuera porque Kafka hizo un irónico dibujo, reproducido en la edición de Max Brod de las cartas a Ottla (ilustración n.º 9), con el título *Kleines Gabelfrühstück* –o sea, 'pequeño refrigerio'–, en el que un individuo está atracándose, literalmente, de vino, bocadillos y tortas (Franz Kafka, *Briefe an Ottla und die Familie, locus cit.*, p. 38).

PÁGINA 172, LÍNEA 26. *tranquilidad*. En alemán: *Frieden*. Aquí hay un juego de palabras, intraducible, entre el nombre de Frieda (el personaje) y el sustantivo *Friede*, es decir, 'paz', 'calma', 'tranquilidad'. Kafka fue siempre muy aficionado a estos juegos –de hecho, constituyen algo así como su dimensión cabalística, que, de todos modos, en ningún caso conviene exagerar. Ya a propósito de *La condena*, refiriéndose a la novia –Frieda Brandenfeld– del protagonista de esta narración –Georg Bendemann–, le había escrito a su entonces prometida, Felice Bauer: «*Frieda* tiene tantas letras como Felice, y también la misma inicial; *Friede* ['paz', 'calma', 'tranquilidad'] y *Glück* ['felicidad'] también se encuentran muy cerca ... Y aún hay algunas cosas más por el estilo, aunque son cosas, naturalmente, que no he descubierto hasta más tarde» (2 de junio de 1913).

PÁGINA 186, LÍNEA 18. *diferencia de poder*. *El castillo* puede leerse, como se ha insinuado en una nota anterior, como una especie de «réplica literaria» de las relaciones entre Kafka y Milena Jesenská, del mismo modo que, según analizó muy bien Elias Canetti, *El proceso* puede entenderse como una «réplica literaria» de las relaciones entre Kafka y Felice Bauer. Pero la puntualización de Kafka en este pasaje concreto, según la cual la «diferencia de poder» entre K. y la administración siempre será «enorme», más bien debe hacernos pensar en la diferencia de poder entre Kafka y su padre, una diferencia que el escritor había ya descrito en la *Carta al padre* tres años antes de la redacción de esta novela: «En cualquier caso, éramos muy diferentes, y por ello muy peligrosos el uno para el otro. Si alguien hubiera calculado de antemano cómo evolucionaría la relación entre nosotros, entre el niño de lento desarrollo y el hombre ya hecho y derecho, seguramente habría concluido que acabarías aplastándome en algún momento, que no quedaría nada de mí. Pues bien, eso no ha sucedido, ya que la vida no se pliega a los cálculos, pero quizá ha sucedido algo peor». Como *La transformación* fue escrita en 1912, es decir, siete años *antes* de esta carta, y como en ella el señor Samsa aplasta literalmente a su hijo Gregor, quizá deberíamos tomar ese texto autobiográfico de Kafka, la *Carta al padre*, como una de las claves hermenéuticas más solventes e importantes para una interpretación del tema del poder en la obra entera del escritor.

PÁGINA 193, LÍNEA 9. *Barnabas*. Conviene ahora recordar que Heinz Politzer interpreta el nombre de Barnabas de acuerdo con Hechos de los Apóstoles 4:36, donde Bernabé es llamado «hijo del consuelo»; y añade: «Barnabas es verdaderamente, a pesar de la ambigüedad de su aparición [en la novela], un mensajero de la esperanza. La esperanza que trae es la esperanza para la humanidad entera» (*Franz Kafka. Parable and Paradox*, Ithaca-Nueva York, Cornell University Press, 1966, pp. 263 y ss.).

PÁGINA 203, LÍNEA 26. *esa inseguridad en realidad lamentable*. Estado de ánimo en el que el propio Kafka se encontró a menudo a lo largo de su vida –véase la nota trasanterior– pero en especial en el tiempo en que redactaba *El castillo*. «La terrible inseguridad de mi existencia interior», dice un pasaje de sus diarios.

PÁGINA 205, LÍNEA 27. *pero hay puertas en ella que llevan más allá*. Muy próxima en el tiempo a este pasaje de *El castillo* debe de ser la carta que Kafka escribió a Robert Klopstock el 24 de julio de 1922, ya citada al comienzo de estas notas.

PÁGINA 207, LÍNEA 8. *Resulta difícil conseguir que hablen*. El lector hallará este mismo motivo kafkiano en las narraciones *Investigaciones de un perro* y *El cazador Gracchus*.

PÁGINA 208, LÍNEA 20. *en una fiesta de la asociación de bomberos*. El episodio de Sortini, en opinión de Max Brod, estaría influido por la obra de Kierkegaard. Kafka había leído en marzo de 1918, en casa de su hermana Ottla, en Zürau, las obras del filósofo danés *Terror y temblor* y *O bien... o bien*, según comenta en tres cartas a Max Brod de los meses de marzo y abril de ese año. Siguiendo la misma línea de interpretación que Brod, Albert Camus entiende la figura de Amalia como indigna de la gracia en la medida en que se niega a sacrificar su honra a Dios. (Véase Albert Camus, «Esperanza y absurdo en la obra de Franz Kafka», en *Le Mythe de Sisyphe. Essai sur l'absurde*, París, Gallimard, 1943; trad. cast.: *El mito de Sísifo*, en *Obras*, I, Madrid, Alianza, 1996, pp. 207-345.) Por el contrario, el comentarista Wilhelm Emrich entiende a Sortini como una alegoría del Espíritu en sí: «Allí donde el Espíritu es todavía Espíritu puro y aparece como una dimensión aislada y abstracta, allí hay que ver una perversión del espíritu humano» (*Franz Kafka*, Frankfurt am Main-Bonn, Athenäum, 1958; pp. 298-410: «Der menschliche Kosmos: Der Roman *Das Schloss*», p. 363). Una magnífica exposición del tema Sortini-Amalia en este capítulo de *El castillo* se encuentra en Hartmut Binder, *Kafka Kommentar zu den Romanen...*, Múnich, Winkler, 1976, pp. 343-348.

PÁGINA 215, LÍNEA 5. *la maldición cayó sobre nuestra familia*. El fracaso de los planes de matrimonio de Kafka y las consecuencias que este tuvo para Kafka en lo que respecta a su aislamiento, fue considerado a menudo por el escritor como una inevitable maldición paterna. Así se lee, por ejemplo, en la *Carta al padre*, de 1919: «Voy a intentar explicarme con más exactitud. En mis proyectos matrimoniales confluían con más fuerza que en ningún otro lugar dos principios aparentemente opuestos de mi relación contigo. El matrimonio es sin duda el salvoconducto que da paso al mayor grado posible de emancipación e independencia. Casándome, tendría una familia, la meta más alta que a mi parecer puede alcanzarse, y por tanto también la más alta que tú has alcanzado; así que por fin estaría a tu altura, y todas las humillaciones y abusos antiguos y eternamente renovados pasarían inmediatamente a la historia. Sería fabuloso, desde luego, pero precisamente ahí está el problema: es demasiado, no se puede aspirar a tanto. Es como el preso que tiene no solo la intención de evadirse, lo que quizá sería factible, sino también, y al mismo tiempo, la de transformar la cárcel en un palacete para sí mismo. Pero si huye no puede transformar la cárcel, y si transforma la cárcel no puede huir. Dada la desgraciada relación que mantenemos, si quiero emanciparme debo hacer algo que tenga la menor relación posible contigo; el matrimonio es ciertamente lo más grande y abre paso a la más respetable forma de emancipación, pero al mismo tiempo está estrechamente ligado a ti. Querer resolver ese dilema tiene algo de locura, y todo intento ha de pagarse poco menos que con ella.

»Y pese a todo, esa estrecha relación es precisamente una de las cosas que me hacen apetecible el matrimonio. Si me imagino tan hermosa esa igualdad de rango que se establecería entre nosotros –y que tú podrías entender mejor que ninguna otra–, es porque haría de mí un hijo libre, agradecido, digno, sin sentimiento de culpa, y de ti un padre aliviado, ya no un tirano, sino un hombre satisfecho y capaz de ponerse en mi lugar. Pero para eso habría que borrar todo lo sucedido entre nosotros, es decir, borrarnos a nosotros mismos.

»Sin embargo, tal como somos, no me puedo permitir casarme, por el hecho de que ese es precisamente tu terreno más genuino. A veces me imagino el mapa del mundo extendido y a ti estirado a lo ancho sobre él. Y tengo la sensación de que para mí solo son habitables las regiones que tú no cubres o que no están al alcance de tu mano. Y, conforme a la idea que me hago de tus dimensiones, esas regiones no son muchas, ni muy prometedoras, y desde luego el matrimonio no es una de ellas.»

PÁGINA 220, LÍNEA 17. *he ganado en cierto modo en amplitud.* Una entrada en el diario del 23 de enero de 1922 ofrece este balance de la vida de Kafka en aquellos momentos: «Por mi parte, no he sido capaz de llevar una vida que no haya defraudado de alguna manera las esperanzas puestas en ella. Es como si a mí me hubieran dado, como a cualquier otra persona, el centro de un círculo, a fin de que recorriera yo luego, como cualquier persona, el radio decisivo y trazar así la hermosa circunferencia. En lugar de hacer eso he tomado constantemente impulso para recorrer el radio, pero enseguida he tenido que interrumpirlo una y otra vez ... El centro del círculo imaginario está lleno de radios empezados, ya no queda ningún sitio para ninguna tentativa nueva, donde "ningún sitio" significa vejez, debilidad nerviosa, y "ninguna tentativa" significa el final. Pero si alguna vez he prolongado el radio un poquito más que de costumbre, por ejemplo en la carrera de derecho o en mis compromisos matrimoniales, justo ese poquito hacía que todo fuese peor en vez de mejor».

PÁGINA 229, LÍNEA 18. *no teníamos campos y ... no nos dejaban trabajar en ninguna parte.* No parece arriesgada, de nuevo, una lectura de este pasaje en relación con la situación de los judíos en el reino de Bohemia por aquel tiempo. Lo explica muy bien Christoph Stölzl en *Kafkas böses Böhmen. Zur sozialgeschichte eines Prager Juden*, Múnich, Text und Kritik, 1975 pp. 38 y ss., 53 y ss. y 72 y ss.

PÁGINA 297, LÍNEA 30. *su cansancio le había perjudicado.* De esto mismo se queja a menudo el propio Kafka en sus diarios: «Nada, solo cansado. Dicha del carretero, por ejemplo, que vive cada una de sus veladas como yo he vivido hoy la mía, e incluso de manera mucho más bella ... El hombre, más limpio que por la mañana, el tiempo que precede al dormirse de cansancio es el auténtico tiempo de estar limpio de fantasmas, todos están expulsados, no volverán a acercarse hasta que no haya avanzado la noche, por la mañana están ahí todos, aunque todavía irreconocibles, y entonces vuelve a comenzar en el hombre sano la diaria tarea de expulsarlos» (1 de febrero de 1922).

PÁGINA 308, LÍNEA 26. *demasiado pudorosos.* Sobre la imposibilidad de Kafka de dirigir la mirada a los demás o ser observado por ellos hacia la época de redacción de *El castillo*, véase lo que le escribe a Robert Kloptstock en una carta de septiembre-octubre de 1921: «Ayer estuve todavía en casa de unos que se habían reunido para escuchar a una joven rapsoda ... luego, por debilidad, estuve en el café; luego volví a casa temblando de nerviosismo; en estos momentos no puedo ni siquiera soportar la mirada de la gente (no por hostilidad hacia ella, lo que sucede es que la mirada de la gente, su presencia, el hecho de que estén ahí sentados y miren hacia donde yo me encuentro, todo esto es demasiado fuerte para mí» (Franz Kafka, *Briefe 1902-1924, locus cit.*, p. 357).

PÁGINA 314, LÍNEA 37. *un héroe, un libertador de doncellas.* Marthe Robert, que estudió *El castillo* en sus vinculaciones, paralelismos y divergencias respecto al prototipo del género novelesco moderno, *Don Quijote*, escribe a este respecto: «*El castillo* es el ejemplo más perfecto (aunque la novela esté inacabada) de esa imitación gracias a la cual Kafka intenta reconstruir una especie de biblioteca universal, depositaria de un mensaje secular. En ella se encuentran diversas capas de narraciones de edades, orígenes y estilos completamente distintos, que tan pronto se superponen como se encabalgan como se persiguen en paralelo, contribuyendo así, en su conjunto, al desarrollo de la novela. K. es el héroe de todas estas narraciones y las lleva tan lejos como puede para sacar de ellas una lección, poseyendo todas ellas valor de precedentes. Su primer papel ... es el que desempeña en una novela de costumbres en la que toda su ambición consiste simplemente en "llegar" ... Mejor parado queda [K.] en la novela de folletín en la que desempeña su segundo papel ... En este, aparece como un justiciero, un defensor de los débiles y de las mujeres, frente a un castillo que simboliza la iniquidad y los abusos de poder de una casta privilegiada» (*L'Ancien et le nouveau, locus cit.*, pp. 203 y ss.).

PÁGINA 342, LÍNEA 11. *pero lo que dijo.* Kafka dejó a medio escribir esta última frase, y la novela, inacabada. Como en *KA*, aquí queda esta frase suspendida, sin ningún signo de puntuación final.

Índice

El castillo